HEYNE
HARD
CORE

W0309778

BERNI MAYER

Der große Mandel

Kriminalroman

WILHELM HEYNE VERLAG
MÜNCHEN

Unter *www.heyne-hardcore.de* finden Sie das komplette Hardcore-Programm, den monatlichen Newsletter sowie unser halbjährlich erscheinendes CORE-Magazin mit Themen rund um das Hardcore-Universum.

MIX
Papier aus verantwortungsvollen Quellen
FSC® C014496

Verlagsgruppe Random House FSC® N001967
Das für dieses Buch verwendete FSC® zertifizierte Papier *Holmen Book Cream* liefert Holmen Paper, Hallstavik, Schweden

Originalausgabe 05/2014

Printed in Germany 2013
Redaktion: Heiko Arntz
Umschlaggestaltung: Eisele Grafik Design, München; Fotos von Martina Eisele, shutterstock
Autorenfoto: © 2013 by Thomas Tiltmann
Satz: Greiner & Reichel, Köln
Druck und Bindung: GGP Media GmbH, Pößneck
ISBN: 978-3-453-67661-9

www.heyne-hardcore.de

In Gedenken an den echten Sigi Singer.

Für Barbara und Ludwig.

SOUTHERN GERMAN CHAMPIONSHIP WRESTLING

Walter Wylde (Eigentümer, Präsident)
Franz Schubert (Vize-Präsident)
Arslan Ökdal alias Attila The Turk (Schwergewichtsweltmeister)
Louis XIV
Crazy Sexy Klaus
Jonny Rebel
Fabio Immortale
Diego Latino
Ghostdog
Kassandra Red (Frauen-Weltmeisterin)
Dynamite Davey Jones (The British Brawler)
Whitney Spears
Chris Rage
Boris Moscow
Tony Trinkgeld (Manager)
Jan Kozlovič (Ringrichter)

If personality is an unbroken series of successful gestures, then there was something gorgeous about him, some heightened sensitivity to the promises of life, as if he were related to one of those intricate machines that register earthquakes ten thousand miles away.

F. Scott Fitzgerald, The Great Gatsby

I walked toward him, thinking I should kick the shit out of him too, while I had the chance. Instead I held out my hand. »Thanks for the match, Shawn.« He shook my broken hand and started crying even harder.

Bret »The Hitman« Hart

Kurt ist leise, aber wichtig, immer hier und überall. Kurt kennt alle, doch nicht richtig, doch das ist dem Kurt egal.

Frank Zander, Hier kommt Kurt

1
Ende

Der Mandel ist weg. Der Mandel ist nicht mehr da. Er geht nicht ans Telefon, er ist nicht in seiner Wohnung – ich habe lange und ausdauernd davor gewartet –, und er arbeitet offensichtlich nicht mehr bei dem Download-Portal; auch dort habe ich nachgefragt. Ich habe seinen Bruder angerufen, aber der hat sich bedeckt gehalten. Der Maximilian sei verreist, hat er ganz fremd und förmlich geantwortet. Ob es dem Maximilian gesundheitlich gut gehe, habe ich gefragt, denn als ich ihn zuletzt gesehen habe, hat er nicht ganz so gesund ausgesehen. Es ginge ihm gut, er sei nur einfach woanders, hat sein Bruder gesagt und sich dabei Mühe gegeben, seinen Dialekt zu unterdrücken, was ihn mir noch fremder machte. Mittlerweile habe ich die Suche aufgegeben. Ich habe ihm eine Nachricht geschrieben, in der ich mich für alles entschuldige, was im Juni passiert war, aber ich habe ihm auch gesagt, dass es zum großen Teil seine Schuld war. Er hat bisher nicht geantwortet.

Wir haben jetzt Ende Juli, der Sommer, der so vielversprechend brachial im Juni angefangen hatte, hat sich längst zerregnet, und die Zeit ist vorbei, in der man nachts im Unterhemd zum Westhafen laufen konnte, um in der warmen

Stille übers Wasser auf den alten Getreidespeicher zu starren. Es ist fast so, als hätte es diesen Juni nie gegeben. Den Juni, in dem alle wie auf ein Startsignal hin auf die Straßen hinausgebrochen sind und sich für den Rest des Monats in ein Café, in einen Biergarten oder an die Seen gesetzt haben, die beinahe so überfallartig warm geworden sind wie das Wetter. Wenn man jetzt, Ende Juli, raus zum Nordufer schaut, sieht man schwarze Regenschirme, die über schwarzen Kinderwagen aufgespannt sind, vorüberziehen, und natürlich den Hausmeister in seinem olivfarbenen Regenmantel, wie er auf einer Leiter an der Dachrinne herumbiegt. Umwerfen sollte man die Leiter.

Der Mandel ist weg. Alles, was von ihm übrig geblieben ist, ist das kleine schwarze Notizbuch mit diesen Fragmenten und Fetzen. Ich wusste lange nicht, dass er wieder Notizbuch schreibt. Vor etlichen Jahren war er dazu übergegangen, alles in sein Telefon hinein zu notieren, und das passte zu ihm, weil er verliebt war in seine Telefone und jedes neue Telefon immer bis zur letzten technischen Möglichkeit ausreizen musste. Computer waren ihm egal, aber bei seinen Telefonen kostete er jeden noch so unnötigen Fortschritt aus. Wer will schon, dass sein Telefon detaillierte Statistiken und Graphen darüber führt, mit wem man wie lange und warum telefoniert hat? Und wer will nachts von seinem Telefon wissen, welches Sternbild sich gerade über einem befindet? Der Mandel benutzte sein Telefon für alles. Er verwahrte dort digitale Kopien seines Führerscheins und seines Personalausweises in einer Art virtuellem Safe, er benutzte es als Taschenlampe, als Diktiergerät, als Fernbedienung, zum Schneiden der Fingernägel und eben auch als Notizbuch. Umso bemerkenswerter, dass er wieder ein echtes

Notizbuch führte. Natürlich erinnere ich mich noch an sein altes schwarzes Notizbuch, das er früher immer auf Konzerten dabeigehabt hatte, weil er sich die Songtitel notierte und Anmerkungen zur Songauswahl machte. Dass es wieder da war, dass sein kleines schwarzes Notizbuch, auch wenn es vielleicht ein neues war, gerade jetzt ein Comeback feierte, bestätigte mich darin, dass auch der Mandel langsam vor der Moderne kapitulierte. Dieses Notizbuch war jetzt vielleicht meine letzte Erinnerung an den Mandel, zumindest an unsere gemeinsame Zeit als private Ermittler. Denn ganz ehrlich: Ich glaube nicht, dass es je wieder einen gemeinsamen Fall für Mandel und Singer geben wird. Das Notizbuch ist somit nicht nur seine, es ist unsere Hinterlassenschaft.

Die Fragmente und Fetzen, die er in sein Notizbuch hineingeschrieben hat, habe ich mir in den letzten Wochen immer und immer wieder durchgelesen, fast konnte man den Eindruck bekommen, ich hätte die letzten unveröffentlichten Prophezeiungen des Nostradamus gefunden, so eine ungeheure Exegese betrieb ich da. Es blieben trotzdem nur Fetzen und Fragmente, aus denen man am Ende immer viel weniger herauslesen konnte, als man gerne gewollt hätte. Aber das passt zu ihm, denn selbst nach siebzehn Jahren, in denen ich den Mandel jetzt kenne, bleibt mein Eindruck von ihm im Grunde ein Fragment, der reinste Fetzen von einem Charakter. Es ist mir in siebzehn Jahren nicht gelungen, diesen Mann zu entschlüsseln. Und ob es mich traurig macht, dass er weg ist? Ich weiß es gar nicht. Es ist eher eine Taubheit, die sich meiner bemächtigt. Eine matte Taubheit, sodass ich mich am liebsten sofort hinlegen will, sobald ich an ihn denke. Jetzt, da ich hier sitze und versuche aufzuschreiben, wie das alles, was gerade geendet hat, anfing, bin ich so sterbensmüde, dass ich am liebsten für Tage ins Bett gehen würde, obwohl es erst Viertel vor zwei Uhr nachmittags ist. Draußen tobt der Herbst, als hätte man ihm gerade die Ketten abgenommen. Wir haben Ende Juli.

Das einzig Vernünftige, was mein zwanghafter Vater mir mit auf den Weg gegeben hat, ist, dass es nichts bringt, sich ständig über die anderen aufzuregen, weil der Ursprung jeglicher Verfehlung meist nur im eigenen Sud zu finden ist. Der wahre menschliche Makel ist die eigene Unzufriedenheit, und sie führt ohne Umwege zu Missgunst und Niedertracht, hat er gesagt. An den überflüssigsten Scheißdreck aus seinem Mund habe ich mich bis heute gehalten, keine Industrietomaten aus einem deutschen Supermarkt zu kaufen oder in Italien bevorzugt in Lokalen zu essen, in denen man nicht draußen sitzen kann, weil man so das Risiko von Touristenrestaurants minimiert, oder jedes Jahr fünfmal das Sieb an den Wasserhähnen mit Essig zu reinigen, aber an den einen wirklich guten Rat eben nicht. Ganze Jahre, ja Jahrzehnte, habe ich damit zugebracht, unzufrieden mit meiner Situation zu sein, mich ungerecht behandelt zu fühlen und mich über unsere Gesellschaft zu beklagen, die es den Maulaffen ermöglicht, ein Sahnehäubchenleben zu führen, während unsereins lebenslang im Mittelmaß herumkrebst, nur weil einem die Eltern beigebracht haben, das Maul nicht so weit aufzureißen. Irgendwann haben mir die Maulaffen für meine Lamentos nicht mehr ausgereicht, und da habe ich mir zusätzlich die Ignoranten vorgeknöpft. Die da sind, wo sie sind, ohne groß darüber nachzudenken, warum sie da sind, wo sie sind und wie sie dahin gekommen sind. Die keinen Funken Energie darauf verschwenden zu überlegen, wo sie denn in Gottes Namen hinwollen und was die ganzen anderen Menschen hier zu suchen haben.

So jemand war der Mandel. Sein Ignorantentum, das alle für die innerste und buddhistischste Ruhe hielten, war nichts anderes als die Weigerung, sich mit den Nöten und Befindlichkeiten seiner Mitmenschen zu befassen. Eine brutale, wenn auch nicht persönlich gemeinte, Zurückweisung von allem, was ihn nicht unmittelbar selbst betraf. Und damit auch eine Abwehr meiner ursprünglich tiefen Bewunderung für diesen Mann, auf den die Sonne selbst in den entlegensten Winkeln noch schien, während es für Leute wie mich nicht aufhörte zu nieseln. Max Mandel, Musikjournalist von Gottes Gnaden, Chefermittler, Lebenskünstler und ewiglicher Dandy.

Es war natürlich diese Zurückweisung, die mich im Fall Tilmann und bei der Norwegen-Episode dazu getrieben hatte, ihn so despektierlich zu beschreiben. Deshalb geschieht es mir nur recht, dass trotz und vielleicht sogar wegen meiner mitunter gemeinen Schilderungen sein Beliebtheitsgrad nur noch zugenommen hat. Nahezu jeder, der meine Berichte über unsere beiden großen Fälle gelesen hat, ist mit einer Vorliebe für den Mandel aus der Lektüre gekommen und der Gewissheit, dass der Erzähler ein nörgelnder Neidhammel war. Aber erst seit der Mandel weg ist, begreife ich es und kann es mittlerweile sogar aussprechen: Du bist Sigi Singer, der ewige Underdog, die Nebenfigur. Aber das ist nicht schlimm, denn du hast den Mandel erst groß gemacht. Ohne den Unterschied zu dir, ohne die Fallhöhe, hätte er nicht so erstrahlen können. Maria hat es schon viel früher gewusst, auch wenn sie es nicht besonders elegant formuliert hat: »Du bist doch nur der Jubelperser vom Max. Ohne deinen ständigen Applaus wäre doch nie so ein eingebildeter Pinsel aus ihm geworden«, hatte sie in einem Streit gesagt. So gestritten hatten wir uns an jenem Tag, dass ich ihren Ficus samt Übertopf vom Balkon geworfen hatte. Aber auch dank ihr kann ich die Dinge jetzt besser einordnen: Ich bin Sigi Singer, der ewige Underdog, und der Mandel ist die Lichtgestalt. Dank mir ist er das. Es ist nichts Persönliches, es ist nur eine Konstellation, ein kosmischer Zufall, eine partikuläre Reaktion, wie man sie zu Abermilliarden bei Beziehungen zwischen Lebewesen findet. Für eine Konstellation kann niemand etwas, dafür muss man sich nicht schämen. Es gibt kein Besser oder Schlechter, es gibt nur ein Verhältnis.

Ich muss darauf bestehen, dass ich ihn selbst jetzt, wo er weg ist, immer noch als meinen besten Freund bezeichne, ganz egal, was sich in den letzten Wochen an Widerwärtigkeiten zwischen uns zugetragen hat. Im Endeffekt war es ja nur so wie schon die ersten beiden Male: Unsere Freundschaft wurde von außergewöhnlichen bis absurden Ereignissen auf die Probe gestellt, sodass sie nicht anders konnte, als überbeansprucht zu sein.

Aber selbst wenn das jetzt wirklich das Ende von Mandel und Singer gewesen sein sollte, möchte ich doch in einem Zustand weiterexistieren, der mehr ist als der schnöde Status quo. In einer kosmischen Verbindung aus Vergangenheit, Gegenwart und Zukunft möchte ich leben, bei der dem einen Tempus nicht mehr Bedeutung als dem anderen zugemessen wird, also in einem Zustand, in dem es die Freundschaft zwischen mir und dem Mandel immer schon gab und immer weiter geben wird, egal wie es im Präsens um sie bestellt ist.

2
FEDERLING

Bevor ich von unserem letzten Fall erzähle, muss ich den Mandel einer Lüge überführen. Er hat ja immer behauptet, er hätte mit Wrestling nichts am Hut, er wüsste nichts darüber und es interessiere ihn auch nicht. Dass das nicht stimmt, habe ich schon geahnt, denn der Mandel lehnt oft programmatisch Erinnerungen ab, verbannt sie aus seiner Welt, wenn sie gerade nicht in sein Selbstbild passen. Zum Beispiel leugnet er hartnäckig, er habe je den Gitarristen von White Lion, Vito Bratta, gut gefunden, und doch erinnere ich mich lebhaft an eine Diskussion im Ginsberg, wo der Mandel behauptet hat, dass Bratta die Technik von Eddie Van Halen eigentlich erst perfektioniert hat. Heute behauptet er, er hätte nie White Lion gehört, sei sowieso strikt gegen Vierfinger-Tapping und hätte sich zudem damals schon ausschließlich mit Blues- und Jazzgitarristen beschäftigt. Die entschlossene und mutwillige Engstirnigkeit vom Mandel hat mich immer ein wenig an meinen Vater erinnert, und das ist nicht die einzige Parallele, wie ich mir nach einem längeren, aber sehr angenehmen Gespräch mit der Therapeutin von Maria, Frau Dr. Dorn, jetzt eingestehen kann. Auf jeden Fall konnte ich dem Mandel zunächst nicht beweisen, dass er über einen Hintergrund zum Thema Wrestling – oder Showcatchen, wie es bis Mitte der Neunziger in Deutschland auch genannt wurde – verfügte. Jetzt im Nachhinein habe ich allerdings erfahren, dass der Mandel eine Art Schnupperpraktikum in dem Bereich vorweisen kann. Ich bin seit ein paar Monaten bei einem sozialen Netzwerk und dort mit diversen Leuten aus meiner Studienzeit befreundet, darunter auch seit Kurzem mit Heiner Federling, der mit uns Germanistik studiert hat und der mit dem Mandel auf der Schule gewesen war. Der Federling war schon immer ein eher stiller Typ gewesen, einer dieser unauffälligen Zuhörer, die aber im besten Moment mit einem unerhörten Wissen aufs Hinterfotzigste zuschlagen können. Der Federling hat damals in der Uni-Cafeteria oft still lächelnd neben uns gesessen, und wenn er was beigetragen hat, dann war es immer ein feinsinniges und schlaues Detail, das keiner von uns beachtet hatte. Ich sage nur: die Formatkriege beim Vinyl Ende der Vierzigerjahre. Immer wieder hatte ich den Mandel anschließend gefragt, wer jetzt noch mal der stille, dünne Mensch bei uns am Tisch gewesen war, und der Mandel hatte bloß geistesabwesend den Kopf geschüttelt und gesagt: »Ach, das war nur der Federling.«

Und eben jenen Federling habe ich neulich unter höchst denkwürdigen Umständen wiedergetroffen und ihn anschließend über das Internet kontaktiert. Er hat mir eine interessante Geschichte über den Mandel erzählt.

Der Federling war damals mit dem Mandel bei der Schülerzeitung. Das muss Mitte der Achtziger gewesen sein. Der Mandel war Chefredakteur. Es war im selben Jahr, in dem er auch Klassensprecher wurde, weil sein bester Freund, Herwig Rottmayr, entsprechend Front für ihn in der 10b gemacht hatte, damit er einen Verbündeten in der Administration sitzen hatte. Der Wahlkampf war erfolgreich, weil es sich keiner mit dem Herwig verscherzen wollte, nicht nur weil er so beliebt war, sondern auch weil man vom Herwig wusste, dass er ordentlich hinlangte, wenn man ihm blöd kam. Blödkommen war natürlich reine Auslegungssache, und das letzte Wort dazu lag beim Herwig. Aus Dank für die erfolgreiche Wahlkampagne hatte der Mandel den Herwig in die Redaktion der Schülerzeitung mitaufgenommen, obwohl dieser nicht im Geringsten am Journalismus interessiert war. Als der Betreuungslehrer, Herr Gröbler, vom Herwig verlangt hat, dass er »auch mal was schreibt«, hat der Herwig einfach einen Artikel aus dem *Kicker* abgeschrieben und ihn als seinen Kommentar zum aktuellen Bundesligageschehen verkauft. Damals war der FC Bayern München vom ersten bis zum letzten Spieltag auf Platz eins gewesen, und sowohl Waldhof Mannheim als auch Bayer Uerdingen waren noch in der ersten Liga.

Jedes Jahr ist die Redaktion der Schülerzeitung vom Albertus-Magnus-Gymnasium, die im Übrigen *Die Penne* hieß und eine der ältesten Schülerzeitungen des Landes war, in ein kleines Dorf namens Veitshausen gefahren, aus dem der Betreuungslehrer Gröbler ursprünglich stammt. Dort gab es eine Art Tagungsstätte, im Prinzip nichts anderes als ein heruntergekommenes Gasthaus mit ein paar Stockbett-Zimmern, und dort tagte die Redaktion zwei offizielle Schultage lang über die Themen für die große Sommerausgabe in einem alten Festsaal, von dessen Wänden schon der Putz bröckelte. Herwig wollte unbedingt zur Schülerzeitung, weil er sich dadurch zwei volle Schultage im Juni, als es noch mündliche Noten gab, ersparte und sich außerdem auf Kosten der

Schule besaufen konnte. Durchgefallen ist er in dem Jahr trotzdem. Schon auf der Fahrt nach Veitshausen hatte Herr Gröbler seinen Schülern Bier aus der Kühlbox des Busfahrers spendiert, und somit waren beim ersten Mittagessen am Donnerstag in Veitshausen schon die meisten angetrunken, inklusive dem Gröbler und der jungen Sport- und Vertrauenslehrerin Martha Haslinger, die im Skilager jedem männlichen Schüler aus ihrer Skigruppe zum Frühstück einen Kuss auf die Wange drückte, was den männlichen Schülern nur recht war, denn die Haslinger war eine adrette Person mit wilden braunen Locken und herausfordernd grünen Augen. Außerdem sprach sie ausschließlich im Dialekt mit ihren Schülern, und in Vertretungsstunden in Sport spielte sie mit den Jungs zusammen Fußball, während sie die Mädchen Illustrierte lesen ließ.

Auf der Exkursion mit dabei waren neben dem Mandel, Herwig und dem Federling noch Klaus Ansdorfer, ein Computerexperte, Nadescha Feuchter, eine immer leicht verwahrlost aussehende und notorisch gelangweilte Neureiche, die aus Celle in die Oberpfalz gezogen war und die später mal Violoncello bei Deine Lakaien gespielt hat, Jürgen Sperlich, der wegen einer nicht genauer bekannt gewordenen Sache bei den Domspatzen hinausgeflogen war, und die kleine, blonde Daniela Kammermeier, auf die der Mandel stand, und mit der Herwig schon in der Achten was gehabt hatte. Das Problem bei Daniela Kammermeier war, dass sie sich seit der zehnten Klasse nicht mehr wie ein typisches Mädchen benahm, nicht mehr in kurzen Röcken herumstolzierte und schäkerte wie noch in der Neunten, sondern plötzlich Camus las und ihre gesamte Schulzeit mit dem Federling verbrachte, der aber gerüchteweise nur ihr Kumpel war. Herwig hatte dem Mandel im Beisein vom Federling empfohlen, die Kammermeier zu vergessen, sie wäre erstens frigide, und zweitens läse sie selbst im Sommer den ganzen Tag, da konnte man sich laut Herwig ja denken, »was das für eine Psychotante war«. Das hat den Mandel alles andere als abgeschreckt, und obwohl er vorerst keine Anzeichen einer Annäherung ihrerseits ausmachen konnte, rechnete er sich nach seiner Ernennung zum Chefredakteur im Mai doch größere Chancen bei ihr aus.

Dementsprechend großkaufmännisch muss er auf der ersten Redaktionskonferenz am späten Donnerstagnachmittag in Veitshausen aufgetreten sein, als er die Themen verteilt hat. Mit Herwig hatte er bereits im Vorfeld abgesprochen, dass der einen Bericht zur vergangenen Saison vom SSV Jahn, dem Fußballclub der Stadt, schrieb, und jetzt vergab er mit Herrn Gröbler abgestimmte Themen an seine Redakteure. Nadescha Feuchter bekam einen Essay zum Thema »Ethikunterricht als Alternative zum Religionsunterricht«, den sie sich gewünscht hatte, weil sie als Einzige im Jahrgang nicht katholisch war, der Ansdorfer durfte etwas über den ersten Macintosh-Computer schreiben, und an Daniela überreichte der Mandel geradezu feierlich die Aufgabe, den Leitartikel über die Probleme in der Kernkraft zu verfassen, den sich Herr Gröbler so sehr gewünscht hatte, denn der Gröbler war ein Grüner, wie man hinter vorgehaltener Hand am Albertus-Magnus-Gymnasium munkelte. Der Artikel wurde später von der Schulleitung als unpassend empfunden und aus der Druckvorlage entfernt, obwohl der Direktor Unseld dem Gröbler bei dessen Amtsantritt als Betreuungslehrer für die Schülerzeitung versprochen hatte, keinerlei Zensur auszuüben. Zum größtmöglichen Unmut vom Mandel fragte Daniela Kammermeier, ob es nicht möglich wäre, den Artikel zusammen mit dem Federling zu schreiben, weil sie doch auch in der letzten Ausgabe so gut bei dem Bericht über die Gefahren von Fast Food zusammengearbeitet hätten. Das hatte sich der Mandel freilich ganz anders vorgestellt, hatte er doch erst letzten Monat ein Interview mit dem Leiter vom Kernkraftwerk OHU bei Landshut geführt, dessen Auswertung er mit Daniela in einer zweiköpfigen Arbeitsgruppe betreiben wollte. Der Federling kann sich deutlich erinnern, sagt er, wie dem Mandel das Lächeln auf den Lippen abgestorben ist, als Daniela um die Zusammenarbeit mit ihm gebeten hat. Der Federling ist nicht nur ein genauer Beobachter, er scheint auch ein gutes Gehör zu haben – er hat nämlich auch mitbekommen, dass Herwig anschließend dem Mandel zugezischt hat: »Dem Federling, dem stellen wir das Gas schon noch ein.«

Jetzt muss man natürlich dazusagen, dass der Federling schon naturgemäß für jemanden wie den Herwig ein Feindbild darstellte. Der Federling war schmächtig, trug eine kleine, runde Brille mit einem schmalen Goldrand, hatte dünne, fast weißblonde Haare, sprach meistens sehr leise und dazu noch hochdeutsch, trank keinen Schluck Alkohol und war schlecht in Sport. Was den Federling vor groß angelegten Mobbing-Aktionen schützte, war lediglich die Tatsache, dass er die schwarzen John Player rauchte, eine Marke, die selbst einem Camel-ohne-Raucher wie Herwig Respekt einflößte, und dass er die ausschließliche Entourage von Daniela Kammermeier bildete, die trotz ihrer Wandlung zur Literatin immer noch ziemlich gut aussehend war. Ansonsten war der Federling ein Streber wie aus dem Bilderbuch, der sogar einmal den Französischunterricht hatte leiten dürfen und in Physik nicht mehr ausgefragt wurde, weil seine mündliche Eins aufgrund der perfekten Hausaufgaben sowieso seit Anfang des Schuljahrs feststand. Dem Mandel war der Federling eigentlich immer wurscht gewesen, er hatte die Anstachelungen vom Herwig einfach überhört, zumindest bis zu dem Moment, als der Federling seinen großen Auftritt als Chefredakteur bei der Vergabe des Leitartikels an Daniela Kammermeier zunichtegemacht hatte.

Nach dem Abendessen, einem Cordon bleu mit Kroketten als Beilage und Bier für alle bis auf den Federling, schickte Herr Gröbler seine Redakteure aufs Zimmer und blieb mit Frau Haslinger noch im Gastraum sitzen, wo der Wirt, mit dem zusammen sich der Gröbler schon in Wackersdorf an den Bauzaun hatte ketten lassen, um gegen die Wiederaufbereitungsanlage zu protestieren, mittlerweile eine Jimi-Hendrix-Platte aufgelegt hatte. Natürlich ging keiner der Nachwuchsredakteure ins Bett; sie trafen sich alle in dem großen Bubenzimmer, das genau wie das der Mädchen aus vier auf die Raumecken verteilten Stockbetten mit Holzrahmen bestand, und einer sinnlos großen Fläche in der Mitte. Der Mandel und der Herwig teilten das Stockbett ganz hinten im Eck, während der Federling das Bett direkt neben der Tür für sich allein in Anspruch nahm. Jeder hatte sich noch ein, zwei Flaschen Bier mit nach oben genommen, und Herwig legte eine Kassette in seinen Kassettenrekorder ein. Dann zog er sich bis auf die Unterhose aus und seinen dunkelroten Bademantel darüber. Die anderen sahen ihn fragend an, aber der Herwig rülpste nur amüsiert. Er drückte auf die Starttaste, zog die schweren Vorhänge im Raum zu und machte das Licht aus. Es war jetzt stockfinster, und wenn man sich nicht gemerkt hatte, wer wo zuletzt saß, man hätte es nicht einmal erahnt. Vom Band kam eine Melodie,

die zwar jeder kannte, aber keiner so richtig benennen konnte. Bis auf den Federling natürlich. *Also sprach Zarathustra* von Richard Strauss; das war für ihn als Klassikliebhaber die leichteste Übung. Dann ging das Licht wieder an, und Herwig stolzierte mit seiner blauen Unterhose und dem roten Bademantel im Raum herum, und niemand wusste, was das sollte. Niemand bis auf den Federling.

»Ric Flair«, sagte er, und zum Entsetzen der Anwesenden stürzte sich Herwig nach diesen Worten wie ein wildes Tier auf den Federling, drückte ihn aufs Bett und gab ihm ein schallendes High-Five. Den fragenden Blick vom Mandel beantwortete er anschließend mit:

»Ric Flair ist der Schwergewichtsweltmeister im Catchen – kennst du den nicht?«, und machte den Kassettenrekorder wieder aus.

»Vom Hörensagen«, sagte der Mandel, der offenbar schon damals nicht zugeben konnte, das er irgendetwas nicht kannte. »Wo sieht man den?«, fragte er.

»Im amerikanischen Fernsehen«, sagte Herwig stolz, weil er jedes Jahr in den großen Sommerferien ein paar Wochen bei seinem Onkel Elmar auf einer Ranch in der Nähe von Austin, Texas, Urlaub machte. 1984 fing das mit dem Satellitenfernsehen schon an, aber der Vater vom Mandel hatte der neuen Technologie so lange misstraut, dass er erst 1992 eine Schüssel auf sein Dach montieren ließ.

»Wir catchen jetzt eine Runde«, sagte Herwig. »Ich bin mit dem Mändi in einem Tag Team und du mit dem Klaus«, instruierte er den Federling.

»Was ist ein Tag Team?«, fragte Klaus Ansdorfer.

»Einer steht im Ring, und wenn der andere rein will, klatscht man sich ab«, erklärte der Federling.

»Und wie gewinnt man?«, fragte der Ansdorfer.

»Man wirft den anderen mit Ringergriffen zu Boden, aber man darf auch zuschlagen. Eigentlich ist alles erlaubt. Am Ende pinnt man den anderen. Der Ringrichter zählt bis drei, und dann ist der Käse gegessen«, sagte Herwig.

»Aber das ist natürlich alles nur Show, wir tun nur so, als ob. Es ist sogar abgesprochen, wer gewinnt«, sagte der Federling.

»Und wer gewinnt?«, fragte der Mandel

»Wir natürlich – blöde Frage«, sagte Herwig und begann die Matratzen aus allen Stockbetten zu entfernen, in die Mitte des Raums zu werfen und zu einer riesige Kampffläche zusammenzulegen.

»Du bist der Ringrichter«, sagte Herwig und deutete auf Daniela Kammermeier.

»Was muss ich da tun? Punkte verteilen?«, fragte sie belustigt, weil sie auch schon einen leichten Schwips hatte.

»Bis drei zählen, das schaffst du noch, Daniela, oder?«, sagte der Herwig, und Daniela machte ein Hahaha-Gesicht.

»Jedes Team braucht einen Einmarsch«, sagte Herwig, »die Show ist das Wichtigste.« Er machte den Strauss wieder an, nahm Mandels Hand, reckte sie in die Luft und lief dann mit dem Mandel im Zimmer auf und ab. Der Federling und der Ansdorfer bekamen keine eigene Einmarschmusik.

»Die Ringglocke, wenn's recht ist, Frau Kammermeier«, sagte Herwig, und Daniela Kammermeier klopfte gedankenschnell mit einem Kugelschreiber auf ihre Bierflasche.

Als Erste standen sich Herwig und der Federling gegenüber. Ich habe den Federling am Telefon natürlich gefragt, woher er sich damals schon so gut mit Wrestling ausgekannt hat, ob er auch einen Onkel in Amerika gehabt habe, aber die Federlings waren damals Teil eines Eutelsat-Pilotprojekts und konnten so schon früh die Sendung *Ring Frei* empfangen, dem Herrn Postminister Schwarz-Schilling sei Dank.

Herwig zog sich den Bademantel aus und stand jetzt nur noch in seiner blauen Unterhose da. Dann packte er sich den Federling, der mittlerweile seine Brille abgelegt hatte, und legte ihn sich wie einen Schal um den Hals. Er drehte sich mehrmals im Kreis und schrie dabei laut »Helikopter, Helikopter«. Dann ließ er ihn auf die Matratze fallen und hielt sich an einem Bettrahmen fest, weil ihm offensichtlich schwindlig von den vielen Umdrehungen war. Nadescha Feuchter applaudierte höflich, und der Domspatzen-Sperlich lachte gehässig. Der Federling rappelte sich mit einem sanften Lächeln wieder auf und klatschte mit Klaus Ansdorfer ab. Herwig wechselte mit dem Mandel. Der stand einfach nur da und sah den Ansdorfer fragend an, der genauso fragend zurückschaute.

»Darf man beim Catchen auch boxen?«, fragte der Ansdorfer.

»Beim Catchen darf man alles, hab ich doch gesagt«, sagte Herwig.

Klaus Ansdorfer gab dem Mandel einen Magenschuber, dass er zusammensackte.

»Du Arsch«, sagte der Mandel.

»'tschuldigung, ich wollte nur antäuschen«, sagte Ansdorfer.

»Jetzt sei kein Softie, Mändi, wehr dich«, sagte Herwig.

Der Mandel stand auf und schubste Ansdorfer gegen eins der Stockbetten. Der haute sich den Kopf an der oberen Leiste an.

»Geh du rein, ich hab keine Lust mehr auf den Scheiß«, sagte der Ansdorfer zum Federling.

»Du bist eine leere Hos'n, Klaus«, sagte Herwig.

»Ich muss eh aufs Klo«, sagte Klaus Ansdorfer.

»Mach mal einen Slam«, sagte Herwig zum Mandel.

Der Mandel sah den Federling fragend an, aber der nickte vertrauensselig.

»Wie geht ein Slam?«, wollte der Mandel wissen.

»Heb ihn einfach aus und wirf ihn auf den Boden«, sagte Herwig.

Daniela Kammermeier blickte vom Herwig zum Mandel, und vom Mandel zum Federling und dann wieder zum Mandel. Der Mandel lächelte sie an und hob den Federling dann ohne große Mühe nach oben, bis er wie ein Kleinkind an seiner Schulter lehnte. Dann ließ er ihn mit Schwung auf die Matte fallen, und der Herwig klatschte begeistert in die Hände.

»Weltklasse, Mändi«, sagte er.

Der Federling wollte aufstehen, wurde aber von Herwig angeherrscht: »Bleib liegen, der Mändi macht jetzt einen Elbow Drop.«

»Einen was?«, fragte der Mandel.

»Wie der Macho Man Randy Savage«, sagte Herwig. »Du stellst dich auf das obere Stockbett und springst dann mit dem Ellbogen zuerst auf den Federling drauf.«

»Aber du musst mit den Füßen zuerst aufkommen, damit du den Fall bremst und mir nicht wehtust«, sagte der Federling, immer noch brav auf der Matratze liegend.

»Heini, steh auf, die beiden spinnen doch«, sagte Daniela Kammermeier und sah den Federling angsterfüllt und irgendwie zärtlich an. Man weiß nicht genau, ob dieser letzte Blick das Sprungverhalten vom Mandel entscheidend beeinflusst hat, oder ob er einfach Schwierigkeiten mit der Körperbeherrschung hatte. Auf jeden Fall kam er von dem hintersten oberen Stockbett ziemlich ungelenk heruntergesegelt, den rechten Ellenbogen spitz vorangestellt, und traf mit diesem punktgenau auf dem Brustkorb vom Federling auf. Füße waren da vorher keine aufgekommen. Der Federling hat mir erzählt, er hat genau gehört, wie es geknackt hat, als der Mandel seinen Ellenbogen in seine Brust hineingerammt hat. Der Mandel lag ratlos mit seinem Ellenbogen auf ihm, während der Federling um sein Leben hustete, als würde er jeden Moment ersticken.

»Hab ich dir wehgetan?«, fragte der Mandel.

»Laber nicht, pinn ihn, Mändi!«, schrie Herwig. »Daniela, zähl bis drei!«

Daniela Kammermeier hatte sich längst besorgt über den mittlerweile nur noch röchelnden Federling gebeugt, als der Herwig angesprungen kam, sich neben dem Federling auf den Boden warf und dreimal mit der Hand auf die Matratze haute, dass der Staub aus dem Matratzenbezug nur so in die Luft wirbelte.

»*One, two, three! And the winner of this bout: The team of Mändi Savage and Hulk Herwig!*«, schrie er, riss den Mandel vom Federling herunter und stemmte ihn in einer freudigen Umarmung in die Luft. Der Mandel lächelte schüchtern von oben herunter.

»Ihr seid solche Arschlöcher«, sagte Daniela Kammermeier, während der Federling vor sich hin röchelte. Der vom Klo wiedergekehrte Klaus Ansdorfer hat dann sofort den Lehrer Gröbler gesucht und ihn hysterisch kichernd und total blau mit Frau Haslinger in der Kaminecke der Wirtsstube vorgefunden. Er und die Haslinger haben den Federling mit dem VW Käfer vom Wirt ins nächstgelegene Krankenhaus nach Dingolfing gefahren, wo man einen Rippenstückbruch diagnostizierte, das bedeutet, dass zwei ganze Rippen herausgebrochen waren, was sonst nur bei schlimmen Fahrradunfällen der Fall ist, hat der Oberarzt gesagt. Der Oberarzt hat angeblich gerade noch ein Kollabieren der Lunge verhindern können, und noch heute hat der Federling hin und wieder stechende Schmerzen in der Brust und kann keinen Leistungssport mehr treiben, hat er mir erzählt. Natürlich hat der Lehrer Gröbler den Mandel gefragt, warum er denn mit dem Ellenbogen voran auf den armen Federling gesprungen ist, aber der Mandel hat gesagt, sie hätten halt ein wenig herumgescherzt. Von Catchen oder Wrestling hat er nichts erwähnt, wahrscheinlich damals schon ahnend, dass man sich als zukünftiger Qualitätsjournalist besser nicht mit so einer zwielichtigen Sportart in Verbindung bringt.

Der Federling ist übrigens seit 1990 mit Daniela Kammermeier verheiratet, die beiden haben drei Kinder. Er schaut auch heute noch für sein Leben gern Wrestling, hat er mir erzählt.

3
Spinnenfrau

Ende Mai hatte ich den Norduferblick längst für mich allein. Und den ganzen Schreibtisch. Und das gesamte Büro. Sogar der PC, den wir vor zwei Jahren bestellt hatten, war noch hier, wahrscheinlich hatte ihn der Mandel deshalb nicht mitgenommen, weil er in einer Tour abstürzte, wenn man mehr als zwei Programme gleichzeitig laufen ließ. Immerhin hatte ich durch ihn Zugriff auf die Musiksammlung vom Mandel, und es gab niemanden, der mich in der Musikauswahl unterdrückte, mir seinen erlesenen Musikgeschmack hineinwürgte oder meinen schlechtredete. Der Sascha hat dem Mandel damals gleich nach der Kündigung beim *Rock'n'Roll-Express* alle Songs von seinem Firmenrechner auf eine Festplatte überspielt und von da aus dann wieder auf den neuen Computer, weil der Mandel selbst noch nicht einmal eine externe Festplatte mit einem Computer verbinden konnte. Genau wie der Mandel war auch ich bis vor ungefähr zwei Jahren bei dem Musikmagazin *Rock'n'Roll-Express* angestellt gewesen, allerdings als Online-Redakteur, während der Mandel den Grandseigneur des deutschen Musikjournalismus gegeben hat und durch die Welt gereist ist, um Musiker Dinge zu fragen, die ihn eigentlich nicht interessierten. Auch ich hatte damals eine Menge Lieder auf meinem Firmenrechner, aber die hat der Sascha nicht in das neue Leben hinüberretten wollen, zumindest nicht ohne Honorar. Aber dafür hatte ich ja jetzt die Sammlung vom Mandel mit all seinen stilistischen Querschlägern. Den Kraftblues aus der DDR mit Alben von Engerling, Freygang und Monokel, griechischen Rembetiko aus den Zwanzigerjahren, Calypso der Dreißiger, brasilianischen Psych-Funk der Siebziger, türkische Diskoballaden aus den Sechzigern, norwegischen Black Metal aus den Neunzigern, steinalten Memphis-Blues, französische Chansons im Wandel der Jahrhunderte und Jazz, Jazz und noch mehr Jazz. Eine Zeit lang war der Mandel fast ausschließlich auf den Spuren von Protestmusik und Subkultur gewandelt, ohne Rücksicht auf Zugänglichkeit, wie man an seiner Playlist mit dem Namen *Anti* sehen konnte. Gott sei Dank besaß der Mandel auch noch andere Musik. Nach der Sache mit Norwegen habe ich mich an die warmen, nach Ahorn, Buche und Mahagoni klingenden Analogschlagzeuge der Siebzigerjahre gehalten. Die schaumigen Bässe, die eingefetteten Gitarrensoli aus angekokelt riechenden Röhrenverstärkern, das alles vermittelte mir eine gewisse Lebensberuhigung. Ich hörte sogar die Doobie Brothers.

Seit der Mandel aus dem Büro ausgezogen war, gab es keine Streits mehr über Musik und ihre Qualität, und keine Belehrungen darüber, wer wann unter welchen Umständen und warum welches Lied geschrieben hatte, und auch keine Anekdoten darüber, womit Robert Fripp heute sein Geld verdiente (er schrieb unter anderem die Systemmusik für Windows). Das alles war mit dem Mandel verschwunden, selbst die Kaffeemaschine hatte er mit nach Hause genommen. Alles, was blieb, waren der Schreibtisch, der Computer und die Musiksammlung. Die alten Akten von Mandels Onkel Hans, dem ursprünglichen Privatdetektiv, von dem er das Büro geerbt hatte, schmiss ich weg, denn ich brauchte Platz für einen Tisch und eine kleine Schlafcouch. Den alten Esszimmertisch aus dem Antiquitätenladen, den ich eigenhändig abgeschliffen hatte, eine der größten handwerklichen Leistungen meines Lebens, hatte mir Maria mit dem Auto hinterhergefahren, was wirklich lieb war, das hätte sie nicht machen müssen. Es gab natürlich nicht viel Platz in dem Büro am Nordufer, man musste sich gut organisieren, aber ich will mich nicht schon wieder beklagen. Es war schließlich ein menschlich feiner Zug vom Mandel, mich für einige Zeit hier wohnen zu lassen, nachdem Maria mich im Frühjahr aus unserer gemeinsamen Wohnung geschmissen hatte. Ich war ihr schon jetzt nicht mehr besonders böse deswegen; sie hatte ja recht damit, dass sie in letzter Zeit die Miete alleine gezahlt hatte, und mit dem Vermieter hat sie sich ja auch immer ausgezeichnet verstanden, da war der Hauptmieterwechsel kein Problem. Und die Wohnung wurde auch immer mehr zu *ihrer* Wohnung, spätestens als sie anfing, diesen Arne, einen Eventmanager, mitzubringen und so laut mit ihm zu schlafen, dass ich nur noch mit Kopfhörern fernsehen konnte. Da hatte ich im Prinzip schon keine Lust mehr auf die Wohnung, aber man sitzt halt manche Dinge einfach zu lang aus. Es war gut, dass Maria dann eine Entscheidung für uns beide getroffen hatte. Dass der Mandel dann gleichzeitig aus dem Büro ausgezogen ist, damit ich darin wohnen konnte, war wie gesagt ein feiner Zug, aber jetzt auch kein großes Opfer, er war ja ohnehin nur noch einmal in der Woche da, und davon verbrachte er die meiste Zeit zeitungslesend im Deichgraf gegenüber.

Über das Ermittlungsbüro war in letzter Zeit nicht mehr viel Geld hereingekommen, man könnte auch sagen: gar keines. Diese Norwegen-Sache hatte uns mehr zugesetzt, als wir wahrhaben wollten. Ich weiß noch, wir haben uns nach unserer Rückkehr wochenlang apathisch gegenübergesessen und hatten Angst, dass das Telefon klingelt und die Behörden aus Bergen dran wären. Der Mandel hat irgendwann angefangen, für einen ehemaligen Kollegen vom *Express*, der jetzt bei dieser großen Download-Plattform als Verkaufsleiter arbeitete, wohlmeinende Plattenkritiken zu schreiben. Denn man will ja in einem Download-Geschäft etwas verkaufen und kann deshalb schlecht die eigene Produktpalette verreißen. Das Wohlmeinen fiel dem Mandel nicht schwer, er war eh nie ein großer Verreißer gewesen, weil er nahezu alle Musiker auf der ganzen Welt persönlich kannte und sich gut mit ihnen verstand. Anfangs schrieb er nur so nebenbei für das Portal, aber nach und nach wurde es zu seiner Hauptbeschäftigung, und mittlerweile delegierte er Aufträge gegen eine Beteiligung an andere freiberufliche Journalisten, allerdings nicht an mich. Es war bizarr, aber der Mandel schien wirklich eine Freude daran zu haben, diese Rezensionen zu schreiben. Ich glaube, das war nicht nur die feuilletonistische Altersmilde, sondern auch die Schuld von Anni, die ihn mit ihrer patzigen Art zu einem festen Einkommen und einer Abkehr von dieser unsicheren Tätigkeit als selbstständiger Ermittler angestachelt hatte.

Anni musste es ja wissen – sie war Modebloggerin von Beruf, zweifelsfrei der deprimierendste Beruf aller Zeiten gleich nach Bassist, weil man sich ja quasi ausschließlich damit beschäftigt, was andere Leute anhaben, ohne etwas daran ändern zu können. Modebloggen ist zudem praktisch ein

Leben ohne Freizeit, denn irgendjemand hat ja immer irgendetwas an, man ist also im Dienst, solange man wach ist. Das muss einen zermürben. Ich verstand natürlich, warum man bei der Anni erst mal die Tätigkeit ausblenden konnte, denn sie war ein Fang. Kalkweiß wie der Mond, Hüftknochen wie Knäufe indischer Dolche, Haut wie Hotelgeschirr aus dem vorletzten Jahrhundert, blassrotes Haar wie ein Sonnenaufgang bei Bodennebel und ein undurchdringlich schmaler Mund, der einem die wahre Gesinnung nicht mit dem beiläufigsten Zucken verriet. Arg dünn war sie, aber sonst wirklich ein Fang. Wobei sich dann bei der Anni ja schnell herausgestellt hat, dass ihre roten Haare und die weiße Haut nicht darüber hinwegtäuschen konnten, dass sie weder besonders viel Spaß noch besonders viel Ernst verstand, und eigentlich überhaupt nichts verstand außer Mode, weil sie auch nichts verstehen wollte, weil es ihr auch egal war. Und während ich das aufschreibe, wird mir schlagartig klar, dass der Mandel sich vielleicht einfach nur ein weibliches Pendant gesucht hat, nur dass das Pendant eben keine Musik-, sondern Kleidungsstücke sezierte. Es war meist schier unerträglich, auch nur eine Stunde in der Gesellschaft der beiden zu verbringen, weil so ein bedrückendes allgemeines Desinteresse in der Luft lag, das beide wiederum ignorierten, was es noch bedrückender machte. Einmal war die Anni im Deichgraf dabei gewesen, das war ganz am Anfang ihrer Beziehung, und es gab ständig ein Bussi hier und ein nervöses Herumzupfen da, und geredet wurde nur über die Speisekarte – und die gibt im Deichgraf nicht besonders viel Gesprächsstoff her, außer es sind Grünkohlwochen – und über Schulterpolster. Das war schon blöd genug, aber nicht so defätistisch wie das große herumlungernde Desinteresse der beiden, das bereits nach drei Monaten einsetzte und ganze Restaurants ausfüllen konnte, wenn sie mich dann mal alle heiligen Zeiten zum Italiener einluden. Ich konnte nicht beurteilen, ob der Mandel glücklich mit seiner Anni war, dazu sah ich ihn zu selten. Und wenn, dann war er kurz angebunden und fragte mich nach meiner Kontonummer, obwohl ich sie ihm schon fünfmal per E-Mail geschickt hatte.

»Du musst mir keine zweihundert Euro überweisen«, sagte ich. »Fünfzig reichen vollkommen. Ich brauch ja nur ein paar Lebensmittel.«

»Wegen fünfzig Euro mach ich doch mein Online-Banking gar nicht erst auf. Und jetzt meld doch endlich mal Arbeitslosenhilfe an, dann musst du dir kein Geld ausleihen, wenn es dir immer so unangenehm ist. Jedes Mal das Theater«, sagte der Mandel, der sich mir gegenüber nicht knickrig verhielt, auch das soll hier festgehalten sein.

Das mit dem Arbeitslosengeld hatte ich ja auch schon überlegt, aber es fiel mir so unendlich schwer, noch mal aufs Arbeitsamt zu gehen, nachdem ich mich beim letzten Mal so mit der Frau vom Akademikerflur gestritten hatte, weil sie mir das Überbrückungsgeld für eine Existenzgründung als privater Ermittler verweigert hat, da der Mandel und ich dummerweise schon im Vorjahr einen Gewerbeschein angemeldet hatten, wodurch ja keine Überbrückung mehr zu rechtfertigen war. Im Gegensatz zum Mandel blieb ich Privatdetektiv. Unser Gewerbeschein war noch gültig, die Festnetznummer noch erreichbar, und ich hätte mich jederzeit selbst durch die kompliziertesten Fälle von Hauskatzenentführung und die Überwachung blaumachender Supermarktmitarbeiter gearbeitet, wenn man mich nur endlich beauftragt hätte. Ich rief sogar unseren alten Bekannten, den

Leiter der achten Mordkommission, Dr. Winter, an und fragte, ob nicht auch die Polizei externe Rechercheure gebrauchen konnte, Leute, die wussten, wie man richtig googelt oder die Polizei zum Thema soziale Medien beriet. In denen war ich in den letzten Wochen sehr aktiv gewesen. Darüber hatte ich auch den Kontakt zur Spinnenfrau hergestellt, mit der ich nun täglich Nachrichten austauschte.

Die Spinnenfrau war eine Kommilitonin von mir in der Anglistik gewesen. Und sie hieß nur deswegen Spinnenfrau, weil sie vor ein paar Jahren auf einem Münchner Studentenfasching, auf dem ich sie zufällig getroffen hatte, als Spinne verkleidet gewesen war. Vorher hatte sie Conny Schmidl geheißen. Einen schwarzen, hautengen Ganzkörperanzug hatte sie angehabt, mit angeklebten Spinnenbeinen aus Filz auf dem Rücken und eine kleine, schwarze Maske über den Augen. Der Mandel und ich waren damals extra die sechshundert Kilometer hinunter in den Süden zum Faschingsaufreißen gefahren, als die Zeiten noch besser waren. Also die Zeiten vom Mandel und mir. Aber auch die vom Aufreißen, weil damals noch nicht jede flüchtige Bekanntschaft gleich einen Einkommensnachweis verlangt hat, wenn man nach einem zweiten Date gefragt hat. Damals hat es noch gereicht, wenn man bei einem Musikmagazin arbeitete.

Aber wie gesagt, ich kannte die Spinnenfrau schon viel länger. Allerdings war sie mir bei unserem allerersten Treffen an der Universität eher unangenehm aufgefallen. Beim Einstufungstest zum General Language Course saß sie neben mir und hat mich ständig etwas gefragt, mit so einem penetranten Zischen, dass der beaufsichtigende Mensch vom Lehrstuhl sich demonstrativ an das Ende unserer Stuhlreihe stellte und ich meinerseits nichts mehr vom anderen Sitznachbarn abschreiben konnte. Nicht nur mit ihrem Zischen hat sie mich molestiert, es kam auch noch ein Nasenring dazu, der in einer schiefen Nase steckte, und ein nachtmahrschwarzer Pagenkopf mit einem langen Pony. Sie wäre mit der Frisur eher was für den Mandel gewesen, der in den frühen Neunzigern noch nicht ganz über seine Gothic-Phase hinweg war. Die Spinnenfrau kam dann auch zu Recht nur in den Einserkurs, während ich direkt zum Zweier hinübergesprungen bin, und so begegneten wir uns auf der akademischen Ebene auch längere Zeit nicht wieder. Im Sommer des darauffolgenden Jahres hatte ich im Café am Haidplatz gesessen, als sich die Spinnenfrau plötzlich zu mir heruntergebeugte und fragte, was ich denn trinken wolle. Sie war offensichtlich die diensthabende Kellnerin und hatte jetzt lange blonde Haare, eine tadellos symmetrische Nase ohne Nasenring, und sie zischte nicht. Ich bin danach regelmäßig auf den Haidplatz zum Kaffeetrinken gegangen, und die Spinnenfrau hat sich im Gegenzug in die Haifischbar gesetzt, wo ich den Sonntagabend gearbeitet habe, an dem nie etwas los war. Meistens saßen da nur der betrunkene Weinhändler Wenzke, die Spinnenfrau und mein damaliger Schlagzeuger Steve Seidel. Ich weiß gar nicht, ab wann die Spinnenfrau so eine Art beste Freundin wurde, aber plötzlich verging keine Woche, in der wir uns nicht mindestens einmal sahen. Sie hatte so eine tiefbayerisch zutrauliche Art, die mir zunächst nicht geheuer war, aber bei der Spinnenfrau hatte der Dialekt so etwas Versöhnliches, so als würde man zu Hause am Kamin in einer Wolldecke sitzen und einen warmen Kakao von der Mama gebracht bekommen. Und wenn einem das Tiefbayerische an ihr zu viel wurde, dann konnte man sich ja immer noch an ihrer neuen Nase, dem schönen Hintern und an den graublauen nassen Augen erfreuen. Wir verstanden uns damals recht gut, die Spinnenfrau und ich, weil ich ein Gegengewicht zu ihrem schmierigen Lebensgefährten bildete, diesem Moritz von Grötlingen, einem groß gewachsenen Juristenschnösel mit verfrühtem Haarausfall, der neben dem Studium als Geschäftsführer von Pablo's Cantina, einem windigen Mexikaner mit überteuerten Fantasiecocktails mit Namen wie »Purple Desert Flower« arbeitete. Den wollte sie leider Gottes nie mit mir betrügen, und so versandete unser Verhältnis spätestens, als ich Iris Schwarz kennenlernte, über die ich hier nichts Genaueres schreiben kann, denn Iris Schwarz ist unglaublich nachtragend und wird zudem schnell ausfallend am Telefon. Vergessen Sie den Namen am besten gleich wieder. Nach ihrem ersten Staatsexamen hat die Spinnenfrau in München als Englischlehrerin ihr Referendariat absolviert, und ich hatte danach nur noch gehört, dass sie eine Affäre mit dem Sohn des Gastronomie-Giganten Morbus Siegmüller gehabt haben soll. Wiedergetroffen habe ich die Spinnenfrau dann auf dem erwähnten Münchner Studentenfasching, wo sie ja streng genommen erst zur Spinnenfrau wurde, vorher war sie ja nur die Conny Schmidl. Zu dem Faschingsabend selbst kann ich nicht mehr viel sagen. Der Mandel war schon mit einer mit Engelsflügeln und blonder Perücke heimgegangen, als ich vor dem Herrenklo, nach all den Jahren, der Spinnenfrau in die vielen Arme fiel. Einen Cuba Libre später haben wir uns wüst gegen eine Hauswand gedrückt. Daheim in ihrer kleinen Schwabinger Wohngemeinschaft bin ich dann aus Versehen zu früh eingeschlafen, weil ich so betrunken war. Am nächsten Tag hatte sie schon um acht Uhr früh ein Käsefrühstück vorbereitet, aber ich habe nichts hinunterbekommen.

Nun hatte ich die Spinnenfrau also über das Internet wiedergefunden, weil sie da in den Kontakten vom Steve Seidel aufgetaucht ist. Und danach sind eine Menge E-Mails vom Nordosten in den Süden gegangen, in denen ich Folgendes herausgefunden hatte. Erstens: Die Spinnenfrau wohnte wieder in der alten Stadt und unterrichtete dort Englisch an einer Montessori-Schule. Zweitens: Die Spinnenfrau war geschieden und hatte eine sieben Jahre alte Tochter. Drittens: Die Spinnenfrau würde mich gerne wiedersehen, aber sie konnte nicht zu mir kommen, weil sie ihre Tochter nicht allein lassen wollte. Ich wäre aber jederzeit unten im Süden willkommen. Als ich etwa zur gleichen Zeit das Inserat für die Wrestlingschule auf einer Fanseite entdeckte, wurde mir überfallartig klar, dass ich eher heute als morgen zurück in die Heimat fahren musste. Denn neben der Begeisterung für die Spinnenfrau hatte sich noch eine andere alte Begeisterung zurück in mein Leben geschlichen.

In den ersten Wochen, nachdem ich in unser ehemaliges Büro gezogen bin, habe ich noch regelmäßig Alkohol zu mir genommen, aber als dann der Bürowhiskey und das Gästebier aus waren, habe ich auch nichts mehr nachgekauft und anschließend ganz aufgehört mit dem Trinken. Und angefangen, jeden Morgen bis ganz vorne zum Westhafen zu laufen und wieder zurück. Gleich um die Ecke vom Büro gibt es ja seit kurzer Zeit auch ein günstiges veganes Lokal; es hat irgendwie alles zusammengepasst, sodass ich plötzlich auch kein Fleisch mehr aß. Ohne Ideologie dahinter, allein aus einem ungemeinen Wohlfühlbedürfnis heraus. Der Mandel hat mir bei einem seiner sporadischen Besuche im Büro seine alten Hanteln mitgebracht, und ich bin immer besser in Form gekommen. Im Büro hab ich mir aus Langeweile die ganzen alten Kämpfe im Internet angesehen, die mich schon als Kind begeistert haben. Ultimate Warrior gegen Hulk Hogan bei Wrestlemania VI, Ric Flair gegen Randy Savage bei Wrestlemania VIII, Rick Rude gegen den Ultimate Warrior im Stahlkäfig beim SummerSlam 1990 und Bret Hart gegen Mr. Perfect um den Intercontinental-Titel beim SummerSlam 1991. Das Internet ist ja bekanntlich ein kulturelles Perpetuum mobile, und so führten alle diese Videos letztlich zu noch mehr Videos, mit denen ich Stunden um Stunden in dem Büro am Nordufer zubrachte. Dazu las ich ich nicht nur Hunderte Interviews und Hintergrundberichte, historische Abhandlungen, Fanseiten und Autobiografien, die es gebraucht schon für unter zwei Euro gab, sondern abonnierte auch zahlreiche Newsletter von amerikanischen Wrestling-Analytikern und war innerhalb von ein paar Monaten nicht nur wieder ein ausgesprochener Fan, sondern auch ein Experte. Ich hatte ja die Zeit dazu. Das habe ich alles nicht an die große Glocke gehängt, es war ja zugegebenermaßen dieselbe Art von eskapistischem Spleen wie der Jazz vom Mandel, aber dann sah ich dieses Inserat.

> *NEUERÖFFNUNG*
> *Bavarian School of Wrestling (BSW) präsentiert:*
> *»Respect the Pain – Eine Einführung ins zeitgenössische Pro-Wrestling«*
> *Einsteigerkurse und Wochenendseminare ab Juni zu Frühbucherpreisen! Geleitet von Big Walter Wylde (Superstar aus den USA & Europa-Champion)*

Die Wrestlingschule befand sich in unserer alten Stadt. Und sie wurde tatsächlich von Big Walter Wylde geleitet, der seinerzeit als einziger mir bekannter deutschsprachiger Wrestler den Sprung in eine große amerikanische Liga geschafft hatte, wenn er auch dort die meisten Kämpfe verloren hatte. Trotzdem war er für mich als Kind ein Held gewesen; er war der einzige deutsche Catcher, der es in Amerika zu etwas gebracht hatte. Wenn man mindestens vier Wochen vorher fest zusagte und auf das Recht an Rückerstattung verzichtete, kostete der Kurs nur 121 Euro pro Person. Der Mandel hatte mir zu der Zeit gerade einen größeren Betrag überwiesen, und so war ich in der Lage, sofort zwei Tickets zu bestellen. Ich schrieb der Spinnenfrau, dass ich auf dem Weg zu ihr war.

4
ALTE STADT

Normalerweise geht Autofahren mit dem Mandel so: Du redest auf ihn ein, er tut so, als ob er dir zuhört, hört aber eigentlich nur der Musik zu, die er selber ausgesucht hat. Heute war es anders. Wir saßen in dem schwarzen Ford Focus, der mal unser Firmenwagen gewesen war, den jetzt der Mandel übernommen hatte, und ich hörte in aller Ruhe die *Grace Under Pressure* von Rush, die ich beim Mandel im Auto gefunden hatte, und fand sie trotz ihrer kühlen Art gar nicht so schlecht, während der Mandel auf mich einredete. Die CD war ein überraschender Fund, denn der Mandel hörte im Moment nur noch alten amerikanischen Jazz und französische Chansons.

»Hast du mal gefragt, ob man mit einer kaputten Bandscheibe überhaupt teilnehmen kann?«, fragte der Mandel und schaute zu mir auf den Beifahrersitz statt auf die Straße.

Ich hatte das Fenster einen Spalt weit geöffnet, und das hohe Tempo auf der Autobahn komprimierte die Gerüche dieses Sommeranfangs auf ein paar intensive Salven zusammen. Der tabakartige Geruch der frisch gemähten, aber bereits wieder austrocknenden Wiesen, das Aroma von heiß gelaufenen Autoreifen und der frische Odel Thüringens.

Dazu die letzte und bereits ausfransende Kühle des Junimorgens, die langsam dem ersten wirklich heißen Nachmittag des Jahres Platz machte.

»*I'm not missing out on the promise of adventure. I'm not giving up on implausible dreams*«, sang Geddy Lee, und der Mandel redete einfach schamlos darüber hinweg. Songtexte haben ihn nie wirklich interessiert.

»Gibt es da keinen Gesundheitscheck? Du weißt doch, wie mir der Ischias wehtut. Darf man das überhaupt ab vierzig noch?«, fragt er.

Der Mandel fuhr viel zu schnell, und nicht nur daran merkte ich, dass er sich nicht wohl in seiner Haut fühlte und sicher längst bereute, zugesagt zu haben. Ich hatte ihm den Kurs zu seinem kommenden Geburtstag geschenkt, den wir am Sonntagabend beim Griechen feiern würden. Außerdem konnte man die Karten wegen dem Online-Rabatt eh nicht zurückgeben. Natürlich war der Mandel der Idee zunächst ablehnend gegenübergestanden, aber ich hatte zu ihm gesagt:

»Wir unternehmen doch sonst das ganze Jahr nichts zusammen. Ich meine, schau, du hast ja jetzt die Anni, aber die Maria ist weg, und ich hab niemanden, der mit mir einen Ausflug macht.«

Zugegeben, das war zwar eine ziemlich repressive Form der Mitleidstour, aber ohne den Mandel wäre ich nicht zurück in die alte Stadt gefahren, geschweige denn zu einem Wrestlingseminar mit wildfremden Leuten. Ich hätte mir ja schon die Zugfahrt gar nicht leisten können. Außerdem war mir bewusst, dass dieser Ausflug vielleicht die letzte Chance für unsere Freundschaft war, dass durch die gemeinsame und zugegeben reichlich abwegige Aktivität eines Wrestlingkurses wieder ein Band zwischen uns geknüpft werden konnte, eine Anekdote geschaffen, über man die sich noch nach Jahrzehnten amüsierte und bei der keiner zerhackt oder gekreuzigt wurde. So richtig hatte ich ja gar nicht daran geglaubt, dass der Mandel mitkommt. Obwohl ich die Karten schon besaß und eine geschlagene Stunde auf ihn im Deichgraf eingeredet hatte, wie wichtig mir das war, und wie wir wieder an den Ort zurück mussten, an dem unsere Freundschaft begonnen hatte, um sie genau dort zu erneuern, glaubte ich doch eigentlich keine Sekunde daran, den Mandel auf die sentimentale Tour überreden zu können. Und trotzdem hat er irgendwann einfach sein Bier ausgetrunken, mich angelächelt und gesagt: »Wenn's sein muss.«

»Oh«, habe ich nur entgegnet, weil ich es kaum glauben konnte.

Einzige Bedingung vom Mandel: keine Eltern, keine Verwandten, keine Exfreundinnen, und schon gar keine Überraschungsparty zu seinem Geburtstag. Familie war an sich kein Problem: Die Mutter vom Mandel war längst tot, und seinen Vater besuchte er vermutlich auch erst wieder, wenn der ebenfalls tot war. Nur sein Bruder Dieter würde sich nicht so leicht vermeiden lassen.

Wie der Mandel jetzt im Auto so auf mich einredete und draußen die letzten Wiesen Ostdeutschlands wie im Zeitraffer an uns vorbeirasten, sah ich ihn mir das erste Mal seit langer Zeit wieder genauer an. Er war merklich älter geworden in dem einen Jahr seit Norwegen. Seine Stirn sah durch die Falten jetzt ein bisschen wie ein hängender Garten aus, und sein Hals war dicker und damit weniger sichtbar geworden. Die neue Fülle im Gesicht glichen dafür die klassischen Mandel'schen Augenringe und seine Hundefalten zwischen

Nase und Mund etwas aus. Seine Haut besaß mittlerweile die Glätte und Eleganz polierten Leders, mit einem scheinbar jahreszeitenunabhängigen dunklen Teint. Er hatte sich die vollständig grauen Haare herauswachsen lassen, sodass sein sorgsam gezogener Seitenscheitel jetzt eine Sturzflut von grauen Strähnen brach, die bei dem Fahrtwind unkontrolliert um ihn herumtanzten. Von einem leicht untersetzten Cary Grant war er ein bisschen in die Axel-Prahl-Richtung abgedriftet, aber was soll ich sagen, es stand ihm ausgezeichnet; jeder scheinbare Makel fügte sich beim Mandel in ein Gesamtbild ein, das so stimmig wirkte, dass man ihn auf den ersten Blick für eine erfundene Figur halten konnte. Und als er so mit den im Fahrtwind tanzenden grauen Haaren und seinem genauso grauen Jackett auf mich einredete und sich ernsthaft um seine Gesundheit und um den Sinn der gesamten Unternehmung Sorgen machte, fühlte ich mich seit längerer Zeit das erste Mal wieder wohl in seiner Gesellschaft. Wir schuldeten uns gar nichts mehr, von ein bisschen Geld mal abgesehen, wir konnten von vorne anfangen, und wir hatten sogar bis Montag Zeit dazu.

Der Rastplatz Frankenwald besteht im Prinzip aus zwei Zwillingstürmen, die quer über die gesamte A9 durch eine Brücke verbunden sind. Im Inneren dieser Brücke befinden sich eine Buffet-Station, eine Kaffeetheke, ein Souvenir- und ein Hamburger-Geschäft. Während der Mandel sich einen doppelten Burger mit angebratenem Speck zum Mittagessen besorgt hatte, aß ich auf seine Kosten einen Salat mit Sprossen von dem überteuerten Buffet und spannte unter dem Tisch mein Becken an, eine Yogaübung, die ich von Maria gelernt hatte, wodurch man Verspannungen in der unteren

Rückenmuskulatur durchs lange Sitzen im Auto kompensieren konnte. Der Name der Übung war mir entfallen, aber was ich gerade unter dem Tisch machte, war sowieso nur ein Derivat davon. Vielleicht war es »Der Berg«.

»Wer ist dein Lieblingswrestler?«, fragte ich den Mandel.

»Ich hab keinen. Ich kenn keinen«, sagte der Mandel.

»Von früher her, mein ich. Der Undertaker?«, fragte ich.

»Kenn ich nicht«, sagte der Mandel.

»Jeder kennt den Undertaker. Wen kennst du denn?«, fragte ich.

»Hulk Hogan«, sagte der Mandel.

»Der zählt nicht, den kennt jeder Idiot«, sagte ich.

Der Mandel zuckte mit den Schultern.

»Was hättest du gerne für eine Einzugsmusik?«, fragte ich.

»Wie meinst du das?«, fragte der Mandel.

»Welches Lied sollen sie abspielen, wenn du zum Kampf gehst?«

»Ich dachte, wir bestreiten keine Kämpfe?«, fragte der Mandel.

»Nur theoretisch. Ich würde ›The Ocean‹ von Led Zeppelin nehmen. Wegen dem majestätischen Riff«, sagte ich.

»Das kannst du nicht nehmen«, sagte der Mandel.

»Warum nicht?«, fragte ich.

»Weil das einen verkürzten Takt hat. Das kapiert doch keiner von den Proleten.«

»Welche Proleten?«, fragte ich nach.

»Die Zuschauer«, sagte der Mandel.

»Das sind nicht alles Proleten. Es gibt viele kluge Wrestlingfans. Man nennt sie Smarks, das steht für Smart Marks, im Gegensatz zu Marks, das sind die, die glauben, dass alles echt ist.«

»Aha«, sagte der Mandel und zog einen einzelnen Zwiebelspeidel voller Mayonaise aus den Burgerhälften heraus.

»Und das ›Nanana‹ in der Mitte ist doch auch viel zu androgyn für so ein Testosteron-Theater.«

»Hm«, sagte ich und musste mir eingestehen, dass ich »The Ocean« als Einzugslied nie ganz zu Ende gedacht hatte.

»Was ist denn jetzt deine Musik?«, fragte ich noch mal.

»Irgendwas Lässiges. Spontan fällt mir ein: Duke Ellington. ›Haunted Nights‹«, sagte der Mandel.

»Das ist die blödeste Einmarschmusik, von der ich je gehört habe«, sagte ich.

»Kennst du das Stück?«, fragte der Mandel.

»Nein, aber wenn jemand mit Uropa-Jazz einläuft, dann wird er garantiert beim ersten Ton aus der Halle gebuht. Und zwar zu Recht«, sagte ich.

»Wir sind aber in keiner Halle, und keiner spielt Musik für uns, weil wir ja auch gar keine Kämpfe bestreiten«, sagte der Mandel.

»Ist doch so?«, fragte er dann noch.

»Ich habe für uns beide unbefristete Vollzeitverträge mit Krankenversicherung angefragt«, sagte ich.

»Du bist ein Ganove, Sigi«, sagte der Mandel und griff über den Tisch in meinen Nacken. Es war ein angenehmer Griff, auch physiotherapeutisch gesehen.

Der Mandel holte sich zum Nachtisch ein Softeis mit Schokoladensoße und musste dafür eine längere Zeit in der Schlange anstehen, während ich durch das große Panoramafenster hinunter auf die A9 schaute. Fast im Sekundentakt verdichtete sich der Verkehr zu diesem Freitagsungetüm, das mir früher, als ich noch mehr Auto gefahren war, immer so viel Angst eingejagt hatte. Jetzt war mir der aufziehende Stau egal. Als Beifahrer nimmt man einen Stau sowieso viel gelassener an, man streckt ja nicht ständig zum Gasgeben sein Bein durch und zieht es ein paar Sekunden später zum Bremsen wieder zurück. In diesen schnellen und unregelmäßigen Abständen ist das eine sehr ungesunde Bewegung, sagt Maria, die nach unserer Trennung angefangen hat, selbst Yogakurse zu geben; angeblich mit großen Zulauf, wenn man ihrer Website Glauben schenkte, auf der sie »Sommerseminare bereits ausgebucht« schrieb. Im Stau oder im Stadtverkehr zu stehen sei genauso ungesund, wie Fußball oder Tennis zu spielen, sagt sie. Zu viele kurze Bewegungen in unregelmäßigen Intervallen.

Ich schaute hinüber zur Schlange, aber der Mandel hatte immer noch drei Leute vor sich. Einen Kahlen in einem olivgrünen Unterhemd mit einer Hirschtätowierung auf dem Unterarm, eine wuchtige Frau mit einem lila Dutt samt einem geschlechtlich undefinierbaren Kind mit Kurzhaarfrisur und einem einzelnen langen Haarschwanz im Nacken, und einen Mann mit einer Hornbrille, einem Rollkoffer und einem um den Hals gebundenen marineblauen Pullover. Auf der A9 rasten die Autos währenddessen wutentbrannt durch die Zwillingstürme hindurch, als wollten sie sich an der Autobahn für die zurückliegende Arbeitswoche rächen. Die einen rasten weg aus den Städten, die anderen hinein in die Städte, Hauptsache hundertachtzig. Früher oder später endete sowieso alles in der Stadt. Und wenn's nur zum Sterben in der Uniklinik war. Meine Begeisterung für die Stadt, die Großstadt, hatte in letzter Zeit stark nachgelassen. Für mich war sie eigentlich immer ein Zufluchtsort vor den Repressalien der Provinz gewesen, aber in den letzten Jahren sind die Leute aus der Provinz über die Großstädte hergefallen wie Invasionsarmeen. Die Luft zum Atmen ist weniger geworden, die Menschen gereizter. Eine Tageszeitung zählte 100 094 simultane Baustellen im Stadtgebiet. Der ohnehin schon fast ausgerottete Gemeinsinn würde in ein paar Jahren gänzlich erloschen sein, dann würde eine geradezu epidemische Raserei der Egos beginnen und Leute wie ich endgültig im Morast der Übervorteilungsgesellschaft versinken. Übergangen von der Oberschicht und überrollt von der Unterschicht. Und schuld daran waren ausgerechnet die Leute aus der Provinz, die sich sonst immer so viel auf ihren Gemeinsinn zugutehielten.

»Hallo, ich bin eigentlich dran«, hörte ich den Mandel vorwurfsvoll aus der Schlange heraus sagen, weil sich ein älteres Ehepaar von der Seite her hineindrängelte. Wahrscheinlich hatte die Raserei jetzt auch schon ihn angesteckt – ihn, der bisher dafür bekannt war, dass er selbst in der zähsten und längsten Supermarktschlange noch Leute mit einer Einzelpackung Kartoffelbrei vorließ.

Auf der A9 verdichtete sich der Verkehr weiter zu einem scheckigen Strom aus silbernen BMW-Limousinen und schwarzen Mercedes-SUVs, während der Mandel sich mit seinem Softeis mit Schokoladensoße an den Tisch setzte und in einem Fußballmagazin blätterte.

»Was machen wir heute Abend?«, fragte ich, obwohl ich die Antwort bereits kannte.

»Ginsberg«, sagte der Mandel.

»Schön«, sagte ich, obwohl ich das Ginsberg zum Kotzen fand. Das Ginsberg war eine Art Irish Pub und das ehemalige Stammlokal vom Mandel. Immer spielte dort jemand mit einer Akustikgitarre, oder es trat eine bedeutungslose

Band auf, und der Wirt namens Declan ließ einen irgendwelche angeblich erlesenen Whiskeysorten probieren, die nach fauligem Torf schmeckten. Zumindest hatte ich es so in Erinnerung. Mit achtzehn war meine Irish-Pub-Phase eigentlich längst vorbei gewesen, aber der Mandel hatte einfach nicht aufhören können, ins Ginsberg zu gehen. Er saß dort im übertragenen Sinne so lange an der Theke, bis er die Stadt verließ. Ich würde auf ein Mineralwasser mitgehen und gleichzeitig die Spinnenfrau dorthin bestellen, die sich extra einen Babysitter für heute Abend genommen hatte. Ich hoffte inständig, dass wir danach den Absprung aus dem Ginsberg schafften, während der Mandel sicher jemand von früher traf, weil der Mandel immer jemand von früher traf, selbst wenn er irgendwo war, wo er vorher nie gewesen war, ich sage nur Archäologisches Nationalmuseum in Athen.

Unten an der Tankstelle wartete ich im Auto, während der Mandel mit seiner EC-Karte die Tankfüllung bezahlte und vermutlich einen weiteren Schokoriegel. Ein Motorradfahrerpärchen, das seine Helme nicht abgenommen hatte, kam auf unser Auto zu, und ich überlegte kurz, das Fenster hochzufahren, doch da war es schon zu spät. Ohne den Helm abzunehmen, fragte mich ein Mann mit breitem und forderndem oberpfälzischem Akzent, ob ich wüsste, wie spät es sei. Er war ziemlich groß, seine enge Siebzigerjahre-Motorradjacke hatte gelbe Streifen. Er atmete schwer durch sein offenes Visier, so als wäre er gelaufen, statt mit dem Motorrad gefahren. Ich schaute auf meine Armbanduhr, die ich aus dem Nachlass von meinem Großvater hatte, verblichenes Zifferblatt mit römischen Zahlen, kein Markenname, goldene Zeiger, einer davon an der Spitze abgebrochen, und ein schlichtes Lederarmband, das ich selbst gekauft hatte. »Vierzehn Uhr«, sagte ich, und der Mann sagte »Danke« und verschwand mit seiner blonden Motorradfreundin hinter der Tankstelle. Kurz darauf kam der Mandel mit einem Schokoriegel zurück und stieg ins Auto.

»Was ziehst du denn an?«, fragte ich den Mandel.

»Heute Abend?«, fragte der Mandel.

»Nein, in den Kurs«, sagte ich.

»Was ziehst *du* denn an?«, fragte der Mandel.

»Ich habe letzte Woche so alte Boxerschuhe in meiner Größe auf dem Flohmarkt gekauft. Für einen Euro, musst du dir mal vorstellen. Und ich hab noch eine alte Radlerhose mit neongrünen Streifen.«

»Das klingt ja furchtbar«, sagte der Mandel.

»Was ziehst du denn jetzt an?«, fragte ich einmal mehr.

»Jogginganzug, Turnschuhe«, sagte der Mandel, der einfach aus jeder Begeisterung die Luft rauslassen konnte.

Als die Oberpfalz anbrach, wurde ich müde. Wir hatten die A9 verlassen, kurz bevor sie angefangen hatte, vollends unter dem freitäglichen Feierabendverkehr zusammenzubrechen, und waren in die A93 hineingeglitten, auf den Abschnitt, auf dem nie etwas passierte, auf dem es weder Baustellen noch Raststätten gab. Den Mandel hatte seine Angst vor Bänderrissen und Bandscheibenvorfällen offensichtlich kurzzeitig verlassen, er fuhr nur noch gelassene hundertzwanzig, hatte das Fenster geöffnet und lehnte in seinem Sitz wie in einem Ohrensessel, eine Hand zum Fenster hinaus. Er hatte versucht, eine Gilbert-Bécaud-CD zu hören, doch ich hatte sie kommentarlos aus dem CD-Spieler genommen und durch die *Houses Of The Holy* ersetzt. Dem Mandel war es egal. Von draußen drang der Geruch von Asche und von zerquetschten Insekten herein. Wie man sie oft in den Hals bekommen hat auf der Fahrt abends nach Hause über die Feldwege – es schmeckte wie frischer Koriander, den ich hasse und den der Mandel so sehr mag.

»Gib mir mal das Bier aus meiner Sporttasche«, sagte der Mandel, und ich reichte ihm ein italienisches Pils, das er sich extra für die Fahrt mitgenommen hatte. Er zündete sich eine Zigarette an und schnippte die Asche zum Fenster hinaus, aber der Fahrtwind war zu stark, und so verzeichnete die Asche lediglich einen kleinen Bogen und flog knapp hinter dem Mandel wieder ins Auto zurück. Es war mir mittlerweile ein Grauen, wenn jemand im Auto rauchte, aber der Mandel sah so friedlich dabei aus mit seinem italienischen Bier und der französischen Zigarette, dass ich ihm diese letzte Ruhe gönnte.

Als wir durch den Pfaffensteiner Berg hindurchfuhren und der Mandel das Licht einschaltete, als der lokale Radiosender, den wir mittlerweile hörten, absoff und zu einem leisen Rauschen degenerierte, als der Mandel das Fenster schloss, weil es in dem Tunnel so kalt von den Wänden zurückhallte, und wir nur darauf warteten, auf der anderen Seite vom Berg wieder hinaus ins Licht zu stoßen und dann mit einem Schlag in der alten Stadt zu sein, da hatte ich das Gefühl, ich käme nach einer langen Schlacht endlich nach Hause. Nach Entbehrung und Erniedrigung, nach zehn blutigen Jahren an der Front kehrte der verlorene Sohn der Singers wieder nach Hause zurück. Und er war nicht mehr der, als der er damals ins Exil aufgebrochen war. Tatsächlich war ich erst an Weihnachten, wie jedes Jahr, auf unserem alten Hof gewesen, aber meine Mutter hatte sich vor Jahren schon aus der kommunalen Realität verabschiedet, sie führte ihr

Leben in einer Welt, in der es außer ihrer Putzfrau und dem Postboten keine Menschen gab. Nein, ich meinte das echte, das lebendige Zuhause: die alte Stadt. Als der Ford Focus vom Mandel aus dem Tunnel zurück ins Licht, in die letzte Abendsonne glitt, war ich bereits über die Maßen sentimental.

»Diese gottverdammt beschissene Parkplatzsucherei in der Altstadt«, sagte der Mandel, obwohl wir noch längst nicht in der Altstadt waren. Er wirkte jetzt wieder nervös, trommelte mit beiden Daumen auf der Innenseite des Lenkrads herum und summte hektisch irgendeine Melodie, die ich nicht erkannte, weil der Mandel von Grund auf unmusikalisch war. Während der Mandel schimpfte, erhob sich links unter der Autobahn der lange und ruhige Fluss mit seiner postmodern sperrigen Staustufe, und im Hintergrund sah ich die schneeweißen Türme des Doms in die weite und freie Juniluft stoßen.

Außer in dem überteuerten Parkhaus beim Schloss gab es tatsächlich keine Möglichkeit, in der Nähe unseres Hotels zu parken, und so stellten wir uns in der Meierhofer Straße hinter einen Lastwagen, der so aussah, als stünde er seit den Neunzigern dort, er besaß sogar noch das alte Nummernschild vor der Euro-Norm. Wenn *er* hier parken durfte, dann durften wir das schon lange. Der Weg zum *Fröhlichen Türken* dauerte länger als gedacht, aber er machte nur mir etwas aus, weil ich im Gegensatz zum Mandel keinen Jetset-Koffer mit Rollen, sondern eine schwere Umhängetasche dabei hatte. Der *Fröhliche Türke* war bis zu seiner Renovierung vor vier Jahren eine ziemliche Absteige gewesen, aber eine mit Tradition. Kurz nach dem Mittelalter stand hier eine Gaststätte, die sich *Zum fröhlichen Mann* nannte, aber im Volksmund hat sich dann schnell der *Türke* durchgesetzt, weil der frühere Besitzer Türck mit Nachnamen geheißen hat. Der Mandel hätte eigentlich gerne zwei Einzelzimmer gehabt, aber ich konnte mir kein eigenes Zimmer leisten und überredete ihn, ein gemeinsames zu nehmen. Der Mandel war verärgert. Zunächst einmal, weil es ein paar Stellplätze im Innenhof vom *Türken* gegeben hätte und wir umsonst so weit weg in der Meierhofer Straße geparkt hatten, und dann, weil in unserem Zimmer kein Flachbildfernseher stand, sondern nur ein Röhrenbrühwürfel aus dem letzten Jahrtausend. Das hätte ich dem Mandel gleich sagen können, dass der *Türke* selbst nach seinem Umbau nicht das Ritz war, aber dann hätte er sich wahrscheinlich ein teureres Hotel mit Flachbildfernseher genommen, und ich hätte es mitbezahlen müssen. Wir bezogen ein Zimmer im zweiten Stock – mehr Stockwerke hat der *Türke* ohnehin nicht – mit Blick auf den Hinterhof, wo noch genau ein freier Stellplatz war. Es gab einen Schrank, einen kleinen Glastisch, auf dem ein Kugelschreiber und ein Schreibblock lagen, ein Doppelbett und eine Tür, die hoffentlich in ein Badezimmer mit Dusche führte, denn früher musste man sich das mit einem ganzen Stockwerk im hinteren Bereich des Flurs teilen. Die Nachttischlampen waren wie verwelkte Blumenhälse geschwungen und trugen eine blütenähnliche Haube. Der Mandel legte seinen Koffer aufs Bett und entnahm mindestens fünf Hemden daraus. Er hängte sie in den Schrank, dann griff er sich zwei Paar Lederschuhe, eins davon mit einem Budapester Muster, und stellte sie unter seine Hälfte des Doppelbetts. Schließlich legte er noch seinen Kulturbeutel aufs Bett und räumte den Koffer in den Schrank, sodass nichts anderes mehr dort Platz hatte. Dann ging er mit dem

Kulturbeutel durch die Tür, die hoffentlich in ein Badezimmer mündete, und die nächsten zwanzig Minuten blieb er verschwunden. Ich legte mich aufs Bett und schaltete den Brühwürfel ein, der dort ganz oben auf einem Brett in der Wand stand. Auf dem Stadtsender lief eine Reportage über »den Kampf gegen die Killer-Kristalle«. Man sah ein paar stimmungsvolle Bilder von Jugendlichen mit Kapuzen über dem Kopf. Ein Sprecher kommentierte:

»Die Oberpfalz wird mit der Modedroge Crystal Speed überschwemmt. Häufig gelangt sie von der tschechischen Grenze aus ins Landesinnere. Jetzt soll die Politik den Kampf dagegen aufnehmen.«

Dann kam eine Politikerin aus dem Landkreis zu Wort, angeblich eine Bundestagsabgeordnete. Sie hatte eine merkwürdig hintoupierte Frisur, dazu ein leicht maskulines Gesicht; sie sah im Endeffekt aus wie Robin Williams in dem Film, in dem er sich als Frau verkleidet.

»Hier rollt ein Problem auf uns zu, das in seiner Gefährlichkeit gar nicht hoch genug eingeschätzt werden kann. Der Konsum und die damit verbundene Beschaffungskriminalität nehmen dramatisch zu. Die Droge wird zwar in Tschechien hergestellt, hat es sich aber längst bei uns in der Oberpfalz bequem gemacht. Die Verstöße mit Methamphetaminen haben sich in den letzten Jahren verdreifacht. Wir wissen von 1700 Fällen in den letzten vier Jahren in Bayern. Davon wurden allein in der Oberpfalz drei Kilogramm sogenanntes Crystal sichergestellt, davon neunzig Prozent in Grenzlandkreisen wie Tirschenreuth, Weiden, Schwandorf und Cham. Wir brauchen jetzt dringend Prävention und Repression – es hat schon Selbstmorde und Wahnvorstellungen nach Missbrauch gegeben.«

Interessant, dachte ich. Dass das Umland mehr Drogen frisst als die Stadt. Umgekehrte Verhältnisse. In der Großstadt würde man sicher nicht behaupten, dass die Junkies sich mit ihrem Konsum hinter der Dorfjugend aus der Uckermark verstecken müssen. Immerhin wusste man nach dem Bericht, wo man Crystal herbekam, das wird sicher einige jugendliche Zuschauer interessiert haben.

Irgendwann tauchte der Mandel wieder auf und roch hervorragend. Seine längeren grauen Haare hatte er sorgsam nach hinten gekämmt, und er war frisch rasiert.

»Es geht los«, sagte er.

5
GINSBERG

Als der Mandel die schwere Eisentür vom Ginsberg aufstemmte, war er schon gut bedient. Zum Abendessen waren wir im Wassermann gewesen, einem Restaurant, das durch seine Rustikalität geschickt über die horrenden Preise für Flammkuchen und Geschnetzeltes hinwegzutäuschen wusste. Lediglich der Salat war seine 10 Euro wert, weil es auf der ganzen Welt kein besseres Senfdressing als das auf dem Wassermannsalat gab. Ich räume ein, dass in puncto Salatdressing seit den Neunzigern der ein oder andere Trend an mir vorbeigegangen sein mag, aber ich halte dem Senfdressing bis zum letzten Atemzug die Treue. *All hail to thee*, Senfdressing.

Ich aß nur den Salat, während der Mandel sich einen Flammkuchen mit Schafskäse und Bauernschinken bestellt hatte, und dazu zwei halbe Liter Bier und als Nachspeise einen Gin Tonic mit Bombay Sapphire, weil er über den Sommer eine Beefeater-Pause einlegte, um sich nicht am Beefeater satt zu trinken. Jetzt rate ich ihm schon seit Jahren dazu, sich endlich einen vernünftigen Gin statt dieser Arbeitermarke zu suchen, er war doch auch sonst so wählerisch, aber dem Beefeater blieb er treu, weil der Beefeater zwar pur das größte Grauen sei, aber nur der Beefeater seinem Gin Tonic diesen Geschmack von Baumrinden im Spätherbst gebe, sagt er. Den ihm zu süßlichen Bombay trinke er nur, damit er im Herbst seinen Beefeater wieder zu schätzen wüsste. »Der Beefeater ist ein ehrlicher Gin«, sagt er.

Der Mandel hatte auf eine Stunde einen Liter Bier und zwei Gläser Gin Tonic zu verarbeiten, und da kann man sich vorstellen, dass er schon auf dem Weg zum Ginsberg die eine oder andere Hausecke gestreift hat. Der Weg vom Wassermann zum Ginsberg führte nämlich durch eine der zahlreichen engen mittelalterlichen Gassen, in denen früher mal kleine Bäche für die Wasserversorgung und Entsorgung der Haushalte zuständig gewesen waren. Gassen, in denen ich mit der Spinnenfrau nachts heimlich zur Donau hinuntergeschlichen bin, weil sie ja offiziell mit dem von Grötlingen zusammen war. Gassen, in denen man als Student gewohnt hat, als die Altstadt noch für Studenten bezahlbar war und man noch keinen Einkommensnachweis der letzten acht Jahre bei der Hausverwaltung vorlegen musste, um in die Endauswahl der geeignetsten achtzig Bewerber zu kommen. Hier ums Eck, in der Rote-Hahnen-Gasse, hatte der Mandel früher seine erste eigene Wohnung gehabt. Es war schon damals ein Privileg gewesen, in der Altstadt zu wohnen, weil die Wohnungen zwar noch nicht so teuer, aber in der Regel nie frei waren. Die Altstadt war immer was für die Lässigeren gewesen. Leute wie ich wohnten in Ziegetsdorf, Königswiesen oder Kumpfmühl, Leute wie der Mandel in der Altstadt. Als wir an seiner alten Wohnung vorbeikamen, sagte ich nichts, sah ihn aber erwartungsvoll an. Er zündete sich eine Zigarette an und schaute langsam nach oben zu dem Fenster im vierten Stock, aus dem er in früheren Sommern immer in die Nacht hinausgeraucht hatte.

»Das war vielleicht ein Loch«, sagte der Mandel, was überhaupt nicht stimmte, weil er damals sechzig Quadratmeter nur für sich allein hatte. Der reinste Studentenpalast.

»War die Fassade früher nicht grün?«, fragte ich, weil sie jetzt mattrosa war, doch der Mandel gab keine Antwort. Stattdessen holte er eine Taschenflasche aus der Innentasche seines Jacketts und nahm einen Schluck.

»Seit wann hast du einen Flachmann?«, fragte ich.

»Schon länger«, sagte der Mandel und hielt ihn mir hin. Ich nahm ihn aus reiner Neugier in die Hand.

»Ich trink doch nicht mehr«, sagte ich.

»Das ist doch Schwachsinn«, sagte der Mandel und nahm den Flachmann wieder an sich.

»Meinst du, es ist eine gute Idee, so viel zu trinken, wenn morgen früh der Kurs losgeht?«, fragte ich.

»Ich habe nicht viel getrunken«, sagte der Mandel.

Spätestens jetzt muss man sich nicht mehr wundern, dass der Mandel Schwierigkeiten hatte, die schwere Stahltür zum Ginsberg aufzumachen. Ich half ein wenig nach, und wir standen an der kleinen steinernen Wendeltreppe. Von unten hörten wir die Pogues mit »Boys From The County Hell«, aber es roch nicht mehr nach erstarrtem Rauch wie früher, denn das Rauchen war in der alten Stadt bei Todesstrafe verboten. Der Mandel wäre fast gestolpert und die Steintreppe hinuntergefallen, aber ich konnte ihn rechtzeitig an der Schulter festhalten. Es war neun Uhr abends, und das Ginsberg noch ziemlich leer. Auf der kleinen Bühne am Ende des schlauchförmigen Gastraums waren ein Schlagzeug, zwei Mikrofone, ein E-Piano und zwei Verstärker aufgebaut. Erst anderthalb Tische waren belegt, einer mit Mädchen und Buben, die deutlich unter sechzehn zu sein schienen, und von denen die Buben jeder ein Weißbier vor sich stehen hatte und die Mädchen einen Baileys, und ein zweiter, größerer Tisch mit zwei verloren wirkenden älteren Männern, die vor ihren Whiskeytumblern saßen und aneinander vorbeistarrten. Der Mandel setzte sich sofort an die Theke, mitten vor den Barkeeper.

»Willst du wirklich an die Theke?«, fragte ich, weil ich mir dort so exponiert vorkam.

Der Mandel sagte: »Ein paar der wichtigsten Dinge auf der Welt passieren …«

»… an der Theke, ich weiß«, sagte ich, weil ich den Spruch nicht mehr hören konnte. Außerdem war noch nie etwas an der Theke passiert, dem ich das Prädikat »weltbewegend« gegeben hätte, und schon gar nicht in der Gegenwart vom Mandel. Der Mandel bestellte sich einen Gin Tonic mit Gordon's Gin und mir einen Whiskey Sour, weil ich den früher hier manchmal getrunken hatte. Jetzt war ich hin und her gerissen. Einerseits grenzte es an ein Wunder, dass der Mandel sich an irgendeine Vorliebe von mir erinnerte, andererseits wollte ich ja nichts mehr trinken. Vor lauter Rührung nahm ich den Whiskey Sour an. Der Mandel fragte den Barkeeper, einen blassen Mann mit aschblondem Ziegenbart und langen schwarz gefärbten Haaren, ob der Laden denn noch Declan gehöre. Der blasse Mensch mit dem Ziegenbart sagte, er habe diesen Namen noch nie gehört. Sein Chef sei der Aschenbrenner, aber der wäre so gut wie nie da, weil der noch ein paar Kneipen in München hätte. Der Mandel war so schnell mit seinem Gin Tonic fertig, dass ich noch nicht einmal die Hälfte meines Whiskey Sour geschafft hatte. Ich habe es ja immer schon gesagt, dass der Mandel ein maßloser Trinker ist, und das mit folgender Formel belegt:

M = S x 2 + 1. Das bedeutet: Der Mandel trinkt immer genau doppelt so viel wie ich und noch einen mehr. Er hat mir mal vorgeworfen, dass ich ein ganz räudiger Pegeltrinker bin, also einer, der stets aufpasst, dass er nicht zu viel trinkt. Der Mandel hat natürlich leicht reden, weil ihm im Gegensatz zu mir nie schlecht wird. Ich merkte, wie mir bereits der eine Drink enorm zu Kopfe stieg, als ich eine Nachricht von der Spinnenfrau bekam, der ich bereits vom *Fröhlichen Türken* aus angekündigt hatte, dass ich ab zirka neun im Ginsberg sein würde. Sie schrieb, sie habe jetzt gerade ihre Ina ins Bett gebracht, die Oma sei da und schaue Fernsehen und esse Chips, und sie mache sich gleich auf den Weg ins Ginsberg. Ich ballte unter dem Tresen die Faust vor Freude.

»Mit wem schreibst du da?«, fragte der Mandel.

»Niemand, den du kennst«, sagte ich.

»Du würdest dich wundern, wen ich alles kenne. Was spielt denn heute Abend für eine Band?« Der Mandel wandte sich an den Ziegenbart.

»Down Under«, sagte der, als müsste man das kennen.

Der Mandel nickte eifrig.

»Kennst du die?«, fragte ich ihn.

»Natürlich nicht«, sagte er.

Irgendwann kam jemand und schubste den Barhocker vom Mandel mitsamt dem Mandel um. Der Mandel landete mit viel Getöse in den nebenan stehenden Barhockern und konnte sich nur mit Mühe aus dem Gestänge befreien.

»Mändi, du Drecksack, war nicht so gemeint. Da hab ich wohl ein bisschen zu fest hingelangt«, sagte der große Mensch, der den Mandel umgeschubst hatte und reichte ihm die Hand. Dann drückte der große Mensch den Mandel an sich wie einen Teddybären.

»Mändi, du Drecksack«, sagte er nochmals, während der Mandel vermutlich keine Luft mehr bekam, weil sein Kopf tief in dem T-Shirt von seinem Gegenüber vergraben war. Dann nahm der große Mensch den Kopf vom Mandel wieder aus seinem T-Shirt heraus und küsste ihn auf die Stirn.

»Mändi, du Drecksack«, sagte er ein drittes Mal.

»Herwig, grüß dich«, sagte der Mandel matt und wischte sich den Mund ab.

»Aus welchem Loch haben sie dich denn geschissen, Mändi?«, fragte Herwig, der mit dem Mandel zuletzt mit neunzehn nachts an einem Badeweiher geredet hatte. Während Herwig in den dunklen See gesprungen war, um ans andere Ufer zu schwimmen, war der Mandel einfach nach Hause getrampt und hatte sich aus lauter schlechtem Gewissen nie wieder gemeldet.

»Ich hab Urlaub«, sagte der Mandel und nahm einen großen Schluck von seinem Gordon Gin Tonic.

»Nur ein Schwein trinkt allein«, sagte Herwig und prostete dem Mandel mit seinem Willybecher so kraftvoll ans Glas, dass ich instinktiv den Kopf einzog.

»Aha, auf Urlaub ist er, der feine Herr. Wo wohnst du denn mittlerweile?«

Dieser Herwig sprach in einem breiten und kehligen Akzent, und seine Stimme wies für einen Moment diesen immer alles suspekt findenden Hausmeisterton auf.

»In …«, wollte der Mandel sagen.

»Weiß ich doch«, unterbrach ihn Herwig, jetzt wieder mit der größten Bierzeltfreundlichkeit. »Ich weiß doch, was mein Mändi so treibt. Ich hab doch auch manchmal deine Zeitung gekauft, den *Rock-Express.*«

»Du meinst den *Rock'n'Roll-Express*«, sagte der Mandel.

»Hab ich doch gesagt, du G'scheithaferl«, sagte Herwig und winkte den Barkeeper herbei.

»Zwei Birne für den Herrn Mandel und mich«, sagte Herwig, der offenbar noch immer keine Notiz von meiner Anwesenheit genommen hatte. Der Ziegenbart stellte zwei klare Schnaps auf den Tresen, und Herwig trank seinen auf einen Zug aus. Dann knallte er das Glas auf den Tresen, sodass man befürchten musste, der Boden von dem Glas fiele ab. Schau hin, jetzt umarmte er den Mandel schon wieder.

»Mändi, ganz ehrlich, ich hätt gedacht, dich seh ich nie wieder.«

»Ich auch«, sagte der Mandel und versuchte vergeblich, sich aus der Umarmung zu befreien. Herwig war ein kräftiger und großer Mensch. Er hatte dichtes dunkelblondes Haar, das er an den Seiten auf maximal einen Zentimeter kurz rasiert hatte, während das Deckhaar lang und streng über den Kopf nach hinten gekämmt war. Er trug ein T-Shirt von Poison Idea und eine an den Knöcheln umgekrempelte dunkelblaue Jeans, darunter schwarze Cowboystiefel, die ihre besten Zeiten schon hinter sich hatten.

»Was treibst du denn so, Hörbi?«, fragte der Mandel.

»Ihn schau an, Hörbi tät er mich nennen, nach all den Jahren. Für Sie bitte immer noch Herr Rottmayr«, sagte Herwig im Hausmeisterton.

Der Mandel blinzelte.

»Hau ab, Mändi, ich fopp dich doch nur«, sagte Herwig und nestelte in den grauen Haaren vom Mandel herum.

»Grau bist du geworden, Mändi. Silberadler, ha?«, sagte er.

»Hmm«, machte der Mandel, der jetzt gleichzeitig betrunken und überfordert war. Langsam gefiel mir das Szenario.

»Aber schön, dass du fragst. Ich hab lange im Stella als Türsteher gearbeitet, aber dann hat's ja bekanntlich zugemacht, und ich hab eine Zeit lang im Wassermann gekocht.

»Da kommen wir gerade her«, sagte ich.

Der Mensch namens Herwig drehte sich zu mir um und sah mich mit Eisaugen an. Dann drehte er sich wieder weg.

»Aber dann war ich ein paar Jahre im Knast«, sagte er und sah dem Mandel in die Augen, so als erwartete er eine bestimmte Reaktion. Der Mandel schien die Luft anzuhalten.

»Danach war's schwer mit Arbeit, auch wegen der epileptischen Anfälle. Sie haben ja dann schnell den Hirntumor entdeckt, haben mir den Schädel aufgesägt, haha, und weg war er wieder, der Tumor. Tumor ist, wenn man trotzdem lacht, gell?«, sagte der Herwig und schlug dem Mandel auf den Rücken. Der Mandel hustete.

»Ja, kein Stress, war ja gutartig und außerdem nicht im Stammhirn. Jobmäßig ist es grad schwierig wegen dem Knast, kannst du dir ja vorstellen. Das kannst du dir schon vorstellen, oder?«, wiederholte Herwig.

Der Mandel nickte und bestellte per Handzeichen noch zwei Birne.

»Aber für mich ist jetzt Neuanfang angesagt, Mändi, verstehst du? Totaler Neuanfang. Erst *rien ne va plus* und jetzt *encore une fois*. Einer geht noch, verstehst? Kannst du noch Französisch, weißt noch bei der Hahn-Jürgens, die scheiß Diktate, weißt du's noch, Mändi?«

Der Mandel nickte und reichte Herwig einen Birnenschnaps. Der trank ihn aus, als müsste er etwas Lästiges loswerden, und warf das leere Schnapsglas in das Spülbecken hinter dem Tresen. Der Ziegenbart registrierte es, mehr nicht.

»Was ist aus Vicious Uprising geworden?«, fragte der Mandel.

So hieß die Hardcore-Band von Herwig, mit der er Anfang der Neunziger in der Punkszene relativ erfolgreich war. Sogar ich hatte schon von der Band gehört.

»Nach dem Bau ging nicht mehr viel. Die haben sich angestellt wie die Schulmädchen, das glaubst du nicht. Statt dass sie sich freuen, wenn ihr Sänger so konsequent gegen das Establishment ist. Die letzten zwei Jahre hab ich mit Vicious Ost gespielt.«

»Was ist Vicious Ost?«, fragte der Mandel.

»Das ist der Ostableger, mit ganz anderen Leuten. Ich war eine Zeit lang in Chemnitz, weil ich da eine Freundin hatte. Aber seit zwei Jahren bin ich wieder da. Und jetzt mach ich beruflich was ganz Narrisches, Mändi. Was, das ich eigentlich gar nicht tun sollte wegen dem Hirn.«

»Nämlich?«, fragte der Mandel.

»Ich bin jetzt …«, wollte Herwig sagen, aber plötzlich fing die Band in unserem Rücken an zu spielen. Ich hatte sie ob des ganzen Tohuwabohus um Herwig überhaupt nicht auf die Bühne kommen sehen.

»Jetzt leck mich doch jemand am Arsch – ist das heute ein Klassentreffen, oder was für ein Scheißdreck ist da los?«, sagte Herwig.

Der Mandel starrte wie hypnotisiert auf die Bühne.

»Die Dauner, die Dreckschlampe, ich glaub's ja nicht«, sagte Herwig.

Auf der Bühne stand eine Frau. Sie trug ein langes und wallendes Kleid mit einem dunkelgrünen Blumenmuster, hatte die Haare hochgesteckt und war eventuell nicht die Schlankste, wegen des wallenden Kleides war das nicht so ohne Weiteres zu beurteilen. Sie war stark geschminkt, und trotzdem sah man ihr ohne Probleme an, dass sie über vierzig war. Ihre Band bestand aus einem Gitarristen mit langen Koteletten und zurückpomadisierten Haaren und einem Bassisten mit randloser Brille, Jeans und weißem T-Shirt. Dazu ein grauer Schlagzeuger mit Pferdeschwanz, der mit Besen einen leichten Jazz-Rhythmus auf die Felle hauchte. Der Platz am E-Piano blieb leer. Die wallende Frau fing an zu singen, breitete dabei die Arme aus, an denen das wallende Kleid flügelförmig herunterglitt, während sie »Summertime« in das kleine Ginsberg hineinschmetterte, als wär es die Olympiahalle. Nach heutigen Castingshowmaßstäben war ihre Stimme vielleicht ganz gut, ich fühlte mich dennoch nur angebrüllt. Der Mandel schaute weiter wie gebannt auf die Bühne, während Herwig laut lachte.

»Leck mich am Arsch, Mändi, das ist doch deine alte Band«, sagte er und haute dem Mandel nochmals auf den Rücken.

Ich erinnerte mich an die sporadischen Berichte vom Mandel: In seinen letzten Schuljahren, nachdem er mit seinem Vater und seinem Bruder umgezogen war, und dann in der alten Stadt aufs Albertus Magnus ging, durfte der Mandel bei der Schulband Keyboard spielen. Er hatte nämlich früher, als es seine Mama noch gab, ihr zuliebe Klavier gelernt, aber was heißt gelernt – er hat es halt versucht. Er behauptete, er habe es bis zum »Rondo Alla Turca« aus Mozarts 11. Klaviersonate gebracht, aber das wage ich doch schwer zu bezweifeln, da man für Mozart ja schon ein wenig Rhythmusgefühl braucht. Aber weil der Mandel in seinem Jahrgang der Einzige war, der sich gut mit Rockmusik auskannte und gleichzeitig ein Tasteninstrument »beherrschte«, durfte er in der Schulband mitspielen, in der besagte Rosita Dauner sang und herumkommandierte. Der Mandel sagt, er habe nie mehr als ein paar Akkorde beigesteuert und sich selbst immer lieber leiser auf der Bühne gedreht, aber trotzdem hat sich die Schulband irgendwann selbstständig gemacht und ist als Down Under durch den Landkreis getourt, und der Mandel war immer noch dabei. Mit einer Musik, wie wenn Janis Joplin bei den Sisters Of Mercy singt, hat er gesagt. Zu Beginn der K13 war der Mandel dann nach eigener Aussage freiwillig ausgestiegen, weil er keine Zeit mehr für die häufigen Proben hatte und weil ihm der Herwig vermutlich verboten hatte, weiter mit so dermaßen unlässigen Leuten Musik zu machen. Oder weil er endlich eingesehen hatte, dass er nicht genug Rhythmusgefühl für eine Musikerkarriere besaß. Er hat ganz gönnerhaft erzählt, er wollte dem Erfolg von Down Under auch nicht im Weg stehen, und das hat offensichtlich was geholfen, denn knappe fünfundzwanzig Jahre später traten die großen Down Under im Ginsberg vor zehn Leuten auf, wenn man den Barkeeper nicht mitzählt.

Als der Song zu Ende war, applaudierten die jugendlichen Weißbiertrinker und ihre Baileys-Begleiterinnen, aber sie taten es auf eine hämische Weise. Die beiden älteren Whiskeystarrer klatschten nicht.

»Geile Scheiße, Rita!«, schrie Herwig in Richtung Bühne, und als Rosita ihn sah, verfinsterte sich ihr Blick zunächst leicht, doch dann erblickte sie den Mandel und stieg so überhastet die kleine Bühne hinunter, dass sie fast über ihr dunkelgrün dahinwallendes Gauklerkleid gestolpert wäre.

»Maxi«, sagte sie. »Dass ich dich in diesem Leben noch mal wiedersehe!«

»Grüß dich, Rosita«, sagte der Mandel und umarmte die Dauner, die einen Kopf und einen Dutt größer war er. Sie roch nach Schweiß, und ich war froh, dass ich sie nicht umarmen musste. Ich schaute auf die Uhr; es konnte nicht mehr lange dauern, bis die Spinnenfrau eintraf, dann würde ich dieses Mittelalterfest hinter mir lassen und vielleicht wieder für irgendjemand sichtbar werden, weil der Mandel mich niemandem vorstellte. Andererseits im Falle Herwig sicher kein Nachteil, nicht in seinen Suchscheinwerfer zu geraten.

»Wie geht's euch?«, fragte der Mandel.

»Super«, sagte Rosita Dauner. »Wir feiern heute dreißigjähriges Bandjubiläum.«

»Dreißig Jahre?«, fragte der Mandel ungläubig.

»Uns gab's ja im Prinzip schon lange, bevor du in die Band gekommen bist. Der Michi und ich, wir machen schon seit 1982 Musik zusammen. Damals hießen wir noch City Flowers. Lustig, oder?«

»Sehr lustig«, sagte der Mandel und gab besagtem hinterhergekommenem Michi die Hand; er war der Gitarrist mit den langen Koteletten und der außer Kontrolle geratenen Pomade. Michi Novak und seine Rosita waren schon zusammen, als der Mandel aufs AMG gekommen war, wahrscheinlich waren sie schon seit dem Kindergarten ein Paar, hat der Mandel später gesagt. Ich schaute auf mein Telefon, jetzt musste die Spinnenfrau aber langsam auftauchen und mich abholen. Vielleicht war es doch ganz gut, dass mir der Mandel den Rücken zudrehte und so niemand aus seinem hundertjährigen Abiturjubiläum ahnte, dass wir zusammengehörten. So konnte ich unbemerkt verschwinden, ohne dass ich dem Mandel die Spinnenfrau vorstellen musste.

»Na, Mandel, was treibst du die ganze Zeit? Bist du noch

da oben bei diesem Musikmagazin?«, fragte der Pomadenfreund von Rosita Dauner.

Der Mandel schüttelte den Kopf.

»Und was machst du dann?«, fragte er weiter.

»Ich schreibe Musikkritiken für ein bekanntes Download-Portal«, sagte der Mandel, und fast war ich ein wenig traurig, dass unser Lebensabschnitt als Privatdetektiv jetzt schon aus den Lebensläufen herausgeschwiegen wurde. Und obwohl wir uns bei Gott nicht mit Ruhm bekleckert hatten – besser als Download-Portal klang *Detektei* allemal.

»Müsst ihr nicht wieder auf die Bühne?«, fragte der Mandel.

»Das war nur der Soundcheck. Du, ich hab eine Riesenidee«, sagte Rosita Dauner und massierte dem Mandel mit beiden Händen die Schultern.

»Nämlich?«, fragte der Mandel, dem die Massage sichtlich unangenehm war.

»Wir spielen später noch »People Are Strange« von den Doors, und da hast du doch damals Keyboard gespielt, weißt du noch?«

»Ja, das weiß ich noch«, sagte der Mandel.

»Spiel's noch einmal, Sam«, sagte Michi Novak, und es klang irgendwie gehässig.

Insgeheim lachte ich mit, denn nie im Leben würde der Mandel auch nur ansatzweise etwas von den Doors spielen können. Sogar ich als Nichtkeyboarder verstand, dass Ray Manzarek ein unglaubliches Talent an seinem Instrument gewesen war und dass der Mandel nie und nimmer in erträglicher Qualität dessen Orgelspiel bei »People Are Strange« reproduzieren würde können. Vor allem nicht so rabenvoll, wie er mittlerweile war.

»Wir spielen das ein bisschen jazziger, du kannst also gerne improvisieren«, sagte Rosita Dauner, und jetzt hätte ich am liebsten laut gelacht. Der Mandel rotzbesoffen am E-Piano mit einer Barjazz-Version von einem Doors-Song im Ginsberg mit seiner alten Gothic-Schulband, die jetzt einen auf Tom Waits für Kassenpatienten machte, und dann sollte er auch noch improvisieren? Das war zu gut, um vorzeitig mit der Spinnenfrau abzuhauen, dachte ich. Aber garantiert sagte der Mandel nein. So einer Blamage setzte er sich nicht freiwillig aus. Dafür war er zu eitel. Das erste und letzte Mal auf einer Bühne hab ich ihn damals mit DEMO gesehen, kurz bevor sie den Sänger Tilmann in zwei Teile zerhackt haben. Los, sag zu, Mandel, feuerte ich ihn Gedanken an.

»Ich weiß nicht«, sagte der Mandel.

Los, sag zu, dachte ich.

»Komm, Mändi, sei keine Flasche. Ich weiß doch, wie gut du Klavier spielen kannst«, sagte Herwig und zwickte den Mandel in den Nacken.

»Ach, was soll's«, sagte der Mandel zur Dauner und danach zu Herwig:

»Hol noch zwei Birne, dann bringen wir's hinter uns.«

»Das kommt aber erst als Zugabe«, sagte Michi Novak, der Pomadige.

»Nix da, bei der Zugabe bin ich schon zu besoffen – das ist eure einzige Chance. Jetzt und hier«, sagte der Mandel.

»Mändi, hau in die Bretter«, sagte Herwig, und obwohl der Novak ganz sicher insgeheim die Nase rümpfte, umarmte Rosita Dauner den Mandel und sagte: »Klasse, dann fangen wir gleich mit ›People‹ an.«

Nach der nächsten Birne musste der Mandel zunächst einmal aufs Klo, während Down Under die letzten Vorbereitungen trafen, Kabel kontrollierten, Gitarren stimmten und sich eine Thermoskanne mit Fencheltee auf die Bühne stellten, vermutlich hatte jemand von ihnen Schwierigkeiten mit der Verdauung – die Dauner sah irgendwie danach aus. Dann schaltete der Ziegenbartkeeper die Musik aus und ließ die Band ihre Ansage machen. Inzwischen war das Ginsberg tatsächlich relativ voll geworden, es wirkte jetzt nicht mehr so tot mit seinen nackten Kellergewölbewänden und den isoliert hängenden Schwarz-Weiß-Fotos von Beatnik-Autoren darauf.

»Seid gegrüßt«, sagte Rosita Dauner, und schräg hinter ihr sinnierte Jack Kerouac mit einer Zigarette ins Ginsberg hinein.

»Ihr kennt uns, wir heben uns die Gustostückchen eigentlich immer für den Zugabenteil auf, aber heute machen wir mal eine Ausnahme, denn wir haben einen einzigartigen Gastmusiker. Er ist eine Legende im Musikjournalismus und kehrt heute nur für diesen Auftritt wieder zur echten Musik zurück – es ist unser ehemaliger Keyboarder und lieber Freund: Max Mandel!«

Und als hätte Rosita Dauner gerade Bob Dylan höchstpersönlich angekündigt, brandete ein begeisterter Applaus auf, unter dem der Mandel auf die Bühne stieg. Man hätte fast meinen können, er wäre eine Bekanntheit. Er tastete sich an der Dauner vorbei zum Keyboard und Novak flüsterte ihm irgendwas ins Ohr. Wer ihn kannte, merkte ihm an, dass er kaum mehr stehen konnte. Der Mandel schaute nicht ins Publikum, nur auf die Tasten von dem E-Piano der Marke Roland. Eine Flut grauer Strähnen ergoss sich in sein Gesicht, und sein linker Hemdkragen steckte in dem grauen Jackett, das er angelassen hatte. Michi Novak fettete sich noch schnell seine Schlaghand ein, indem er sich durch die dicke Pomadenschicht auf seinem Haar fuhr, dann spielte er das Gitarrenintro, und die Dauner sang die unsterblichen Zeilen.

People are strange when you're a stranger
Faces look ugly when you're alone
Women seem wicked when you're unwanted
Streets are uneven when you're down

Gleichzeitig mit dem Schlagzeug setzte auch der Mandel ein, zum Unglück in der falschen Tonart. Die Tonfolge an sich schien aber richtig zu sein, auch wenn das den Gesamteindruck nicht rettete. Die zweite Strophe sang Rosita Dauner viel lauter, wahrscheinlich um über den Ausfall der Gitarre hinwegzuschreien, denn Michi Novak zeigte dem Mandel jetzt auf der Tastatur, in welcher Tonart er spielen musste. Nicht ein einziges Mal schaute der Mandel von dem E-Piano auf, er verweilte hinter seinen grauen Strähnen wie hinter einem Wasserfall und wechselte gerade noch rechtzeitig vor dem zweiten Refrain in die richtige Tonart. Herwig pfiff auf zwei Fingern, als der Mandel nach dem ersten Refrain zu einem Keyboard-Solo ansetzte. Der Mandel verließ schon bald die bekannte Manzarek-Linie und improvisierte an einem Blues herum. Die Dauner sah ihn verblüfft an. Der Mandel hob ganz kurz den Kopf, strich sich die grauen Haare aus dem Gesicht, schaute den Schlagzeuger an und legte den Zeigefinger an den Mund, das internationale Zeichen für: Jetzt improvisieren wir über einen leisen Teil. Das tat der Mandel dann auch, indem er kurz das Hauptthema anspielte und sich dann in einen vollkommen arhythmischen Blueslauf absacken ließ. Schon bald wurde die Band wieder lauter, fast so, als wolle sie ihn übertönen, aber der Mandel hielt mit. Er zerlegte jetzt in hoher Geschwindigkeit die Akkorde und hämmerte wie ein Epileptiker auf den Tasten herum, was Michi Novak zu einem besorgten Seitenblick veranlasste – es war denkbar, dass das E-Piano ihm gehörte. Man merkte, dass die Band gerne Schluss gemacht hätte, aus ihren Gesichtern konnte das jeder lesen, der schon mal in einer Band mit einem passionierten Improvisierer gespielt hat. Aber der Mandel, der Mann ohne Feingefühl, schlug nur noch wilder in die Tasten und fing an, seinen Kopf im Takt – oder was er dafür hielt – zu schütteln.

»Mändi, Mändi, Mändi!«, skandierte Herwig, und auch das restliche Publikum schien dem Amoklauf vom Mandel durchaus etwas abgewinnen zu können. Die Dauner-Band schaute sich kurz an und ging dann einfach wieder in den Refrain, was der Mandel allerdings nicht bemerkte, er war zu sehr mit den hohen Tönen ganz am Ende der Klaviatur beschäftigt und damit, wie man mit zwei Fingern auf einer einzigen Taste möglichst viele Zweiunddreißigstelnoten zustande brachte. Jetzt konnte nur noch ein Exorzist helfen. Die restliche Band fiel zusammen in einen Schlussakkord, den der Mandel einfach ignorierte. Als die Musik längst verklungen war, raste der Mandel immer noch über sechs Oktaven, bevor er seinen Kopf immer wieder in die Tasten fallen ließ, als wolle er das E-Piano mit seiner Stirn zertrümmern. Novak hatte mittlerweile seine Gitarre abgelegt und zog den Mandel sanft vom E-Piano zurück, während der immer noch mit dem Kopf nach unten hieb.

»Give it up for Max Mandel«, sagte Rosita Dauner ins Mikrofon, und das ganze Ginsberg stand und applaudierte, und selbst vom Applaus der Weißbier-Jugendlichen ging keinerlei Häme mehr aus. Ich hatte gar nicht bemerkt, dass einen Schritt von mir entfernt die Spinnenfrau stand. Erst ihr leidenschaftlicher Applaus machte mich auf sie aufmerksam. Sie hatte mich nicht erkannt, und so hatte ich noch ein paar Sekunden Zeit, sie mir ganz aus der Nähe anzuschauen. Sie trug einen hellblond gefärbten Pagenkopf, ihr Lippenstift war außergewöhnlich rot und ihr Lidstrich außergewöhnlich schwarz. Man hätte auch sagen können, sie war überschminkt, aber das tat ihrem Gesicht nur gut, denn ansonsten war es ein wenig zu solariumbraun, genau wie ihr weites Dekolleté. Diese hellen, nassen Augen, die immer aussahen, als würden sie gleich weinen, rissen allerdings alles heraus. Auch ihre Nase sah gut aus. Die Spinnenfrau war immer noch ein Fang – es bestand kein Zweifel mehr.

Ich stieg von meinem Barhocker und trat zu ihr hin. »Hallo«, sagte ich, und sie sah zu mir hoch, denn sie war deutlich kleiner als ich.

»Sigi«, sagte sie. »Ich hab dich beinahe nicht erkannt. Du bist ja viel bärtiger als auf den Fotos. Mei, ist das schön, dass wir uns endlich treffen!«

»Find ich auch«, sagte ich und gab ihr links und rechts einen Kuss. Dabei hatte ich einen Arm um sie gelegt und hielt mich eine Sekunde zu lang an ihrem Nacken fest, dafür, dass wir uns fast dreizehn Jahre lang nicht mehr gesehen hatten. Sie roch nach Honig und Kaugummi.

»Bist du mit jemand hier?«, fragte die Spinnenfrau.

»Nein, ich bin alleine«, sagte ich und nahm sie bei der Hand.

6
WINZERER HÖHEN

»Das waren ja Down Under«, sagte die Spinnenfrau draußen in der Gasse, die zum Fluss hinunterführte.

»Kann schon sein«, sagte ich.

»Wer war denn der tolle Keyboarder, der kam mir irgendwoher bekannt vor? Ich wusste gar nicht, dass die einen neuen Keyboarder haben«, sagte sie.

»Wusste ich auch nicht«, sagte ich.

»Kennst du die Band überhaupt?«, fragte die Spinnenfrau.

»Vom Namen her«, sagte ich.

»Wo gehen wir hin?«, fragte sie.

»Wir können uns rüber in den Biergarten von der Alten Linde setzen. Es ist doch noch warm«, schlug ich vor.

»Ab zehn darf da niemand mehr draußen sitzen wegen den Anwohnern«, sagte die Spinnenfrau und zupfte an dem Saum ihrer engen roten Jeans. Ich hatte am Rande mitbekommen, dass man jetzt wieder rote Jeans tragen konnte, ohne als Hexe verbrannt zu werden, aber ganz daran gewöhnt hatte ich mich noch nicht. Die Spinnenfrau hatte ein breites Becken, an das ich mich dagegen sehr schnell gewöhnen wollte. Ihre Beine waren kurz und schlank, und sie trug hellgraue Stöckelschuhe dazu.

»Welche Anwohner?«, fragte ich. »Da wohnen doch seit dreihundert Jahren dieselben Leute.«

»Eben nicht«, sagte die Spinnenfrau. »Die haben das jetzt alles saniert und zu Eigentumswohnungen gemacht.«

»Aber gehören die Häuser dort am Ufer nicht alle dem Bistum?«, fragte ich.

»Das Bistum hat sie zu Höchstpreisen verkauft. Aber ich weiß eh was Besseres«, sagte die Spinnenfrau.

»Jetzt bin ich gespannt«, sagte ich.

»Wir holen mein Auto vom Donaumarkt, und dann fahren wir an die Tankstelle, kaufen uns da eine Flasche Wein und setzen uns auf die Winzerer Höhen. Ich hab eine Decke im Auto. Was meinst du, Sigi?«

»Das klingt gut«, sagte ich und dachte kurz daran, dem Mandel eine Nachricht zu schreiben, weil ich einfach so weg war. Ich beließ es bei dem Gedanken.

In der Zwischenzeit saß der Mandel – und das weiß ich, weil er es mir am nächsten Morgen erzählt hat – schon längst wieder an der Theke vom Ginsberg, und Rosita Dauner verhunzte mit ihrer unsäglichen Joplin-Röhre auf der Bühne ein Tom-Waits-Stück von der *Rain Dogs*. Der Mandel hatte einen Gin Tonic vor sich stehen, aus dem er gelegentlich trank, während Herwig ihm erzählte, wie er auf der Realschule die Candy Köstlmaier »verräumt« hatte. Candy war ihr Taufname.

»Wollen wir rausgehen, eine rauchen?«, fragte der Mandel, während die Dauner unter Jack Kerouac »Here comes the Big Black Mariah« sang.

»Das Geplärr von der Dauner hält eh keine Sau aus«, sagte Herwig.

»Das Bier darfst du nicht mit rausnehmen«, rief der Ziegenbart dem Herwig hinterher, als der mit seinem Willybecher die kurze Wendeltreppe hinaufging.

»Pass auf, dass du keine aufs Maul kriegst, du Bettvorleger«, sagte Herwig

Draußen war das Pflaster noch warm vom Junitag, und von oben vom Haidplatz drang ein Stimmengewirr zu ihnen herunter, als wäre dort eine Versammlung. Es roch nach Sonnencreme und Zigarrenrauch, nach Steckerlfisch und Harz. Das kann ich auch ohne den erzählerischen Segen vom Mandel behaupten, denn ich hatte ja kurz vorher noch in derselben Gasse gestanden.

»Rauchst du nicht mehr?«, fragte der Mandel den Herwig.

»Ich darf nicht mehr«, sagte der Herwig.

»Logisch«, sagte der Mandel.

»Weißt, was ich nicht versteh, Mändi«, sagte Herwig nach einer Weile, in der er nichts zu tun hatte, außer aus seinem Willybecher zu trinken und dem Mandel beim Rauchen zuzuschauen.

Der Mandel reagierte nicht, er starrte auf die mittelalterlichen Fassaden und blies Rauch in die süßliche Juniluft.

»Herr Mandel«, sagte Herwig, der jetzt wieder in seinem Hausmeisterton redete.

»Ich war in Gedanken – Entschuldigung«, sagte der Mandel.

»Wer denkt, verliert«, sagte Herwig und lachte säuerlich. Von seiner Freude über das Wiedersehen mit dem Mandel schien nicht mehr viel übrig zu sein.

»Ich frag mich ja heute noch, warum du damals am See abgehauen bist und dich danach nie wieder gemeldet hast«, fuhr Herwig fort. »Weil, wenn man's mal genau nimmt, war das eine ganz schön feige Aktion. Erst abhauen und dann nicht mehr melden. Nie wieder melden. Richtig drecksaumäßig war das eigentlich.«

Der Mandel nahm einen ausdauernden Zug von seiner Zigarette und schnippte sie dann mit Daumen und Zeigefinger die Gasse hinunter, was sicher abfällig gewirkt hat. Ich kenne das von ihm. Dann holte er eine neue aus seiner blauen Zigarettenschachtel, zündete sie aber noch nicht an.

»Ich weiß es nicht, Herwig. Ich wollte halt nicht mit dir ans andere Ufer schwimmen; das Wasser erschien mir kalt und dunkel, und ich kannte die Leute da nicht. Und dann hab ich mich nicht mehr gemeldet, weil ich ja wusste, dass das eine feige Sache gewesen war, und deswegen ein schlechtes Gewissen hatte. Und weil ich wusste, dass es auch feig ist, sich wegen dem schlechten Gewissen nicht zu melden, hab ich mich erst recht nicht gemeldet, womit sich die Feigheit bei jedem Gedanken an die vorausgegangene Feigheit und das Unvermögen, etwas dagegen zu unternehmen, noch potenziert hat. Verstehst du?«

»Kein Wort. Red deutsch mit mir«, sagte Herwig.

»Es tut mir leid, das will ich damit nur sagen«, sagte der Mandel.

»Du denkst wirklich, du bist was Besseres, oder?«, sagte Herwig nach einer kurzen Bedenkzeit und trat jetzt einen Schritt auf den Mandel zu, der immer noch die Zigarettenschachtel in der einen und die jungfräuliche Zigarette in der anderen hielt.

»Nein, im Gegenteil, ich hab mich dir immer unterlegen gefühlt«, sagte der Mandel.

»Unterlegen?«, fragte Herwig und wich wieder einen Schritt zurück.

Der Mandel sah ihn jetzt eindringlich an. Dann sagte er: »Du warst doch immer der Schneidige, der sich alles getraut hat, der die ganzen Weiber organisiert hat. Ich war eher ein Mitläufer.«

Herwig kratze sich an den ausrasierten Schläfen.

»Das stimmt«, sagte er nach einer Weile. »Das stimmt natürlich.«

Der Mandel dachte schon, jetzt hätte er dem Herwig den Wind aus den Segeln genommen. Das war sein alter Trick, einfach jemandem das zu erzählen, was er hören wollte, wenn ihm eine Situation zu unübersichtlich wurde. Doch da hatte er den Herwig unterschätzt, der sich erneut vorm Mandel aufblähte.

»Du warst schon immer ein Mitläufer«, sagte er, »und jetzt, nur weil du in der Großstadt wohnst und was in die Zeitung schmierst über Musik, die keine Sau kennt, denkst du, du bist was Besseres!«

»Nein, das denke ich nicht. Im Gegenteil«, sagte der Mandel.

»Bullshit«, sagte Herwig. »Du denkst, du bist der Beste, du denkst, du weißt alles über Musik. Hast du mal ein Wort über Vicious Uprising in deinem Scheißblattl geschrieben? Ein einziges Wort?«

»Nein, aber ihr hattet ja auch kein großes Label, und wir haben nur Bands von größeren Plattenfirmen rezensiert. Du hättest mir jederzeit was für die Demo-Ecke schicken können«, sagte der Mandel und zündete sich endlich die Zigarette an.

»Die was?«, fragte Herwig und kam dem Mandel jetzt sehr nahe. Er hatte beinahe seine Nase auf der vom Mandel.

»Die Demo-Ecke«, sagte der Mandel unbeeindruckt. »Das war für manche Bands ein tolles Sprungbrett.«

»Dir geb ich gleich ein Sprungbrett, du aufgeblasener Wichser«, sagte Herwig und schubste den Mandel.

»Easy«, sagte der Mandel, aber das hätte er wissen müssen, dass mit »easy« in der Weltgeschichte noch kein Wutanfall unterbunden worden ist.

»Du arroganter Hundsfott, du arroganter«, sagte Herwig und drückte den Mandel jetzt mit beiden Händen gegen die mittelalterliche Hauswand. Über die zerschundene Unterlippe vom Herwig seilte sich ein Speichelfaden ab. Dem Mandel fiel siedend heiß ein, dass Herwig in seiner Jugend im Verein geboxt hatte. Man musste sich ja eigentlich nur die Unterlippe und die Bügelbrettnase ansehen. Herwig hatte den Mandel früher ein paarmal mit in den Hobbykeller seines Vaters genommen, wo ein großer Sandsack von der Decke hing. Der Raum besaß keine Fenster und war sehr niedrig, das reinste Verlies, daran konnte sich der Mandel jetzt plötzlich erinnern, als wäre es gestern gewesen. Er erinnerte sich, jetzt da die zertrümmerte Nase vom Herwig fast seine berührte und seine Birnenschnapsfahne ihn andampfte, dass ihn der Herwig einst als Sparringspartner missbraucht hatte. Ich hau nicht fest zu, hatte Herwig versprochen, aber dann hatte der Mandel schon in der ersten Runde in dem lichtlosen Hobbykeller einen Seitwärtshaken an den Kopf bekommen, dass er umgekippt war und ihm danach ein paar Sekunden seiner noch jungen Biografie fehlten.

»Komm, Herwig, reg dich halt nicht künstlich auf. Es ist doch schön, dass wir uns hier zufällig treffen nach all den Jahren. Lass uns reingehen und noch eine Birne trinken«, sagte der Mandel und dachte an das Verlies.

»Weißt du überhaupt, wie's mir in den letzten Jahren gegangen ist?«, fragte Herwig.

»Nein, woher denn? Wir hatten ja keinen Kontakt«, sagte der Mandel.

»Scheiße ist's mir gegangen. Ich wär fast krepiert«, sagte Herwig und spuckte auf das noch warme Kopfsteinpflaster.

»Das tut mir leid«, sagte der Mandel, und trotz der unmittelbaren körperlichen Bedrohung hörte man eine leichte Genervtheit heraus. Ich kannte diesen Tonfall.

»Scheinheiliges Arschloch«, lächelte Herwig und ließ den Mandel los, der das fatalerweise als ersten Schritt zur Versöhnung interpretierte.

»Selber Arschloch«, sagte der Mandel, und er hat mir am nächsten Morgen erklärt, dass er es nett gemeint hat, nach dem Motto »Komm schon, wir sind doch alle irgendwie Arschlöcher«.

Dann schlug der Herwig einfach zu, und der Mandel muss zu Boden gegangen sein wie damals in dem Hobbykeller, nur dass Herwig dieses Mal keine Boxhandschuhe trug. Der Mandel vermochte auch dieses Mal nicht genau zu sagen, wie viele Sekunden oder Minuten ihm abhandengekommen waren, aber etwas hatte sich verändert, als er wieder zu sich kam. Es war dunkel, er saß auf dem Hintern und spürte noch die Wärme des Junitages unter sich, es kam ihm ein bisschen so vor, als ob er an einem kalten Wintertag in seinem fußbodenbeheizten Badezimmer in seiner Wohnung am Chamissoplatz säße. Warmes Blut lief ihm am Hals entlang, am Hemdkragen vorbei in den Ausschnitt und kitzelte ihn an den Brusthaaren. Die Welt um ihn herum war stumm, und er nahm nur verschwommen wahr, wie zwei Gestalten sich gegenseitig packten und schubsten, während er auf dem warmen Kopfsteinpflaster saß und abwartete, bis das Blut in seinem Bauchnabel zusammengelaufen war und sein Gehör zurückkehrte. Dann hörte er seinen Bruder schreien: »Du bist doch ein Asozialer!«

»Ihr Mandels seid allesamt Missgeburten«, schrie Herwig zurück.

Der Mandel wunderte sich, seit wann sein Bruder einen Vollbart trug und warum er offensichtlich aufgehört hatte, grau auf dem Kopf zu werden, obwohl er doch zwei Jahre älter war als er. Dieter Mandel trug ein dunkelrotes Sakko aus Samt, das geckenhaft über die Hüfte fiel, fast wie ein Frack, und ein rosarotes Hemd darunter. Dazu eine arg hellblaue Jeans und hellbraune Mokassins mit Fransen dran. Der Mandel sah dennoch schwarz für seinen Bruder, denn Herwig hatte schon wieder die Faust erhoben. Bevor er allerdings zuschlagen konnte, fegte ihm der Dieter Mandel mit seinem rechten Fransenmokassin das Bein weg, Herwig fiel nach vorne um wie ein Baum und schlug sich den Kopf auf dem mittelalterlichen Pflaster auf.

»Steh auf, Maximilian, es pressiert«, sagte der Dieter, während er seinem Bruder auf die Beine half.

»Euch bring ich um, ihr Drecksäue«, sagte Herwig, dem das Blut von der Stirn auf das Kopfsteinpflaster tropfte.

»Geh heim und schlaf deinen Rausch aus, Herwig«, sagte der Dieter Mandel.

Das mag auf den ersten Blick wie eine Provokation klingen, aber er hätte nichts Besseres sagen können. Leute wie der Herwig empfanden nichts beruhigender, als ihr Ausrasten einfach nur auf den Alkoholkonsum schieben zu können. Als wäre ein frühsommerlicher Gewaltausbruch nichts anderes als eine logische Folgeerscheinung von den vielen

Birnenschnäpsen, die man getrunken hatte. Und dieses indirekt durch den Dieter erteilte Alibi ermöglichte dem Herwig, sich für einen kurzen Moment zu beruhigen und darüber nachzudenken, ob er sich wirklich schon wieder eine Strafanzeige wegen Körperverletzung einhandeln wollte. Der Dieter war allerdings schlau genug, um zu wissen, dass der Herwig sich an dieser Stelle genauso gut die Ehrenfrage hätte stellen können, wie es sein konnte, dass ihn ein Laie einfach in den Asphalt versenkte, noch dazu einer mit solchen Mokassins. Sicherheitshalber packte der Dieter also seinen Bruder und zerrte ihn hinter sich her, die Gasse hinunter, weg vom Herwig und weg vom Ginsberg.

»Wo ist eigentlich der Sigi?«, fragte der Dieter.

»Keine Ahnung«, sagte der Mandel.

Hätte man gewusst, was da unten in der Altstadt vor sich ging, und einen Feldstecher oder ein Teleskop dabeigehabt, man hätte von dort oben aus in aller Ruhe zuschauen können. Die Winzerer Höhen sind eine kurze Hügelkette, die im Norden die Stadt auf natürliche Weise begrenzen. Sie lehnen sich sanft an die Stadt und riechen gut. Zu jeder Jahreszeit erscheinen sie einem grün, und wegen den vielen Feldern nennt man sie auch den Gemüsegarten der alten Stadt. Wir waren mit einem schwarzen Golf V, Sondermodell United, an dem alten Friedhof vorbeigefahren, auf dem sie den Tomko Kraus nach seinem Motorradunfall beerdigt hatten. An dem kleinen Wald vorbei, hinaus auf die freien Felder. Früher hatte es wie die Hölle gestaubt, mit dem Auto auf dem Feldweg, aber dann tat sich kurz danach dieser unendlich schöne Anblick auf, wenn der Staub sich in der Dämmerung langsam legte und den Blick auf die abendliche Stadt unten freigab. Mittlerweile war der Feldweg geteert, und kein Staub stieg mehr in die Luft, wenn man mit dem Auto hinaus auf die Felder fuhr. Der majestätische Blick auf die Stadt blieb derselbe. Die Altstadtlichter waren schon eingeschaltet, und Tausende von Leuten trieben sich auf den Straßen herum, das spürte man förmlich. Irgendwann bog die Spinnenfrau in ein Feld ab und ließ das Auto mitten in der trockenen Erde stehen und tötete damit was weiß ich wie viele ungeerntete Futterrüben – ich kenne mich in der Landwirtschaft nicht gut aus, obwohl ich von einem Bauernhof stamme. Sie stieg aus und nahm eine hellgrüne Wolldecke aus dem Kofferraum. Die Scheinwerfer ließ sie an, weshalb das Auto einen unangenehmen Warnton von sich gab.

»Moment«, sagte sie und breitete die Decke in dem Feld vor der Kühlerhaube des Golf United aus. Ich holte die Flasche Wein und die Plastikbecher aus dem Auto. Die Spinnenfrau schaltete die Scheinwerfer aus, und der Warnton verstummte. Es war unglaublich hell, obwohl hier oben weit und breit keine Straßenlaterne stand. Ich weiß nicht, ob es der noch nicht einmal volle Mond war oder die enorme Leuchtkraft der alten Stadt, die uns und das Feld erhellte. Wir saßen auf der hellgrünen Decke vor dem schwarzen Golf und unter uns diese Flut aus Lichtern, die sich vor den Winzerer Höhen wie vor einem Damm stauten. Mittendrin die zwei weißen Türme des Doms, sich katholisch giftig in die Höhe spitzend, als wollten sie sich jeglicher Gottlosigkeit dort unten entledigen. Es war so hell, dass ich ohne Probleme die Riojaflasche mit Schraubverschluss aufmachen und ihren Inhalt ohne Streuverlust in die Plastikbecher füllen konnte.

»Zum Wohl«, sagte ich.

»Prost«, sagte die Spinnenfrau.

»Und du hast also eine Tochter«, fragte ich, weil ich Interesse zeigen wollte, aber das war natürlich die dümmste aller Fragen, weil sie zum einen ein Thema anstimmte, bei dem ich und die Spinnenfrau Äonen auseinanderlagen, und zum anderen man nie Eltern nach ihren Kindern fragen sollte – außer sie hassen sie –, weil Eltern sonst die nächsten zehn, zwanzig Minuten des Gesprächs mit aller Brutalität an sich reißen, um ihre eigene Bedeutungslosigkeit mit belanglosen Anekdoten über ihre Sprösslinge zu bekämpfen. Außerdem hören sie nicht auf, einem Fotos zu zeigen. Und so ließ ich die Geschichte von Marinas Einschulung über mich ergehen, als ihre neuen Klassenkameraden ihr eine Wasserbombe ins Gesicht geworfen haben und Marina daraufhin nie wieder zur Schule gehen wollte, was ich absolut verstehen konnte. Ich hörte mir auch noch an, wie Marina jetzt jeden Dienstag zum Ponyreiten nach Nittendorf fuhr, aber dann reichte es.

»Ich …«, sagte ich, »ich hätte auch gerne Kinder, aber das ist bei meinem Lebenswandel momentan nicht so einfach.«

»Wie meinst du das mit dem Lebenswandel?«, fragte die Spinnenfrau.

»Na ja, ich meine, als Ermittler. Alleine die Arbeitszeiten«, sagte ich.

»Als Ermittler? Wie darf ich jetzt das verstehen?«, fragte die Spinnenfrau und rückte schon mal sicherheitshalber ihr breites Becken ein paar Zentimeter in meine Richtung.

»Hatte ich das nicht geschrieben? Ich arbeite als Ermittler. Also als privater Ermittler. Privatdetektiv sagen manche auch dazu.«

»Ach, komm, Sigi, jetzt bindest du mir aber einen Bären auf«, sagte die Spinnenfrau und gab mir spielerisch eine sanfte Schelle auf die rechte Wange.

»Nein, nein, kein Bär. Ich hab mich nach der Laufbahn im Journalismus mit einem Kollegen als staatlich geprüfter Ermittler selbstständig gemacht. Mit Zertifikat von der Industrie- und Handelskammer«, sagte ich.

»Einfach so?«, fragte die Spinnenfrau. »So was hab ich ja noch nie gehört. Braucht man da nicht gewisse Fähigkeiten?«

»Dazu ist ja diese Ausbildung von der IHK da. Die im Übrigen nicht ganz einfach zu absolvieren ist. Und ganz billig ist sie auch nicht«, sagte ich.

»Aber braucht man nicht Berufserfahrung? In den Krimis machen das immer Leute, die vorher bei der Polizei waren«, sagte die Spinnenfrau, und ihr Argwohn provozierte mich. Sie hatte jetzt so eine Hausfrauenart an sich, und damit meine ich diese Art Frauen, die ihr allgemeines Kriminalwissen seit Jahrhunderten aus den gleichen Fernsehserien speisen.

»Als Journalist lernst du ja zu recherchieren und Hintergründe herauszufinden. Du bist quasi eh schon eine Art Ermittler. Und dann verfügst du natürlich über enorme Kenntnisse in Neue-Medien-Recherche.«

»Was genau ist denn Neue-Medien-Recherche? Musst mich entschuldigen, Sigi, ich bin jetzt nicht die Modernste. Ich hab noch nie einen MP3 gekauft«, lachte die Spinnenfrau und zog ihre grauen Stöckelschuhe aus. Mit den nackten Füßen in der roten Hose stieß sie die Schuhe an den unteren Rand der Decke.

»Neue-Medien-Recherche ist zum Beispiel googeln. Aber viel komplexer noch«, sagte ich und hoffte, dass ab jetzt keine Nachfrage mehr kam.

»Ach so, googeln«, sagte die Spinnenfrau, prostete mir zu und nahm einen tiefen Schluck Rioja aus dem weißen Plastikbecher. Einen Moment lang herrschte Stille, und ich bildete mir ein, das frühsommerliche Treiben in der alten Stadt von unten heraufhören zu können. Wie ein Radio, das irgendwo im Haus gegenüber spielt, und weil man das Fenster auf hat und der Wind günstig steht, hört man »Wish You Were Here« wie aus der Ewigkeit herüberklingen.

»Kannst du von einem deiner Fälle erzählen, oder ist so was Betriebsgeheimnis?«, fragte die Spinnenfrau und setzte sich hinter mich. Während sie meine Schultern massierte, erzählte ich ihr von unseren beiden großen Fällen, von der Zerhackung vom Tilmann und von den norwegischen Antichristen, von den Kabalen der Musikindustrie und der achten Mordkommission in der Keithstraße. Eine Viertelstunde später rollten wir ineinander verhakt durch das staubige Feld ein paar Meter den Hügel hinunter auf die Altstadt zu, und zu dem Zeitpunkt hatten mich schon vier Mücken gestochen, und ich hatte mir den Rotweinbecher über die Hose gekippt. Aber das machte mir nichts aus, denn ich war verliebt oder kam mir zumindest so vor. Die Spinnenfrau schmeckte gleichzeitig nach einer Kaugummisorte meiner Jugend und Rioja, und ihre Hände waren überall, wie es sich für eine Spinnenfrau gehörte. Alles war gut, ausnahmsweise.

Obwohl wir nicht miteinander schliefen, fühlte ich mich nach der Herumrollerei ein bisschen schuldig, so als hätte ich Maria betrogen, aber das ist nur ein Phantom-schlechtes-Gewissen, sagte ich mir. Maria hatte ja schließlich angefangen mit der Schlussmacherei. Ich hielt meine Nase in die Juninacht, weil ich wissen wollte, wie die Luft schmeckte, weil es konnte ja sein, dass das hier der Beginn eines neuen Lebens war. Eines Lebens an der Seite der Spinnenfrau, mit Eigentumswohnung am Oberen Wöhrd, mit siebenjähriger

Stieftochter und einer Stelle als Online-Redakteur beim Feuilleton der *Mittelbayerischen Zeitung*, wenn der Mandel ein gutes Wort für mich einlegte. Wie das neue Leben roch, wollte ich wissen.

»Aaaaah, der Mandel!«, kreischte die Spinnenfrau neben mir, als sie sich ihre Bluse zuknöpfte.

»Wie bitte?«, fragte ich.

»Das war Max Mandel am Keyboard, jetzt fällt's mir wieder ein. Das ist doch früher dein bester Freund gewesen, und den hast du nicht erkannt? Der wohnt doch in derselben Stadt wie du«, sagte die Spinnenfrau und wirkte freudvoll und gleichzeitig verwirrt.

»Ach so, der Keyboarder unten im Ginsberg. Ja, das war natürlich der Mandel. Das ist immer noch mein bester Freund. Mit dem hab ich auch die Detektei eröffnet. Ich wusste ja nicht, dass du dich noch an ihn erinnerst.«

»Natürlich erinnere ich mich, du Clown. Der Mandel war doch mal mein großer Schwarm im ersten Semester. Das weißt du doch.«

Ich hörte, was sie sagte, aber ich begriff es nicht. Ich wollte es auch nicht begreifen und wünschte, ich hätte es nicht gehört. Offenbar sah sie mir meine Entgeisterung an.

»Das hat er dir also gar nicht gesagt, der alte Gauner. Ich hätte es mir denken können. Der und seine ewige Verschwiegenheit. Nein, wir waren jetzt auch nicht zusammen, oder was du denkst, wir haben mal auf einer Chemie-Fete geknutscht, und waren dann in einem Hörsaal, der nicht abgeschlossen war. Danach haben wir uns noch öfter getroffen, aber er hatte jetzt nicht wirklich großes Interesse an mir, wenn wir mal ehrlich sind. Und danach bin ich ja auch mit dem Moritz zusammengekommen.«

»Aber ihr hattet weiter Kontakt?«, fragte ich und musste meine Hand in die Hosentasche stecken, weil sie zitterte.

»Was heißt Kontakt, wir haben uns halt hin und wieder auf einen Kaffee nachmittags in der Stadt getroffen«, sagte die Spinnenfrau und legte sich meinen Arm um ihre Schultern.

Der Mandel hatte mir natürlich nie erzählt, dass er sich mit der Spinnenfrau traf, geschweige denn, dass er mal etwas mit ihr gehabt hatte. Und ich Depp hab ihm immer von ihr vorgeschwärmt, und er hat behauptet, er kenne sie nur flüchtig, und wenn wir sie mal in der Cafeteria gesehen haben, hat er sie förmlich gegrüßt, aber von einem Hörsaal war nie die Rede gewesen. Und selbst als mich die Spinnenfrau damals auf dem Studentenfasching in München mit in ihre Wohnung genommen hatte, und ich dem Mandel am nächsten Tag auf der Rückfahrt davon berichtete, selbst da hat er nicht erwähnt, dass er nachts mit ihr im Hörsaal gewesen war und, noch viel schlimmer, sie ihn wollte, aber er sie nicht. Denn selbst wenn das im ersten Semester war, wo sie noch die alte Nase und die alte Frisur hatte, war das ja das Furchtbarste, was sie mir hätte erzählen können, dass ausgerechnet der Mandel sie nicht wollte, weil der Mandel war ja scheinbar etwas Besseres, und die Spinnenfrau, die kann dann eben der Singer abhaben, kein Problem, keine Ursache, nichts zu danken und Wiederschauen, Spinnenfrau – nimm doch den Sigi. Es brach mir das Herz.

»Wo übernachtest du denn?«, fragte die Spinnenfrau.

»Im *Fröhlichen Türken*«, sagte ich. »Ich teile ein Zimmer mit dem Mandel.«

»Süß«, sagte sie. »Magst du noch mit zu mir kommen? Die Marina übernachtet bei der Oma, wir haben die Wohnung ganz für uns.«

Ich atmete ein, ich atmete aus. Die Luft schmeckte nach toten Fliegen.

»Du, ich muss morgen sehr früh mit dem Mandel auf ein Seminar, lass uns doch morgen Abend mal schauen«, sagte ich und hätte am liebsten laut geschrien. Weil ich an den Hörsaal im Chemie-Gebäude denken musste und daran, dass ich nie in einem Hörsaal Sex hatte, obwohl mir das so wichtig gewesen wäre.

»Ach so«, sagte die Spinnenfrau und sah enttäuscht aus. Dann hellte sich ihre Miene auf, und sie ergänzte:

»Du hast recht, lass es uns langsam angehen, du bist ja noch ein paar Tage hier. Du musst mir auf jeden Fall unbedingt den Mandel grüßen, den alten Ganoven. Ich wusste gar nicht, dass er so gut Keyboard spielen kann.«

»Das wusste ich auch nicht«, sagte ich, befreite mich aus ihrer Umarmung und stand auf. Auf der Heimfahrt redeten wir nicht. Die Spinnenfrau hatte ihre Hand auf meinem Knie, wenn sie nicht gerade schalten musste, und im Radio lief »You To Me Are Everything«.

Als ich ins Hotel kam, lag der Mandel auf meiner Seite des Betts und schnarchte wie ein halbtoter Hund. Auf der anderen Seite lag sein Bruder. Niemand reagierte, als ich das Licht einschaltete. Das Hemd vom Mandel war voller Blut, und er hatte immer noch seine italienischen Lederschuhe an. Ich nahm mir eine Wolldecke aus dem Schrank und schaltete das Licht wieder aus. Dann legte ich mich auf den Boden an den unteren Rand vom Doppelbett und versuchte einzuschlafen.

7
Seminar

Im Traum wohne ich am Heiligensee in einem Ein-Zimmer-Apartment im Erdgeschoss eines zweistöckigen unscheinbaren Hauses aus den Siebzigerjahren. Meine Terrassentür ermöglicht mir direkten Zugang zu einem Garten, der sich wie ein Schlauch zum See hinzieht, umgeben von einer aus der Form gewucherten Hecke. Ganz vorne ist ein kleines Eisentor, das immer abgeschlossen ist. Man muss darüberklettern, um den See überhaupt sehen zu können. Ich steige über das Tor, es ist kurz nach halb neun, und das Abendrot füllt den Heiligensee mit Farbe, sodass man an dem schmalen Uferstreifen das Gefühl hat, man taucht seinen Fuß in Blut, wenn man ihn in das lauwarme Gewässer hält. Ich schaue hinüber zum Nachbarhaus, das unmittelbar am See liegt. Der Nachbar besitzt eine alte Villa, die aussiehst wie aus der Toskana abtransportiert und hier am Heiligensee wieder aufgebaut. Diese irregulär wirkende Komposition aus hellen Ziegeln, kleinen Fenstern, abgeschrägten Ecken und dem grob gemauerten Balkon hinaus aufs Wasser erinnert mich an einen Urlaub mit Maria in Lucca. Den Nachbarn sieht man so gut wie nie, aber meistens hat er Leute eingeladen, die auf dem Balkon oder auf dem Rasen herumstehen, mit Getränken in der Hand, und ausgelassen lachen. Darunter viele Frauen. Ich frage mich, wie beliebt der Nachbar ist, dass freiwillig und andauernd die Leute hier raus zum Heiligensee fahren, wo ja sonst nichts ist. Den teuren Autos nach zu urteilen handelte es sich bei seinen Gästen nicht um Prekariat. Heute Abend liegt der Heiligensee blutrot vor mir, während der Nachbar ausnahmsweise keine Gesellschaft hat. Er steht auf dem übers Wasser hinausgebauten Balkon und raucht. Man erkennt nichts von ihm, außer seine Silhouette und die Glut der Zigarette. Er starrt aufs Wasser, dann sieht es kurz so aus, als wende er seinen schwarzen Silhouettenkopf in meine Richtung, und ich winke. Er hebt selbst kurz den Arm, aber vielleicht schnippt er nur die Glut seiner Zigarette auf den Rasen. Ich fühle mich ertappt und steige ziemlich unelegant über das gusseiserne Tor zurück in den Garten meines Siebzigerjahre-Baus.

Am nächsten Morgen saßen wir im Frühstücksraum vom *Fröhlichen Türken* und hörten dem Dieter zu. Der Raum hatte einen Teppichboden, der jegliche Stimmung aufzusaugen schien, egal ob gut oder schlecht. Es herrschte eine deprimierende Indifferenz. Das wenige Licht, das durch die zugezogenen Vorhänge in den Frühstücksraum fiel, die Vorhänge selbst, die Tische, die Tischdecken, alles war in einem vorsichtigen Hellbraun gehalten, alles hier befand sich in einem ewiglich hellbraunen Dämmerzustand. Gegenüber saß ein Geschäftsmann mit einer Hornbrille, der mir bekannt vorkam. Vielleicht war er auch gar kein Geschäftsmann, aber wie er in sein Brötchen biss, hatte so etwas Zukunftsweisendes an sich, als wäre der Brötchenbiss nur ein abzuarbeitender Punkt auf einer langen Agenda. Wie er jeden Teil der

Zeitung wieder so zusammenfaltete, als wäre er gerade aus der Druckerei gekommen, flößte mir Respekt ein. Bei mir sah jeder gelesene Teil einer Tageszeitung so aus, als komme er direkt aus dem Altpapier. Der Mandel hatte eine verkrustete Unterlippe, und sein Gesicht war leicht angeschwollen. Ich wusste bereits, dass er sich mit seinem Exfreund Herwig angelegt hatte, aber er hatte mich bisher nicht gefragt, wie mein Abend gewesen war. Ihn nach dem Hörsaal und der Spinnenfrau fragen wollte ich an diesem Morgen noch nicht. Der Schock saß noch zu tief. Der Dieter erzählte von seiner neuen Firma. Bis vor ein paar Monaten war er noch Fahrlehrer im Umland gewesen. Er war kein schlechter Fahrlehrer, und so weit draußen im Umland besaß er auch das Monopol, trotzdem war er unzufrieden mit seinem alten Beruf, nicht zuletzt, weil er das fade Landleben satthatte und durch diverse Besuche bei uns in der Großstadt erfahren hatte, wie gut man sich in einer urbanen Umgebung die Zeit vertreibt. Die große Leidenschaft vom Dieter war seit zehn Jahren das Internet. Für ihn war es nicht nur eine technische Errungenschaft, es war sein Ausbruch aus der Provinz. Mit Online-Dating hatte für ihn alles begonnen, aber mittlerweile hat er gelernt, wie man eine Seite einrichtet und einen Server konfiguriert. Er hat uns damals schon voller Stolz erzählt, wie viele Klicks seine Fahrschulseite im Monat maß, da war es letztlich nur konsequent, dass er sich jetzt als digitaler Entrepreneur betätigte. Mit dem Überbrückungsgeld, das man vom Arbeitsamt bei der Existenzgründung bekam – jeder außer mir –, hatte er sich einen neuen Computer gekauft und ein Büro in der Stadt gemietet. Die Fahrschule hat er seinem Assistenten, dem Michael Magerl, verpachtet, und dann eine Dating-Applikation von Sascha programmieren lassen. Sascha war ein Programmierer und IT-Experte aus Brandenburg, mit dem der Mandel und ich schon seit unserer Zeit beim *Rock'n'Roll-Express* zusammenarbeiteten, falls jemand fragt. Er hatte dem Dieter für viel Geld ein tadelloses Dating-Portal hingestellt. Das Besondere daran war, dass es zunächst nur auf Karteimitglieder in der alten Stadt und Umland beschränkt war, weil man im sogenannten Backend den Postleitzahlenradius einschränken konnte, wie der Dieter das lautstark erzählte, während er nebenbei seinen fetttriefenden Lachsersatzlappen vom Frühstücksbuffet in kleine Teile schnitt, die er sich mit einer Kuchengabel in den Mund steckte.

»Und das Gute ist, dass du dir ein Profil anlegen kannst, und dann vergleicht der Computer dein Profil mit dem Profil von irgend so einer Tante und stellt Gemeinsamkeiten fest. Und wenn der Computer genug Gemeinsamkeiten feststellt, dann wird dir diese Tante empfohlen. Ein Irrsinn, was man heutzutage alles mit Computern machen kann, oder? Empfehlungsalgorithmus nennt man so was.«

»Ich weiß«, sagte ich, und mir war noch leicht schwindlig wegen der Ereignisse der vergangenen Nacht, und weil ich schlecht geschlafen hatte auf dem Fußboden vor dem Doppelbett.

»Wenn du jetzt zum Beispiel gerne den Verdi hörst, und die Tante aus Sinzing hört auch gerne den Verdi, dann stellt der Computer das fest, und schon könntest du theoretisch mit der Tante zusammen den Verdi hören. Vielleicht sogar bei ihr in Sinzing im Schlafzimmer, verstehst du? Das ist doch der Wahnsinn, was heute alles technisch möglich ist«, sagte der Dieter.

»Welche Tante?«, fragte ich.

»Die Schnitte halt«, sagte der Dieter.

»Ist das mit Fotos? Ist es zunächst nicht immer am wichtigsten, wie die Leute aussehen?«, fragte ich.

»Ja, für unsereins, Sigi. Aber die anderen, die nicht so aktiv im Flirtgeschäft drin sind wie wir, die sind ja froh, wenn sich überhaupt jemand mit ihnen abgibt. Das sind ja Leute über fünfzig, die gerade gelernt haben, wie man einen Computer einschaltet, für die ist das so aufregend wie für unsereins das erste Mal in den Puff gehen.«

»Ich war noch nie im Puff«, sagte ich.

»Natürlich nicht«, zwinkerte mir der Dieter zu. »Und wenn sie dann mit jemandem mailen, der auch den Verdi hört, dann ist die Hemmschwelle in null Komma nix weg.«

»Der Vergleich hinkt an allen Ecken und Enden«, sagte der Mandel und biss in ein mit Himbeermarmelade bestrichenes Croissant.

»Welcher Vergleich?«, fragte der Dieter.

»Der mit dem Puff«, sagte der Mandel.

»Ist es jetzt mit Fotos oder nicht?«, fragte ich.

»Nur im Premium-Abo«, sagte der Dieter.

»Wie heißt dein Portal eigentlich?«, fragte der Mandel.

»Liebedeslebens.at«, sagte der Dieter.

»Warum *at*, das steht doch für Österreich?«, fragte ich nach.

»Sonst war keine Domain mehr frei«, sagte der Dieter.

»Und wie funktioniert das Bezahlmodell?«, fragte ich.

»Die Monatsgebühr beträgt 24,99. Das Premium-Abo kostet 29,99.«

»Das ist aber schon teuer, oder?«, fragte ich.

»Unsinn, die ganzen alten Schachteln hier ham's ja wohl. Schau dir doch mal die Mietpreise in der Altstadt an, hier wohnen doch längst keine normalen Menschen mehr«, sagte der Dieter.

»Und wie viele Kunden hast du bereits in der Datei?«, fragte ich.

»279 in nur drei Monaten. Da sind aber auch etliche dabei, die nur ein Schnupper-Abo haben, das nach zwei Wochen ausläuft. Ich überleg schon, ob ich nicht als Nächstes eine extra Seite für Straubing aufmache. Und danach eine für Landshut. So wie der Zuckerberg damals. Der hat ja auch mit einer Seite für seine Uni angefangen.«

»Das freut mich, dass deine Geschäftsidee so gut funktioniert«, sagte ich, und es freute mich wirklich. Zum einen, weil dem Dieter das mit der Fahrschule schon lange keinen Spaß mehr gemacht hatte, zum anderen, weil er im Gegensatz zu seinem Bruder ein unkomplizierter, höflicher, wenn auch etwas merkwürdiger Kerl ohne eine anstrengend mysteriöse Aura war. Sein Dasein als digitaler Entrepreneur schien ihm auch äußerlich gut zu bekommen. Im Gegensatz zum Mandel war er fast überhaupt nicht grau, ein dichter Kurzhaarschnitt zierte sein rundes und dunkelbraunes Gesicht, und neuerdings trug er einen penibel in Form rasierten Vollbart, was ihm auch irgendwie gut stand.

»Wo bist du eigentlich gestern so sang- und klanglos hin verschwunden?«, fragte der Mandel mich nun endlich.

»Ich wollte noch Tschüs sagen, aber du warst ja am Keyboard«, sagte ich.

»Ja und?«, fragte der Mandel.

»Ich war mit der Conny Schmidl noch was trinken. Die kennst du ja noch, oder?«

»Schmidl, Schmidl, Schmidl«, sinnierte der Mandel, der Heuchler, oder war er wirklich so desinteressiert an allem, was ihn nicht unmittelbar im Hier und Jetzt betraf und nichts mit Musik oder Fußball zu tun hatte?

»Egal«, sagte ich. »Wir müssen los, das Seminar fängt um Punkt neun an.«

»Mir tut alles weh, Sigi – kannst du nicht alleine hingehen? Ich komm dann morgen dazu.«

»Auf keinen Fall. Das ist *unser* Ausflug, das ist unser *gemeinsamer* Ausflug. Das mach ich nicht ohne dich«, sagte ich.

»Schau, Sigi, mir hat der Herwig fast den Unterkiefer gebrochen, und mir tut der Kopf weh von der Williamsbirne, ich bin ja medizinisch gar nicht in der Lage zu catchen. Und du weißt doch, wie problematisch das mit meiner Bandscheibe ist«, sagte der Mandel und machte ernsthaft Anstalten, sich noch Cornflakes vom Frühstücksbuffet zu holen.

»Wenn du jetzt nicht mitkommst, sind wir geschiedene Leute«, sagte ich.

»Jetzt übertreibst du«, sagte der Mandel, setzte sich aber immerhin wieder.

»Na komm, Maxi, irgendwie versteh ich den Sigi«, sagte jetzt der Dieter und zwinkerte mir zu. »Der hat sich das so gewünscht, dass ihr zusammen diesen Kurs belegt. Der ist ja nur deshalb gekommen. Und jetzt lässt du ihn hängen. Jetzt geh halt mit; kannst ja heute nur ein bisschen zuschauen, damit du morgen wieder fit bist.«

»Bevor ihr hier jetzt alle so ein Theater macht, fahren wir lieber dahin«, sagte der Mandel.

Um halb zehn, also eine halbe Stunde zu spät, weil der Mandel seine neue Armani-Uhr nicht auf Anhieb finden konnte, waren wir im alten Gewerbepark angekommen. In den Achtziger- und Neunzigerjahren war der Gewerbepark die bevorzugte Siedlungsform der Deutschen, bevor er in jüngster Zeit von den sogenannten *Townhouses* abgelöst wurde. Ich kannte den Gewerbepark einigermaßen gut, weil sich dort auch das *Stage Aktuell* befand, bei dem wir früher immer Gitarrensaiten und Plektren gekauft hatten, weil es keinen einzigen Musikladen in der Altstadt gab, der sich nicht auf Volksmusik spezialisiert hatte. Die Bavarian School Of Wrestling residierte in einem grauen Kasten mit der Aufschrift A46–50. Im Gewerbepark sahen alle Häuser so aus, nur die Nummerierung änderte sich. Neben der Eingangstür stand ein Schild mit allen Unternehmen, die in A46–50 untergebracht waren. Es gab die Praxis von Dr. Chun mit traditioneller chinesischer Medizin, die Tranquila Inkasso GmbH, die Werbeagentur Grössel, Harke Büroeinrichtungen und die Bavarian School Of Wrestling, kurz BSW. Das Logo der BSW war schlicht, aber die Schriftart erinnerte mich irgendwie an fernöstliche Schriftzeichen. Der Mandel klingelte missmutig, und wenn Sie mich jetzt fragen, wie man missmutig klingelt, kann ich es Ihnen gar nicht genau sagen, aber der Missmut war dem Mandel einfach in jeder Bewegung anzusehen, sogar beim Klingeln. Gelangweilt, träge und passiv aggressiv zugleich, so näherte sich sein Arm der Klingel. Ein Summen signalisierte uns kurz darauf, dass die Tür jetzt offen war. Wir stiegen die Treppen bis in den dritten Stock und standen dort vor einer Doppeltür, an die jemand eine Schwarz-Weiß-Kopie von dem BSW-Logo mit Tesafilm befestigt hatte. Ein paar Sekunden standen wir einfach nur so da.

»Willst du nicht reingehen?«, fragte der Mandel.

»Doch, doch, ich dachte nur, du gehst voran«, sagte ich.

Der Mandel zeigte mir einen Vogel und stellte sich demonstrativ hinter mich. Ich öffnete vorsichtig die Tür, und wir standen inmitten einer miefgeplagten kleinen Turnhalle, wie ich sie zuletzt in der Schulzeit betreten hatte. Da stand ein Ring in der Mitte der Halle, und ich sah mich schon vom dritten Ringseil aus der Ringecke mit einem Flying Bodypress den Mandel umwuchten, als jemand zu uns sagte:

»Zu spät, aber macht gar nix, legt euch einfach schon mal hin.«

Ein zwei Meter großer Mann mit Bierbauch und langen, schmutzig grauen Haaren in schwarzer Ganzkörper-Funktionskleidung kam auf uns zu und streckte uns die Hand entgegen.

»Ich bin der Walter«, sagte er, grundsätzlich auf Hochdeutsch, aber mit einem verschlafenen oberpfälzischen Akzent. Sein Händedruck war bemerkenswert schlaff.

»Ich bin Sigi, und das ist der Mandel, also beziehungsweise der Max«, sagte ich und gab ihm die Hand.

»Servus, Walter«, sagte der Mandel und gähnte beim Handgeben, was ich für ziemlich unverschämt hielt. Walter schien es nicht negativ aufzufallen. In der Ecke, aus der Walter gekommen war, lagen vier Leute auf blauen Turnmatten und vollzogen Dehnungsübungen.

»Ach, ihr seid vermutlich die Herrschaften aus der Großstadt«, sagte Walter, aber es klang keineswegs sarkastisch. Den Mandel sah er sich natürlich genauer an, wegen der Schrammen aus der Schlägerei mit Herwig.

»Hast du schon mal geübt?«, fragte er.

Der Mandel lächelte gequält.

»Sollen wir uns umziehen?«, fragte ich.

»Nein, das Stretching macht ihr jetzt mal gleich so mit«, sagte der Walter und nahm zwei weitere Turnmatten von einem Stapel und legte sie neben die anderen auf den Boden.

Der Mandel und ich stellten unsere Sporttaschen weg und legten uns hin.

»Halt! Bitte die Schuhe ausziehen. Ihr macht mir sonst den Hallenboden kaputt mit den Straßenschuhen«, sagte Walter Wylde, aber überhaupt nicht von oben herab.

Im Liegen grüßten wir die anderen Teilnehmer, aber niemand antwortete uns, alle dehnten sich. Walter kniete sich hinter den Mandel und zwang ihn, seine Arme anzuwinkeln und neben den Ohren abzulegen. Dann steckte er ihm einen Yogaziegel in den Nacken. Ich nenne das nur so, ich weiß gar nicht, ob es einen korrekten Terminus technicus dafür gibt. Es war ein Klotz aus hart gepresstem Styropor, wie ich ihn von Maria her kannte. Walter Wylde nahm das linke Bein vom Mandel, zog es nach oben und lehnte sich auf seinen auberginefarbenen linken Socken. Der Mandel ließ das ohne einen Mucks über sich ergehen, aber ich merkte, dass es ihm wehtat. Walter Wylde zeigte dem Mandel noch eine weitere Übung, »Die Kobra«, die ich auch so bei Maria schon mal gesehen hatte, und kam dann zu mir. Als er mir das Bein durchstreckte, biss ich auf die Lippen, um nicht laut um Hilfe zu schreien.

»Du musst dich entspannen«, sagte Walter Wylde. »Du bist ja völlig verkrampft.«

Ich gestehe, auch bei der Kobra stellte ich mich dümmer an als der Mandel. Aber er war ja auch aufgewärmt von der Schlägerei, er war quasi vor allen anderen im Training. Irgendwann sagte Walter Wylde »stopp«, und alle setzten sich von ihren Matten auf, bis auf den Mandel, der noch eine Entspannungsübung namens »Der Schwamm« zu Ende brachte.

»Jetzt, wo alle da sind, gebt ihr euch noch mal offiziell die Hände«, ordnete Walter Wylde an. Ich wusste, dass der

Mandel Händeschütteln hasste, vor allem wenn jemand so matt und fischig schüttelte wie Walter. Das Zeremoniell des Händeschüttelns würde sich im Laufe des Kurses noch etliche Male wiederholen. Genauer gesagt würde es gar nicht mehr aufhören.

»Der Jörg baut schon mal das Zirkeltraining auf, und ich geb den beiden das Formular«, sagte Walter Wylde und deutete auf einen schmächtigen jüngeren Mann mit roten Haaren und einem eckigen Bart um die Kinnpartie. Wir folgten Walter Wylde zu dem Ring in der Mitte der Halle. Aus seiner Hosentasche zog er zwei gefaltete und zusammengeheftete Bögen Papier.

»Hier, gut durchlesen, das sind eure Verträge und eure medizinische Erklärung.«

»Was für eine medizinische Erklärung?«, fragte der Mandel.

»Damit unterschreibt ihr, dass ihr vom Arzt eine Freigabe für sportliche Betätigung der Intensitätsstufe drei habt, denn sonst zahlt eure Krankenversicherung nichts, wenn ihr euch hier wehtut. Außerdem bin ich dann aus dem Schneider, wenn was passiert«, lachte Walter.

»Wir haben die Bescheinigung vom Arzt aber blöderweise nicht dabei. Wahrscheinlich liegt sie im Hotel. Können wir die nachreichen?«, fragte ich und vermied es, den Mandel dabei anzusehen.

»Gut, dann bringt sie halt morgen mit«, sagte Walter und gab uns einen Stift.

Wir füllten erst das Anmeldeformular aus, bevor wir die medizinische Erklärung unterschrieben. Mit einem ziemlich mulmigen Gefühl, denn natürlich war keiner von uns vorher beim Arzt gewesen. Ich hatte mich auch so fit genug gefühlt wegen dem vielen Joggen, und der Mandel hatte sich vermutlich das Anforderungsprofil auf der Website nie durchgelesen. Neben Namen und Adresse sollte man auch ein Feld mit dem Beruf ausfüllen. Möglicherweise war das ein optionales Feld; ich schrieb trotzdem »privater Ermittler« hinein.

»Hier, du kennst ja meine Adresse«, sagte der Mandel und gab mir seine Anmeldung, damit ich sie für ihn ausfüllen konnte, weil wir nur einen Kugelschreiber hatten.

»Deine Postleitzahl?«, fragte ich.

»Die 965 hinten«, sagte der Mandel.

Ich schrieb auch beim Mandel »privater Ermittler« in das Berufsfeld. Dann faltete ich den Zettel zusammen und reichte dem Mandel den Stift, damit er zumindest auf seiner medizinischen Erklärung selbst unterschreiben konnte. Als wir fertig waren, schaute sich Walter Wylde kurz die Anmeldungen durch und lachte.

»Du hast ja morgen Geburtstag«, sagte er zum Mandel. »Da muss ich ja einen Kuchen mitbringen.«

Man konnte nicht genau sagen, ob er es ernst meinte. Walter Wylde war übrigens keiner dieser Muskelmenschen, die einem Angst einflößten, mit seinen langen Haaren wirkte er eher wie der freundliche Schlagzeuger einer abgehalfterten deutschen Hard-Rock-Band. Insofern konnte es gut sein, dass er das mit dem Kuchen ernst meinte.

»Nicht nötig«, sagte der Mandel.

»Ihr könnt euch hier am Ring umziehen«, sagte Walter Wylde und ging hinüber zu den anderen Schülern, um den Aufbau des Zirkeltrainings zu überwachen. Der Mandel zog sich seine hellblaue Chino-Hose aus, legte sein graues Jackett fein säuberlich zusammen und beugte sich in der Unterhose über seine Sporttasche, eine lässig heruntergekommene Ledertasche, die noch aus den Siebzigern zu stammen schien. Er holte einen leuchtend roten, älteren Trainingsanzug aus der Tasche und zog ihn an. Auf der Rückseite stand in weißem Flock »SV Matting«. Mit dem Trainingsanzug sah der Mandel aus, als ob man ihn direkt aus den *Royal Tenenbaums* herausgeschnitten hätte. Dann kramte er ein schwarzes Haarband aus der Seitentasche und machte sich einen Zopf am Hinterkopf, der hauptsächlich das Deckhaar festhielt, sodass das Nackenhaar frei herunterhing. Ich glaube, ich habe das bei David Beckham schon einmal gesehen. Ich wollte ihn eigentlich auslachen, aber selbst in dem roten Trainingsanzug mit dem Beckham-Haarband verlor er nicht seine Würde. Er hatte sogar passend rote Hallenhandballschuhe dabei. Ich kam mir jetzt völlig verkehrt vor, mit meiner Radlerhose mit den neongelben Streifen an der Hüfte und meinem schwarzen Muskelshirt. Ich wünschte, ich wäre wenigstens ausgiebig tätowiert. Dann zog ich meine Boxerschuhe vom Flohmarkt an.

»Was sind denn das für Schuhe?«, fragte Walter Wylde.

»Boxerschuhe. Ich dachte, die sind so ähnlich wie Wrestlingstiefel«, sagte ich, nun vollends verunsichert.

»Schmarrn«, sagte Walter Wylde und lächelte. Er schien ein netter Mensch zu sein, denn das war ja eine goldene Gelegenheit, sich über mich lustig zu machen.

Statt der erhofften Bodyslams absolvierten wir also ein Zirkeltraining. Es gab verschiedene Stationen: An der ersten musste man über einen Kasten in Hüfthöhe springen, an der zweiten im Slalom über eine Bank steigen, an der dritten zwanzig Liegestütze vollziehen, an der vierten einen Basketball in den Korb werfen, an der fünften sich auf einer Turnmatte aus dem Lauf heraus abrollen, und dann ging es wieder von vorne los. Mir bereiteten die Stationen zunächst keinerlei Mühe, aber der Mandel tat sich schwer, das konnte wirklich jeder sehen. Er war langsam, und seine Bewegungen wirkten alles andere als flüssig. Mit dem Basketball traf er zwar jedes Mal in den Korb, aber vor allem sein Abrollen sah ungelenk bis spastisch aus, und er hielt sich danach den unteren Rücken, wo ihn seit mittlerweile zehn Jahren die Bandscheibe plagte. Man muss ihm natürlich zugutehalten, dass er nicht aufgab. Walter Wylde feuerte ihn entsprechend an, während er von mir keine Notiz nahm.

Nach einer Viertelstunde tropfte den Kursteilnehmern der Schweiß aus den Kleidern, und der Mandel ging zu Walter Wylde und flüsterte ihm etwas ins Ohr. Walter lächelte. Dann verließ der Mandel die Turnhalle. Walter zeigte uns ein paar Lockerungsübungen, und ich hatte Zeit, mir den Rest des Teilnehmerfelds genauer anzuschauen. Da war der Rothaarige mit dem eckigen Bart namens Jörg, da gab es einen arabisch aussehenden Jugendlichen mit kurz rasierten Haaren und intensiven Augen namens Ilias, und dann waren da noch zwei befreundete Jungs namens Lukas und Johann, beide mit milchiger Haut und dunklen Locken, dazu ein bisschen Bartwuchs um das Kinn und über der Oberlippe. Johann war groß und linkisch, Lukas deutlich kleiner, aber sie sahen aus wie Brüder, pufften sich ständig in die Seite, kicherten und flüsterten. Lukas trug ein T-Shirt mit einem Schwarz-Weiß-Foto von Bret Hart und seinem verstorbenen Bruder Owen, während Johann ein T-Shirt anhatte, auf dem »Best In The World« stand.

»Weißt du überhaupt, wer das ist?«, fragte ich Lukas und deutete auf Bret Hart, der auch einer meiner Lieblingswrestler war.

»*The Excellence of Execution. The best there is, the best there was and the best there ever will be*«, sagte Lukas und hielt mir die Hand für einen *High five* hin.

»Warum seid ihr hier?«, fragte ich, seine Hand ignorierend.

Lukas sah zu Johann hinauf und Johann zu Lukas hinunter. Johann zuckte mit den Schultern.

»Warum bist du hier?«, fragte Lukas.

»Das ist ein Jugendtraum«, sagte ich.

»Jugendtraum? O Gott, wie alt bist du denn?«, sagte Lukas und wirkte verstört.

Dann kam der Mandel zurück. Er hatte seine Haare neu zusammengebunden. Überhaupt sah er viel frischer aus als vorher und roch nach Minze.

»Wo warst du denn?«, fragte ich.

»Kotzen«, sagte der Mandel, was Johann und Lukas zu einem hysterischen Lachen verleitete. Der Mandel war ihnen auf Anhieb sympathisch.

»Wer ist denn dein Lieblingswrestler?«, fragte Lukas.

»Mr. Perfect«, sagte der Mandel.

»Cool«, sagte Lukas.

»Ich dachte, du kennst nur Hulk Hogan«, sagte ich zum Mandel.

»Quatsch«, sagte der Mandel.

»Was ist mit deinem Gesicht passiert?«, fragte Lukas.

»Schlägerei«, sagte der Mandel.

»Cool«, sagte Lukas.

Inzwischen hatten wir aufgehört, die Arme und Beine auszuschütteln, und wurden von Walter gebeten, uns im Halbkreis um ihn zu versammeln. Es war wie im Sportunterricht.

»Also, zunächst schön, dass ihr alle gekommen seid. Ich sag euch jetzt kurz, was euch an diesen beiden Tagen erwartet«, fing Walter Wylde an. »Die meisten von euch hoffen natürlich, dass sie am Ende dieses Wochenendes mit einer guten Musik in diesen Ring da hinter mir steigen dürfen und dann ihr erstes Match bestreiten.«

Ja!, dachte ich.

»Aber so einen Blödsinn machen wir nicht«, sagte Walter.

Der Mandel lächelte.

»Wenn ihr euch wirklich für Wrestling interessiert, für den Sport, nicht nur die Show, dann sind diese zwei Tage nur der erste kleine Schritt, und ihr müsst mir vertrauen, wenn ich euch beobachte und beurteile, ob ihr überhaupt das Zeug dazu habt. Manche von euch sind ja auch schon älter und machen das mehr zum Spaß als aus beruflicher Perspektive, aber gerade ihr müsst die Grundlagen erlernen, sonst tut ihr euch fürchterlich weh. Normalerweise solltet ihr sowieso mindestens ein halbes Jahr lang trainieren, bevor ihr einen eigenständigen Kampf bestreitet. Und zwar jeden Tag mehrere Stunden, bis euer Herz-Kreislauf-System in Schuss ist. Damit das klar ist – heute steht die Fitness im Vordergrund. Aber was ist eigentlich das Wichtigste im Wrestling?«

»Griffe«, sagte der rote Jörg.

»Nein«, sagte Walter.

»Würfe«, sagte Ilias tonlos.

»Nein«, sagte Walter.

»Fallen«, sagte der Mandel.

»Genau, Max, genau das ist es. Wir lernen zu fallen. Wir lernen, wie wir hinfallen, ohne dass ich danach den Sanitäter anrufen muss. Denn das ist Wrestling. Fallen, damit es nicht ganz so wehtut. Das ist die Grundlage dieses Sports. Wer gedacht hat, unterm Ring liegt eine Schaumstoffmatratze, der hat sich geschnitten. Jeder Griff, jeder Wurf, jeder Schlag tut weh. Nur wie weh er tut, das bestimmt ihr selbst. Denn wenn es keinen Schmerz gibt, steht nichts auf dem Spiel, und dann ist der Kampfverlauf und der Kampfausgang scheißegal«, sagte Walter.

8
FALLSCHULE

Big Walter Wylde, und das kann man ja überall nachlesen, heißt eigentlich Benjamin Walter Wild und ist 1970 im Krankenhaus der Barmherzigen Brüder hier in der alten Stadt auf die Welt gekommen. Seine Mutter stammt aus Hamburg und sein Vater aus Feldmoching, und beide haben sich auf einer Handlungsreise des Vaters kennengelernt, der als Vertreter für landwirtschaftliche Nutzfahrzeuge durch ganz Deutschland gereist war. Schon früh ist der junge Benjamin mit seinem Vater auf Catch-Veranstaltungen gegangen, weil sein Onkel dort aufgetreten ist. Steaming Steven Wylde lautete der Ringname von Onkel Stefan Wild, und natürlich war Benjamin sein größter Fan. Als Benjamin zwölf wurde, erlaubte ihm sein Vater, ein bisschen mit Onkel Stefan zu trainieren und ihn auf Tour zu begleiten. Onkel Stefan trat zu dieser Zeit bei der DCL, der Deutschen Catch-Liga, an und kämpfte in so traditionsreichen Etablissements wie der Alten Turnhalle in Herrenberg oder der Sporthalle in der Bunsenstraße in Hannover Ost, auf verschiedensten Jahrmärkten, vom Hamburger Dom bis zum Deggendorfer Volksfest, aber – das sei nicht unerwähnt – auf dem Höhepunkt seiner Karriere auch in der Bremer Stadthalle vor 11 000 Leuten um den Meistertitel der

DCL. Der junge Benjamin Wild schoss ab seinem zwölften Lebensjahr dermaßen in die Höhe, dass er von seinem Onkel schon bald in der Rolle des Leibwächters mit zum Ring genommen wurde. Dazu wuchs ihm zeitlich passend auch ein erster Bart rund um Kinn und Oberlippe, sodass er deutlich älter wirkte. Leibwächter, das weiß man, haben eine lange Tradition im Pro-Wrestling: Kevin Nash alias Diesel alias Big Daddy Cool als Bodyguard von Heartbreak Kid Shawn Michaels sei hier als ein prominenter Vertreter genannt. Doch erst als Benjamin sechzehn wurde, erlaubte ihm sein Vater, als professioneller Catcher in den Ring zu steigen und dafür auch Geld anzunehmen. Die Deutsche Catch-Liga bot ihm sofort einen Vertrag an. Benjamin nannte sich bald Big Walter Wylde, eine Hommage an seinen Onkel, der an einer Überdosis Schmerztabletten in Verbindung mit Rotwein gestorben war, als Benjamin achtzehn war.

Big Walter wurde in kürzester Zeit zum Publikumsliebling. Zum einen wegen der langen hellblonden Haare und der enormen Körpergröße, zum anderen wegen seiner Schnelligkeit und Athletik, die man selten bei Großgewachsenen wie ihm fand. Als einer der jüngsten Catcher Europas weckte Walter bald das Interesse eines Talent-Scouts der etablierten nordamerikanischen Liga NWA. Ihm gefiel »der höfliche Hüne«, wie man ihn auch nannte, und er lockte ihn mit Fantasiegagen nach Amerika, die es aber gar nicht gebraucht hätte, denn es war sowieso der Herzenswunsch von Walter, in die USA zu gehen. Als Big Walter in Amerika ankam, war er in den meisten Bundesstaaten noch nicht alt genug, um ein eigenes Hotelzimmer zu buchen oder einen Mietvertrag zu unterschreiben. Dazu kam, dass man ihn die ersten Monate nicht bezahlte. Walter schlief in Autos, Turnhallen und Umkleidekabinen und musste zwischendrin immer wieder als Türsteher oder Parkwächter arbeiten, um seine Reisekosten auszugleichen.

Als die NWA später in die WCW, also die World Championship Wrestling, überging, war Big Walter Wylde längst eine verlässliche Größe in der sogenannten *lower midcard* und durfte Kämpfe gegen Ricky »The Dragon« Steamboat, Scott Steiner oder Lex Luger bestreiten, unter anderem unter den Spitznamen »Fritz The Blitz« und »The Gentle German Giant«. Als die WCW schließlich mittels einer irrsinnigen Geldspritze vom Ted-Turner-Konzern kurzzeitig zur bekanntesten Liga der Welt aufstieg, ging Walters Stern auch in Deutschland auf. Er tingelte durch die deutschen Talkshows und diskutierte mit Jürgen Fliege oder Margarete Schreinemakers über Themen wie »Was du nicht willst, dass man dir tu – Gemeinsam gegen die Gewalt« oder »Bauch, Beine, Po sind auch Männersache«.

In den USA hatte Wylde das Image des freundlichen Riesen mittlerweile abgelegt. Er spielte zwar immer noch den »Guten«, ein sogenanntes »Babyface«, aber in den Neunzigern, in der im Wrestling die Unart von der »charakterlichen Vielschichtigkeit« aufkam, was nichts anderes hieß, als dass fortan auf eine klare Trennung von Gut und Böse verzichtet wurde, war er jetzt ein wilder Keltenkrieger, der im Ring seinen Urinstinkten freien Lauf ließ und mit einem Wikingerhelm in die Halle kam. Ab sofort nannte er sich »The German Strongman«, und seine akrobatischen Manöver machten ausschließlich sogenannten *Power-Moves* Platz. Walter Wylde heiratete Crystal Rooney, ein Unterwäsche-Model aus San Antonio, und verdiente viel zu viel Geld, als dass ein Vertreterkind aus der oberpfälzischen Provinz das einfach so hätte verkraften können. Er kaufte ein Haus in der Nähe von Orlando, wo die Liga oft ihre Shows aufzeichnete, und ein Sportauto, und seine Frau kaufte gleich noch einen Ferienbungalow in Daytona Beach und einen Zweitwagen dazu. Währenddessen ließ sich Walter auf Tour mit den Kollegen täglich volllaufen und probierte eine Menge Rauschmittel und Medikamente aus. Die oft erdrückenden Warte- und Reiseabschnitte auf Tour verleiteten zu allerlei alchemistischen Drogen-Experimenten. Mitte der Neunziger erlitt Big Walter einen so brutalen Bandscheibenvorfall im unteren Rücken, dass sein Ischiasnerv ihm eine Zeit lang das linke Bein lähmte. Als Nächstes bildete sich nach einem Tritt gegen den Kopf ein Blutgerinnsel, und Walter verlor für ein paar Tage sein Augenlicht. Die Ärzte empfahlen ihm mit Hinweis auf akute Lebensgefahr, nie wieder in den Ring zu steigen. Als er ein Jahr später wieder zurück in den Ring stieg, wollte sich keiner in der Liga so recht an ihn erinnern, und so verpackte man ihn neu als »Baron von Kerner« alias »The German Baron«, einem schmierigen blonden Adeligen mit Pferdeschwanz und einer Vorliebe für schneidige Uniformen. Der Bösewicht, im Fachidiom auch »Heel« genannt, stand Walter aber gar nicht gut zu Gesicht. Er war viel zu freundlich, seine Versuche, durch antiamerikanische Publikumsansprachen Antipathien zu erzeugen, stießen auf völlige Indifferenz seitens des Publikums und lagen auch deutlich unter dem Niveau des Sünchinger Bauerntheaters, wenn man mal ehrlich ist. In den letzten Monaten der WCW durfte Walter zwar endlich gegen Superstars wie Hulk Hogan oder Bill Goldberg antreten, aber er war längst zum Kanonenfutter degradiert worden, das seine Kämpfe gefälligst in unter zwei Minuten zu verlieren hatte. Weil er sich hinter den Kulissen aber nach wie vor mit allen gut verstand, ließ man ihn gnädigerweise im Kader und versprach ihm einen baldigen Wiederaufstieg in die obere Hierarchie. Dass es nie dazu kam, war nicht nur den leeren Versprechungen der Offiziellen geschuldet, sondern auch der Tatsache, dass die WCW ihr gesamtes Budget und das halbe Vermögen von Ted Turner dazu verpulvert hatte, um die Konkurrenzliga WWE zu überholen. Die Integration in die Popkultur der Neunziger wäre beinahe geglückt, indem man Leuten wie Dennis Rodman, Jay Leno oder David Arquette und Bands wie Kiss Hunderttausende Dollars für Gastauftritte bezahlte, aber dann entschied sich der Mainstream in letzter Sekunde dafür, Wrestling weiterhin uncool zu finden, die WCW ging sang- und klanglos pleite und wurde von der WWE aufgekauft. Die WWE war verpflichtet, die Verträge der bei der WCW angestellten Wrestler zu erfüllen, aber leider hatte Walter Wylde in Zeiten häufiger TV-Auftritte statt mit der Liga einen lukrativen Festvertrag mit dem Kabelsender abgeschlossen, und der hatte nun dummerweise kein Wrestling mehr im Programm. Nahezu bankrott und vollständig schmerztablettensüchtig, setzte sich Walter in Florida auf seine sündhaft teure Ledercouch, spielte Playstation und redete wie einst Brian Wilson mit seinem Kühlschrank, was seine Frau Crystal nicht unbedingt begeisterte, die sich drei Monate später scheiden ließ und bald an der Seite von Walters Ex-Kollegen Buff Bagwell gesehen wurde. Walter ging nach Deutschland zurück und lebte eine Zeit lang mit seiner Schwester in Hamburg zusammen. Irgendwann zog er zurück in die Oberpfalz und heiratete dort eine Grundschullehrerin, von der er mittlerweile wieder geschieden war. Nach seinem kleinen Fitnessstudio oben beim Fernsehturm hatte er jetzt zusätzlich die Bavarian School Of Wrestling eröffnet, und wir waren seine ersten Schüler.

Bis der erste Kurstag vorbei war, hatte der Mandel zweieinhalbmal gekotzt, und von Mal zu Mal wirkte er gesünder und besser in Form, während ich schon nach der Mittagspause körperlich am Ende war. Das war auch nicht weiter verwunderlich, waren wir doch insgesamt an einem Vormittag jeweils zu dreihundert Sit-ups, hundert Liegestützen und zweihundert Kniebeugen gezwungen worden. Sein Schnitt liege täglich bei 890 Liegestütz, hatte Walter behauptet. In der Mittagspause rauchte der Mandel seine erste Zigarette des Tages. Während die anderen Schüler sich etwas zu essen mitgebracht hatten, waren wir kurz vorne bei McDonald's gewesen, wo man draußen sitzen konnte. Im Seminar hatten wir heute hauptsächlich gelernt, auf den Rücken zu fallen, ohne uns den Rücken zu brechen. Es war alles nur eine Frage der Technik, alles eine Frage der Haltung. Wir hatten gelernt, wie wichtig es war, immer auf dem absolut flachen Rücken zu landen, unter höchster Körperspannung, die Füße eher nach oben zu halten, die Arme neben den Körper, die Hände flach, den Kopf in der Luft, weil sonst sofort Gehirnerschütterung. Der Ringboden war nicht so weich, wie ich mir das immer vorgestellt hatte. Wenn ich die Kämpfe im Fernsehen oder im Netz verfolgte, lachte ich manchmal, weil man bei heftigen Stürzen oft sehen konnte, wie sehr der Ringboden nachfederte, fast wie ein Trampolin. Aber vielleicht hatte ich auch nur gesehen, was ich sehen wollte, denn Walters Ringboden war steinhart.

Fairerweise muss man sagen, dass uns Walter nicht ausschließlich das Fallen beigebracht hat; ein paar Ringergriffe waren auch dabei. Der Spaltgriff zum Beispiel, oder auch der Paketgriff. Walter legte großen Wert darauf, die ursprünglichen deutschen Namen dafür zu verwenden. Wegen der langen Tradition des Ringens in unserem Land, sagte er. Mir gelang am besten der Armzug, damit hatte ich den rothaarigen Jörg ein paarmal geradezu spektakulär zu Boden gerissen, was mir ein tadelndes Kopfschütteln von Walter einbrachte. Der moderierte und trainierte uns ansonsten mit einer Engelsgeduld und einem fast naiven Wohlwollen und dennoch ernst wie ein Zen-Meister. Er blockte außerdem jede Anfrage nach Anekdoten aus seiner Zeit in Amerika ab.

»Das machen wir mal bei einem Bier«, sagte er.

Ich hatte als Jugendlicher natürlich vom German Strongman gehört und sogar den Talkshow-Auftritt bei Fliege gesehen, als ich damals mit Pfeiffer'schem Drüsenfieber zu Hause im Bett lag, aber der Mann, der uns jetzt trainierte, hatte nur wenig mit dem Mann aus meiner Erinnerung zu tun. Big Walter Wylde war mittlerweile auch um die Hüfte *big*, und, wie gesagt, sein Haar war von dem einst strahlenden Blond in ein unschönes Grau übergegangen. Seine freundliche Ruhe kam mir zwar nicht falsch oder gar hinterfotzig vor, aber zumindest irgendwie erlernt, als hätte er über die Jahre hinweg autogenes Training praktiziert. Es war eine programmatische Gefasstheit, die mich fast ein wenig an die vom Mandel erinnerte.

Apropos Mandel: Bei einer der schmerzhaftesten Übungen hat er gesummt. Es gibt ja diese Technik, bei der man sich in die Seile wirft und mit dem so gewonnenen Schwung durch den Ring läuft, um den anderen mit seinem ausgestreckten Arm niederzustrecken. Man nennt das auch *clothesline*. Dieses In-die-Seile-Werfen sieht im Fernsehen immer so locker und verspielt aus, in Wirklichkeit sind die Seile rau und hart und geben kaum nach. Mick Foley, auch bekannt als Mankind, Dude Love und Cactus Jack, hat in diesen Ringseilen mal drei Viertel seines Ohrs verloren. Ich sag's ja nur. Und ausgerechnet bei dieser extrem unangenehmen Übung hat der Mandel vor sich hin gesummt. Und als ich ihn gefragt habe, was er da summt, hat er allen Ernstes »Mambo miam-miam« von Serge Gainsbourg geantwortet. Jetzt hat's ihn, jetzt hat er auch ein Blutgerinnsel im Kopf oder eine Hirnhautentzündung, oder bekommt gleich einen Infarkt, hab ich gedacht, als der Mandel summend aus den Seilen gefedert ist wie eine junge Antilope. Eine summende Antilope.

Der rothaarige Jörg war der Einzige, der sich noch dümmer als ich anstellte, aber er war dauerhaft als rechte Hand von Walter eingeteilt, deshalb wurde er nicht so oft kritisiert wie ich. Die beiden Jungs, Johann und Lukas, waren eigentlich ziemlich bemüht, doch durch ihr ständiges Herumalbern und Sich-gegenseitig-in-Insiderwissen-Übertreffen oft nicht bei der Sache. Ilias mit den intensiven Augen war dagegen ein Musterknabe. Ohne auch nur einmal nachzufragen, erledigte er alle Übungen mit Bravour, und selbst dem temperamentlosen Walter Wylde merkte man einen gewissen Stolz auf seinen Schüler an. Ilias trug an den Schläfen die Haare so kurz rasiert, dass da im Prinzip keine Haare mehr waren, nur oben hatte er noch eine schwarze Bürste stehen lassen. Seinen Bart hatte er sorgfältig in Striche um Mund und Wangen rasiert, und auf seinem T-Shirt ringelte sich ein japanischer Drache. Ilias redete nicht viel und wenn, dann so wie Bushido. Er machte mir Angst.

Die letzte Übung des Tages war sozusagen die Belohnung für uns hart arbeitende Wrestling-Praktikanten. Wir durften uns an einem Aufgabegriff versuchen. Nachdem Walter den »Sharpshooter« beim roten Jörg vorgeführt hatte, waren der Mandel und ich an der Reihe.

»Darf ich dich in den Sharpshooter nehmen?«, fragte ich.

»Nein«, sagte der Mandel.

»Warum nicht?«, fragte ich.

»Weil mir immer der Ischias wehtut, wenn ich länger auf einer Stelle liege«, sagte der Mandel.

»Das ist doch nur eine Ausrede«, sagte ich.

»Sigi legt sich hin«, entschied Walter.

Der Mandel nahm meine beiden Füße in die Hand und hob sie auf Höhe seiner Hüfte. Gemäß der Anweisungen von Walter stellte er seinen rechten Fuß durch meine Beine hindurch an die linke Seite meines Körpers, verhakte meine Füße ineinander und drehte sich um die eigene Achse und mich damit auf den Bauch. Dann zog er an meinen verhakten Füßen und legte gleichzeitig sein ganzes Körpergewicht auf meinen Rücken.

»Das tut weh«, sagte ich.

»Aber sieht cool aus«, sagte Lukas, und Johann applaudierte.

Der Mandel verstärkte den Druck.

»Aufhören«, sagte ich und klopfte vor Wut auf den Ringboden, was in einem regulären Match das Zeichen für eine Aufgabe gewesen wäre.

»Sigi gibt auf«, sagte Lukas und freute sich.

»Max, du musst deinen rechten Arm auf deinem Knie aufstützen, sonst kriegt der Sigi dein gesamtes Gewicht auf den Rücken. Du brichst ihm das Rückgrat«, sagte Walter.

»Jetzt hör schon auf, verdammt«, sagte ich, und endlich ließ der Mandel los.

»Arsch«, sagte ich, aber der Mandel reichte mir die Hand, um mir hochzuhelfen, als wäre alles bestens gelaufen.

»Du hast Talent«, sagte Walter zum Mandel.

»Kann ich schnell eine rauchen gehen?«, fragte der Mandel.

9
GEBURTSTAG

Walter hatte am nächsten Morgen keinen Kuchen für den Mandel dabei, dafür aber der rote Jörg.

»Von der Tankstelle, oder?«, sagte ich zu ihm, aber Jörg schüttelte nur den Kopf.

»Na, Jörg, hast du den selbst gebacken?«, fragte Walter, und der rote Jörg schüttelte abermals den Kopf.

Jeder bekam ein Stück. Der Mandel hatte zudem von der Tankstelle Cappuccino für alle mitgebracht. So saßen wir noch vor dem Aufwärmen auf den blauen Turnmatten und aßen den pechschwarzen und ziemlich guten Schokoladenmousse-Kuchen vom roten Jörg und tranken rostigen Tankstellen-Cappuccino aus mattbraunen Pappbechern.

Eigentlich hatten der Mandel und ich gestern nach dem Kurs in seinen Geburtstag hineinfeiern wollen. Erst duschen und dann zum Griechen unten am Donaumarkt. Gyrosplatte für drei, weil der Dieter ja auch mitgekommen wäre. Nach dem Griechen dann direkt ins Zorro auf die Ü35-Party, die der Dieter mit seinem Dating-Portal sponserte. Das Zorro war eine alte Studentendiskothek, berühmt dafür, dass der Tequila früher jeden Mittwoch nur eine Mark gekostet hat. Der Billigtequila von der Norma natürlich. Der, der einem das Augenlicht nimmt. Aber andererseits Hut ab vor dem Konzept, denn nirgendwo konnte man so gut Kommilitoninnen aufreißen wie im Zorro, die Leute kamen in Massen. Aufgrund von Ärger mit den Anwohnern wurden die Tequila-Partys jedoch abgeschafft, und so war es nachts ruhiger auf dem kleinen Platz vor dem Zorro geworden, und morgens roch es auch nicht mehr nach Erbrochenem, wie uns der Dieter versicherte.

»Die Studenten gehen jetzt nicht mehr ins Zorro, aber die Ü35-Partys am Wochenende dort sind der neue Renner. Was früher der Tequila-Mittwoch war, ist heute die Ü35-Party am Samstag«, sagte er.

Man kann sich ja vorstellen, dass der Mandel lieber woanders hingegangen wäre – vermutlich ins Ginsberg –, aber der Dieter hat ihn so aggressiv herzlich eingeladen, weil er ja auch der Sponsor war, dass er nachgegeben hat. So hätten wir den Geburtstag vom Mandel nach eh schon viel zu vielen Ouzos zwischen geschiedenen Enddreißigerinnen im Zorro begonnen, etliche davon womöglich aus der Kundenkartei vom Dieter. Ich hätte mir Schlimmeres vorstellen können, aber dazu ist es ja dann letztlich nicht gekommen, weil wir uns nach dem Training, und sogar noch vor dem Duschen, erschöpft aufs Bett gelegt und ferngesehen hatten, was ja immer der Kardinalfehler nach dem Sport ist. Natürlich waren wir sofort eingeschlafen und erst wieder aufgewacht, als um zweiundzwanzig Uhr das Telefon vom Mandel geklingelt hat.

»Das ist sicher der Dieter, der sitzt schon längst beim Griechen«, hab ich nach einem Blick auf den Radiowecker gesagt.

»Sag ihm, wir kommen heut nicht mehr«, hat der Mandel entgegnet, sich umgedreht und weitergeschlafen.

Am nächsten Morgen hatten wir beide einen tantalidischen Muskelkater – ernsthaft, es war, als hätte man uns über Nacht ans Kreuz geschlagen. Dafür waren wir früh genug wach, um ohne Hektik in dem hellbraunen Hotelsaal zu frühstücken, an der Tankstelle Cappuccino zu holen und pünktlich im Gewerbepark zu sein. Nach dem Kuchen, den Dehnübungen und den ersten hundert Liegestützen musste sich Lukas übergeben. Danach spielten wir zum Warmwerden eine Weile Fußball auf ein Handballtor, in dem der rote Jörg stand und sich unter den harten Schüssen vom Mandel wegduckte. Walter Wylde, der Mandel und ich spielten gegen Johann, Lukas und Ilias, der fürchterlich schnell war und uns, ohne mit der Wimper zu zucken, ausdribbeln konnte. Uns, aber nicht den Mandel, der jedes Mal so geschickt den Fuß hinhielt, dass Ilias zwar weiterlief, der Ball aber beim Mandel blieb. Das machte Ilias mit der Zeit sehr wütend, das sah man ihm trotz der Abwesenheit jeglicher Mimik an, und hätte er nicht sowieso ungern geredet, hätte er mit dem Mandel erst recht nicht mehr gesprochen. Das Spiel wurde zusehends verbissener.

»Schluss jetzt«, sagte Walter nach einer Viertelstunde. »Das hier ist nicht das Endspiel der Weltmeisterschaft.«

Er nahm den Fußball und schoss ihn mit Karacho in eine Art offene Garage, in der die Trainingsgerätschaften verstaut waren. Irgendetwas fiel lautstark aus irgendeinem Regal.

Als ich mich zum Ring umdrehte, leuchtete schon der Mandel zu mir herunter mit seinem roten Trainingsanzug. Er hatte ein Bein auf das mittlere Ringseil gelegt und dehnte sich. Ich zeigte ihm einen Vogel. Zunächst einmal wiederholten wir die Griffe und Übungen vom Vortag, dann mussten wir uns eine halbe Stunde lang immer wieder hinfallen lassen oder abrollen, nur der Mandel setzte irgendwann wieder aus, weil ihm angeblich die Bandscheiben zu schaffen machten. Danach teilte uns Walter in Paare ein. Ich wurde mit dem roten Jörg zusammengesteckt, während der Mandel mit Ilias trainierte. Endlich war der Dropkick an der Reihe, auf den hatte ich mich schon seit gestern gefreut; er war immer einer meiner Lieblingsangriffe gewesen. Es handelte sich dabei um einen Sprung aus dem Stand heraus, bei dem man beide Beine gegen den Gegner stieß und im Idealfall waagerecht in der Luft lag. Es war an sich schon eine große Akrobatik vonnöten, mit den Beinen so hoch zu kommen, dann sollte man aber auch noch möglichst so springen, dass man den anderen nicht mit voller Wucht traf. Walter Wylde machte es uns anhand vom roten Jörg vor, und es war erstaunlich, wie der alte Saurier so hoch sprang, dass seine Beine im Neunziggradwinkel zum Gesicht vom roten Jörg standen. Jeder probierte nach ein paar Testsprüngen die Übung an seinem Partner aus. Ich kam überraschend hoch und traf den roten Jörg an der Brust, sodass er nach hinten in die Seile fiel und sich darin verhakte. Er selbst wäre mir um ein Haar zwischen die Beine gesprungen, aber ich war sicherheitshalber einen Schritt zurückgetreten. Walter übte die Technik abwechselnd mit Johann und Lukas, die außer unglücklichen Landungen nichts zustande brachten, das alles dafür aber sehr erheiternd fanden. Deutlich interessanter war die Paarung Mandel und Ilias. Der Mandel war natürlich viel zu schwer und ungelenk, um auch nur halbwegs aufzusteigen, aber für einen tiefen Dropkick auf Höhe von Ilias' Knien reichte es. Dann war Ilias an der Reihe. Ikarusartig schwang er sich in die Lüfte, und als er waagrecht in der Luft stand, die Füße im Gesicht vom Mandel, sah es für einen Moment aus, als hätte jemand auf die Stopptaste vom Videorekorder gedrückt. Es war ein erhebender Anblick. Weniger erhebend war, wie der Mandel auf den Rücken fiel und mit ausgestreckten Armen dort liegen blieb. Seine Nase blutete, während Ilias sich beim Aufstehen den imaginären Staub von den Schultern wischte. Walter war sofort in den Ring gesprungen und hatte sich über den Mandel gebeugt, nicht ohne Ilias ein »Mensch, Ilias« zuzuraunen. Der Mandel lag einfach nur da, als würde er sich ausruhen. Walter tastete ihm an der Nase herum, bis er offensichtlich zu dem Entschluss kam, dass sie nicht gebrochen war. Er half dem Mandel auf, und zusammen gingen sie auf die Toilette, um das Blut abzuwaschen.

»Das war unnötig«, sagte ich zu Ilias.

»War ein Versehen«, sagte er und sah mich an, als würde ihm gleich noch mal so ein Versehen unterlaufen.

Ich weiß nicht, wie der Mandel sich seinen dreiundvierzigsten Geburtstag genau vorgestellt hat, aber vermutlich wollte er nicht in einem Wrestlingkurs herumsitzen und mit einem nassen Waschlappen das Blut stillen, das aus seiner Nase austrat. Es tat mir jetzt ein wenig leid für ihn, immerhin war das schon das zweite Mal, dass er während unseres Kurzurlaubs verprügelt wurde. Aber das muss man dem Mandel lassen, beklagt hat er sich nicht, im Gegenteil, eine halbe Stunde später stand er schon wieder im Ring und verpasste mir einen falschen Haken nach dem anderen. Dazu musste man nah an den Kopf des anderen hinschlagen, ihn aber nicht treffen, außer man wollte unbedingt. Wichtig war, bei jedem Schlag so fest wie möglich mit dem Fuß auf den Ringboden aufzustampfen, so erkannte der akustisch abgelenkte Zuschauer nicht, dass es sich nur um eine scheinbare Attacke handelte.

Zum Abschluss des Kurses sagte Walter Wylde zu uns, dass er uns wirklich ins Herz geschlossen habe, und deshalb dürfe der Beste von uns am Ende einen kleinen Kampf bestreiten.

»Ich will ehrlich sein. Der Beste von euch ist natürlich Ilias, und das weiß er auch selbst. Aber zum Wrestling gehören nicht nur Technik und Aggression, es gehören auch Geduld und Rücksicht dazu, und das – sei mir nicht bös, Ilias – sind nicht gerade deine Stärken. Mit übertriebenem Ehrgeiz verletzt man nur seine Kollegen. Du musst lernen, auf deinen Partner aufzupassen, das ist deine Lektion, auch wenn du technisch gesehen auf dem Weg zum Profi bist. Deshalb kann ich dir nicht das Prädikat Kursbester aussprechen, sondern hab mich entschieden, den Max im Schlusskampf antreten zu lassen. Der Max ist zwar nicht mehr der Jüngste und schon gar nicht der Schnellste, aber er ist präzise und rücksichtsvoll. Komm her, Max.«

Unter dem Applaus von allen bis auf Ilias schüttelte Walter dem Mandel die Hand und führte ihn an der Schulter in die, von mir aus gesehen, vordere linke Ringecke.

»Und jetzt fragt ihr euch sicher, wer der Gegner vom Max sein wird, und ich kann euch sagen, es ist eine Legende im europäischen Catchen.«

Walter stieg aus dem Ring, öffnete die Turnhallentür und sagte in den Gang hinaus: »Du bist dran, Franz.«

Es trat auf: ein älterer Mann mit grau meliertem, etwas zu langem Nackenhaar, einem hochroten Gesicht und einem Schnauzbart. Bekleidet war er mit einem sogenannten Singlet, einem hautengen Trägeranzug, wie ihn auch die echten Ringer tragen. Der Anzug war weiß-rot und an beiden Seiten war jeweils dreimal untereinander der österreichische Wappenadler aufgedruckt.

»Servus miteinander«, sagte der Mann. »Ich bin der Franzl. Was ist mit der Musik, Walter?«

»Scheiße, die hätt ich fast vergessen«, sagte Walter und lief in die Garage, wo er offensichtlich einen CD-Player betätigte, denn jetzt schepperte »Live Is Life« von Opus aus dem Geräteraum der Turnhalle. Ich schüttelte mich. Mit dem Zillertaler Hochzeitsmarsch hätte ich eher leben können. Franzl aus Österreich kletterte zur Musik in den Ring und stellte sich danach aufs zweite Ringseil und hob die Arme in die Luft, als begrüße er Tausende von Zuschauern. Walter schaltete die Musik wieder aus und kam zurück in den Ring. Dort kündigte er die Kontrahenten an.

»In der linken Ecke aus Matting an der Donau mit einem Gesamtgewicht von neunzig Kilogramm, der historisch erste Absolvent der Bavarian School Of Wrestling: Max Mandel. Und in der gegenüberliegenden Ecke der einzigartige, der legendäre zweimalige DCL-Schwergewichtsweltmeister aus Graz in Österreich: Franz ›The Austrian Eagle‹ Schubert!«

Wir klatschten höflich, doch gekannt hat den Franzl garantiert niemand. Noch nicht einmal vom Namen.

»Ich erkläre hiermit den Kampf für eröffnet«, sagte Walter, woraufhin ihn der Mandel in seinem roten Trainingsanzug fragend ansah.

»Lass dich einfach vom Franzl führen, und zeig, was du gelernt hast«, sagte Walter und massierte dem Mandel kameradschaftlich die Schultern wie ein Boxtrainer vor dem großen Titelkampf. Der Franzl und der Mandel schüttelten sich in der Mitte des Rings die Hand, und dann tänzelte der Franzl wie vom Hafer gestochen um den Mandel herum. Schließlich fassten sich beide bei den Händen, und man konnte deutlich sehen, dass der Franzl leise etwas zum Mandel sagte. Der

Mandel zog den Franzl jetzt am linken Arm und schleuderte ihn gegen die Seile. Wie ein rot-weißer Gummiball kam der Franzl zurückgeflogen, direkt in den Mandel hinein, der sich im Prinzip noch nicht einmal bewegen, sondern einfach nur den rechten Arm zum *Clothesline* ausstrecken musste. Es war herrlich anzuschauen, wie es den Franzl umriss. Die Gruppe klatschte. Jeder bis auf Ilias. Der Mandel stand einen Moment lang ratlos herum und begann irgendwann, auf Franzl einzustampfen. Natürlich stampfte er knapp daneben. Dann nahm er Franzl in den Sharpshooter, und der tat, als würde ihm das sehr weh tun. »Hör aaaf!«, schrie er und schüttelte sein gräuliches Hinterhaar. Walter beugte sich zu ihm herunter, um ihn zu fragen, ob er aufgeben wollte.

»Nein!«, schrie der Franzl, robbte zum Ringseil und zog den Mandel hinter sich her. Er ergriff das unterste Ringseil, und der Mandel löste freiwillig den Griff, das hatten wir so gelernt, weil das so in den Regeln steht. Er ließ den Franzl netterweise aufstehen, und der langte ihm dafür ins Auge. Das war eine sogenannte Heel-Taktik – ein Heel war, wie erwähnt, ein Bösewicht. Das war natürlich ein Vergehen, aber zu geringfügig, um dafür disqualifiziert zu werden. Während der Mandel sich noch das Auge hielt, hob ihn der Franzl mit einem Bodyslam aus und schmiss ihn auf die Matte. Der Mandel lag auf dem Rücken und hielt sich noch immer das Auge, während der Franzl jetzt einen German Suplex am Mandel ausführte, der bei ihm natürlich Austrian Suplex hieß. Dafür stellte er sich hinter den Mandel, verhakte seine Arme um ihn und hob ihn nach hinten aus, sodass der Mandel mit dem Nacken voran auf dem Ringboden landete. Und da muss ich gestehen, habe ich sogar ein wenig Angst um den Mandel gehabt, denn das hatten wir nicht geübt. Der Mandel wirkte im Anschluss benommen, als der Franzl ihn pinnte und Walter bis drei zählte. Franzl schoss sofort hoch und riss die Arme in die Luft. Der Mandel erhob sich hingegen nur langsam, seine Nase hatte wieder angefangen zu bluten, dazu die Schrammen vom Herwig, er sah aus wie nach einem Sechzig-Minuten-Marathon-Kampf im Madison Square Garden. Wir jubelten ihm zu, und der Franzl umarmte ihn.

»Erzähl du mir nochmal, dass du von Wrestling keine Ahnung hast«, sagte ich zum Mandel, als er mit seiner blutigen Nase aus dem Ring stieg.

Am Abend saßen der Mandel, Walter Wylde, Franzl Schubert, der Dieter und ich im Café Jenseits, wo ein altersschwacher Blueser mit zerzaustem Bart, Mundharmonika und einer grausam heruntergekommenen spanischen Gitarre »Crossroads« spielte. Die Stadt war früher voll von solchen Leuten gewesen, an jeder Ecke wurde wie wild herumgebluest. Dann kam die Cocktailgastronomie, und weg waren die Blueser. Heute fielen sie eher unangenehm auf.

»Du hast doch auch mal gegen den Typen aus Japan mit der Maske gekämpft«, sagte der Dieter zum Franzl.

»Ich wusste gar nicht, dass du dich mit Catchen auskennst«, sagte der Mandel zu seinem Bruder.

»Das haben wir doch immer mit dem Vati angeschaut – weißt du das nicht mehr?«, sagte der Dieter.

»Unsinn«, sagte der Mandel mit einem Blick, der jeder Medusa das Fürchten gelehrt hätte.

»Machst du jetzt weiter mit dem Catchen?«, fragte der Franzl den Mandel.

»Nein, ich bin ja heute dreiundvierzig geworden«, sagte

der Mandel und nahm einen Schluck von seinem Roggenbier.

»Na und? Ich bin ein Zweiundsechziger-Jahrgang«, sagte der Franzl.

»Ich hab einen Bandscheibenvorfall unten links. L5/S1«, sagte der Mandel.

»Ich hab vier Bandscheibenvorfälle. Zwei oben, zwei unten. Und einen leichten Schlaganfall. Seitdem bin ich Dialyse-Patient«, sagte der Franzl.

»Der Punkt geht an dich«, sagte der Mandel.

»Und wie geht's jetzt bei euch weiter?«, fragte Walter.

»Wir fahren morgen wieder nach Hause«, sagte der Mandel.

Obwohl das so ausgemacht war, gefiel mir der Gedanke nicht, einfach so nach Hause zurückzufahren. Unverrichteter Dinge quasi. Ich hatte hier noch überhaupt nichts erreicht. Das Date mit der Spinnenfrau lag mir schwer im Magen wegen der Enthüllung ihrer Affäre mit dem Mandel, und in dem Kurs hatte ich noch nicht einmal einen echten Kampf bestreiten dürfen. Je mehr ich darüber nachdachte, desto sinnloser kam es mir vor, morgen wieder zurückzufahren. Ich beschloss, hier in der Stadt zu bleiben, egal was der Mandel vorhatte. Vielleicht konnte ich ja ein paar Tage bei der Spinnenfrau wohnen.

»Ihr könntet also nicht noch ein paar Tage bleiben?«, fragte Walter.

»Ich denke nicht. Ich muss ja wieder arbeiten«, sagte der Mandel.

»Ach so ja, der Herr Privatdetektiv hat dringende Fälle, die gelöst werden wollen, hörst«, sagte der Franzl.

»Ich bin kein Privatdetektiv«, sagte der Mandel.

»Es steht aber so auf deiner Anmeldung«, sagte Walter, und der Mandel schaute erst Walter prüfend und dann mich eisig an.

»Doch, er ist schon einer. Und ich auch«, sagte ich. »IHK-geprüft sogar.«

»Ja, das ist ja ein Irrsinnszufall«, sagte der Franzl und schaute Walter an.

»Wir hätten da eventuell einen Klienten für euch«, sagte Walter.

10
HOFFNUNGSTRÄGER

Nachdem wir unser Zeug aus dem *Fröhlichen Türken* ins Auto geräumt hatten, fragte mich der Mandel:

»Du willst wirklich hierbleiben?«

»Ja, bietet sich doch an«, sagte ich.

»Wieso bietet sich das an?«, fragte der Mandel.

»Ich hab ja im Gegensatz zu dir weder einen Job noch eine Freundin. Und hier könnte ich Walter und Franzl ein bisschen helfen und vielleicht sogar bei der Spinnenfrau unterkommen.«

»Die geht aber nicht ans Telefon, wenn du anrufst. Vielleicht solltest du nicht auf sie bauen«, sagte der Mandel. »Wie oft hast du's heute schon probiert?«

»Einmal«, log ich. »Das wird schon. Es ist ja erst mal sehr lieb vom Dieter, dass er mich in seiner Wohnung schlafen lässt. Und dann sehen wir weiter. Vielleicht bleib ich ein paar Monate.«

Der Dieter besaß zwar noch seine Doppelhaushälfte im Umland, aber nachdem er die Fahrschule abgegeben hatte, leistete er sich jetzt ein Dreißig-Quadratmeter-Apartment mitten in der Altstadt, »wo das Leben tobt«, wie er sagte. Dort würde mich der Mandel gleich hinfahren.

»Ein paar Monate? Ich weiß nicht, Sigi, das ist doch alles nicht real hier. Du bist doch hier längst nicht mehr zu Hause«, sagte der Mandel.

»Woher willst du denn wissen, wo ich zu Hause bin – ich weiß es ja selbst grad nicht.«

»Das ist natürlich ein Argument«, sagte der Mandel.

»Ich würde einfach gerne diesen Fall bearbeiten. Und Geld musst du mir dann auch keins mehr leihen«, sagte ich.

»Wie du meinst«, sagte der Mandel und zündete sich eine Zigarette an, bevor er losfuhr. Das Apartment vom Dieter lag zwar in der Altstadt, aber auf der anderen Seite des Flusses, und weil hier jede zweite Straße verkehrsberuhigt war, musste man die Altstadt einmal komplett umrunden, bevor man auf die andere Seite kam. Als uns das Navigationsgerät ans Ziel brachte, wollte ich meinen Augen kaum trauen. Wir hielten in der Wassergasse, mitten auf der Donauinsel, jenseits der Steinernen Brücke, im schönsten Teil der Stadt. Die Donauinsel war im Mittelalter eine eigenständige Ortschaft gewesen und nur durch eine Brücke mit der Stadt verbunden. Die Wassergasse lag am historischen Flussufer, mit einem unverbauten Blick auf die Altstadt und den Dom. Der alte, schneeweiße Dom, der in meiner Jugend noch pechschwarz gewesen war, genau wie viele Gebäude in der Altstadt. Ich hatte mich früher immer ein bisschen gefürchtet vor der Stadt, weil sie mir so schwarz und von oben herab drohend erschienen war. Heute weiß ich, dass das nur die Abgase waren, nicht die Schwärze des Mittelalters, die in die Gegenwart hineinragte. Von dieser Schwärze ausgenommen war schon immer die Donauinsel. Sie hatte ich immer schon lichtdurchflutet und cremefarben in Erinnerung. In all meinen Jahren in der alten Stadt hatte ich nie jemanden kennengelernt, der tatsächlich dort wohnte. So war aus der Donauinsel fast ein mythischer, ein unerreichbarer Ort geworden. Dort jetzt gleich eine Wohnung zu beziehen kam einem Wachtraum gleich. Auch der Mandel war beeindruckt.

»Tatsächlich. Wie er gesagt hat. Mitten auf der Insel«, sagte er ehrfürchtig.

»Irreal«, sagte ich.

»Mitten auf der Insel – leck mich am Abend«, sagte der Mandel und zündete sich noch eine Zigarette an.

Von hinten hupte uns jemand an, der vorbei wollte. In der Wassergasse passten keine zwei Autos nebeneinander, und so musste der Mandel wieder hinausfahren und das Auto auf einer breiteren Straße abstellen, während ich mit meiner Tasche vor der Hausnummer drei wartete.

Das Apartment vom Dieter war schlicht eingerichtet, aber selbst innerhalb der schlichten Einrichtung schaffte er es treffsicher, seine Geschmacksverfehlungen unterzubringen. Über dem Bett hing das scheußlichste Bild von Keith Haring, das er je gemalt hat, das behaupte ich, ohne sein Gesamtwerk zu kennen. Tanzende bunte Leute befanden sich darauf. Der Teppich in dem einzigen Zimmer war eine Verballhornung von Heimatklischees, ein blutendes Herz mit einer Krone und ein Hirsch daneben, und das alles in Türkis mit pinken Elementen. Irgendwie auch konsequent in seiner Abartigkeit, das musste man dem Dieter lassen, es war ihm ganz und gar unmöglich, in irgendeiner ästhetischen Disziplin so etwas wie Stil zu beweisen.

»Ich geh dann; der Wagen steht im Halteverbot«, sagte der Mandel. Er sah mich für seine Verhältnisse lange an.

»Willst du wirklich gehen?«, fragte ich, und es war dunkel im Zimmer, weil der Dieter die Vorhänge zugezogen hatte.

»Ja«, sagte der Mandel, und durch eine Ritze in den Vorhängen schoss ein Sonnenstrahl in den Raum und blendete den Mandel, sodass er blinzeln musste.

»Na dann«, sagte ich.

»Okay«, sagte der Mandel.

»Servus«, sagte ich.

Der Mandel ging auf mich zu und nahm mich unbeholfen in den Arm.

»Pass auf dich auf«, sagte er.

»Du auch«, sagte ich. »Und grüß mir die Anni.«

»Mach ich«, sagte der Mandel und schloss die Türe hinter sich.

Ich war eigentlich ziemlich müde, nachdem wir gestern recht lange im Jenseits gewesen waren, aber ich fremdelte noch mit dem Bett vom Dieter. Deshalb ging ich hinunter vor das Haus Wassergasse Nummer drei, wo unmittelbar ein kleiner, sandiger Weg am Fluss entlangführte. Ich setzte mich auf eine Parkbank, schaute auf die Donau, hinüber zur noch geschlossenen Historischen Wurstkuchl und fragte mich, wie man so lange in so einem Paradies gelebt haben konnte, ohne etwas davon zu bemerken. Ich wählte erneut die Nummer der Spinnenfrau, aber ich erreichte wieder nur die Stimme ihres Netzbetreibers, die mich bat, eine Nachricht auf der Mailbox zu hinterlassen.

»Äh, ich bin's noch mal. Tut mir leid, dass ich nicht angerufen habe, ich war geschäftlich unterwegs. Aber jetzt würd ich mich über einen Rückruf sehr freuen.«

Eine Stunde später saß ich beim Treffen mit Walter und Franzl im Gewerbepark, wo wir den Fall ausführlich besprechen würden. Bisher wusste ich nur, dass es jemand aus der

»Liga« gab, der erpresst wurde und deshalb Hilfe brauchte. Die Liga nannte sich SGCW, South German Championship Wrestling, und war neben dem Fitnessstudio und der Schule das dritte wirtschaftliche Standbein von Big Walter Wylde.

Walter besaß ein kleines, lichtloses Büro im Erdgeschoss des Gebäudes, in dem sich auch die Turnhalle aus unserem Seminar befand. An der Wand hinter dem Schreibtisch hing ein Gruppenbild aus offenbar längst vergangenen Zeiten. Auf dem Bild unten in der Mitte kniete der Franzl mit einem goldenen Pokal in der einen Hand. Die andere Hand schüttelte die seines Nebenmannes, der eine römische Legionärsrüstung trug. Franzl sah eigentlich genauso aus wie jetzt, nur die Haare waren noch kraftvoll dunkelbraun und im Nacken ein wenig länger. Selbst aus der bereits verblassenden Fotografie strahlte sein rotes Gesicht hervor. Der Franzl trug eine grüne Caprihose mit Batikmuster, und sein Oberkörper war nackt. In derselben Reihe hockten ein kleinwüchsiger Wrestler mit Haarausfall und ein Bodybuilder mit Dauerwelle in einer weiß-lila gestreiften Spandexhose. Die obere Reihe bestand überwiegend aus Leuten in weißen Hemden mit Krawatten. Dem Schulterbau nach zu urteilen waren sie ebenfalls Wrestler. In der Mitte, also direkt über dem Franzl, türmte sich ein blutjunger Walter Wylde auf, mit diesen Nibelungen-Haaren und einem goldenen Championsgürtel um die Hüften. Er lächelte vertrauensselig in die Kamera. Ganz am rechten Rand des Bildes, zur Hälfte schon abgeschnitten, stand Owen »The Rocket« Hart.

»Hey«, sagte ich, »das ist ja Owen Hart«.

»Richtig«, sagte Walter.

»Und unten, das bist du, Franzl, oder?«, sagte ich.

»Haargenau«, sagte Franzl, der neben mir auf einer kleinen Ledercouch saß. »Da war ich noch g'sund.«

»Also, wie gehen wir vor?«, fragte ich.

»Wir warten noch kurz«, sagte Walter.

»Worauf?«, fragte ich.

Und wirklich, ohne Witz, fast im selben Moment ging die Tür auf, und der Mandel kam herein, als hätte er wie in einer Fernsehshow auf sein Stichwort gewartet.

»Entschuldigt die Verspätung«, sagte der Mandel.

»Was machst du denn hier?«, fragte ich ihn.

»Ich hab ihn angerufen und gebeten hierzubleiben«, sagte Walter.

»Wieso?«, fragte ich, vielleicht etwas zu aggressiv, weil mein erster Gedanke natürlich der war, dass Walter mir den Auftrag alleine nicht zutraute.

»Weil mir heute Nacht eine Idee gekommen ist, wie wir das am besten machen«, sagte Walter.

»Aha? Nämlich?«, sagte ich.

»Ab Mittwoch geht SGCW wieder auf Tour. Und ihr beide seid dabei. Als Wrestler.«

»Als Wrestler?«, fragte ich ungläubig, war aber schon halb wieder versöhnt.

»Es wäre doch Unsinn, euch als Privatdetektive vorzustellen. Kein Mensch würde euch freiwillig etwas erzählen«, sagte Walter.

»Das stimmt«, sagte ich. »Aber wir können doch gar nicht wirklich …«, fügte ich in der Hoffnung auf Widerspruch hinzu.

»Nein, könnt ihr nicht, aber vorerst reicht das, was ihr bei mir gelernt habt. Ihr werdet als Jobber oder Ringrichter eingesetzt. Und nach dem Kampf mit dem Franzl trau ich vor allem dem Max einiges zu. Deshalb hab ich ihn auch angerufen«, sagte Walter.

Fall jemand fragt: Ein »Jobber« war einer, der immer verlor und die Etablierten gut dabei aussehen ließ. Kanonenfutter könnte man auch sagen.

»Der Maxl ist wirklich klasse«, bestätigte Franzl.

Der Mandel lächelte ihn an und setzte sich auf einen roten Plastikstuhl neben der Couch.

»Ich erklär's euch jetzt beiden nochmals von vorn und nüchtern; gestern waren wir ja alle zu bedient«, begann Walter.

»Ich nicht«, sagte ich, aber Walter ignorierte das.

»Wir haben einen türkischen Wrestler in der SGCW. Der Mann heißt Arslan Ökdal und tritt unter dem Namen »Attila The Turk« für uns an. Er ist unser beliebtester Wrestler auf der Tour. Außerdem ist er schwul.«

Der Mandel schaute Walter argwöhnisch an.

»Und wenn das rauskommt, kriegt er richtig auf die Gosch'n«, sagte der Franzl.

»Unser Geschäft ist eben sehr traditionell, es braucht noch Zeit, bis da die Gleichberechtigung einsetzt. Es ist wie bei den Fußballern«, sagte Walter und winkte unbeholfen mit seinen langen Armen, bevor er sie wieder auf dem Schreibtisch ablegte.

»Traditionell«, wiederholte ich amüsiert.

»Archaisch«, sagte der Mandel.

»Wie bitte?«, fragte Walter.

»Nichts«, sagte der Mandel.

»Und dieser Attila wird also bedroht?«, fragte ich, und der Mandel holte währenddessen seine blaue Zigarettenschachtel aus der Brusttasche seines Jeanshemdes.

»Hier ist Nichtraucher, net bös sein«, sagte der Franzl.

Der Mandel ließ einen kleinen Seufzer los und steckte die Schachtel wieder in die Hemdtasche.

»Er wird hauptsächlich erpresst«, sagte Walter.

»Details, bitte«, sagte der Mandel.

»Es hat eigentlich harmlos angefangen, mit ein paar kleinen Gemeinheiten. Jemand hat ihm auf unserer letzten Tour rosafarbene Ballettschuhe in die Sporttasche gelegt. Statt seiner Ringerstiefel, die waren leider weg«, sagte Walter und schüttelte den Kopf.

Ich musste schmunzeln, aber der Mandel warf mir sofort einen zurechtweisenden Blick zu.

»Es wurde immer ärger mit der Zeit. Auf die Rückseite seines Ringanzugs hat jemand mit schwarzem Stift ›Ich lutsche Schwänze‹ geschrieben, und Arslan hat es gerade noch gemerkt, bevor er in die Halle rausgegangen ist. Und es gab noch mehr Zwischenfälle. Zunächst hielt er es für etwas derbere Scherze unter Kollegen. Wir haben ja so ein paar Spaßvögel bei uns. Letzte Woche hat er aber eine anonyme Mail bekommen, in der ihm jemand androht, in der Öffentlichkeit bekannt zu machen, dass er schwul ist, wenn er nicht bis Mittwoch nächster Woche 10 000 Euro in einen Papierkorb beim Alex-Center wirft.«

»Warum geht er nicht zur Polizei?«, fragte ich das Offensichtliche.

»Wegen der Öffentlichkeit«, sagte Walter. »Es ist ja nicht nur für ihn als Wrestler vernichtend, auch seine Familie weiß nichts von seinem Schwulsein. Das sind ganz konservative Leute, seine Eltern und Geschwister. Noch dazu Türken. Deshalb hat er uns ja auch gebeten, einen Privatdetektiv zu finden.«

»Warum wisst ihr Bescheid, dass er schwul ist, wenn das so ein Geheimnis ist?«, fragte der Mandel.

Der Franzl kratzte sich umständlich am Kinn, bevor er sagte: »Ich hatte mal was mit ihm.«

»Oha«, sagte der Mandel, und Walter zuckte hilflos mit den Schultern.

»Und zahlen will er nicht?«, fragte ich.

»Kann er nicht. So viel Geld hat er nicht«, sagte Walter. »Behauptet er«, fügte er hinzu.

»Und wenn ihr es ihm leiht?«, fragte ich.

»Ach, wir sind ein kleiner Wanderzirkus, der froh ist, wenn er keine Verluste macht. 10 000 Euro sind eine Existenz in unseren Kreisen«, sagte Walter.

»Könnte man nicht einfach nächste Woche beim Alex-Center lauern und schauen, wer das Geld abholt?«, fragte ich.

»Da sind wir auf Tour«, sagte Walter.

»Aber die Tour geht doch nicht ans Kap der Guten Hoffnung. Man kann doch kurz hinfahren, oder?«, fragte ich.

»Man müsste ja dazu erst 10 000 Euro in bar auftreiben. Es wäre schön, wenn wir vor Mittwoch, also bevor die Tour losgeht, etwas wissen. Arslan ist eh schon auf hundertachtzig. Der flippt bald aus. Es wäre nicht das erste Mal, dass er im Ring Leuten wehtut, weil es privat nicht so gut läuft«, sagte Walter.

»Absichtlich wehtut?«, fragte ich.

»Nein, Walter, erzähl keinen Schmäh – er ist halt unkonzentriert, wenn er so einen Stress hat«, sagte der Franzl.

»Warum lasst ihr ihn nicht zu Hause?«, fragte ich.

»Er will unbedingt mit. Und wir können auch nicht auf ihn verzichten, er ist unser momentaner Weltmeister und unser größter Draw.«

»Euer was?«, fragte der Mandel, der sicher wusste, was »Draw« bedeutete, aber das war neuerdings ein Spleen von ihm, die Leute zu zwingen, ihre gedankenlosen Anglizismen einzudeutschen.

»Unser Zugpferd«, sagte Walter.

»Und wir haben ihn immer gern dabei, weil er eigentlich ein urlieber Kerl ist. Also wenn er nicht unter Stress steht«, sagte der Franzl.

»Und wie könnt ihr sicher sein, dass jemand aus dem Kader der Erpresser ist?«, fragte ich.

»Sind wir nicht. Aber Arslan behauptet das. Auch weil das ganze Theater erst auf Tour angefangen hat. Und weil es sonst angeblich niemand gibt, der das wissen kann mit dem Schwulsein«, sagte Walter.

»Na ja, das glaube ich nicht. Was ist denn mit ehemaligen Liebhabern?«, fragte ich und warf einen Seitenblick auf den Franzl.

»Das lässt sich nicht völlig ausschließen, aber wenn man die Erpressungs-Mail liest, dann deutet das schon eindeutig auf jemand aus der Branche hin, da muss ich Arslan recht geben«, sagte Walter.

»Hast du sie hier?«, fragte der Mandel.

»Ja«, sagte Walter und betätigte seine Maus ein paarmal hintereinander. Wir beugten uns über seinen Rechner und lasen die E-Mail:

Hallo Chuck Billy!
Wir wissen, dass du stockschwul bist, und bevor du einen von uns während eines German Suplex in den Arsch fickst, werden wir dich outen, du Drecksau. Außer du lässt was springen. Am Mittwoch den

13. Juni um 23:45 Uhr legst du 10 000 Euro in den Papierkorb vom Kaufland beim Alex-Center, oder der nächste Titel, den du öffentlich auskämpfst, ist der World Heavy-Gay Belt.
Deine Blade Jobs

»Haha«, sagte ich.

»Da gibt es ein paar Ausdrücke, die ich nicht verstehe«, sagte der Mandel.

»Die kann ich erklären«, sagte ich.

»A: Was ist ein ›Blade Job‹?«, fragte der Mandel.

»So nennt man das, wenn die Wrestler sich heimlich während eines Matches mit einer Rasierklinge ritzen, damit das Match blutiger wird. Soll in dem Fall wohl eine Anspielung auf Blow Job sein«, sagte ich.

»Und B: Wer ist Chuck Billy?«, fragte der Mandel. »Damit kann ja wohl nicht der Sänger von Testament gemeint sein.«

Auch hier konnte ich aufklären:

»Billy und Chuck waren ein Team von zwei angeblich schwulen Wrestlern, die ihre Hochzeit im amerikanischen Fernsehen angekündigt hatten. Die Hochzeit wurde in letzter Sekunde vor laufender Kamera abgeblasen, weil die beiden zugegeben haben, dass die Hochzeit nur ein PR-Stunt war und sie selbst noch nicht einmal schwul. Die Vereinigung Schwuler und Lesben in Amerika, die diese Geschichte unterstützt hatte, war stinksauer, weil auch sie auf den PR-Gag von den Promotern reingefallen war.«

»Was es alles gibt«, sagte der Mandel, der schon nach dem ersten Satz das Interesse verloren hatte.

»Warum ist Ökdal nicht hier, wenn er uns schon anfordert?«, fragte ich.

»Gute Frage«, sagte Walter, aber der Franzl sah ihn vorwurfsvoll an.

»Wir haben mit ihm telefoniert, er hat heute einen Schüler in München. Wir treffen ihn dann am Mittwoch vor dem Event und besprechen alles ausführlich«, sagte der Franzl.

»Wann geht die Tour los, und wohin geht es?«, fragte ich.

»Am Mittwochmittag fahren wir los. Wir sind zuerst in Straubing, dann geht's weiter nach Hof, und dann arbeiten wir uns langsam nach Osten vor«, sagte der Franzl.

»Kann ich mal eine Liste aller Wrestler sehen?«, fragte der Mandel.

»Klar«, sagte Walter und tippte auf der Maus herum.

Der Drucker spuckte ein Dokument aus, das Walter dem Mandel reichte.

»Zeig mal«, sagte ich und nahm ihm den Ausdruck weg.

SGCW – Summer Bash Tour
Big Walter Wylde (Präsident)
Arslan Ökdal alias Attila The Turk (Heavyweight Champion)
Franzl »Austrian Eagle« Schubert (Road Manager)
Dynamite Davey Jones (The British Brawler)
Sonnenkönig Louis XIV
Crazy Sexy Klaus
Jonny Rebel
Boris Moscow
Fabio Immortale
Diego Latino
Ghostdog
Kassandra Red (Women's Champion)
Whitney Spears

Chris Rage
Tony Trinkgeld (Manager)
Jan Kozlovič (Referee)

»Dynamite Davey ist dabei? *Der* Dynamite Davey? Der British Brawler?«, fragte ich ungläubig.

»Ja«, sagte Walter uneuphorisch.

»Der ist nicht mehr so gut in Form«, sagte der Franzl.

»Der muss ja auch schon uralt sein«, sagte ich und schaute ungläubig auf die Liste. In meiner Erinnerung war Davey schon in meiner Jugend um die fünfundvierzig.

»Sechsundfünfzig ist er, so alt ist das nicht«, sagte Walter.

»Dann gehen wir also ab Mittwoch auf Tour?«, fragte ich. Es war meine erste Tour. Als Musiker hatte ich es damals nie über zwei aufeinanderfolgende Auftritte an einem Wochenende hinaus geschafft. Ich freute mich.

»So schaut's aus«, sagte der Franzl.

»Und welche Outfits sollen wir mitnehmen?«, fragte ich.

»Wir leihen euch die Kostüme aus unserem Fundus. Euer Auto könnt ihr auch hierlassen – wir haben ein paar kleine Busse angemietet«, sagte Walter.

»Und offiziell sind wir Schüler, die euch auf Tour begleiten dürfen, oder?«, fragte ich.

»Genau, wir nehmen auch noch Ilias mit. Die Kursbesten dürfen mit auf die Tour. Ihr seid quasi die neuen Hoffnungsträger der Liga«, sagte Walter.

»Prima«, sagte der Mandel.

»Dann reden wir mal über das Honorar«, sagte ich.

»Das hab ich mit Max schon am Telefon besprochen«, sagte Walter.

11
STRAUBING

Ich erreichte die Spinnenfrau weder am Montagnachmittag noch am Montagabend noch den ganzen Dienstag über. Stattdessen saß ich mit dem Mandel vollkommen gegenstandslos stundenlang in den Straßencafés der Altstadt herum und langweilte mich stumm, während er Zeitung las, oder sah ihm bei Rauchen zu. Am Montagabend spielten wir in einem Billardsalon, aber ich konnte kein einziges Spiel gewinnen. Ich hatte verdrängt, dass der Mandel wirklich gut im Billard war. Er wollte anschließend zum Karambolage-Tisch wechseln, aber ich sagte ihm, dass es mir reichte mit Verlieren und dass ich auch gar nicht wüsste, wie Karambolage überhaupt funktionierte. Am Dienstagnachmittag fuhren wir mit dem Schiff durch den Donaudurchbruch bis zum Kloster Weltenburg, wo wir ein vor Ort gebrautes dunkles Bier tranken. Abends saßen wir dann wortlos über picknickenden Studenten auf der Donauinsel, auf diesen herrischen alten Brückenpfeilern, und tranken ein weiteres dunkles Bier, dieses Mal aus der Flasche.

Bisher konnte ich im Nachhinein immer relativ genau aus dem Mandel herauswürgen, was er erlebt hat, wenn ich nicht dabei war. Zugegeben, ich habe auch ausgeschmückt und mir Dialoge vorgestellt, weil die Schilderungen vom Mandel doch eher karger Natur waren. Hätte man den Mandel die Geschichte unserer letzten beiden großen Fälle erzählen lassen, er wäre nach jeweils zehn Seiten fertig gewesen. Dieses Mal war er leider nicht mehr da, um mir im Nachhinein zu berichten, wie er die nun folgenden Tage erlebt hat. Dennoch hat sich trotz seines Verschwindens überraschend die Möglichkeit ergeben, an die Perspektive vom Mandel zu kommen. Denn während der sieben Tage, in der wir mit SGCW auf Tour waren, hat der Mandel eine Art Ermittlungstagebuch geführt. Er hat dieses Notizbuch, in dem er handschriftlich dargelegt hat, was während der Tour alles passiert ist und was ihm sonst noch interessant vorkam, am Ende einfach ganz oben in seiner offenen Sporttasche liegen lassen. Ich hätte es natürlich da liegen lassen können, aber zu verlockend war diese einmalige Gelegenheit zu lesen, was der Mandel wirklich dachte. Vor allem angesichts dessen, was uns in der nächsten Woche zustoßen sollte. Allerdings darf man auch nicht zu viel erwarten. Seine innersten Gedanken hütet der Mandel entweder wie einen Gral, oder er hat keine innersten Gedanken, was ich nach all den Jahren auch nicht mehr für unwahrscheinlich halte. Ich frage mich im Nachhinein, warum er diese Niederschrift überhaupt getätigt hat. Wollte er einen Artikel über den Fall schreiben, und wenn ja, wer hätte den veröffentlichen sollen? Sein Download-Portal? War das in den zwei Jahren unseres Detektivbüros der erste Versuch, ein ernsthafter Ermittler zu sein? Oder wollte er mir beweisen, dass er die besseren Niederschriften über unsere Fälle ablieferte?

Ich werde ab dieser Stelle die Notizen vom Mandel in meinen Bericht einbeziehen. Ich habe lange überlegt, ob ich sie in eine poetischere Form bringen soll oder in ihrer ursprünglichen Gefühlsleere belasse. Ich habe mich für Letzteres entschieden.

// Ermittlungsbericht Fall Wild/Ökdal
// Tag 1, R., 10:17
Bei Dieter auf der Couch geschlafen. S. hat Bett besetzt.
Weiterhin Probleme mit Ischias. Frühstück im Da Luigi bei der Steinernen Brücke.
Die erste Veranstaltung der Tour findet heute Abend in Straubing statt.

Darunter hat er einen Zeitungsartikel eingeklebt, bei dem die Überschrift weggerissen war.

Es ist wieder so weit. In diesen Tagen werden die Zelte für das Straubinger Volksfest vergeben, dem zweitgrößten seiner Art nach dem Oktoberfest in München. Wie jedes Jahr tritt der sogenannte Volksfestausschuss zusammen, der zum großen Teil aus Mitgliedern des Stadtrates besteht. Gesucht werden bevorzugt Wirte, die ein größeres Gasthaus betreiben, von einer Brauerei beliefert werden und einen einwandfreien Leumund vorweisen können. Allerdings werden in der Regel immer dieselben Zelte an dieselben Wirte vergeben. Außer ein Wirt gibt sein Zelt freiwillig auf oder stellt sich als zahlungsunfähig heraus. So geschehen im Fall der Wirtin der Ochsenbraterei, Babette Eisner, die vor zwei Monaten Insolvenz angemeldet hat (unsere Zeitung berichtete). Die zuständige Brauerei meldete es sofort an den Volksfestausschuss, und das Zelt wurde innerhalb von Stunden neu ausgeschrieben. Jetzt ist im Ausschuss ein harter Wettbewerb um das freie Zelt für die kommende Festsaison entbrannt. Aber Eisner will »ihr« Zelt nicht zur Verfügung stellen. Der Ehemann der 52-jährigen in Amberg geborenen Geschäftsfrau verstarb 1993 an einer schweren Grippe. Mit dem Erbe hat Babette Eisner das erste Straubinger Nobelrestaurant, das Chez Babette, eröffnet. Mit Hilfe ihres bis zu seinem Tod im Alter von 103 Jahren in der CSU aktiven Schwiegervaters hat sie schließlich die Ochsenbraterei vom Würstlstand zum Festzelt erhoben.

In unserer Artikelserie »A Trumm vom Paradies« werden wir im Laufe der Woche die verschiedenen Bewerber unter die Lupe nehmen.

Am Mittwoch, um halb zwei im Gewerbepark, trafen wir uns mit Walter, Franzl und einem Teil des Kaders. Es war merkwürdig, aber jeder, dem wir die Hand gaben, hatte denselben matten Händedruck. Kurze Zeit später saßen wir zu siebt in dem Sprinter auf zwei breite Rückbänke verteilt, hinter uns Kisten voller T-Shirts aufgereiht. Walter war der Fahrer und der Franzl sein Beifahrer. Hinten saßen der Mandel, Ilias Raamin aus unserem Kurs, Crazy Sexy Klaus, Fabio Immortale und ich. Nicht alle waren zum Treffpunkt am Gewerbepark gekommen, manche reisten selbstständig an, weil sie woanders lebten. Davey Jones kam erst am späteren Nachmittag mit dem Flugzeug aus Liverpool nach München, und dort holte ihn der rote Jörg ab, den Walter offenbar als Helfer und Fahrer für die Veranstaltung in Straubing verpflichtet hatte. Die Fahrt dauerte ungefähr vierzig Minuten. Crazy Sexy Klaus, ein bulliger Chemnitzer mit einem Vater aus dem Kosovo, hörte nicht auf, Witze zu erzählen. Einer davon lautete: Warum muss David Copperfield seine Polen-Tournee absagen? Weil es in Polen nichts Besonderes ist, wenn etwas verschwindet. Und so ähnlich gingen die

Witze weiter, die meisten über Frauen, Türken, Polen oder Schwule. Zwischen den Witzen nahm Crazy Sexy Klaus eine Tablette und spülte sie mit einer Cola hinunter. Fabio Immortale redete nicht viel, und wenn, dann im hessischen Dialekt. Seine Stimme klang kindlich und leicht angekratzt, so, als befände er sich noch im Stimmbruch. Fabio erzählte dem Mandel, dass seinem Vater eine Pizzeria in Gießen gehörte.

»Gießen ist eine gute Stadt für den Sport. Es gibt viel Sportförderung da. Die Basketballer, die 46ers, sind sehr erfolgreich, aber auch die Handballfrauen und die Volleyballer und vor allem die Ruderer. Nur der Fußball nicht.«

Der Mandel nickte, als wüsste er das alles.

Gegen halb drei kamen wir an der neuen Messehalle unten am Hagen an. Der Hagen war ein Großraumparkplatz, auf dem jeden August das Straubinger Gäubodenfest stattfand, zeitgleich zur Ostbayernschau. Der andere Sprinter war schon vor uns da. Als wir die Halle betraten, wurde bereits der Ring montiert.

»Habt ihr viel Personal auf der Tour dabei?«, fragte ich Walter.

»Das meiste machen wir selbst. Manchmal mieten wir vor Ort jemand über eine Zeitarbeitsfirma an«, sagte Walter.

»Aber eigentlich macht bei uns jeder alles. Hinlangen ist unsere Devise«, fügte Franzl hinzu.

Glücklicherweise mussten wir nicht »hinlangen«, sondern gingen mit Walter und Franzl hoch auf den Theresienplatz, um mit Arslan Ökdal alias »Attila The Turk«, der im eigenen PKW angereist war, zu Mittag zu essen und ihm erste Fragen zu stellen. Die Fußgängerzone war so sauber, dass man sich beinahe die Schuhe ausgezogen hätte aus Angst, etwas dreckig zu machen. Und irgendwie roch es auch nach Zitrusaroma, als wäre jemand mit einem Reinigungsmittel über das Pflaster gegangen. Es war mir früher nie aufgefallen, wie sauber es hier war, noch nicht einmal Tauben trauten sich auf den Stadtplatz. Der Stadtturm war ein Koloss, der aus der Fußgängerzone herausragte. Mit seiner überdimensionalen Turmuhr und den drei giftigen Spitzen sah er aus wie ein mittelalterliches Empire State Building. Einst hatte er als Wachturm gedient, um die Schiffe auf der Donau zu beobachten und zu verhindern, dass sich eins an der Stadt vorbeischlich, ohne den fälligen Zoll zu entrichten.

Das Essen wurde in der Gaststätte Karmelitenbräu serviert. Der Mandel hatte ein – wie er ausdrücklich anmerkte – »ausgezeichnetes« Schnitzel mit Pommes und Kartoffelsalat und ich einen Semmelknödel mit einer enttäuschend wässrigen Champignonsauce. Ökdal kam eine halbe Stunde zu spät. Er trug eine Baseballmütze der Oakland Athletics, eine schwarze Bomberjacke und eine weite, blaue Jeans mit Nieten an den Gesäßtaschen. Er begrüßte uns freundlich, aber mit schlaffem Händedruck. Er war nicht unbedingt dick, aber auch alles andere als schlank, in meinem Heimatdialekt hätte man ihn ein »Bummerl« genannt. Ich schätzte ihn auf knapp über eins achtzig und etwas über hundert Kilo. Er hängte die Bomberjacke über den Stuhl. Darunter trug er ein dunkelblaues Trägershirt, und man konnte seine Tätowierungen sehen. Auf dem rechten Unterarm stand etwas in einer fremden Sprache, vermutlich Türkisch.

»Was steht da auf deinem Arm?«, fragte ich.

»Das ist Türkisch«, sagte Ökdal.

»Ja, aber was bedeutet es?«, fragte ich.

»Freiheit und Unabhängigkeit macht meinen Charakter oder so ähnlich, man kann das auf Deutsch nicht so genau übersetzen«, sagte Ökdal.

»Ist das von Hemingway?«, fragte ich, weil ich etwas durcheinanderbrachte.

Der Mandel lachte hämisch.

»Nein, das ist von Atatürk«, sagte Ökdal.

»Wie komme ich auf Hemingway?«, sagte ich.

Ökdal hielt den Weltmeistergürtel von Walters Liga jetzt schon seit einem halben Jahr, und heute Abend verteidigte er ihn gegen Jonny Rebel. Auf den ersten Eindruck wirkte er sehr umgänglich, was auch an seinem Akzent lag. Obwohl er durch und durch türkisch aussah, klang er wie ein Jugendlicher aus der Gegend. Er stammte aus Wasserburg am Inn, wohnte aber seit ein paar Jahren in München-Freimann in einer Ein-Zimmer-Wohnung. Sein Großvater war mit seiner Familie schon Ende der Fünfziger aus Antalya nach Wasserburg gekommen und hatte dort einen Lebensmittelladen eröffnet.

Ökdal, der sich im Ring als eine Art türkischer Gangster ausgab, war mit dem türkischstämmigen Deutschrapper Damian MC befreundet, der auch Ökdals Eingangsmusik »Sie nennen ihn Maschine« komponiert und eingesungen hatte. Seinen Ringnamen »Attila The Turk« benutzte Ökdal nur in der SGCW, vor allem international ließ er sich als »The Ottoman Wrestling Machine« ankündigen. Er erzählte uns, dass er in der Regel bei verschiedenen Organisationen antrat, denn Wrestler waren »Freiberufler, die einzelne Kämpfe und Tourneen wie Aufträge annehmen«. Die Krankenversicherungsbeiträge seien allerdings sehr hoch.

»Ich hab zumindest niemand auf der frischen Tat ertappt,

oder wie man das sagt«, sagte Ökdal, als Mandel ihn schließlich auf die Vorgänge während der Tour ansprach.

»Das erste Mal, dass jemand so eine Scheiße gemacht hat, war im Februar. Das waren die Ballettschuhe in meiner Sporttasche. Danach länger nichts. Ein paar Wochen später lag ein Geschenk in meinem Umkleideschrank. Schön eingepackt in Regenbogenfarben und einer Schleife. Drin waren ein Plastikdildo und ein T-Shirt mit dem Gesicht vom Mooshammer. Kennt ihr den noch? Der, den wo sie erschlagen haben? Kennt ihr den noch?«

»Natürlich kennen wir den noch«, sagte der Mandel gut gelaunt und nahm eine Gabel von seinem Kartoffelsalat. Es schien ihm hervorragend zu schmecken.

»Ich hab natürlich rumgefragt, wer so eine Scheiße macht, aber ich konnte ja nicht genau beschreiben, was passiert ist, weil das ja ein Hinweis auf mein Schwulsein gewesen wäre. Ich muss euch ja nicht erklären, dass das nicht geht in diesen Kreisen. Und ich will jetzt gar nichts von einer modernen Gesellschaft und so einen Schwachsinn hören. Es geht einfach nicht im Wrestling. Weil es halt einfach nicht geht. Aus, basta, Amen. Auch ihr müsst unbedingt euer Maul halten«, sagte Ökdal und fuchtelte mit einem Stück Brot herum, das er während seiner Ausführungen bis auf die Rinde abgenagt hatte.

»Wir schweigen wie ein Keltengrab«, sagte der Mandel und trank von seinem Radler. Keine Ahnung, warum er ausgerechnet Keltengrab sagte. Vielleicht war er auf seinem norwegischen Naturheiden-Trip hängen geblieben.

Ökdal sah den Mandel aufmerksam an und fuhr sich durch sein kurz rasiertes schwarzes Haar. Er schien zu überlegen.

»Du siehst aus wie einer, dem man was glauben kann«, sagte er dann.

»Ist sonst noch etwas passiert?«, fragte ich.

Ökdal zog erst an seinem Bart und nahm dann dem Mandel ein paar von seinen Pommes weg. Ich wusste genau, dass das dem Mandel nicht passte. Er hasste es, wenn man ihm ins Essen langte.

»Willst du auch was essen?«, fragte Walter, der das bemerkt hatte.

»Ich war grade schon bei McDonald's«, sagte Ökdal.

»Was war die Frage?«, fragte Ökdal mich.

»Was noch passiert ist.«

»Ach so. Ja, es ist immer blöder geworden. Da war erst das mit dem Schwänzelutschen auf dem Anzug, und dann ging's auch schon mit den E-Mails los.«

»Die Erpressung?«, fragte der Mandel, der sich mit den Pommes beeilte, bevor Ökdal sie ihm wegessen konnte.

»Nein, da gab es schon vorher E-Mails. Mit Links zu Schwulenpornos und so Scheiße.«

»Und du bist sicher, dass jemand von den Kollegen dahintersteckt?«, fragte ich.

»Auf jeden Fall, Alter. In den Mails stehen so Sachen wie ›Steck mich im Ring nicht mit Aids an‹«, sagte Ökdal und nahm dem Mandel die letzten vier Pommes auf einmal weg.

»Aber würde ein Erpresser aus demselben Milieu nicht versuchen, solche Anspielungen zu vermeiden, damit man ihm nicht auf die Schliche kommt?«, fragte ich.

Ökdal zuckte mit den Schultern.

»Vielleicht ist er nicht schlau genug«, sagte der Mandel. »Überhaupt scheint mir das eine sehr naive Herangehensweise ans Erpressen zu sein.«

»Wer ist denn der Absender der E-Mails?«, fragte ich.

»Mülleimermail.de oder so ähnlich«, sagte Ökdal.

»Und wenn es jemand von außerhalb ist, der es so aussehen lässt, als ob es jemand von innerhalb ist?«, fragte ich.

»Man kann es nicht vollkommen ausschließen«, sagte der Mandel, ohne mich anzusehen.

»Hast du mal mit ein paar Liebhabern aus der letzten Zeit geredet?«, fragte ich Ökdal und schämte mich ein wenig für das Wort »Liebhaber«, weil ich dabei grundsätzlich an die *Emanuelle*-Filme denken musste, aber mir fiel keine bessere Vokabel ein.

»Alter, wie stellst du dir das vor?«, fragte Ökdal.

»Wie meinst du das, wie ich mir das vorstelle?«, fragte ich.

»Na, hier mal ein Club, da mal ein Laden, das ganze Cruisen halt. Kann schon sein, dass mich mal jemand als Wrestler erkannt hat. Aber man hängt sich bei uns auch nicht gegenseitig hin.«

»Und ein verlassener Exfreund? Einer, den du sitzen gelassen hast«, fragte ich, weil ich eh schon so tief in der unangenehmen Fragerei drinsteckte.

»Mit den meisten habe ich noch guten Kontakt«, sagte Ökdal.

»Ja, hast du? Aber das weiß man ja nie, was die Leute so denken, weil sie es einem ja meistens nicht sagen. Vor allem, wenn man nicht mehr mit ihnen zusammen ist«, sagte ich.

Die Veranstaltung begann schon um achtzehn Uhr, weil danach gleich wieder umgebaut wurde – für ein aufwendiges Musical, das ab dem Wochenende lief. »Die Nacht der Musicals« gastierte einen Monat lang in Straubing, mit den besten Ausschnitten aus *Cats, Les Misérables, West Side Story* und

Der kleine Horrorladen. Um fünfzehn Uhr probten ein paar der Akteure noch ihre Abläufe im Ring, gleichzeitig wurden wir allen offiziell vorgestellt, die wir bisher nicht kannten. Jonny Rebel war noch nicht vor Ort, er würde erst kurz vor dem Hauptkampf eintreffen, weil er angeblich noch auf einer Baustelle arbeiten musste. Auch Dynamite Davey Jones, die Legende, fehlte, weil sein Flugzeug in München Verspätung hatte. Bis auf die beiden Fehlenden kannten wir jetzt also den gesamten Kader. Der Mandel hat später eine kurze Übersicht in seinem Notizbuch festgehalten. Zu Jonny Rebel gab es keinen Eintrag, und ich frage mich bis heute, woher der Mandel wusste, dass Ghostdog ein Kreationist war.

// Arslan Ökdal, »Attila The Turk« (30)
aus Wasserburg, 1,81 m, türkischstämmig, amtierender SGCW-Titelträger, freundlich, wirkt nervös
Musik: Damian MC – Sie nennen ihn Maschine

// Big Walter Wylde (44)
aus R., 2,01 m, Ex-US-Starcatcher, Gründer und Präsident der SGCW, Inhaber von Fitnessstudio und Wrestlingschule, sanftmütig, schwermütig?
Musik: Alice In Chains – Man In The Box

// Franz Schubert (55)
aus Graz, 1,86 m, ehemaliger Sportlehrer, österreichische Catcher-Legende(?), gesellig, Dialyse-Patient nach Schlaganfall
Musik: Opus – Live Is Life

// Louis XIV, »Der Sonnenkönig« (41):
aus Essen, 1,77 m, Glatze, trägt Langhaarperücke und Zwirbelschnauzbart, falscher französischer Akzent, gelernter Theaterschauspieler, spielt seinen Charakter auch außerhalb des Rings
Musik: Marseillaise

// Dynamite Davey Jones, »The British Brawler« (56)
aus Liverpool, 1,90 m, internationale Catcher-Legende(?), laut, freundlich, Trinker, FC-Liverpool-Fan
Musik: The Liverpool Brawlers – Davey's Coming Home

// Crazy Sexy Klaus (32):
aus Chemnitz/Kosovo, 1,75 m, Bodybuilder, Prolet, Wort- und Anführer des Kaders
Musik: Scorpions – Rock You Like A Hurricane

// Fabio Immortale (23):
aus Gießen, 1,94 m, Vater Italiener, hessischer Dialekt, zu viel Haargel, unsicher
Musik: Jovanotti – L'Ombelico del Mondo

// Diego Latino (31):
aus Mexico City, 1,69 m, athletisch, spricht nur Englisch und Spanisch, trägt im Ring schwarze Luchador-Maske mit schiefer Mundpartie, kaum in die Gruppe integriert
Musik: Cypress Hill – Latin Thugs

// Ghostdog (43):
aus Nördlingen, 2,10 m, Klassikrock-Fan, im Ring

wie Harlekin geschminkt, Kreationist, schwäbelt, verkrampft
Musik: Emerson, Lake & Palmer – Hoedown(!!)

// Kassandra Red (24):
aus München, 1,75 m, Halbgriechin, Frauenweltmeisterin, arbeitet in Call-Center für DSL-Anbieter, athletisch, schlagfertig
Musik: Thanos Petrelis – Efharisto(?)

// Whitney Spears (34):
aus Stuttgart, richtiger Name: Martina Hauner, 1,80 m, blond, künstlicher Busen, früher professionelle Bodybuilderin, schwäbelt, Raucher, burschikos, gutmütig
Musik: Britney Spears – Oops I did it again

// Boris Moscow (44):
aus Ogre/Litauen, 2,05 m, Bodybuilder, spricht Deutsch, tätowiert, gute Manieren
Musik: Seryoga – Parnishkas ulitsy(?)

// Chris Rage (26):
aus München, 1,80 m, Türsteher im P1, ausschließlich Markenkleidung, gute Frisur
Musik: Rage Against The Machine – Take The Power Back

// Tony Trinkgeld (67):
aus München, 1,70 m, früher selbst Catcher, jetzt nur noch als Manager am Ring, Sohn des legendären(?) Münchner Catchers Bene Trinkgeld, wirkt verwirrt
Musik: keine

// Jan Kozlovič (24):
aus Leipzig, 1,84 m, Nachwuchscatcher, arbeitslos, aufgrund einer Rückenverletzung derzeit nur als Referee tätig, unscheinbar
Musik: unbekannt

// Ilias Raamin (19):
aus Neutraubling, 1,90 m, Auszubildender in KfZ-Betrieb, Idiot
Musik: keine

Nach einem erneuten kollektiven toten Fisch – ich meine den Händedruck – traf auch Dynamite Davey ein. Das Erste, was einem bei Davey Jones auffiel, war die hohe Stirn. Sie war sein Markenzeichen. Er hatte kaum mehr Haare auf dem Kopf, aber selbst als er noch in Blüte stand, sah seine Stirn schon wie eine Abrissbirne aus. Dazu die Nase wie ein Enterhaken, und man kann sich eine erste Vorstellung machen. Davey war damals in den großen Ligen im Gegensatz zum British Bulldog auch nie der anmutige Engländer gewesen, der mit »Rule, Britannia« und Union Jack in den Ring stieg, sondern ein fürchterlicher Raufbold, jemand, der von den Kollegen für seinen raubeinigen, ja räudigen Stil gefürchtet wurde. Aus einem Match mit Davey kam man nie ohne Blessuren raus, hieß es. In den alten TV-Shows war Dynamite Davey stets redselig und laut, ich hatte schon als Kind den Eindruck, dass er ständig besoffen war.

Als die hohe Stirn von Davey Jones am späten Nachmittag die Straubinger Messehalle betrat, stand ich voller Ehrfurcht Spalier. Er trug eine verschlissene Sportjacke mit einem rotweiß gestreiften Kragen und rotweiß gestreiften Ärmeln. Als er näher kam, sah ich, dass er das Drachen-Emblem vom FC Liverpool auf der linken Seite trug. Je näher Davey kam, desto mehr verflüchtigte sich meine Ehrfurcht, denn er brachte eine ziemlich penetrante Alkoholfahne mit, dazu einen labbrigen Bierbauch, der unmotiviert an seinem langen Körperbau herumhing. Er schwitzte wie ein Schwein, als er Walter und Franzl um den Hals fiel. Dann boxte er Ökdal recht brutal, aber offensichtlich freundschaftlich gemeint, in den Bauch, ehe er uns vorgestellt wurde.

»Hello«, sagte der Mandel.

»So nice to meet you, Davey. This is a dream come true«, sagte ich.

»It'll turn into a fookin' nightmare soon enough, lad«, sagte Davey, während er sanft meine Hand nahm, obwohl man sich von einem Untier wie ihm doch einen schraubstockartigen Händedruck erwartet hätte. Er lachte ein dreckiges, aber irgendwie auch nettes Lachen und sagte zu Walter:

»You fetch me some booze, Waldo?«

»Sure«, sagte Walter, und sie gingen davon.

Der Mandel hatte sich in der Zwischenzeit den Matchplan besorgt. Es gab zwei Hauptkämpfe. Der eine lautete Attila vs. Jonny Rebel um den Schwergewichtsweltmeistergürtel und der andere Walter Wylde vs. Dynamite Davey.

»Sind wir heute auch schon dran?«, fragte ich den Franzl.

»Du nicht. Nur der Max«, sagte er.

»Schade«, sagte ich, aber eigentlich war ich eher erleichtert, dass ich mir erst mal das Scheitern vom Mandel anschauen konnte. Der Mandel wirkte weder besonders erstaunt noch besonders besorgt über seinen Einsatz. Als hätte er seit dem Kurs die Sportart eh völlig durchschaut und wäre jetzt im Stande, sie aus dem Stegreif heraus auszuüben.

»Gegen wen trete ich an?«, fragte er.

»Gegen den Louis, das ist ein urlieber Typ«, sagte Franzl.

»Lass den Mandel doch gegen Ilias kämpfen. Dann hast du gleich eine echte Fehde«, schlug ich vor.

»Wenn du zwei Grünschnäbel in den Ring steckst, gibt's ein Unglück«, sagte der Franzl.

»Verstehe«, sagte ich. »Und was mach ich heute?«

»Du darfst den Ringansager machen, wenn du willst.«

»Ja, das kann ich machen«, sagte ich.

»Die Show geht gleich los. Zieht's euch schon mal aus«, sagte der Franzl.

12
KURT

// Straubing, 17:32
In der Umkleidekabine diverse Ringkleidung anprobiert, aber weder diese elastische Unterwäsche noch eine lange Spandexhose stehen mir. Walter sagt, der rote Trainingsanzug, den ich bereits im Kurs getragen habe, macht mich unverwechselbar. S. behauptet, dass ein »Jobber« keine Musik braucht, aber Walter holt ein paar CDs aus dem Sprinter, aus denen ich einen Song auswählen kann. S. hält mir (vermutlich aus Jux) die *Best of Wahnsinn* von Frank Zander hin. Ich entscheide mich für »Hier kommt Kurt« als Einzugsmusik. S. kann es nicht fassen.

Fast pünktlich, um fünf nach sechs, begann die Veranstaltung. In einem fürchterlich kratzenden schwarzen Smoking mit einer lilafarbenen Umschnall-Fliege begrüßte ich das Straubinger Publikum und gab gleichzeitig einen Ausblick auf den heutigen Abend, den ich zugegebenermaßen etwas holprig von meinen Moderationskärtchen ablas. Dann sagte ich den ersten Kampf des Abends an:

»Dieses Match wird durch Pinfall oder Aufgabe entschieden. Und hier kommt der erste Kontrahent mit einem

Kampfgewicht von neunzig Kilogramm aus Matting in der Oberpfalz: Kurt Mandel!«

Das mit dem Namen hatte der Mandel ausdrücklich so verlangt. »Wenn schon, denn schon«, hatte er gesagt.

Während des Rezitativs von Frank Zander wartete der Mandel noch hinter einem improvisierten Vorhang aus rotem Molton.

»Uno, dos, tres! Ihr kennt Elvis, ihr kennt Prince, ihr kennt Helmut Kohl, ihr kennt Heino. Stopp, aber es gibt einen, den kennt ihr noch nicht! Seid ihr heiß drauf? Hier kommt Kurt!«

Dann begann das eigentliche Lied. Ich fragte mich, ob sich der Mandel einfach nur deshalb für Frank Zander entschieden hatte, um mir meinen Witz kaputt zu machen, als ich ihm hämisch die CD vorgeschlagen hatte.

Der Mandel schob den roten Vorhang beiseite und trat seinen Gang zum Ring an. Die Halle wirkte überwiegend leer. Bis auf wenige Ausnahmen auf den Rängen saßen zirka hundert Leute auf schwarzen Plastikstühlen um den Ring herum, und zu meiner Überraschung waren es überwiegend normale Leute und fast die Hälfte davon Frauen.

Das Publikum reagierte sehr gut auf Kurt, Frank Zander und den roten Trainingsanzug. Manche sangen sogar mit. Nachdem der Mandel eine Weile zur Musik im Ring auf und ab marschiert war, ohne eine Miene zu verziehen, kündigte ich seinen Gegner, Louis XIV, den Sonnenkönig, an:

»Aus Versailles, Frankreich, mit einem Kampfgewicht von hundertsieben Kilogramm, der Sonnenkönig, Louis der Vierzehnte!«

Louis schritt zur Marseillaise zum Ring und wurde ausgebuht. Er trug eine Robe, ein Königszepter und eine wirre Langhaarperücke, die aber zu seinem Zwirbelschnauzbart passte.

»Schwule Sau«, schrie jemand.

Als Louis im Ring seine Robe ablegte, sagte er zu mir: »Es heißt ›quatorze‹, nicht ›der Vierzehnte‹.«

»Sorry«, sagte ich.

Dann zwinkerte er dem Mandel zu und sagte: »Pass auf, isch 'au dir gleisch in die Eier, Monsieur.«

Ich verließ den Ring und setzte mich unmittelbar davor auf einen schwarzen Plastikstuhl. Unter dem Stuhl lag die Ringglocke, ein gusseisernes Ungetüm, auf das ich mit einem Holzhammer klopfte. Damit war der Kampf eröffnet. Louis reichte dem Mandel freundschaftlich die Hand, bevor er ihm mit dem rechten Fuß in den Schritt trat. Der Mandel ließ sich sofort fallen und wälzte sich scheinbar schmerzverzerrt auf dem Ringboden, die Hände schützend über dem Schritt. Louis benutzte die Kordel seiner Samtrobe, um ihn zu würgen. Das Publikum war begeistert und feuerte den Mandel trotz seiner anfänglichen Unterlegenheit an: »Hau die Tunte weg, hau die Tunte weg!«

Der Ringrichter nahm Louis die Kordel weg, und der Mandel konnte aufstehen. Er schlug Louis die Perücke vom Kopf und schubste ihn in die Seile. Beim Zurückfedern ließ er ihn in seinem gestreckten Arm hineinlaufen, sodass Louis mit großem Getöse zu Boden ging.

»*Merde!*«, schrie er.

Er stand sofort wieder auf, aber der Mandel setzte jetzt einen überraschenden Hüftwurf an, und Louis landete erneut auf dem Hintern. Wütend debattierte er mit dem Ringrichter Kozlovič und deutete vorwurfsvoll auf den Mandel. Dann griff er erneut nach der Kordel, die immer noch im

Ring lag. Der Ringrichter nahm sie ihm sofort wieder ab und warf sie aufreizend langsam mit dem Rücken zum Geschehen aus dem Ring, während sich Louis heimlich das Königszepter, das er vor dem Kampf in der Ecke abgelegt hatte, griff. Er zog es dem Mandel von hinten über den Kopf, und der fiel nach hinten um. Danach schmiss Louis das Zepter aus dem Ring, damit ihn der Ringrichter nicht in flagranti mit der Tatwaffe erwischte. Der Mandel fiel absolut vorbildlich um. Damit man sich das vorbildliche Umfallen als Leser besser vorstellen kann, möchte ich an dieser Stelle ein Zitat aus *Die klassische Fallschule im Pro-Wrestling* von H. W. Rupert einfügen:

> *Das Umleiten der Fallenergie erfolgt über den leicht rundgebeugten Körper. Das Aufkommen mit der offenen Hand und dem Unterarm dient der Verringerung der Aufschlagsenergie, das Drücken des Kopfs auf die Brust der Entlastung der Halswirbelsäule.*

Exakt so fiel der Mandel. Louis legte sich auf ihn, der Ringrichter zählte bis drei. Ich läutete die Ringlocke, und es ertönte beinahe exakt mit dem Schlag auf die Glocke die Marseillaise. Das Publikum verfiel in einen kollektiven Buhruf. Der Mandel tat so, als wäre er bewusstlos, zumindest vermutete ich, dass er nur so tat. Nach zirka dreißig Sekunden stand er wieder auf, während sich Louis von mir seine Robe und seine Perücke reichen ließ.

»Kurt, Kurt, Kurt!«, schrien die Straubinger.

Ich bemerkte, wie Louis dem Mandel verstohlen zunickte. Der Mandel schien das ohne Probleme als die relativ komplexe Handlungsanweisung zu verstehen, als die es sich herausstellte. Er nahm Anlauf und schubste Louis mit beiden Händen aus dem Ring. Er sah dabei aus wie ein trotziges Kleinkind, das einen Spielkameraden wegschubst, weil der ihm seinen Matchbox-Porsche weggenommen hat. Louis ließ sich mit viel selbst erzeugtem Schwung über das dritte Seil und auf den Boden außerhalb des Rings fallen. Der Mandel hob die Perücke auf und warf sie ihm verächtlich hinterher. Das Publikum freute sich darüber.

Ich gebe zu, dass der Mandel keinen schlechten Kampf abgeliefert hat, dafür, dass er eigentlich keine Ahnung und kein Interesse an dieser Sportart hatte. Ich gebe ferner zu, dass ich die Idee, sich Kurt zu nennen, und das Frank-Zander-Lied unterschätzt hatte. Ich gebe sogar zu, dass das Publikum wirklich vom ersten Moment an auf seiner Seite war. Aber deshalb war aus dem Mandel noch lange kein Wrestler geworden, denn man muss berücksichtigen, dass er mit einem erfahrenen Mann wie Louis zusammenarbeitete und dass es sein alberner roter Trainingsanzug und das alberne Lied waren, die ihm die Gunst des Straubinger Publikums eingebracht hatten, nicht sein Können im Ring. Und das Straubinger Wrestling-Publikum war garantiert nicht das anspruchsvollste, was man so hörte.

Der weitere Abend verlief eher fad. Von meinem Stuhl aus schaute ich zu, wie der stets ein wenig entrückt wirkende Ghostdog in seiner Harlekin-Schminke den armen Fabio Immortale mit einer scheinbar ewig anhaltenden Beinschere malträtierte, ein unerträglich gut gelaunter Crazy Sexy Klaus den kleinen Diego Latino auf einen präparierten Tisch warf, der unter ihm zerbrach, Whitney Spears und Kassandra Red unter euphorischen Ausziehen-Rufen in Hotpants äußerst athletische Manöver absolvierten, und Davey Jones und Walter Wylde behäbige dreißig Minuten vor sich hin wurschtelten, bis Davey Jones seinen Finishing Move »Dirty Old Town« zum Sieg zeigen konnte und beim Aus-dem-Ring-Steigen ausrutschte, auf sein linkes Knie fiel und eine knappe halbe Minute liegen blieb, bis ihm Walter zu Hilfe eilte und ihn auf dem Weg aus der Halle stützte. Das Ausrutschen war ganz sicher kein Teil der Show gewesen.

Dann war der Hauptkampf an der Reihe, ich stand wieder in dem Smoking und der lila Fliege vor den Leuten und musste den Herausforderer von Attila The Turk ankündigen. Die Informationen standen so auf meinen Moderationskarten, möchte ich entschuldigend vorausschicken:

»Und hier kommt er, der Bad Boy der deutschen Wrestlingszene, der Rebell, der Rocker, der einzigartige Jonny Rebel.«

Schon während ich das ins Mikro sagte und mich der blöde Anzug so juckte, dass ich mir am liebsten die Haut abgezogen hätte, ertönte »Blitzkrieg Bop« von den Ramones, der rote Molton-Vorhang wurde zur Seite geschoben – und Herwig trat daraus hervor. Er trug eine rote Spandexunterhose mit dem Ramones-Logo auf dem Hintern und eine Motorradlederjacke mit gelben Streifen über dem nackten Oberkörper. Seine Haare hatte er zu einer ziemlich hoch hinausragenden Tolle geformt. Auf seiner Stirn klebte ein längliches Pflaster. Unter einer Mischung aus Buhrufen und Applaus ging er geradeaus, ohne nach links oder rechts zu schauen, provokativ langsam zum Ring, wo er seine Lederjacke abnahm, sich durch die Tolle fuhr und ein paar Schattenbox-Bewegungen vollzog. Das war eine so unerwartete Wendung, ein so grotesker Zufall, dass ich die Ansage für Attila The Turk in den Sand setzte. Zum einen las ich sein

Gewicht falsch ab – ich las 201 statt 102 Kilogramm vor –, zum anderen nannte ich ihn Azilla, was Gelächter auf den billigen Straubinger Plätzen hervorrief. Der Kampf selbst war nicht besonders spektakulär. Nach einer längeren Phase, in der Ökdal in die Mangel genommen wurde, erholte er sich plötzlich aus dem Nichts heraus und wich dem heranrennenden Herwig in der Ringecke aus, der folglich mit der Brust voran gegen den Ringpfosten knallte.

Das war der Beginn von Ökdals Schlussoffensive. Unter Anfeuerungsgebrüll der Straubinger zeigte er sein Standardrepertoire an Griffen und Würfen, das wir im Laufe der Tour noch zur Genüge zu sehen bekommen würden. Am Ende ein Wurf, bei dem er Herwig am Hals und am Hintern gleichzeitig in die Luft hob und mit dem Rücken auf den Boden knallte, was brutal aussah. Er nannte diesen Move »iSlam«, also das »i« wie bei »iPhone« ausgesprochen und den »Slam« wie den »Bodyslam« eben.

Während ich Ökdal als Gewinner und immer noch Weltmeister im Schwergewicht verkündete, humpelte Herwig bereits wieder auf den roten Vorhang zu. Ich weiß nicht, ob er mich als denjenigen erkannt hatte, den er am letzten Freitag in der Bar nicht beachtet hatte. Auf dem Weg nach draußen geriet er in ein Wortgefecht mit einem Fan und schlug ihm über die Absperrung hinweg die Baseballmütze mit dem Logo der Straubing Tigers vom Kopf. Als ich das Publikum verabschiedet hatte, nicht ohne nochmals auf den T-Shirt-Stand beim Ausgang hinzuweisen, durfte ich endlich auch die Halle verlassen, um den mörderischen Smoking abzulegen. Im Umkleideraum saßen der Mandel, Diego Latino, Ökdal, Louis XIV und der Franzl. Sie tranken ein örtliches Pils aus Flaschen.

»Hast du das gesehen? Hast du gesehen, wer Jonny Rebel ist, hast du den Herwig gesehen?«, fragte ich.

»Hab ich«, sagte der Mandel, der schon einen Leichten sitzen hatte.

»Und?«, fragte ich.

»Was und?«, fragte der Mandel.

»Seid ihr euch begegnet? Gab es Stunk?«, fragte ich.

»Wir haben uns nur kurz die Hände geschüttelt. Kein Problem«, sagte der Mandel.

»Kein Problem? Der wollte dir letzte Woche noch deinen Schädel in zwei Einzelstücke hauen«, sagte ich.

»Da war er betrunken, und jetzt sind wir ja Kollegen«, sagte der Mandel, und das Thema war offenbar für ihn erledigt. Als hätte es die Schlägerei vor dem Ginsberg nie gegeben. Die jüngeren Wrestler halfen jetzt beim Abbauen des Rings. Walter kam vorbei und dankte mir fürs Ansagen, während ich den Smoking auszog.

»Sehen wir uns an der Bar?«, fragte ich ihn in meiner Unterhose.

»Welche Bar?«, fragte Walter.

»Die Hotelbar«, sagte ich.

»Ach so, ja, die Kollegen, die im Umkreis wohnen, fahren alle nach Hause. Nur Davey, Arslan und noch ein paar gehen ins Hotel, sonst wird das zu teuer. Ich nehm dich wieder mit zurück«, sagte Walter.

»Aber sollten wir nicht in der Nähe von Ökdal bleiben?«, fragte ich leiser und schaute zu Walter hoch.

»Das macht dein Kollege, der geht mit ihm in den Römerhof«, sagte Walter.

Ich schaute den Mandel sauer an, und es fiel ihm ausnahmsweise auf.

»Was schaust du denn so? Ist was?«, fragte er.

»Nichts«, sagte ich. »Gar nichts ist.«

Dann kam Herwig aus der Dusche, nackt und mit einem Handtuch über der Schulter. Um seinen Bauchnabel herum hatte er sich das Wort »Resistance« tätowieren lassen.

»Schau an, der Mändi. Machst mir alles nach, genau wie früher«, sagte er.

Ich finde es immer schwer, ernst zu bleiben, wenn jemand splitternackt ist, deshalb musste ich mir auf die Zunge beißen.

»Das war seine Idee«, sagte der Mandel und deutete auf mich. Herwig ignorierte mich.

»Vielleicht begegnen wir uns ja bald mal im Ring, das wär doch was«, sagte er zum Mandel und band sich jetzt Gott sei Dank das Handtuch um die Hüfte. »Dann könnten wir unsere kleine Rauferei von neulich ganz offiziell fortsetzen.«

»Seit wann bist du denn Catcher?«, fragte der Mandel.

»Ich war bei Waldi im Kurs. In Hamburg damals noch«, sagte Herwig und schaute zu Walter.

»Er ist ein talentierter Bursche, obwohl er nicht mehr der Jüngste ist«, sagte Walter und lächelte mild.

»Und das mit dem Tumor ist kein Problem?«, fragte ich.

»Was für ein Tumor?«, fragte Walter.

»Was für ein Tumor?«, fragte Herwig und sah mich an, als hätte ich von einer Invasion der Marsmenschen gesprochen.

»Vergiss es«, sagte ich, weil entweder hatte der Herwig den Mandel verarscht, oder er hatte Walter nie von seinem Tumor erzählt.

»Gibt's ein Problem zwischen euch?«, fragte Walter.

»Ach woher«, sagte der Mandel.

»Komm her, Mändi. Samma wieder gut«, sagte er und zog den Mandel an seine nackte Brust. Dabei fiel ihm das Handtuch von der Hüfte.

// Straubing, Hotel Römerhof, 2:09
Schreibe kurz vorm Einschlafen noch die Beobachtungen aus dem Hotel auf: Viele Catcher sind nach der Veranstaltung nach Hause gefahren, weil sie im Umland wohnen und die Promotion Geld sparen muss. Von weiter her Angereiste wie Davey Jones checken gegen 22:00 ins Hotel Römerhof ein. Teile mir ein Zimmer mit Chris Rage, der das Zimmer selbst bezahlt, weil er genug als Türsteher verdient. Catchen ist sein Hobby, sagt er. An der winzigen Hotelbar treffen sich um kurz nach 23:00 Ökdal, D. Jones, Kassandra R., CS Klaus, D. Latino, Louis XIV, Rage und ich. Stimmung ist positiv. Trinke einen Rotwein mit Louis, er erzählt mir von seinem Onkel aus Straßburg. Finden schnell einen Nenner, weil er auch gerne Gainsbourg und Bécaud hört. Singen zusammen »Du lässt dich gehen« von Aznavour. Ökdal geht kurz vor 0:00 Uhr ins Bett. Frage die anderen, was sie von Ö. halten. Louis kann nichts mit Hip-Hop anfangen, Kassandra mag das betont Türkische nicht. Für Latino und Jones ist Ökdal der einzige ihnen bekannte deutsche Catcher, aber sie kennen ihn nicht persönlich. Meinungen über Herwig sind geteilt. Mein Kampf gegen Louis wird besprochen und gut bewertet. Chris und Kassandra Red fahren zur Tankstelle, holen Bier und kleine Schnapsflaschen. Alle trinken in Louis' Zimmer weiter. D. Latino geht zu Bett, Kassandra und Chris knutschen; gehen schließlich auf ihr Zimmer. Bleibe mit Louis, Da-

vey und Klaus in Louis' Zimmer. Davey übergibt sich auf Louis' Bett. Louis nimmt ihm den Zimmerschlüssel ab und geht in Daveys Zimmer, während Davey in Louis' Zimmer neben seinem Erbrochenen einschläft. Ich gehe gegen zwei ins Bett.

Auf der nächtlichen Heimfahrt saß ich vorne neben Walter, während Franzl auf der vorderen Rückbank schlief und ganz hinten Fabio Immortale, Whitney Spears und Boris Moscow Musik über Kopfhörer hörten.

»Bist du zufrieden mit der Show?«, fragte ich Walter.

»Es geht so«, sagte er.

»Es waren ja nicht so viele Leute da, oder?«

»Doch, doch«, sagte er. »Die Halle ist nur viel zu groß und die Hallenmiete eigentlich auch zu teuer. Aber erstens habe ich Sonderkonditionen bekommen, weil der Betreiber ein großer Wrestlingfan ist und ich ihm Originalautogramme aus den USA besorgen kann, und zweitens gelten hier in der Gegend strenge Sicherheitsvorschriften, wo du deinen Ring aufbauen darfst. Das geht eben nicht in einem x-beliebigen Wirtshaus.«

»Denkst du wirklich, dass der Mandel ein Talent für Wrestling hat?«, fragte ich weiter.

»Auf jeden Fall.«

»Weil eigentlich war das ja meine Idee mit dem Kurs. Der Mandel interessiert sich nicht im Geringsten für den Sport«, sagte ich.

»Das macht nichts. Ich will den sportlichen Aspekt gar nicht vernachlässigen, aber es ist eben auch eine Frage des Charismas. Leider findest du in Deutschland nur sehr schwer echte Showtalente. Und auch, wenn der Max nicht mehr der

Jüngste ist und nicht mehr allzu viel einstecken sollte, hat er eine besondere Ausstrahlung. Findest du nicht?«, fragte Walter.

»Ich weiß nicht. Er macht doch nichts Besonderes«, sagte ich.

»Seid ihr schon lange befreundet?«, fragte Walter.

»Ziemlich lange«, sagte ich.

»Das ist schön, wenn eine Freundschaft so lange hält«, sagte Walter und blickte sich kurz zur Rückbank um, wo der Franzl schnarchte und Essensreste von einem Schokoriegel im Schnauzbart hatte.

13
HOF

// Tag 2, Straubing, 7:57
Der Titel ist weg, sagt Ökdal. Er ist um 7:00 aufgestanden und hat sein Zeug in seinen weißen 91er Toyota Celica geräumt. Es ist ihm aufgefallen, weil er den Titel normalerweise im Kofferraum hat. Den Titel zu verlieren ist eine Schande, sagt er. Er hat bei Walter 500 Euro Kaution dafür hinterlegt. Man klaut keinen Titel, sagt Ö. Das ist eine Frage der Ehre. Marty Jannetty schämt sich angeblich heute noch für den Titelklau bei Nick Bockwinkel (Notiz: evtl. nachschlagen). Ö. will sofort nach Hof fahren, ich will noch frühstücken und die anderen befragen. Ö. will vor den anderen nicht zugeben, dass der Gürtel weg ist. Sitze mit Davey, CS Klaus und R. Latino im Frühstücksraum, es gibt kein Buffet, nur einen Brotkorb und eine große Schüssel mit Marmelade. Der feine Herr steht immer als Erster auf und fährt alleine los, sagt CS Klaus über Ökdal. Manchmal hat er Damian MC dabei, der frisst immer das Catering weg, sagt CSK. Davey Jones sieht erholt aus, er trinkt ein Pils. Über Nacht wieder etliche SMS von Anni bekommen.

// A3, 8:39
Mit Ökdal auf der Autobahn. Was machst du wegen dem Gürtel, frage ich. Walter hat immer eine Replik dabei, aber ich muss den Originalgürtel ersetzen, sagt er. Die nächste Station ist Hof. Der Steuerberater meines Bruders lebt dort.

// A93, 9:17
Weitere Notizen, während Ökdal zu schnell fährt und übers Nachtleben in Istanbul referiert. Der Straubinger Getränkefabrikant Loher ist ein möglicher Zelterbe der insolventen Eisner. Er hat erst kürzlich die Selterswasserfabrik »Laberquelle Heilwasser« aufgekauft und ist damit zu einem der größten Getränkehersteller der Region aufgestiegen. Bei der Vergabe von Baugrund für einen zweiten Tiefbrunnen hat es einen Eklat gegeben, weil die Gemeinde in Schierling dafür einen Bauern enteignet hat. Loher besitzt eine Art Schloss am Rand vom Bayerischen Wald mit Türmen und goldenen Dächern, byzantinischer Stil. Auf der Mailbox sind Nachrichten von Anni und Rosita. Ob ich noch die alten Texte habe, die wir damals zusammen geschrieben haben, fragt Rosita.

Letztlich war ich dann doch nicht so unglücklich darüber, dass ich nicht mit ins Hotel gekommen war. Das große Bett für mich alleine in der Wohnung vom Dieter, zu meinen Füßen das Flussufer und der Blick aus dem dritten Stock über das Wasser auf die Altstadt, das war alles gar nicht so schlecht. Ich hatte mir aus dem Sprinter noch ein Bier mitgenommen, mich auf eine Bank gesetzt und auf den Fluss geschaut, mitten in der Nacht, hinüber zur längst erloschenen Historischen Wurstkuchl. Am nächsten Morgen war ich zu Fuß eine halbe Stunde zum Gewerbepark gelaufen, und Walter hatte mich, Whitney Spears, Fabio Immortale, Boris Moscow und Franzl nach Hof mitgenommen.

Ich hasse Hof. Früher noch mehr als heute, als die Autobahn noch nicht ausgebaut war. Jedes verdammte Mal, wenn man nach Nordosten wollte, musste man durch die tristeste und kälteste aller deutschen Städte fahren. Ich kann noch nicht einmal beschreiben, wie Hof aussieht, aber wenn ich an Hof denke, denke ich an überfrierende Nässe, an Eisplatten auf Gehwegen, an lang gezogene Kurven um architektonische Asbestwürfel herum, und an Fotogeschäfte, nichts als Fotogeschäfte mit einer roten Leuchtreklame, so etwas wie Foto Fischer, die sich in den Wasserlachen am Rand der Hauptstraße widerspiegelt.

Ich hasse Hof auch jetzt noch, wo man außen herum fahren kann. Denn jedes Mal, wenn ich die Ausfahrt Hof sehe, weiß ich, dass es immer noch viel zu weit dahin ist, wo ich hin will, egal aus welcher Richtung ich komme. In Hof ist es immer ein paar Grad kälter als im Rest des Landes, das ist erwiesen, da gibt es Studien. Auch dieses Mal erfasste mich ein leichtes Frösteln, als wir vor einem Fitnessstudio hielten und ich seit mehr als sechzehn Jahren erstmals wieder einen Fuß auf Hofer Boden setzte. Es war, wie gesagt, Anfang Juni, der Sommer türmte sich gerade zu einem Hitzeungeheuer auf, doch in Hof blieb es kühl.

»Was machen wir hier?«, fragte ich Walter mit Blick auf das Fitnessstudio, dem gegenüber ein Fotogeschäft lag, das »Fotostudio Akzente« hieß.

»Hier findet die Veranstaltung statt«, sagte er.

»In einem Fitnessstudio?«, fragte ich.

»Ja, die haben eine große Turnhalle im Hinterhof.«

»Im Ernst?«, fragte ich.

»Für die Freiheitshalle sind zu wenig Ticketbestellungen eingegangen, wir mussten die Veranstaltung verlegen. Dafür wird es voll«, sagte Walter.

»Ich dachte, hier sind die Sicherheitsvorschriften so streng, dass man nicht überall einen Ring aufbauen darf«, sagte ich.

»Ja, das gilt für Niederbayern. Hier in Oberfranken ist es kein Problem. Außerdem haben die einen eigenen Ring für ihr Boxtraining.«

»Aber ein Boxring ist doch ganz anders gefedert. Geben da nicht auch die Seile viel weniger nach?«, fragte ich, aber Walter ging an sein läutendes Telefon.

Herwig kam mir in Lederkluft entgegen. Offensichtlich war er mit dem Motorrad gekommen.

»Steh hier nicht so blöd rum«, sagte er.

Ich half, eine Unmenge Kisten mit T-Shirts und Kapuzenpullovern in die Halle zu schleppen, die eigentlich nur unwesentlich größer als die Turnhalle der Bavarian School Of Wrestling war. Es gab natürlich keine Ränge, aber immerhin eine ausziehbare Holztribüne. Eine Stunde später tauchte auch der Mandel auf und hatte Ökdal dabei. Oder umgekehrt.

»Warum kommt ihr jetzt erst?«, fragte ich.

»Wir waren noch was essen in der Innenstadt, und außerdem gibt es ein Problem mit dem Gürtel«, sagte der Mandel leise und legte den Zeigefinger an die Lippen.

»Mit welchem Gürtel?«, fragte ich leise zurück.

»Der Weltmeistergürtel. Womöglich hat ihn jemand gestohlen«, sagte der Mandel.

»Natürlich hat ihn jemand gestohlen«, sagte Ökdal zischend.

»Wo war er denn zuletzt?«, fragte ich.

»Im Auto«, sagte Ökdal.

»Walter muss jetzt die Replik besorgen. Er hat sie nicht dabei und wird eventuell noch mal zurück in sein Büro fahren«, erklärte der Mandel.

»Ich hole mir einen Kaffee. Willst du auch einen, Max?«, fragte Ökdal.

»Gerne«, sagte der Mandel.

»Hol mal zwei Kaffee«, sagte Ökdal zu Ilias.

»Wie war's gestern im Hotel?«, fragte ich.

»Ganz nett«, sagte der Mandel.

»Ich will nicht wissen, ob du dich amüsiert hast, sondern was die Ermittlungen machen«, sagte ich.

»Sie schreiten voran«, sagte der Mandel.

»Hör mal, wir sind Partner, auch wenn dir die Semantik des Begriffs nicht geläufig sein mag. Du könntest mich netterweise auf dem Laufenden halten«, sagte ich.

»Reg dich nicht schon wieder auf. Es ist nichts Besonderes passiert. Wir haben was getrunken, ich hab ein bisschen nachgefragt, aber niemand hat einen Hass auf Ökdal. Nur von diesem Klaus gehen ein paar schlechte Vibrationen aus«, sagte der Mandel und schaute durch mich hindurch.

»Welcher Klaus?«, fragte ich, weil ich hören wollte, wie der Mandel »Crazy Sexy Klaus« sagte.

»Crazy Klaus«, sagte der Mandel.

»Und was ist deiner Meinung nach mit dem Gürtel passiert?«, fragte ich und schaute mich um, ob sich Ökdal noch in Hörweite befand.

»Ich glaube, jemand hat Ökdal den Autoschlüssel aus dem

Zimmer gestohlen, den Gürtel aus dem Kofferraum geholt und den Schlüssel wieder zurückgelegt, das ist ja in so einem Provinzhotel kein Problem. Man kommt ja in alle Zimmer hinein.«

»Das heißt doch, dass als Verdächtige nur die Leute in Frage kommen, die auch im Römerhof waren. Louis, Klaus, Kassandra, der Schnösel Rage, Diego und Davey«, sagte ich und war stolz, dass ich aus dem Kopf noch alle aufzählen konnte, die im Hotel dabei waren.

»Hm«, sagte der Mandel, der mir grundsätzlich nicht zustimmte.

»Ich weiß ja nicht, wie wir bis nächste Woche herausfinden sollen, wer der Erpresser ist. Wie gehen wir denn vor? Das haben wir immer noch nicht besprochen«, sagte ich.

»Das wird schon. So wie ich dieses Catchen bisher verstanden habe, ist jede Storyline so simpel gestrickt und durchschaubar, dass es auch der Blödeste kapiert. Es gibt hier keine ausgebufften Verbrecher, irreführende Kausalverstrebungen oder kriminelle Filigranpläne. Irgendwer wird sich schon bald verplappern«, sagte der Mandel und zündete sich eine Zigarette an, während ich die nächste T-Shirt-Kiste anhob. In Straubing wurden nur sieben Shirts verkauft – ich leistete hier die reinste Sisyphusarbeit.

»Lassen sie dich heute in den Ring?«, wollte der Mandel dann wissen.

»Ja, zusammen mit deinem Freund Ilias. Wir werden als Doppeljobber von Boris Moscow vernichtet.«

»Sehr schön«, sagte der Mandel.

»Und du?«, fragte ich.

»Selbes Szenario wie gestern. Wieder mit Louis. Heute ein bisschen länger, wir haben uns ein paar neue Abläufe überlegt«, sagte der Mandel und massierte sich den Bauch. Dann ging er, ohne mir mit den T-Shirts zu helfen.

An diesem Abend durfte ich erstmals in den Ring steigen und wurde dafür von meiner Tätigkeit als Conferencier und von dem mörderischen Smoking entbunden. Crazy Sexy Klaus, der sich gestern in seinem *Tables*-Match gegen Diego Latino das Handgelenk verstaucht hatte, mimte heute den Ansager. Abgesehen von meinem kurzen Ausflug in den Ring war ich für den Merchandise-Stand eingeteilt. Ich half Whitney Spears alias Martina Hauner beim Aufbauen, und danach tranken wir eine Cola zusammen.

»Na, was führt dich zum Wrestling?«, fragte ich.

»Mein Exfreund«, sagte sie. »Er ist auch Wrestler.«

»Aha, kennt man den?«, fragte ich.

»Klar, des isch der Glaus«, schwäbelte sie.

»Crazy Sexy Klaus?«, fragte ich, und rein phonetisch war mir das schon unangenehm.

»Da Glaus ebe«, sagte sie und wollte die Kiste mit den Replika-Gürteln auspacken. Es waren billige Nachbildungen des Weltmeistergürtels von Ökdal. In der Mitte der Hauptplatte war ein Adler eingestanzt, der auf einer Weltkugel saß und Krallen in die Kontinente gehauen hatte. Der Adler war äußerst detailarm. Ich konnte mir nicht vorstellen, dass jemand freiwillig zwanzig Euro für diesen Schrott ausgab.

»Lass mich das machen«, bot ich Martina meine Hilfe an.

»Ein musst immer raushänge, die anderen kannscht in der Kiste lassen«, sagte Martina.

»Okay«, sagte ich und nahm einen der erstaunlich schweren Gürtel aus der Kiste. Ich hängte ihn an einen dafür vorgesehenen Haken an der schwarz lackierten Holzwand, die wir gerade aufgebaut hatten.

»Was machst du so, wenn du net mit uns auf Tour gehst?«, fragte mich Martina.

»Ich bin Online-Redakteur bei einem Musikmagazin«, log ich, aber nicht stark, weil ich ja keine neue Biografie erfand, sondern lediglich eine alte benutzte.

»Das isch interessant. Was macht ein Online-Redakteur? Stellst du den Leuten den Computer so ein, dass sie damit ins Internet könne?«, fragte Martina.

»Nein, das macht der IT-Spezialist. Ein Online-Redakteur schreibt Informationen auf die Website. Er ist ein Journalist, nur ohne Zeitung«, sagte ich.

»Ja, klar, des klingt logisch«, sagte sie und nahm nachdenklich einen Schluck aus ihrer Cola. Man merkte, dass die Komplexität dieses Berufsbilds sie kurz aus ihrer Lebensroutine geworfen hatte. Ich nutzte ihre Denkpause, um mich an den vorbeieilenden Franzl zu wenden.

»Du, Franzl, ich hätte eine Musik für mich auf CD dabei«, sagte ich zu ihm, weil ich mir extra gestern Nachmittag in Straubing beim Drogeriemarkt auf dem Stadtplatz noch eine Best of Eagles mitgenommen hatte.

»Was denn?«, fragte Franzl.

»*Life In The Fast Lane* von den Eagles«, sagte ich.

»Eh leiwand«, sagte Franzl. »Leider kriegt's ihr gar keine eigene Musik. Der Focus ist heut voll auf dem Boris. Aber nächstes Mal, Sigi. Bist nicht bös, Bussi?«

»Nein, nein. Auch Bussi«, sagte ich.

»Sigi, wir müssen weiter aufbauen – kommscht du?«, fragte Martina.

Kurz vor den Kämpfen verteilte Walter Semmeln mit Gelbwurst, die er von Ilias in der Stadt hatte holen lassen. Es gefiel mir, dass Ilias jetzt der Wurstsemmelpraktikant war.

Wurstsemmelpraktikanten waren immer das unterste Glied der Nahrungskette, ob auf der Baustelle, in der Redaktion oder in der Wrestling-Liga. Der Weg nach oben war im Prinzip schon gar nicht mehr möglich, wenn man einmal Wurstsemmelpraktikant gewesen war. Stigma auf Lebenszeit. Walter sah nachdenklich aus, wahrscheinlich wegen dem verlorenen Gürtel. Er hatte seine Frau beauftragt, die Replik aus seinem Büro zu holen und per Kurier nach Hof zu schicken, aber kurz vor acht war immer noch kein Kurier da.

»Wusstest du, dass ich auch mal als Kabarettist gearbeitet habe«, fragte mich Tony Trinkgeld.

»Nein, das wusste ich nicht«, sagte ich.

»Lach- und Schießgesellschaft«, sagte Tony Trinkgeld.

»Wirklich?«, fragte ich, weil ich ihm kein Wort glaubte.

»Ja, ja, mit dem Hildebrand damals noch. Und mit dem Busse«, sagte Tony Trinkgeld.

»Ja, Wahnsinn«, sagte ich. »Und was war dein Thema?«

Tony Trinkgeld sah mich verständnislos an. Er trug ein übergroßes grünes Glitzerjackett und eine rote Fliege; vermutlich war das bereits seine Abendgarderobe.

»Ich meinte, worüber hast du als Kabarettist erzählt?«, fragte ich nochmals nach.

»Du wirst mir so ein Vogel sein. Übers Catchen natürlich. Worüber denn sonst?«, sagte Tony Trinkgeld und schüttelte verständnislos den Kopf.

Danach besprachen der Franzl und Walter mit jedem Akteur nochmals kurz den Matchplan. Es war fast wie ein Abfragen in der Schule, weil Walter und Franzl ihre Leute die Abläufe aufsagen ließen wie Gedichte. Offensichtlich setzten sie wenig Hoffnung in das Kurzzeitgedächtnis ihres Kaders.

Der Mandel bestritt erneut das erste Match des Abends

gegen Louis, und trotz eines angeblich »grausigen« Muskelkaters und einem Ziehen im linken Bein freute er sich darauf, ließ er Walter wissen. Dieses Mal gab es keinen Vorhang, die Wrestler kamen direkt aus der Mitarbeiter-Umkleidekabine des Fitnessstudios über den Hinterhof durch die kleine Tür aus hellem Holz – vermutlich Birkenholz – in die Turnhalle, die bis unters Dach gefüllt war und in der es schon um acht nach Männerschweiß und abgestandenem Bier stank. Das Hofer Publikum war deutlich jünger und lauter als das Straubinger und erneut erstaunlich gemischt. Manche der Mädchen sahen eher nach Rockkonzertpublikum aus mit ihren schwarz gefärbten Haaren, Tätowierungen und Piercings. Sicher war hier in Hof das Kulturangebot für junge Leute nicht so groß, man musste nehmen, was kam.

Es war besonders für Hofer Verhältnisse ungewohnt warm, als der Mandel im Trainingsanzug vor der Halle stand und auf das Kommando von Franzl warte. Franzl stand in der sogenannten Gorilla-Position, unmittelbar vor der Rampe zum Ring, wenn da eine Rampe gewesen wäre. Franzl öffnete kurz die kleine Holztür und winkte den Mandel herein, der noch eine rauchende Zigarette in der Hand hatte, die er schnell zurück in den Hinterhof schnippte. Dann hörte man auch schon Frank Zander über die zwei kleinen Lautsprecher an der Decke. Es gab keine Absperrungen, der Weg zum Ring verlief durch eine Schneise in der Bestuhlung. Der Mandel wurde mit großem Jubel begrüßt.

Sein heutiger Kampf verlief im Prinzip wie der gestrige. Andeutung eines Handschlags, Tritt in die Eier, Comeback vom Mandel, am Ende der Schlag mit dem Zepter. In der Mitte improvisierten die beiden ein wenig um einen Beinhaltegriff von Louis herum. Louis musste dieses Mal aufpassen, wie er aus dem Ring fiel; die üblichen Matten um den Ring waren aufgrund des Platzmangels nicht ausgelegt worden. »Kurt! Wir woll'n Kurt!«, skandierte Hof.

Die, die gerade nicht antraten, saßen in der Cafeteria des Fitnessstudios, tranken Bier und unterhielten sich. Als der Mandel dem Louis seine Perücke hinterherwarf, war ich schon auf dem Weg nach draußen, weil ich mich umziehen musste, aber ich hörte den Jubel aus der Turnhalle. Es war schon merkwürdig – man stelle sich vor: Da ist einer, den Wrestling nicht im Geringsten interessiert, der eher untersetzt ist und im roten Trainingsanzug zu einem Frank-Zander-Lied unter dem Namen Kurt zum Ring schreitet, und die Leute jubeln ihm zu wie Jesus, obwohl sie ihn noch nie zuvor gesehen haben. Mein Match stand als nächstes an. Ich hatte den Stand Martina überlassen und ging jetzt über den Hinterhof zu dem kleinen Umkleideraum an der Rückseite des Fitnessstudios. Die Kabine war so eng, dass sich dort nur aufhielt, wer gleich dran war. Ilias kniete neben mir auf dem Boden und schnürte stumm an seinen nagelneuen Stiefeln herum. Er trug eine halblange schwarze Lackhose mit einem Flammenmuster an den Außenseiten. Walter brachte mir eine neongrüne Unterhose mit einem Zebramuster.

»Die müsste dir passen«, sagte Walter.

»Hast du keine andere?«, fragte ich. »Darin sehe ich aus wie ein Neonzebra.«

»Hast du Klaus deinen Ringnamen für die Ansage gesagt?«, ignorierte er meinen Einwand.

»Hab ich. Ich bin Sigi Slayer«, sagte ich.

»Aha«, sagte Walter und sah nicht so aus, als fände er den Namen gut.

Ich zog mich aus. Ich hatte mich schon immer gefragt, ob

man unter der Spandexunterhose noch Unterwäsche trug, aber da ich mich erstens nicht vor Walter ausziehen wollte und zweitens nicht wusste, wer die Zebrahose vor mir angehabt hatte und ob sie frisch gewaschen war, ließ ich meine Boxershorts an.

»Zieh deine Unterhose aus«, sagte Walter.

»Warum?«, fragte ich.

»Weil die Ränder hervorschauen«, sagte Walter und deutete auf meine Oberschenkel. Er hatte recht. Ich zog die Unterwäsche aus und hektisch die grüne Zebrahose an, dann reichte mir Walter Knie- und Ärmelschoner und anschließend schwarze Ringerstiefel in meiner Größe, die rochen, als hätte sie schon Bruno Sammartino getragen. Durch die schmale Einfahrt drängte die rote Abendsonne in den Hinterhof hinein, und es roch nach warmem Teer. Die Tür zur Turnhalle ging auf, und Franzl winkte mich und Ilias in die Halle. Crazy Sexy Klaus stieg mit demselben Smoking in den Ring, den ich gestern getragen hatte, und kündigte uns kurz und leidenschaftslos als Newcomer-Team »Sigi Slayer und Cold Eyes Khan« an. Das Publikum sang »Euch kennt keine Sau, euch kennt keine Sau« nach der Melodie von »Chirpy Chirpy Cheep Cheep« von Middle Of The Road, das war quasi unsere Einzugsmusik. Dann sagte Klaus Boris Moscow an, und ein Hip-Hop-Lied in einer für mich völlig unverständlichen Fremdsprache erfüllte die Turnhalle. Boris hatte eine Art Bademantel an, und seine Frisur war ein wasserstoffweißer Irokesenschnitt; anscheinend hatte er Zeit gefunden, in Hof zum Frisör zu gehen.

Zuerst trat Ilias gegen Boris an und steckte drei brutale Bodyslams ein, die ganz und gar nicht nach Rücksicht auf einen Novizen und Wrestlingschüler aussahen. Dann klatschte sich Ilias mit mir ab, was bedeutete, dass ich jetzt der zu zermalmende Mann im Ring war. Boris war privat ein netter Kerl, soweit ich das beurteilen konnte, aber bei Gott kein Feingeist im Ring. Er schubste mich in die nackte Ecke des Boxrings, sodass ich mir den Rücken aufscheuerte. Dann haute er zehnmal meinen Kopf auf den Stahlpfosten, über den Walter notdürftig ein kleines Polster mit dem SGCW-Logo hatte stülpen lassen, und das Hofer Publikum zählte jedes Mal lautstark mit. Natürlich bremste er meinen Kopf kurz vor dem Aufschlagen ab, aber ein paarmal bremste er zu spät. Abschließend nahm er mich ohne Mühe auf die Schulter und sagte: »Gut festhalten.« Er ließ sich nach hinten umfallen, sodass ich aus fast zwei Meter Höhe auf den Rücken fiel. »Stalin Bomb« nannte er dieses Manöver. Dann legte sich Boris quer über mich, hakte mein rechtes Bein ein, und Jan Kozlovič, der Ringrichter, zählte bis drei.

Als ich zehn Minuten später Martina am Merchandise-Stand ablöste, fühlte ich mich nicht, als hätte ich mir gerade einen Jugendtraum erfüllt, eher wie nach einem Auffahrunfall. Während Martina und Kassandra sich in Hotpants durch den Ring warfen, baute neben mir ein junger Mann mit Rastazöpfen einen kleinen Tisch und ein paar Bierkästen auf. Ich sah ihn fragend an.

»Ich weiß, ich weiß, ich bin zu spät«, sagte er.

»Womit?«, fragte ich.

»Ich bin der Biermann«, sagte er, und er hatte noch nicht einmal fertig aufgebaut, da bildete sich schon eine lange Schlange vor seinen Bierkisten. Bei mir am Stand kaufte längere Zeit niemand ein. Obwohl die Veranstaltung insgesamt nur zwei Stunden dauerte, wurde nach einer Stunde von Walter eine Pause angesetzt, weil sonst ganz sicher jemand in der Turnhalle erstickt wäre. Jetzt verirrten sich tatsächlich ein paar Hofer zu mir, und ich verkaufte zwei Attila-Shirts und drei Davey-Jones-Retroshirts, Nachdrucke aus seiner Zeit in den großen Ligen. Ein blasser Mann mit einem schwarzen Unterhemd und einer randlosen Brille wollte einen Gürtel kaufen. Er kam mir bekannt vor. Ich gab ihm den, den ich vorher rausgehängt hatte. Der Mann schien überrascht, wie schwer er war.

»Ich hab einen Gürtel verkauft«, sagte ich stolz zu Martina, die nach ihrem Kampf unmittelbar zu mir stieß.

»Hasch gut g'macht, Sigi«, sagte sie.

// Hof, 20:51
Habe S.s Kampf gesehen. Überrascht, wie wenig Rhythmus er hat, dafür dass er angeblich so eine große Leidenschaft für den Sport hegt. Ihm fehlt der Sinn fürs Detail, die Konzentration – immer schon sein größtes Problem. Mag die kontrollierte Improvisation beim Catchen. Frei, aber doch akkurat. Wie im Free Jazz.

Walter war etwas verstimmt, weil der Kurier mit dem Ersatzgürtel es nicht rechtzeitig nach Hof geschafft hatte. Er holte eine Plastik-Replik vom Stand und reichte sie Ökdal draußen vor der Halle. Im Ring standen gerade Davey Jones und Franz Schubert, der für Walter einsprang. Der Franzl war für sein Alter und seine Krankenakte erstaunlich beweglich und ausdauernd, aber Davey hatte offensichtlich keine Kondition mehr, er schnappte bereits nach drei Minuten nach Luft. Nach zirka acht weiteren Minuten warf Davey den Franzl mit dem Gesicht voran auf den Ringboden und ging unmittelbar danach in die Knie. Dann kippte er völlig unmotiviert zur Seite und blieb dort seltsam steif liegen. Man merkte selbst als interessierter Laie, dass etwas nicht in Ordnung mit ihm war. Während der Ringrichter Kozlovič noch auf ihn einredete, winkte der Franzl schon mit beiden Armen.

»Ruf sofort einen Arzt«, schrie er den Mandel an, der am T-Shirt-Stand lehnte.

Manchmal frage ich mich, ob der Mandel und ich überall dort, wo wir ermittelt haben, das Chaos erst entfesselten oder ob es insgesamt von Jahr zu Jahr mehr Chaos auf der Welt gab und wir nur Opfer des Zeitgeists waren. Jetzt hatte also Davey Jones, der British Brawler, vor unseren Augen, mitten im Kampf einen Herzinfarkt bekommen. Es war eine gute Idee vom Mandel gewesen, nach seinem Anruf beim Notarzt im Fitnessstudio um Hilfe zu fragen. So fand er einen Personal Trainer, der sich zutraute, Wiederbelebungsmaßnahmen an Davey durchzuführen, was dem wohl das Leben gerettet hat. Nach einer Viertelstunde ist der Krankenwagen gekommen und hat ihn ins Klinikum Hof gebracht. Ich kann nicht sagen, ob und wie lange sein Hirn inaktiv gewesen ist, da zählt ja jede Sekunde, was man so hört, aber ich habe bisher nichts über ein Comeback gelesen. Allerdings auch nichts über seinen Tod. Auf der Tour war er seit dem Abend freilich nicht mehr dabei. Die Zuschauer haben damals nicht so recht verstanden, was da im Ring gerade passiert war. Man geht ja zunächst immer davon aus, dass alles Show ist, aber als der Notarzt mit Sirenengeheul eintraf und man Davey aus der Halle rollte und dabei Zuschauer samt Stühlen aus dem Weg schubste, begriff Hof, dass es heute Abend etwas Besonderem beigewohnt hatte.

Nachdem der Notarzt weg war, stiegen Ökdal und der Herwig für ihren Titelkampf in den Ring, der keiner war, weil es ja keinen Titel mehr gab und Ökdal in der Aufregung auch den Plastikgürtel draußen hatte liegen lassen. Wenn du einem Wrestling-Publikum den versprochenen Titelkampf verweigerst, hast du normalerweise einen Lynchmob am Hals, weil dafür zahlt das Publikum ja Geld, das hat es sich verdient, dafür kommt es seit Jahrhunderten in die Zelte, die Gasthäuser und die Arenen – für den Titelkampf, für das große Gold, oder das große Blech, wie der Franzl es nannte. Angesichts des Zwischenfalls um Davey Jones war das Publikum heute aber nachsichtig und hielt es wahrscheinlich für eine Pietät der Veranstalter, den Titel nicht auskämpfen zu lassen. Weil es also kein Titelkampf war und der Titel somit nicht wechseln konnte, durfte sogar ausnahmsweise der Herwig gewinnen und, nach einem illegalen Griff in die Augen von Ökdal, sein Schlussmanöver, den Blitzkrieg Drop, zeigen. Natürlich wurde er im Anschluss der Fans zuliebe trotzdem noch nach Strich und Faden von Ökdal verprügelt, aber mit dem Sieg wollte man dem Herwig zeigen, dass man vor seiner Arbeit Respekt hatte, erklärte mir der Franzl später.

Nachts saßen wir noch im eigentlich längst geschlossenen Biergarten vom Landgasthof Grüne Linde auf ein Bier zusammen. Morgen begann dort die Oberfranken-Ausstellung, und ein »sommerliches Schmankerlbuffet« war für den Mittag angekündigt, mit Pfefferhaxen und Wildgulasch. Ein paar wenige hatten ein Zimmer gemietet, etliche schliefen tatsächlich in ihren Autos oder in einem von den zwei gemieteten Sprintern. Die Stimmung war natürlich nicht besonders ausgelassen, aber von allzu großer Betroffenheit konnte auch keine Rede sein.

»Das hat irgendwann so kommen müssen mit dem Davey«, sagte der Franzl bei einer Cola.

»Warum habt ihr ihn dann überhaupt gebucht?«, fragte der Mandel.

»Für das Geld kriegst du keine andere Legende«, sagte der Franzl.

Der Mandel nickte verständnisvoll und rauchte weiter.

»Selber schuld, wenn er so viel säuft«, sagte Herwig, der dem Mandel gegenübersaß. Alle Augen waren auf ihn gerichtet. Alle bis auf die vom Mandel.

»Braucht's gar nicht so blöd schauen«, sagte Herwig und nahm einen demonstrativ großen Schluck von seinem Weißbier.

»Reiß dich zusammen, Junior«, sagte Tony Trinkgeld, der jetzt ein blau glänzendes Blouson trug und eine Zigarre rauchte.

»Ist doch wahr«, sagte Herwig.

Es wurde jetzt von Tag zu Tag auch nachts wärmer, und ich wäre gerne mit der Spinnenfrau Hand in Hand über die oberfränkischen Wiesen gelaufen. Wie blöd musste man sein, um nach so einem Abend wie oben auf den Winzerer Höhen nicht nachzulegen. Das wäre dem Mandel nie passiert. Wenn der ein Auge auf eine geworfen hatte, dann wurde er zur Viper. Die Anni zum Beispiel hatte er an Silvester kennengelernt, als wir auf eine Party vom Jakob Öppel eingeladen waren. Dem Öppel gehörte die Werbeagentur Die Mediatoren, die erst kürzlich neben unser Büro am Nordufer gezogen war, weil ein repräsentativer Flussblick am Nordufer noch relativ günstig zu haben war, auch wenn überall die Hunde hinschissen und man auf eine Sanitärfirma und eine S-Bahn-Brücke schaute und vor lauter wild wuchernden Sträuchern überhaupt kein Wasser zu sehen war. Aber der Öppel wusste, dass er nur der Vorreiter war und schon bald eine neue, solventere Mieterschicht das Gestrüpp und die verwahrloste Migrationsnachbarschaft in Grund und Boden wohnen und eine herausgeputzte und lebensbejahende Uferfront errichten würde.

Obwohl der Mandel ursprünglich keine Lust auf die Silvesterfeier hatte, konnte ich ihn damit überreden, dass beim Öppel im Büro immer ganz unbändige Hasen herumliefen, ergo auch auf seiner Silvesterfeier. Die Anni war einer davon. Dass der Mandel bei der Anni schneller als ich gewesen war, lag auch daran, dass die beiden sich im Schneezimmer kennengelernt haben, wo ich aus Prinzip nicht hineinging. Das Schneezimmer hieß so, weil an jedem von vier kleinen Tischen jemand saß und Kokain schnupfte, das ein freundlich lächelndes Mädchen mit einem Tablett in absehbaren Intervallen vorbeibrachte. Es war fast ein bisschen wie in dem Legoland, in dem ich mal gewesen bin, wo es verschiedene Spieltische mit einem Grundvorrat an Legosteinen gab. Ständig stritten sich die Kinder um die Plätze oder besetzten sie einfach stundenlang, damit die anderen nicht hinkonnten, selbst wenn sie längst die Schnauze voll hatten vom Lego. Angeblich war damals auch ein deutscher Jungschauspieler an der Anni interessiert gewesen, aber der Mandel hatte sich in seiner vipernhaften Art blitzschnell zu der Anni an den Legotisch gesetzt, als der Jungschauspieler kurz an der Bar gewesen war, um der Anni einen Sekt zu holen.

Während Crazy Sexy Klaus einen Witz über ein Kind erzählte, das aus der Schule kommt und sich bei seinem Vater beschwert, dass jemand gesagt hat, es wäre schwul, wählte ich auf meinem Telefon die Nummer der Spinnenfrau und hatte den Finger schon auf der Anruftaste, als jemand plötzlich Folgendes rief:

»Wenn ich die Drecksau erwische!«

Über unserem Tisch stand drohend: Ökdal in einem Bademantel. Dann schlug er mit beiden Fäusten auf den Tisch, mit so einer Wucht, dass das Bier von Crazy Sexy Klaus umkippte.

»Hammse dir ins Hirn geschissen, Kollege?«, fragte Crazy Sexy Klaus.

»Ich hab die Schnauze endgültig voll von euch Arschlöchern«, sagte Ökdal.

»Mach mal langsam, Türke«, sagte Crazy Sexy Klaus.

»Was ist denn passiert?«, fragte der Mandel unaufgeregt.

»Irgendein Arschloch hat meinen Singlet zerschnitten.«

Der Tisch schaute ihn an, als spräche er den nordchinesischen Zhongyuan-Dialekt.

»Ich schau mir das mal an«, sagte der Mandel.

»Ich komm mit«, sagte ich.

»Dich bring ich um«, sagte Ökdal zu niemand Bestimmtem am Tisch. Vermutlich in der Hoffnung, dass sich jemand angesprochen fühlte.

Im ersten Stock vom Landgasthof zeigte uns Ökdal seinen rot-weißen Halbmond-Dress, aus dem jemand nicht ungeschickt am Hintern ein großes, rundes Loch, vermutlich mit einer Schere, herausgeschnitten hatte.

Ich musste mir ein Kichern verbeißen.

»Wie lange soll der Mist noch so weitergehen?«, fragte uns Ökdal.

Der Mandel zuckte mit den Schultern.

»Wir stecken mitten in den Ermittlungen«, log ich.

»Aha, und wen habt ihr im Visier?«, fragte Ökdal.

Noch bevor ich mir eine Antwort ausdenken konnte, sagte der Mandel:

»Niemand. Wir tappen noch völlig im Dunkeln.«

14
Chemnitz

// Tag 3, Hof, 10:39
Herzinfarkt von Davey Jones hat die Gruppe weniger geschockt, als man meinen könnte. Außer dem Franzl besucht ihn heute Morgen auch niemand im Klinikum Hof, aber der Franzl muss sich sowieso an die Dialyse-Maschine anschließen lassen. Angeblich kann Davey weder reden, noch sich bewegen. Während die anderen frühstücken, liest Ökdal auf seinem Hotelzimmer ein Buch von Coelho. Havelmann hat mich wiederholt wegen der Neuveröffentlichungen in KW 23 angerufen. Habe das alles an den Kollegen Beer weitergeleitet, hoffe, er kann übernehmen. Aus der MZ: Ein weiterer Bewerber für das freie Festzelt ist die regionale Bäckereikette Wimmer. Die Wimmers sind der größte Immobilienbesitzer im Landkreis Straubing, aber gesellschaftlich geächtet wegen ihrem rigorosen Vorgehen beim Erwerb und der unsachgemäßen Restaurierung von denkmalgeschützten Häusern, und damit auch beim Stadtrat nicht sonderlich beliebt.

// A72, Fahrt von Hof nach Chemnitz, 12:17
Ökdal nimmt während der Autofahrt mehrfach Tabletten

ein. Schmerztabletten, sagt er. Doppelter Bandscheibenvorfall in der Halswirbelsäule. Fühlt sich jeden Morgen an, als habe man ihn über Nacht an einen Marterpfahl gebunden, sagt er. Wie er die Tour bisher findet: beschissen. Er hat eine gute Festgage, sonst würde er diesen Mist nicht mitmachen. Groß sollte die Tour werden, mit Stars aus Amerika und Kanada, aber Walter hat nur den besoffenen Davey Jones bekommen. Und jetzt auch noch Chemnitz. Chemnitz ist das Letzte, sagt Ö.

Chemnitz, ach, Chemnitz. Hätte man mich noch vor ein paar Monaten nach Chemnitz gefragt, ich wäre ein Springbrunnen an Verwünschungen und Zerstörungsfantasien gewesen. Maria stammt aus Chemnitz, und die Stadt hatte deshalb bis vor Kurzem als der Nährboden des Bösen für mich gegolten. Aber mittlerweile hatte ich mich beruhigt, was Maria betraf. Es war ja nicht ihre Schuld. Sie wollte immer nur einen Hinweis auf eine gemeinsame Richtung, auf ein gemeinsames Lebensunterfangen von mir, und den habe ich ihr jahrelang nicht geben können. Ein Hinweis hätte ihr schon gereicht. Aber wenn man sich nicht auf eine gemeinsame Richtung einigen kann, dann werden am Ende zwei verschiedene Richtungen draus, das hat Maria eher begriffen und konsequenter in die Tat umgesetzt als ich, und deshalb kann ich ihr auch die über Jahre andauernde, am Ende beinahe panische Erwartungshaltung verzeihen.

Ich habe Maria vor neun Jahren kennengelernt, in einem Club, in dem man Tischtennis spielt. Es war mein Abend. Ich war allein in der großstädtischen Nacht unterwegs, weil der Mandel wieder mit irgendeiner Promoterin von der Sony zum Sex verabredet war. Normalerweise ging ich nicht gerne allein irgendwohin, aber wenn niemand Zeit hatte, lief ich vor zu der Tischtennisbar, in der man die Peinlichkeit des Alleinseins durch eine Teilnahme am traditionellen Rundlauf vertuschen konnte. Ich war im Einzel nie besonders schlecht gewesen, aber für den Rundlauf fehlte mir der Killerinstinkt, zumal ich vielleicht auch viel zu sehr auf die mit um den Tisch herumlaufenden Mädchen achtgab statt auf den Ball. Ich hatte es in vier Jahren nicht ein einziges Mal ins Finale, also unter die letzten zwei, gebracht. Die Eliminierungsmechanismen waren rigoros und unbarmherzig. Kaum traf man einmal den Ball nicht, musste man den Reigen aus fröhlichen jungen Leuten verlassen. Ich hatte es zudem nicht nur sportlich, sondern auch karmisch gesehen schwerer als die anderen. Ich bin ganz sicher kein unsportlicher Mensch, aber eben keiner für Wettbewerbe. Das hat nichts mit Einstellung oder Nervosität zu tun, das ist eine Frage der Prädestination, der angeborenen Aura, eine rein stochastische Angelegenheit, wer letztlich als Gewinnertyp auf die Welt kommt und wer nicht. Es ist nichts als genetische Willkür. Bei mir waren die Würfel zwar nicht in Richtung Verlierertyp gefallen, da hätte man ja wenigstens in Ruhe resignieren können und sagen, ich gewinn eh nie was, also muss ich's auch gar nicht versuchen – nein, ich war einer von denen, die einen rasanten Rennwagen für den Großen Preis von Schlagmichtot zur Verfügung hatten, aber jedes Mal vor Rennende wegen eines technischen Defekts ausschieden. Eine etwas krude Metapher, das gebe ich zu, aber mir fehlte eben stets das sprichwörtliche letzte Quäntchen Glück.

An jenem Abend ohne den Mandel in der Tischtennisbar unter all den jungen Leuten war alles anders. Ich gelangte nicht nur einmal, sondern gleich zweimal ins Finale. Einmal gegen eine Chinesin, gegen die ich zwar verlor, aber sie war ganz sicher auch chinesische Weltjugendmeisterin, und das zweite Mal gegen einen Klugscheißer mit Rastazöpfen, der barfuß spielte. Man spielte bis fünf mit zwei Punkten Vorsprung, und nach zwei Punkten war Aufschlagwechsel. Ich bezwang den Rastafari mit 7:5, weil ich, um den letzten Ball zu erwischen, in die schlecht verputzte Wand neben der Tischtennisplatte hineingesprungen war und den Ball mit einem Netzkantenroller unhaltbar zurück in die Hälfte von dem Barfüßigen geschlagen hatte. Die jungen Leute applaudierten, als wäre ich Jörg Roßkopf höchstpersönlich. Danach saß ich mit einer Flasche holländischen Biers und einer blau angelaufenen Schulter, selig von meinem Triumph, allein auf einem Cordsessel.

Ein Mädchen setzte sich zu mir und fragte mich, ob ich mit in den Geburtstagsklub kommen wollte, den ich nicht kannte, weil es auch unmöglich war, in dieser Stadt alle Clubs mit obskuren Namen zu kennen. Die Namen waren hier wichtiger als die Clubs. Oft reichte es, den Namen eines Clubs fallen zu lassen, und man war schon interessant. Man musste im Prinzip gar nicht mehr hingehen, denn drinnen passierte eh überall dasselbe.

»Ich hab dich im Finale gesehen. Du bist gegen die Wand gesprungen. Komm doch mit«, sagte sie.

»Eigentlich gern, aber ich bin noch verabredet«, log ich, und ich weiß bis heute nicht, warum ich gelogen habe, denn so schlecht sah sie nicht aus. Sie hatte schon damals diese interessanten kurzen schwarzen Haare, aber irgendwas an ihrem Gesicht wirkte niederträchtig. Vielleicht ging deswegen diese fast gewalttätige Sexualität von ihr aus, vor der ich ein wenig zurückschreckte. Ihre Augen waren fast schwarz und zutiefst wässrig, man hatte das Gefühl, ihr permanent ein Taschentuch reichen zu müssen, damit sie nicht auslief. Sie war enttäuscht, dass ich nicht mit in den Geburtstagsklub kam, aber ich notierte mir ihre E-Mail-Adresse. Eine Woche später schrieb ich ihr, und sie lud mich daraufhin auf ihre Geburtstagsfeier ein, die allerdings nicht im Geburtstagsklub stattfand. Auf der Party befanden sich eine Menge Kunstgeschichte-Studenten, und der Mandel, den ich beinahe gegen seinen Willen als *wingman* mitgenommen hatte, war dementsprechend unwirsch, weil er aus irgendeinem Grund keine Kunstgeschichte-Studenten leiden konnte. Erstaunlicherweise hatte er dennoch innerhalb kürzester Zeit eine Traube Menschen um sich versammelt, die seinen Ausführungen zur letzten Eels-Platte lauschten. Es war wieder einer der Abende, an denen ich einfach nicht verstand, was den Mandel und den Rest der Welt zusammenhielt. Es war mit praktischer Psychologie, mit gesundem Menschenverstand nicht zu erklären. Es war wie die ewige Suche nach der dunklen Materie, die der Grund ist, warum sich Dinge anziehen, und die uns letztlich den Ursprung des Universums erklären könnte. Niemand weiß genau, wo sie steckt und wie sie aussieht. Man weiß auch nur deshalb, dass es sie gibt, weil uns ja irgendetwas zusammenhalten muss. Ohne die dunkle Materie würden wir nicht über das Wetter jammern und die Hälfte unserer Lebenszeit an ein abbezahltes Seegrundstück denken, sondern einfach zu Milliarden von Bröseln zerfallen. Die dunkle Materie war mit Sicherheit auch daran schuld, dass der Mandel mit seiner leblosen Art das Leben jeder Party war. Irgendwie veränderte seine Anwesenheit die Struktur einer Party insofern, dass alle herumschwirrenden Teilchen von seiner absoluten Indifferenz angezogen wurden.

Ich unterhielt mich abseits der Mandeltraube eine Weile mit Maria über ihr Mode-Design-Studium an der Weißenseer Kunsthochschule, aber ich hatte ein schlechtes Gewissen, weil mir die blonde Mitbewohnerin von Maria, die ich grade am Kühlschrank kennengelernt hatte, deutlich besser gefiel. Ohne uns zu verabschieden, stahlen der Mandel und ich aus der Küche der Wohngemeinschaft eine Flasche Metaxa und saßen im Anschluss auf den Stufen vorm Dom, sprachen über die Arisierung von Johann Strauß, dem Walzerkönig, und tranken den widerlichen Weinbrand.

Ein paar Wochen später traf ich Maria zufällig auf einer ganz anderen Party wieder, und sie ging mit mir nach Hause, wo sie mir den Rücken zerkratzte, allerdings ohne mit mir zu schlafen, was mich beunruhigte. Ich meldete mich danach eine Weile nicht bei Maria, und sie begann, mir in einer Tour Kurznachrichten zu schreiben oder mich mitten in der Nacht besoffen anzurufen. Irgendwann habe ich zu ihr gesagt, wenn sie mich noch einmal anruft, melde ich das der Polizei. Das war sehr unfreundlich von mir, aber man muss wissen, dass ich zu der Zeit äußerst gestresst wegen einer nicht zurückkommenden Exfreundin namens Betty war, und die Aussicht, etwas, das ich nicht wollte, so problemlos haben zu können statt dem, was ich selbst unter größten Aufwendungen nicht bekommen konnte, machte mich so rasend, dass ich am liebsten den ganzen Tag irgendjemand die Polizei auf den Hals gehetzt hätte. Ein halbes Jahr hörte ich nichts mehr von Maria, aber im Frühjahr, als es mir wegen Betty nicht mehr ganz so schlecht ging, kam die alles entscheidende Nachricht auf mein Telefon.

»Ich bin heute beim Pingpong.«

Also ging ich erstmals seit meinem großen Endspieltriumph wieder in die Tischtennisbar, scheiterte schon in der ersten Runde beim Aufschlag und setzte mich an die Bar. Als Maria schließlich eintraf und mich völlig selbstverständlich mit zu sich nach Hause nahm, war ich betrunken. Vielleicht kam es mir deshalb so vor, als holte sie mich aus meinem alten Leben ab und brächte mich in ein vollkommen neues.

In dem neuen Leben gab es wochenlang eine ungehörig hohe Anzahl von sexuellen Begegnungen zwischen uns, die mit der Intensität eines Weltkriegs geführt wurden. Im Zuge dieser ersten Wochen begleitete ich sie auch das erste Mal nach Chemnitz in ihr Elternhaus im Wohngebiet Fritz Heckert, und wir übernachteten in ihrem alten Kinderzimmer, das zirka acht Quadratmeter groß war.

Wir saßen mit ihren Eltern in einem mattbraunen Wohnzimmer vor einem Röhrenfernseher mit einem dunkelbraunen Holzrahmen und sahen uns eine Unterhaltungssendung an. Die Eltern mochten mich auf Anhieb, ich sie aber nicht.

Ein anderes Wochenende in Chemnitz war mir hauptsächlich dadurch in Erinnerung geblieben, dass mir auf der Autobahn auf der Höhe von Mittweida der Auspuff von meinem roten Toyota Corolla gefallen war.

Als der Sprinter die Autobahn verließ und Walter die ehemalige Karl-Marx-Stadt anfuhr, war ich dann doch wehmütig. Auf Antenne Sachsen lief »Hymn« von Ultravox, das trug vielleicht dazu bei.

And they say that in our time
All that's good will fall from grace

Even saints would turn their face
In our time

Die Chemnitzer Skyline, falls man sie ungestraft so nennen durfte, bestand eigentlich fast ausschließlich aus dem riesigen Hotel Mercure, das in der Mittagssonne wirkte wie ein schlafender Riese. Die Sonne traf träge auf seiner Glasfront auf und erzeugte eine lustlose Reflexion. Walter stoppte kurz am Chemnitzer Hof und bestätigte eine Reservierung für Ökdal, der als Einziger in einem Hotel übernachtete. Danach fuhren wir wieder aus der Innenstadt hinaus und hielten an einem blassgelben, kasernenförmigen Haus mit einem grauen Schrägdach. Mit grüner Schrift stand da »Haus des Gastes – Reichenbrand« an der Hausfront geschrieben, und mir schwante nichts Gutes.

»Was ist das denn für eine Nazibude?«, fragte ich.

»Was redest du denn da, Sigi? Das war lange das Zentrum der DDR-Gewichtheber. Eine sehr schöne Anlage«, sagte Walter und öffnete die Heckklappe mit den Merchandise-Kisten.

»Übelster Laden«, sagte Klaus.

»So sieht er aus«, sagte ich.

»Übelst geil, du Pappnase«, sagte Klaus und drückte mir einen großen Karton mit T-Shirts in die Hand.

Dieses Mal bauten wir den Ring in einem Festsaal auf, aus dem der Chef des Gasthofs leider noch nicht alle Tische geräumt hatte, was dann uns oblag. Die Wände des Saals waren in mattem Gelb gestrichen, und die Tische waren entlang rosafarbener Säulen aufgereiht, zwischen denen mit Luftballons dekorierte Schnüre gespannt waren.

Natürlich waren der Mandel und Ökdal noch nicht da,

dafür immerhin der Kurier mit dem Ersatzgürtel, und so würde es am Abend wieder einen echten Titelkampf geben. Heute trat Klaus gegen Ökdal an, denn Chemnitz war seine Heimatstadt, und das Publikum wollte seinen Lokalhelden im Hauptkampf sehen. Klaus begrüßte den Chef vom Haus des Gastes mit einer innigen Umarmung, und auch die Bedienung schien er gut zu kennen, seinem festen Griff um ihre Hüfte nach zu urteilen. Ich half so lange beim Aufbau, bis mich eine SMS vom Mandel erreichte, der mich um halb drei vorm Opernhaus treffen wollte. Ich fand keine Bushaltestelle und nahm ein Taxi in die Innenstadt.

Der Opernplatz war leer, und ein gelangweilter Südostwind schabte unmotiviert über das gepflegte Pflaster, während auf der sechsspurigen Straße der Vereinten Nationen nur alle zwei Minuten ein Auto vorbeikam. Mit seinem weit aufgeknöpften weißen Hemd, den vom Wind leicht zerzausten, grauen langen Haaren und der Zigarette sah der Mandel aus, als wäre er irgendwo in Syrakus, Sizilien, auf dem Weg zu seinem Stammrestaurant am Hafen.

»Warum musste ich denn jetzt extra hierherkommen? Weißt du, wie viel ein Taxi vom Haus des Gastes bis hier kostet?«, fragte ich.

»Ich wollte in Ruhe reden«, sagte der Mandel.

Wir setzten uns vors Opernhaus, wo gerade ein Stück namens *Der Zauberer von Oss* lief.

»Wo ist Ökdal, und warum treffen wir uns hier?«, fragte ich.

»Der ist in die Apotheke gegangen. Wir waren vorher um die Ecke beim Italiener«, sagte der Mandel, und da hatte ich also nicht ganz falsch gelegen mit meiner Vision vom sizilianischen Mandel.

»Ihr lasst's euch aber auch gut gehen«, sagte ich.

»Hör zu, Sigi, Ökdal ist ziemlich am Ende. Ich weiß nicht, ob das nur die Erpressung ist, aber ich habe den Eindruck, dass er krank ist. Ausgebrannt, am Ende. Wenn sich bei unseren Ermittlungen nicht schnellstens etwas tut, dann sehe ich ein Unheil heraufziehen«, sagte der Mandel und schnippte seine aufgerauchte Zigarette auf den leeren Platz vor dem Opernhaus. Es war garantiert die einzige Zigarette, die auf dem riesigen Platz lag.

»Du kümmerst dich ja rührend um sein Seelenheil«, sagte ich.

»Seien wir ehrlich, wir haben bisher nicht ermittelt, sondern uns nur treiben lassen«, sagte der Mandel.

»Ist das nicht unsere Art zu ermitteln?«, fragte ich.

»Nein«, sagte der Mandel.

»Was schlägst du vor?«, fragte ich.

»Ich habe es schon einmal gesagt: Das Catcher-Geschäft ist keine Wissenschaft, und ausgebuffte Kriminelle findet man eher unter Kaugummiautomatenknackern als hier. Für mich kommen insofern nur zwei Leute als Erpresser in Frage.«

»Jetzt bin ich gespannt«, sagte ich.

»Herwig, der braucht immer Geld«, sagte der Mandel.

»Plausibel«, sagte ich.

»Crazy Klaus, der ist nämlich ein ziemlicher Lumpers, was man so hört.«

»Was ist ein Lumpers?«, fragte ich.

»Ein Lump natürlich«, sagte der Mandel.

»Warum ist Klaus ein Lumpers?«, fragte ich.

»Er bedient sich schon mal aus der T-Shirt-Kasse oder lässt sich vom Arzt Verdienstausfall bescheinigen und catcht dann schwarz. Er ist auch aus einer anderen Liga geflogen, weil er dort die Videoausrüstung geklaut hat«, sagte der Mandel.

»Woher weißt du das alles?«, fragte ich.

»Ich hör mich halt um«, sagte der Mandel, so als würde ich das nicht tun.

»Und was fangen wir jetzt mit deiner Theorie an?«, fragte ich.

»Ich hänge mich an Klaus und du dich an Herwig.«

»Du meinst beschatten, folgen, nicht aus den Augen lassen«, sagte ich, und das klang endlich nach einer handfesten Ermittlertätigkeit, wie wir sie damals in dem Kurs der Industrie- und Handelskammer in Spandau gelernt hatten. Observation, Überprüfung, Klarheit, diese drei Maximen hatte man uns eingebläut.

»Anfreunden meinte ich vor allem«, sagte der Mandel.

»Wir sollten mal Walter fragen, wie es um die Finanzen seiner Leute bestellt ist«, sagte ich.

»Das hab ich schon getan. Wirklich mies geht's vor allem Herwig, weil der durch seine vielen Schlägereien mit den Schmerzensgeldzahlungen gar nicht mehr hinterherkommt. Allgemein kann man aber festhalten, dass in der SGCW bis auf Ökdal niemand besonders viel Geld verdient. Auch nicht Walter«, sagte der Mandel.

»Da kommt Ökdal«, sagte ich, weil ich ihn über den breiten Opernplatz schlendern sah. Er trug ein schwarzes, langes T-Shirt und seine Baseballmütze.

»Da bist du ja wieder«, sagte der Mandel, und die beiden umarmten sich kurz.

»Servus, Sebi«, sagte Ökdal zu mir.

»Sigi. Ich heiß Sigi«, stellte ich richtig.

»Sorry«, sagte Ökdal.

»Nehmt ihr mich in die Stadt mit?«, fragte ich.

»Tut mir leid, wir haben die Rückbank voller Einkäufe«, sagte der Mandel.

15
TITELWECHSEL

Das Chemnitzer Publikum bestand zur Hälfte aus Frauen und Mädchen. Manche davon sahen nach Punk aus, die meisten sogar nach Bürgertum. Beim männlichen Publikum herrschte ebenfalls ein Überschuss an vernünftig Gekleideten. So stellte man sich keine Wrestling-Veranstaltung vor, eher ein Konzert der Band DEMO. Es hatte sich schon eine verhältnismäßig große Menge Leute vor dem Haus des Gastes angesammelt, während wir zusammen in der Gaststube saßen, um den heutigen Ablauf zu besprechen. Während der Konferenz, die von Walter und Franzl geleitet wurde, saß ich neben Tony Trinkgeld, der eine Zigarre rauchte, obwohl in dem Gastraum Rauchverbot herrschte. Die Bedienung hatte ihn bereits darauf hingewiesen.

»Woher kommt eigentlich der Name Trinkgeld«, fragte ich Tony.

»Sigi, kannst du bitte leise sein«, sagte Walter zu mir.

»Ja, ja«, sagte ich.

»Wir haben heute ein Schmankerl für dich und Max. Weil ihr doch so gute Spezis seid, stecken wir euch heute zusammen in ein Tag Team«, sagte Franzl.

»Klasse«, sagte ich. Der Mandel zeigte keine Regung.

»Und zwar tretet's ihr gegen den Louis und den Fabio an. Das wird vor allem für den Sigi eine echte Herausforderung«, sagte der Franzl.

»Warum vor allem für mich?«, wollte ich wissen.

»Weil der Max mittlerweile schon einige Erfahrung im Ring hat sammeln können«, sagte Franzl.

»Halt dich einfach an Max«, sagte Walter.

»Dürfen wir uns einen Teamnamen ausdenken?«, fragte ich.

»Ihr heißt Team Kurt«, sagte der Franzl.

Der Mandel lächelte vergebungsvoll.

»*Magnifique*«, sagte Louis XIV.

Es waren wirklich viele Leute gekommen, obwohl oder gerade weil sie vom Herzinfarkt von Davey Jones gehört hatten. Es stand sogar auf einer Unterseite der Website der Bildzeitung, hatte mir Ghostdog erzählt. Man geht ja auch immer gerne dahin, wo schon mal etwas Gravierendes passiert ist, in der Hoffnung, dass es noch mal passiert und man dann live dabei ist, obwohl die Wahrscheinlichkeit, dass zweimal etwas Gravierendes am selben Ort passiert, gegen Null geht.

Walter trat im zweiten Hauptkampf des Abends gegen den Franzl an, und Herwig musste sich mit Diego Latino begnügen, nachdem Klaus heute seinen Titelkampf gegen Ökdal bekam. Als Ringsprecher im bewährten One-size-kratzt-all-Smoking fungierte heute Samba Joe, der ehemalige Tag-Team-Partner von Crazy Sexy Klaus, der extra von Leipzig nach Chemnitz gekommen war, um seinen alten Kameraden anzusagen. Er war bei der letzten Tour noch als Aktiver dabei gewesen, konnte aber dieses Mal nicht mitreisen, weil er gerade zum vierten Mal Vater geworden war.

Sein Händedruck war so schlaff, dass ich kurz dachte, er wäre beim Händeschütteln gestorben.

Heute war ich noch nervöser als bei meinem Debüt, was verständlich war vor gut dreihundert Leuten. Wir bestritten den zweiten Kampf des Abends, und in der Umkleidekabine schrieb ich eine SMS an die Spinnenfrau, für die ich mich gleich nach dem Abschicken schämte.

»Ihr seid dran«, sagte der Franzl, und der Mandel und ich gingen über die Haupttreppe vom ersten Stock hinunter ins Erdgeschoss, wo uns der Franzl eine der großen Flügeltüren zum Festsaal aufhielt.

Samba Joe sagte uns an: »… die Herausforderer Sigi Slayer und Kurt Mandel! Zusammen sind sie das Team Kurt!«, und dann ertönte auch schon Frank Zanders Stimme. Kurz bevor wir reingehen wollten, drückte mir Franzl eine mexikanische Wrestling-Maske in die Hand.

»Was soll ich damit?«, fragte ich.

»Aufsetzen«, sagte der Franzl.

»Warum?«, fragte ich. »Dann sieht man doch meine Mimik nicht.«

»Ohne Maske siehst du zu brav aus«, sagte der Franzl.

»Und warum muss er keine aufsetzen?«, fragte ich und deutete auf den Mandel.

»Er schaut super aus, so wie er ausschaut«, sagte der Franzl.

»Jetzt setz schon auf, es pressiert«, sagte der Mandel.

Ich zog die Maske über; sie war schwarz und hatte giftgrüne Streifen an den Seiten, so passte sie wenigstens zu meiner grünen Zebrahose. Wir müssen einen spaßigen Anblick abgegeben haben, denn die Leute waren begeistert. »Kurt und Slayer, Kurt und Slayer, Kurt und Slayer« riefen sie rhythmisch, bis Frank Zander vorbei war. Wie immer verzog der Mandel keine Miene beim Einzug, während ich irgendwie nicht anders konnte, als ein paar Hände an der Absperrung abzuklatschen. Wann hatte ich je wieder die Gelegenheit, in Unterwäsche so viele Hände abzuklatschen? Im Ring stieg ich auf den Eckpfeiler, beziehungsweise wollte hinaufsteigen. Als ich den Fuß auf das dritte Seil setzte, wurde mir leicht schwindlig, und ich musste wieder hinuntersteigen. Inzwischen kamen Louis und Fabio zur Marseillaise in den Saal. Die Leute buhten Louis aus, aber das ließ ihn die Nase nur noch höher tragen. Einerseits sah er mit seiner Perücke, der Robe und dem Zepter aus, als wäre er aus dem Irrenhaus ausgebrochen, andererseits ging er so in seiner Rolle auf, dass man den Menschen nicht mehr vom Akteur unterscheiden konnte, und das war immer ein gutes Zeichen in diesem Geschäft. Der Mandel und Louis standen als Erste im Ring und eröffneten mit ihrem klassischen Tritt in die Eier. Der Mandel bewegte sich nach wie vor nicht besonders elegant im Ring, dafür aber mit einer Selbstverständlichkeit, als hätte er die letzten zehn Jahre nichts anderes gemacht. Nachdem er einem Würgegriff von Louis mit einem Ellenbogen in dessen Nieren entkommen war, rollte er sich wie ein Bär in meine Ringecke und klatschte mit mir ab. »Sigi Slayer, Sigi Slayer, Sigi Slayer«, riefen die Leute, und das tat gut. Ich schlug Louis mit der flachen Hand auf die nackte Brust, wie ich das bei Ric Flair abgeschaut hatte. Es klatschte fürchterlich und rief ein lautes »Wuuuuuh« bei den Chemnitzern hervor. Louis sah mich feindselig an und deutete vorwurfsvoll auf den roten Fleck auf seiner Brust. Ich wusste nicht, ob er die Verärgerung nur spielte oder ernsthaft sauer war. Ich entschied mich für Ersteres und wiederholte den Klatscher. Die Leute wuuuuhten erneut, Louis packte mich ohne Vorwarnung an den Haaren und zog mich in die Ringecke. Dort nahm er meinen Kopf und haute ihn zehnmal gegen das Eckpolster. Das Publikum zählte laut mit. Am Kopf selbst tat es gar nicht so weh, aber ich hatte das Gefühl, als rissen mir die ruckartigen Bewegungen die Wirbelsäule aus dem Rücken. Dann nahm mich Louis in einen Doppelnelson und präsentierte mich dem Publikum wie eine Trophäe. Der Mandel wollte in den Ring steigen, vermutlich um mir zu helfen, doch der Ringrichter hielt ihn zurück. Louis klatschte sich mit Fabio ab, und das bedeutete, sie hatten rechtmäßig ein paar Sekunden Zeit, mich gemeinsam zu attackieren. Louis hob mich hoch und ließ mich auf das ausgestreckte Knie von Fabio fallen. Ein spitzer Schmerz kreischte durch meinen unteren Rücken. Die Leute brüllten nicht mehr »Sigi Slayer«, sondern »Go Kurti, go Kurti!«, weil sie wollten, dass der Mandel endlich aufräumte. Fabio nahm meinen Kopf in einen Aufgabegriff und flüsterte mir auf Hessisch zu: »Mia stehe jetz gemeinsam uf, und dann läss' du disch falle, sodass isch mir den Kopf anhau.«

Ich tat so, als würde ich mich mühsam auf die Beine kämpfen, und ließ mich dann mit großer Wucht wieder auf den Po fallen. Es sah hoffentlich so aus, als hätte ich Fabios Unterkiefer damit auf meinem Hinterkopf aufprallen lassen. Fabio wälzte sich jetzt ziemlich übertrieben im Ring umher, und ich tat so, als hätte ich Schwierigkeiten, bis zum Mandel in die Ringecke zu gelangen. Fabio hielt mich am Fuß fest, aber ich sprang mit letzter Kraft in Richtung ausgestreckte Hand vom Mandel, um ihn so in den Ring zu holen und mich zu erlösen, zu retten, zu rächen.

Der Mandel zog seine Hand zurück, sodass ich ins Leere schlug und in der Ringecke liegen blieb. Ich war immer noch der legale Mann im Ring. Durch das Publikum ging ein Raunen. In der Zwischenzeit hatte sich Fabio mit Louis abgeklatscht, der mich an den Beinen zurück in seine Hälfte des Rings zog und mich mit Schlägen und Tritten bearbeitete. Dann setzte er seinen finalen Aufgabegriff an, bei dem er meinen linken Arm zwischen seinen Beinen einklemmte, beide Hände über meinen Augen verhakte und meinen Kopf nach hinten zog, bis ich das Gefühl hatte, er säße nicht mehr auf meinem Rumpf. Er nannte den Griff »La Guillotine«.

»Nicht bewegen, Monsieur«, sagte Louis. »Sonst brech ich dir die Nase.«

Ich klopfte sofort mit der freien Hand auf den Ringboden, was das internationale Zeichen zur Aufgabe war. Die Marseillaise ertönte, und der Mandel, der niederträchtige Verräter, kam in den Ring, um mit Louis und Fabio zu feiern, während ich auf dem Boden lag, mit halb ausgerissenem Kopf. Das Publikum buhte und applaudierte zu gleichen Teilen. Ringrichter Jan Kozlovič bat mich, den Ring zu verlassen. Beim Rausgehen warf ich nochmals die Arme in die Luft, um dem Publikum zu zeigen, dass ich mich nicht unterkriegen ließ, aber die Aufmerksamkeit galt nur dem Mandel, dem Verräterschwein. Nach der Marseillaise wurde noch der Kurt-Song eingespielt, während ich den Saal verließ und nach oben in das Umkleidezimmer ging, das uns der Wirt vom Haus des Gastes zur Verfügung gestellt hatte. Ich wurde das Gefühl nicht los, dass man sich auf meine Kosten einen gemeinen Spaß erlaubt hatte. Ich bekam allerdings keine Gelegenheit, mich nach dem Urheber dieser Intrige zu erkundigen, denn kurz darauf brach die Hölle los.

Ich selbst hatte nach dem Duschen beleidigt in der Gaststube gesessen und mir eine Bockwurst bestellt, obwohl ich ja eigentlich kein Fleisch mehr aß, neben mir der frisch abgeschminkte Ghostdog, der mich ohne Schminke an Louis de Funès erinnerte.

Als ich nach der Bockwurst wieder zurück in den Saal ging, stand der Mandel mit Martina bei den T-Shirts, trank aus einer Bierflasche und tat, als sei nichts gewesen.

»Willst du ein Kurt-Shirt kaufen?«, fragte er mich.

»Sehr lustig«, sagte ich.

»Alles klar bei dir?«, fragte er mich.

»Du hättest mir ruhig Bescheid sagen können. Ich stand ja da wie ein Idiot«, sagte ich, aber der Mandel hatte sich schon einem Chemnitzer Mädchen zugewandt, das ein Chris-Rage-T-Shirt wollte.

Im Ring trat Herwig alias Jonny Rebel gerade beherzt gegen das Knie von Diego Latino, und es fiel mir schwer zu glauben, dass der Tritt nicht echt war. Nach dem Kampf, den Herwig durch einen Blitzkrieg Drop für sich hatte entscheiden können, humpelte Diego, auf Spanisch fluchend, am Stand vorbei. Vor dem Hauptkampf bestritten Franzl und Walter ein unglaublich langweiliges Match, das fast nur aus Griffen bestand, die man normalerweise anwendete, wenn einer der Kontrahenten außer Atem gekommen war.

Dann der Main Event: Das Anfangsriff von »Rock You Like A Hurricane« riss die Chemnitzer schon von ihren Sitzen, aber als ihr ureigener Crazy Sexy Klaus den Saal betrat, übertönte das Gekreische fast die Musik. Er schüttelte so gut wie alle Hände im Saal.

»Die Scorpions sind das Letzte«, schrie ich dem Mandel ins Ohr.

»In den Siebzigern haben die Scorps ganz hervorragende Alben veröffentlicht, vor allem als Uli Jon Roth noch bei der Band war. Hör dir mal ›Sails Of Charon‹ von der *Taken By Force* an. Besser waren sie vielleicht nur noch auf der *In Trance*, als Rudy Lenners am Schlagzeug saß, der noch nicht so militärisch getrommelt hat wie der Rarebell«, sagte der Mandel.

»Du nennst sie Scorps?«, fragte ich entsetzt, doch der Mandel reagierte nicht.

Crazy Sexy Klaus trug ein rotes Bandana wie einst Axl Rose, mit den Initialen CSK, dazu eine rote, lange Spandexhose mit weißen Blitzen an den Seiten. Er verteilte aus dem Ring Handküsse, während er auf Ökdal wartete. Das Publikum sang: »Keiner kann so hart und so lange – Klausi, du geile Schlange.« Als Ökdals »Sie nennen ihn Maschine« eingespielt wurde, brach ein Pfeifkonzert los. Im Gegensatz zu sonst schrie keiner mit:

Arsch auf, Kopf ab, Arslan reißt dir
Istanbul, Bosporus, Tritt in Arsch, Kopfschuss
Maschine an, Klappe zu, Brust raus, wer bist du
Wrestling-Gott, aufs Schafott, Street-Cred, Wasserbett

Sie nennen ihn Maschine – Body Slam, Dropkick
Türkische Maschine – du hast Angst, Kopffick
Er dreht dich durch den Fleischwolf, er ist immer besser
Weltmeister, Aufreißer, Ökdal, Gegnerfresser

Ringsprecher Samba Joe erklärte dem Publikum, dass der folgende Kampf ein Match ohne Disqualifikation war, das heißt, es musste einen Sieger geben. Das war umso erstaunlicher, weil ich eben noch in der Vorbesprechung gehört hatte, dass Klaus zwar vor seinem Heimatpublikum gewinnen durfte, aber eben nur durch Disqualifikation, weil so der Titel nicht wechseln konnte, denn der war Ökdal vertraglich für die Dauer der Tournee zugesichert. Der Kampf verlagerte sich ziemlich schnell nach draußen, weil Ökdal Klaus mit einem hohen Bein, wenn man das bei seiner Größe so bezeichnen konnte, aus dem Ring trat. Es klang hässlich, als Klaus auf den Holzlatten vom Festsaal des Haus des Gastes Reichenbrand auftraf, denn auch heute hatten wir die blauen Dämpfungsmatten im Sprinter gelassen. Danach schlug Klaus Ökdals Kopf außen gegen den Ringpfeiler, der kurz darauf zu bluten begann, also der Kopf, nicht der Pfeiler. Ich erwähnte es ja bereits: Wenn bei solchen Kämpfen jemand blutet, dann sind die Wunden oft durch eine kleine Rasierklinge, die der Wrestler in seinem Mund oder in seinem Schweißband versteckt, selbst beigebracht, aber hier konnte ich nichts Derartiges erkennen. Zwei Minuten später ließ Ökdal Klaus mit dem Hals auf die Absperrung fallen, der sich daraufhin röchelnd auf dem Holzboden wand. Nachdem Klaus sich wieder erholt hatte, nahm er einen metallenen Abfalleimer, der neben dem Ring stand, und zog ihn Ökdal über den Kopf, der danach umso scheußlicher blutete. Im Gegenzug warf der Klaus über die erste Stuhlreihe hinweg ins Publikum, wo der mindestens zehn Stühle umriss. Gott sei Dank hatte der Ringrichter die Leute vorher schon gebeten aufzustehen. Klaus nahm einen der Stühle mit in den Ring und traf Ökdal damit im Nacken. Kurz darauf würgte Ökdal Klaus mit einem Stromkabel, das er aus einer Verankerung auf dem Boden herausgerissen hatte. Zwei jüngere Leute mit Videokameras eilten ständig um den Ring herum.

Nach zwanzig blutigen Minuten fanden sich Klaus und Ökdal wieder im Ring ein, wo Klaus, die »Crazy Sexy Kobra«, einen rechten Haken an der Schläfe des Gegners, platzierte, was Ökdal wie einen Sack Blei zu Boden gehen ließ. Der Knockout sah ziemlich gut aus. Der Ringrichter zählte, und Chemnitz zählt laut mit. Ökdal riss spätestens bei 2,5 die Schulter hoch, aber Kozlovič zählte ungerührt bis drei durch. Dann läutete die Ringglocke, und Chemnitz explodierte.

Klaus sprang auf und umarmte Kozlovič wie einen lange verschollen geglaubten Bruder. Ökdal stand ebenfalls auf, aber er umarmte niemanden. Immer noch blutend, schaute er zunächst fassungslos ins Publikum, dann griff er sich die Köpfe von Kozlovič und Klaus und haute sie zusammen. Jetzt war es an Klaus und Kozlovič, wie Bleisäcke zu Boden zu gehen, und das war jetzt ganz sicher kein Schauspiel mehr. Ökdal nahm den Gürtel an sich und verließ unter ohrenbetäubenden Buhrufen den Festsaal. An ihm vorbei liefen Walter und Franzl zum Ring. Samba Joe verkündete mit heiserer Stimme seinen Freund Klaus als neuen Schwergewichtsweltmeister der SGCW.

»Da stimmt doch was hinten und vorne nicht«, sagte Kassandra, die neben mir stand.

Der Mandel lief Ökdal hinterher.

// Chemnitz, 22:34
Folge nach dem unerwarteten Titelwechsel dem tobenden Ökdal hoch ins Umkleidezimmer. Er packt mich am Hals. Hast du was davon gewusst, fragt er mich – ich verneine. Ich hau jetzt ab, mir reicht's mit diesen Faschisten, sagt er, zieht sich an und geht nach draußen zu seinem

weißen Celica. Er wirft den Gürtel und seine Sporttasche auf den Rücksitz. Steige spontan ein.

Walter und Franzl knieten über dem zu Boden gegangenen Kozlovič, während Ringsprecher Samba Joe nervös im Ring auf und ab lief. Klaus ließ sich von Samba Joe das Mikrofon reichen.

»Karl-Marx-Stadt, wer ist euer neuer Champion?«, schrie er, obwohl er kaum stehen konnte.

Das Publikum schrie mit der größtmöglichen Inbrunst: »Klausi, du geile Schlange!«

Wer auch immer die Stereoanlage bediente, spielte jetzt nochmals die Scorpions. Schon währenddessen fingen die Leute an, den T-Shirt-Stand, an dem Kassandra vorsorglich ein paar rote Crazy-Sexy-Klaus-T-Shirts bereitgelegt hatte, zu belagern. Auf dem T-Shirt war der Kopf einer Kobra abgebildet, die eine Zigarette rauchte. Innerhalb einer halben Stunde löste sich die Menge auf. Walter und Franzl hatten sich mit Kozlovič in ein Gästezimmer zurückgezogen, weil der anscheinend eine leichte Gehirnerschütterung hatte. Klaus ging zum Duschen und danach mit Herwig und Kassandra auf ein Bier in die Gaststube. Von Ökdal und dem Mandel fehlte jede Spur; niemand hatte sie nach dem Kampf gesehen. Ich setzte mich zu den anderen an den Ecktisch.

»Ist hier noch Platz?«, fragte ich der Form halber.

»Nein«, sagte Herwig.

»Jetzt komm schon«, sagte ich.

»Wer bist du eigentlich?«, fragte Herwig.

»Singer. Der Kollege vom Mandel«, sagte ich.

»Du bist eine Pfeife«, sagte Herwig.

»Jetzt lass ihn doch«, sagte Kassandra, die überhaupt bisher sehr freundlich zu mir gewesen war. So freundlich, dass ich gerne heute Abend ein Bier mit ihr alleine getrunken hätte, wären die Umstände nicht die Umstände gewesen.

»Setz dich, Junior«, sagte Klaus, der einen lose gewickelten Verband auf dem Kopf trug.

»Was war denn da jetzt grade los?«, fragte ich.

»Der Klausi ist der neue Weltmeister, das ist los«, sagte Herwig.

»Aber war das geplant?«, fragte ich.

Klaus sah mich drohend an: »Pass auf, was ich dir jetzt sag, Junior. Das war die übelste Show, die wir je gemacht haben. Ein paar Leute von der Filmhochschule Konrad Wolf haben mitgedreht. Wir stellen das bei uns auf die SGCW-Seite.«

»Hat Ökdal im Vorfeld von dem Titelwechsel gewusst?«, fragte ich.

»Natürlich nicht – das ist ja der Witz«, sagte Herwig.

»Und Walter?«, fragte ich.

»Nein, sonst hätten wir das nie so durchziehen können. Eingeweiht waren nur der Kozlo und Jonny hier. Das wird als Chemnitz-Screwjob in die Geschichte eingehen. Ich wette, das steht morgen auf allen Fanseiten. Die Bude in Gießen wird voll. Walter kann sich bei uns bedanken«, sagte Klaus.

»Gibt das denn keinen Ärger? Immerhin hält Ökdal laut Vertrag den Titel über die gesamte Tour.«

»Scheiß auf den Vertrag«, sagte Herwig.

»Genau, er kann ihn doch morgen zurückgewinnen«, sagte Klaus.

»Falls er wiederkommt«, sagte ich. »Er ist nämlich weg, glaube ich.«

»Der beruhigt sich schon wieder«, sagte Herwig.

»Da bin ich mir nicht so sicher nach dem Husarenstück«, sagte ich, hauptsächlich deshalb, weil ich das Wort Husarenstück mochte.

»Der kommt wieder, der braucht das Pulver«, sagte Herwig.

»Du magst ihn wohl nicht so gern?«, fragte ich.

»Die schwule Sau mag mich doch auch nicht«, sagte Herwig.

»Glaubst du, er ist schwul?«, fragte ich unschuldig.

»Singer, du bist ein ausgesprochen blöder Hund«, sagte Herwig.

»Wieso?«, fragte ich.

»Weil du die ganze Zeit blöde Fragen stellst«, sagte Herwig.

16

GIEßEN / WASSERBURG

// Wasserburg, 4:01
Wie eine Festung sitzt die Stadt im Fluss. Man kommt über die alte Innbrücke und das Stadttor. Nachts ist sie leer und mittelalterlich. Ökdals Familie besitzt am Heisererplatz ein Lebensmittelgeschäft, das auch als Paketannahmestelle und Lottoladen dient. Darüber, in einer Drei-Zimmer-Altbauwohnung, wohnt Batu Ökdal mit Tochter Cemile. Die ältere Tochter Gizem lebt in München, verheiratet mit einem Immobilienberater namens Gerd. Es ist mitten in der Nacht, als wir ankommen. Ich übernachte im Wohnzimmer, Ö. in seinem Jugendzimmer.

// Tag 4, Wasserburg, 8:00
Gegen sieben gibt es Frühstück mit Ökdals Vater und seiner Schwester. Cemile (18) ist hübsch. Bei ihrer Geburt ist die Mutter gestorben, hat Ökdal während der Fahrt erzählt. Beim Frühstück redet sein Vater aufgeregt Türkisch und Deutsch, echauffiert sich über seinen Vermieter. Niemand fragt Ö., warum er mitten in der Nacht

gekommen ist und wer ich bin. Vater muss weg, zum Großhandel nach München, Cemile geht in den Laden. Ö. und ich bleiben in der Wohnung. Was machen wir hier, will ich wissen. Nach Cemile schauen, sagt er. Ob er nie das Lebensmittelgeschäft übernehmen wollte, frage ich ihn. Er zeigt mir einen Vogel. Die Familie ist seit Ende der Fünfziger in Wasserburg, sein Vater hat den Laden 1991 von seinem Opa übernommen, aber er gilt immer noch als »der Türke«. Hier bleibt man ewig der Ausländer, sagt Ö. Er war auf dem örtlichen Luitpold-Gymnasium, damit er später auf die Uni nach München konnte, aber hat sich schwergetan mit dem Lernen, musste auf der Realschule abschließen. Danach ist er gegen den Willen des Vaters nach Rosenheim gegangen, um in einem Fitness-Center zu arbeiten. Irgendwann hat er in Hamburg eine Wrestlingschule besucht, weil er großer Fan von Stone Cold Steve Austin war. Walter Wylde war sein Trainer, und Ökdal ist in Hamburg geblieben, weil es dort viele Veranstaltungen gab. Lege mich noch mal hin.

// Wasserburg, 11:47
Wie merkt man, dass man schwul ist? Merkt man schon früh beim Wichsen, sagt Ökdal. Ob er Muslim ist? Natürlich. Und was steht im Koran über Schwulsein, frage ich, weil ich mal was dazu gelesen habe. Es gibt nur diese eine Stelle, auf die sich immer wieder alle Idioten berufen, sagt Ö. Holt einen deutschen Koran aus dem Wohnzimmer, liest vor:
»Wollt ihr denn etwas Abscheuliches begehen, wie es noch keiner von den Menschen in aller Welt vor euch be-

gangen hat? Ihr gebt euch in eurer Sinnenlust wahrhaftig mit Männern ab, statt mit Frauen.«
An betreffender Stelle geht es nur um Lot, der seine Leute zur Sau macht, weil sie besoffen sind, sagt Ö. Das hat keine allgemeine Gültigkeit für die muslimische Gesellschaft. Wenn du die Beschreibungen vom Paradies liest, dann gibt es da Jünglinge und Jungfrauen, sagt er. Alles reine Auslegungssache. Er lässt sich nicht zum Aussätzigen machen, nur weil jemand vor 1300 Jahren ein paar Märchen aufgeschrieben hat. Das waren ganz andere Zeiten. Und die Familie ahnt nichts vom Schwulsein? Nein, das wäre fürchterlich für den Vater, der bekommt einen Schlaganfall. Nur Cemile hat es herausgefunden, die ist nicht dumm, sagt Ö. Gibt es viele schwule Catcher? Schau dir doch die eitlen Typen an, dann weißt du Bescheid, sagt Ö. Er will nicht mehr zurück auf die Tour. Walter soll ihn weiterbezahlen; schließlich ist er zuerst vertragsbrüchig geworden, als Klaus ihm den Titel abgenommen hat.
Wie sollen wir dann weiterermitteln?
Was gibt es schon noch zu ermitteln, sagt er. Es ist doch jetzt wohl klar, dass Klaus ihn beschissen habe und hinter dem Ganzen steckt. Fick sie alle, ich bin jetzt im Gym, sagt Ö. und lässt mich alleine in der Wohnung zurück.

// Wasserburg, 12:12
War bei Cemile im Laden und habe ihr eine Zeitung abgekauft. Was sie über das Ganze denkt? Sie möchte ihrem Bruder das Geld für die Erpressung leihen, aber er nimmt es nicht, sagt sie leise. Vielleicht ist es auch besser, er zahlt nicht, und es passiert einfach etwas, damit endlich

alle Bescheid wissen, sagt sie. Sitze jetzt in einem kleinen Biergarten am Inn, esse einen Salat mit Senfdressing und gegrillter Hühnerbrust. Lese den 4. Teil der Reihe um die Zeltvergabe. Der nächste Kandidat ist ein Triumvirat aus der Kleinbrauerei Fetzinger Bräu, dem Architekturbüro Brunner und dem Toyota-Händler Kindermann. Jeder dieser drei stammt aus dem Umland ohne Hauch von Straubinger Blut, noch nicht mal angeheiratet. Stadtrat hat ihnen absurde Steine in den Weg gelegt, z. B. eine Getränke-Lieferpflicht für den Festzeltbetrieb, wozu die Kleinbrauerei Fetzinger nicht in der Lage ist. Nächsten Mittwoch wird die endgültige Entscheidung über die Vergabe des Festzeltes gefällt.

// Wasserburg, 14:52
Kehre zu Cemile zurück. Wo ihr Bruder ist? Sein Auto ist weg. Sie erreicht ihn in seiner Münchner Wohnung. Er kommt nicht mehr auf die Tour, lässt er ausrichten. Ich bräuchte nicht weiter zu ermitteln. Er klingt nicht gut, er braucht jemand, sagt Cemile, aber sie muss im Geschäft bleiben. Ich fahre nach München, verspreche ich. Sie gibt mir seine Adresse und ihre Nummer.

An dem Abend, an dem der Mandel aus Chemnitz verschwand, fand ich im Umkleidezimmer sein Telefon. Einsam lag es in seiner Sporttasche, oben auf dem roten Trainingsanzug. Er war wohl überstürzt aufgebrochen. Ich wollte es dazu benutzen, Ökdal anzurufen, aber der Mandel hatte einen Sperrcode installiert. Ich tippte sein Geburtsdatum ein, weil ich ahnte, dass der Mandel kein fantasievoller Passwort-Mensch war, und ich behielt recht. Ökdal ging nicht ran, und ich schaltete das Telefon wieder aus, obwohl ich kurz überlegt hatte, mir die Fotosammlung vom Mandel anzuschauen. Allerdings wollte ich nicht sein Glück mit der Anni sehen und ging stattdessen ins Bett, in das Gästezimmer im ersten Stock, das ich mir eigentlich mit dem Mandel geteilt hätte. Ich schloss die Türe hinter mir ab, bevor Walter noch auf die Idee kam, einen Wrestler in das frei gewordene Bett einzuquartieren.

Am nächsten Tag nach dem Frühstück brach unser Tross nach Gießen auf. Damals beim *Rock'n'Roll-Express* hatten wir einen Praktikanten aus Gießen in der Online-Redaktion, Namen vergessen. Ihm gingen schon mit zwanzig die Haare aus, was mir leidtat. Er war ein stiller Typ, und wenn er in einer Besprechung dabei war, musste ich auf ihn hinweisen, weil keiner Notiz von ihm nahm. Er war auf seine Art ein anstrengender Mensch, wegen seinem andauernden Nichtvorhandensein.

Herwig hatte mir für die Fahrt nach Gießen angeboten, hinten auf seinem Motorrad mitzufahren, er hatte auch einen zweiten Helm dabei, den manchmal Kassandra nutzte, aber ich hatte zu viel Angst vor Motorrädern und mindestens genauso viel vor Herwig. Auch wollte ich mich nicht drei Stunden lang an ihm festhalten. Selbst wenn es unserer Verbrüderung gedient und somit vielleicht unsere Ermittlungen vorangetrieben hätte, fuhr ich weiterhin lieber bei Walter im Sprinter mit. Zumal es mich interessierte, was Walter zum gestrigen Abend zu sagen hatte. Es war noch wärmer geworden, und der Fahrtwind wehte diese kleinen selbstklebenden Fliegen in den Sprinter, wenn man das Fenster auf ließ.

»Das heißt, du hattest keine Ahnung von dem Titelwechsel?«, fragte ich.

»Nein, das war nicht abgesprochen. Das ist auf dem Mist vom Klaus gewachsen«, sagte Walter.

»Aber kann der das einfach so entscheiden?«, fragte ich.

»Natürlich nicht. Also eigentlich nicht. Klaus ist zwar nach Franz der zweite Road Agent, aber er hätte es natürlich trotzdem von mir genehmigen lassen müssen. Vor allem wegen den Verträgen mit Ökdal«, sagte Walter.

»Ein Oarsch ist das«, sagte der Franzl vom Beifahrersitz aus.

»Wer?«, fragte ich.

»Na, der Klaus, wer sonst? Ein Oarsch, der nur Ärger macht«, sagte der Franzl.

»Warum ist er dann Road Agent?«, fragte ich, ohne genau zu wissen, was ein Road Agent eigentlich war.

»Er ist halt unglaublich beliebt. Der Oarsch«, sagte der Franzl.

»Aber musst du nicht um jeden Preis Ökdal als deinen Star schützen? Er darf doch laut Vertrag den Titel gar nicht verlieren«, sagte ich.

»Das ist kein so großes Problem. Als Präsident von SGCW kann ich jederzeit eine Entscheidung annullieren, und dann ist es so, als hätte der Titel nie gewechselt«, sagte Walter.

»Ja eh«, sagte der Franzl. »Deshalb braucht sich der Ökdal jetzt auch gar nicht so künstlich aufzuregen und gleich abhauen. Der verdient sich ja hier auch eine goldene Nase mit uns. Und kommen tun auch nicht mehr Leut, obwohl er das immer behauptet. Der is auch ein Oarsch«

»Das heißt, er ist gar kein Publikumsmagnet?«, fragte ich.

»Längst nicht so, wie er sich das einbildet«, sagte der Franzl.

»Und wie *wir* uns das eingebildet haben«, sagte Walter.

»Aber man weiß jetzt nicht, ob er überhaupt wiederkommt, oder?«, fragte ich.

»Das ist allerdings ein Problem«, sagte Walter, aber wirkte dabei nicht, als wäre es wirklich ein Problem.

»Wir fahren jetzt erst einmal nach Gießen, und dann schauen wir weiter. Vielleicht kommt er ja nach. Er wird eh nicht freiwillig auf das viele Geld verzichten«, sagte der Franzl und zupfte an seinen etwas zu langen Nackenhaaren.

Ich war noch nie in Gießen gewesen, aber der Autobahnring ließ schon nichts Gutes erahnen. Keine Spur von einer Skyline, einem Stadttor oder etwas Ähnlichem, und das ist schade, denn wenn man in eine Stadt kommt und es gibt kein Wahrzeichen, kein Monument, keine Symbolik, dann ist der Beliebigkeit schon von Anfang an Tür und Tor geöffnet. Außer man bezeichnete diesen kolossalen Autobahnring als Wahrzeichen, ein Autobahnring so verwoben und über die Ufer der infrastrukturellen Vernunft tretend, dass er sich sofort der Lächerlichkeit preisgibt, sobald man die Einwohnerzahl von Gießen nachschlägt. 70 000 Einwohner, und ein Autobahnring wie um Los Angeles. Nachdem wir den Ring verlassen hatten, ging es kilometerweise bergab, als hätte hier vor Millionen Jahren ein Meteorit eingeschlagen, bis man an einen Bahnübergang kam, der zehn Minuten lang geschlossen blieb.

»Heute wird einiges los sein«, sagte ich.

»Wieso?«, fragte Walter.

»Heute ist doch Samstag«, sagte ich.

»Samstags sind keine Studenten in der Stadt. Ich hätte den Termin lieber verlegt«, sagte Walter.

Man muss sich eigentlich nur die Wikipedia-Seite von Städten wie Gießen anschauen. Je mehr historische Fassaden, Bilder, Malereien und angebliche Kunstschätze sich dort befinden, desto hässlicher ist die Stadt in Wirklichkeit. Und lassen Sie sich bei Gießen ja nichts über Fachwerk oder Jugendstil einreden. Hier regiert die Demutsarchitektur der Nachkriegszeit, alles andere ist unter Kuriosität abzuheften. Auch dieses Mal machten wir keinen Halt in der Innenstadt, sondern drangen sofort in einen Randbezirk namens Kleinlinden vor, wo sich die Turnhalle der Brüder-Grimm-Schule befand.

»Wie kommt ihr eigentlich immer zu solchen Örtlichkeiten?«, fragte ich Walter im Sprinter.

»Meistens kennen wir einen lokalen Promoter, weil wir schon mal hier waren. In diesem Fall kommt Fabio aus Gießen und hat einen guten Kontakt zum Sportamt vom hiesigen Magistrat. Die haben uns dann diese Halle zugewiesen. Fabio hat uns versichert, dass Gießen ein gutes Pflaster ist. Ich selbst bin ja auch das erste Mal hier.«

»Shanghai an der Lahn«, sagte der Franzl.

»Wie bitte?«, fragte ich.

»Ich war vor zwanzig Jahren schon mal hier, da hat mir das jemand erzählt. Das ist der Spitzname für die Stadt, weil es in den Fünfzigerjahren zur Besatzungszeit so viel Prostitution wie in Shanghai gab. Also im Verhältnis zur Einwohnerzahl. Und immer schon eine irrsinnig hohe Drogenkriminalität wegen der guten Autobahnanbindung. Auch heute noch. Pfundweise Crystal, wem das schmeckt«, sagte der Franzl.

»Und das liegt an der guten Autobahnanbindung?«, fragte ich nach.

»Na ja, die Umverteilung, weißt eh«, sagte der Franzl, aber ich wusste es eigentlich nicht so genau.

Ich hatte überhaupt keine Lust auf die nächste Turnhalle. Eine weitere Turnhalle, in der sich der Schweiß von Generationen verewigt hatte.

»Übermorgen, in Siegen, sind wir in einem Zelt, das ist immer ganz gut für die Stimmung.«

»Sehr schön. Und morgen?«, fragte ich.

»Sonntag haben wir einen freien Tag, da bleiben wir hier in Gießen«, sagte Walter. »Steht auch so im Tourplan, den ich dir ausgedruckt habe.«

»Klar. Ich habe mich nur mit den Wochentagen vertan«, sagte ich, während Walter den Sprinter im Innenhof der Brüder-Grimm-Schule auf dem einzigen Behindertenparkplatz parkte.

Beim Aufbauen des Stands kam mir eine Idee. Ich ging zu Walter und fragte ihn ganz direkt:

»Du, wenn der Mandel heute nicht kommt, kann ich dann den Eröffnungskampf mit Louis bestreiten? Ich kann ja auch seinen Trainingsanzug anziehen und die Kurt-Musik nehmen.«

Walter schien kurz zu überlegen, schließlich lächelte er gequält und sagte: »Klar, warum nicht. Besser als gar kein Kurt.«

»Danke«, sagte ich. »Ich enttäusch dich nicht.«

Das Unheil fing schon damit an, dass Walters düstere Prognose ob des studentenarmen Samstags in voller Wucht eintraf, und in der Turnhalle der Grimm-Schule, die zirka zweihundert Leute fasste, nur zirka dreiundsechzig erschienen waren. Zum Unglück saßen die dreiundsechzig auch noch über Tribünen und Sitze am Ring verteilt, was der Stimmung mehr als abträglich war. Die Sinfonie des Gießener Jubels, die Kadenzen ihrer Begeisterung, der Sturm des Zuspruchs, den ich mir noch am Morgen ausgemalt hatte, war letztlich nicht mehr als höflicher Beifall. Vielleicht spielte es mir auch nicht in die Karten, dass ich viel zu groß für den Trainingsanzug vom Mandel war und mich darin ein bisschen wie der Lange der Dalton-Brüder fühlte. Die wenigen Leute im Publikum waren bereits von dem Frank-Zander-Stück verwirrt genug, und es wurde nicht besser, als mich Martina, die heute Ringsprecherin war, mit ihrem schwäbischen Akzent als Sigi »Schleier« ansagte. Ich bestritt die Choreographie mit Louis zwar genauso wie der Mandel, und wir fügten sogar noch einen »Big Boot« und einen »Dropkick« hinzu, aber als mich Louis schließlich mit dem Zepter niederstreckte, jubelte das Publikum ihm statt mir zu, und er deutete mir an, darauf zu verzichten, ihn aus dem Ring zu schubsen und stattdessen lieber regungslos auf dem Boden liegen zu bleiben. Damit der Kampf wenigstens noch einen gewissen Unterhaltungswert erhielt, ließ mich Walter auf einer Bahre hinaustragen, die er immer dabei hatte, für den Fall, dass jemand ernsthaft verletzt war oder eine ernsthafte Verletzung vortäuschte. Das hatte immerhin zur Folge, dass ich den Rest des Abends nicht am T-Shirt-Stand arbeiten musste, weil ich ja offiziell verletzt war. Mit einer Kapuze im Gesicht, damit man mich nicht als den schwer verletzten Sigi Schleier erkannte, stellte ich mich an die Tür zur Halle und schaute mir den Hauptkampf an. Kurz vorher war Fabio Immortale gegen Chris Rage angetreten, in der Hoffnung, als Lokalheld gefeiert zu werden. Es stellte sich heraus, dass außer seinen Eltern niemand im Publikum Fabio kannte und der Lokalpatriotismus schwer bis gar nicht aus den dreiundsechzig Leuten herauszukitzeln war. Im Hauptkampf trat Herwig als Herausforderer des neuen Titelträgers Crazy Sexy Klaus an, der in Abwesenheit beider Titelgürtel mit einem Plastikreplikat vorliebnehmen musste. In einem übertrieben hart geführten Kampf, bei dem der Schiedsrichter Kozlovič scheinbar k. o. ging und Herwig dessen Bewusstlosigkeit nutzte, um Klaus einen Stuhl über den Kopf zu ziehen, siegte Klaus nach einem emotionalen Comeback mit der Crazy Sexy Kobra. Herwig verließ humpelnd die Turnhalle, und ich folgte ihm in die Umkleidekabine.

»Starker Kampf«, sagte ich.

»Kein Wunder. Mit dem Klaus kann man einfach gut arbeiten«, sagte er.

»Woran liegt das?«, fragte ich.

»Weil er kein Fatzke ist«, sagte Herwig.

»Was meinst du damit?«, fragte ich.

»Der Türke ist ein eitler Zipfel«, sagte Herwig.

»Wieso?«, fragte ich.

»Hör auf mit den saublöden Fragen, Singer. Eitler Zipfel deswegen, weil er immer haargenau drauf achtet, dass er gut dasteht. Mir und dem Klaus ist das wurscht. Wir lassen's einfach krachen«, sagte Herwig, zog sich seine Wrestling-Unterhose über die Stiefel und war jetzt nackt, bis auf die Stiefel.

»Wie bist du eigentlich zum Wrestling gekommen?«, fragte ich ihn, während er sich frische Unterwäsche anzog.

»Ich hab damals im Knast einen Wrestler kennengelernt. Rude Boy Rudi Raunz, falls du den kennst.«

»Nein, kenn ich nicht«, sagte ich und fragte mich, was für ein bescheuerter Name das war. Andererseits hieß ich Sigi Singer.

»Das dachte ich mir, dass du den nicht kennst. Du kennst dich allgemein nicht so mit Wrestling aus, oder?«, sagte der Herwig.

»Doch«, sagte ich.

»Dann würdest du den Rudi Raunz aber kennen«, sagte Herwig.

»Verdient man eigentlich gut im Wrestling?«, fragte ich weiter.

»Was denkst du?«, fragte Herwig zurück.

»In Amerika schon«, sagte ich.

»Und sind wir in Amerika?«, fragte Herwig.

»Nein«, sagte ich.

»Dann frag nicht so blöd«, sagte Herwig.

Die Tür ging auf, und Crazy Sexy Klaus und Franzl kamen herein. Sie umarmten beide den Herwig.

»Leiwand, Burschen. Starkes Match«, sagte der Franzl.

»Sag ich doch. Der Waldi braucht nicht das ganze Geld für den Türken ausgeben. Soll er lieber uns mehr bezahlen«, sagte Herwig.

»Er hat halt einen Namen«, sagte der Franzl.

»Den hab ich auch«, sagte Klaus. »Mehrere sogar.«

Ich fragte mich, woher der Mandel eigentlich diese grenzenlose Zuversicht nahm, diese Erpressung doch noch aufklären zu können. Wenn niemand etwas zugab, war es doch unmöglich, auch nur irgendetwas zu beweisen. Am schlausten erschien mir immer noch, die Geldübergabe abzuwarten und dann den Abholer zu überrumpeln. Das Rumhängen mit diesen ganzen Halbgebildeten brachte rein gar nichts. Überhaupt hatte ich eigentlich gar keine so richtige Lust mehr auf Wrestling und auf den Fall. Ich hatte Lust auf die kleine Uferwohnung vom Dieter und darauf, mit der Spinnenfrau auf der kleinen Bank am Fluss zu sitzen und meine Hand auf ihr solariumbeiges Knie zu legen.

Stattdessen musste ich zwei Nächte in einem heruntergekommenen Ferienhaus im Umland von Gießen verbringen, das den entmutigenden Namen Haus Waldfried trug. Ich habe sogar vergessen, wie der zugehörige Ort hieß, aber ich erinnere mich, dass das Haus Waldfried am Ortsrand auf einer kleinen Anhöhe lag. In der Ortschaft ohne Namen gab es nicht viel, aber immerhin ein Wirtshaus, eine dieser grotesken modernen Kirchen mit Türmen, die aussahen wie Flaktürme, ein Rathaus mit einer falschen Fachwerkfassade auf der Vorderseite und ein kroatisches Fleischrestaurant mit Namen Adria Grill. Das Haus Waldfried besaß mehrere Wohnungen, die Walter alle für einen Spottpreis angemietet hatte. Ich fragte mich, wer sich zwanzig Kilometer vor Gießen freiwillig in ein Ferienhaus einquartierte, der nicht ein geheimes Neonazi-Treffen oder eine Klausurtagung der Innung hessischer Zapfanlagenhersteller organisierte. Fabio war bei seinen Eltern in Gießen geblieben, aber ansonsten war die gesamte Truppe in dem Haus untergebracht, etliche, darunter ich, schliefen auf den alten Turnmatten am Boden, niemand musste im Auto schlafen. Herwig, Kassandra, Klaus, Louis und ich machten uns nach der Veranstaltung gegen Mitternacht nochmals auf den Weg zu dem Kroaten, der schon schließen wollte, und zwangen ihn förmlich, uns noch ein paar Bier und drei Grillteller hinzustellen. Ich selbst hatte keinen Hunger und trotz zwei Ibuprofen rasende Schulterschmerzen seit dem Kampf mit Louis. Ich hatte mich aufgerafft mitzugehen, obwohl ich die Hoffnung auf neue Ermittlungsergebnisse so gut wie aufgegeben hatte.

Ich saß mit Klaus, Herwig, Kassandra und Louis an einem

Ecktisch im Adria Grill und trank ein Pils und einen Obstbrand, ein Gedeck, das Louis für alle Anwesenden bestellt hatte. Louis trug selbst im Restaurant seine Perücke und war ziemlich betrunken, er sang immer wieder die Aznavour-Textzeile »Mit deiner schlampigen Figur gehst du mir gegen die Natur«. Den kroatischen Wirt interessierte das alles nicht. Nachdem er das letzte Fleisch aus der Küche an unseren Tisch gestellt hatte, setzte er sich an die Bar und lachte über irgendetwas mit seiner Bedienung. Obwohl draußen die allerschönste Juninacht herrschte, blieben die dicken blauen Vorhänge geschlossen, und an allen Tischen brannten Kerzen. Louis fing irgendwann an, mich unter dem Tisch am Bauch zu kitzeln, und obwohl ich das als störend empfand, musste ich lachen.

»Was lachst du denn so blöd, Singer?«, fragte der Herwig.

»Louis kitzelt mich«, sagte ich.

»Ihr seid übelst schwul«, sagte Klaus.

»Jetzt lasst ihn halt«, sagte Kassandra.

»Monsieur ist ein wenig kitzelisch«, sagte Louis und kitzelte weiter.

»Jetzt hör halt auf«, sagte ich.

»Jetzt hör halt auf«, machte mich Herwig mit einer Fistelstimme nach.

»Jonny, mach keinen Ärger«, sagte Klaus und strich sanft über das Haar vom Herwig.

»Du bist also der beste Freund vom Mandel?«, fragte Herwig.

»Ich denke schon«, sagte ich.

»Du weißt, dass der Mandel eine ganz hinterfotzige Sau ist?«, fragte Herwig.

»Nein, weiß ich nicht«, sagte ich.

»Der Mandel hat sich über zwanzig Jahre nicht bei mir gemeldet, weil er Schiss hatte«, sagte Herwig.

»Wovor hatte er denn Schiss?«, fragte ich.

»Ja, vor mir halt. Kennst du die Geschichte vom Guggenberger Weiher?«, fragte Herwig.

»Die, wo er nicht mitgeschwommen ist?«, fragte ich.

»Genau die. Was hat er dir erzählt?«, fragte Herwig.

»Nicht viel. Ihr wart zusammen am See, und du wolltest mitten in der Nacht ans andere Ufer rüberschwimmen und Weiber aufreißen oder so. Er hat sich nicht getraut und ist stattdessen nach Hause getrampt. Und weil er sich so für seine Feigheit geschämt hat, hat er nie wieder angerufen und dich noch nicht einmal auf der Straße gegrüßt. Das tut ihm bis in alle Ewigkeit leid, hat er mal gesagt.«

»Ach ja? Bis in alle Ewigkeit?«, sagte Herwig, ließ sein Bierglas auf den Tisch hinuntersausen.

»So hat er's erzählt«, sagte ich.

»Der falsche Fünfziger«, sagte Herwig und schien über etwas nachzudenken.

»Nein, nein, auf eine gewisse Art ist er brutal ehrlich«, sagte ich. »Vielleicht sogar mit Betonung auf brutal«, fügte ich hinzu.

»Hat er dich auch schon mal so hängen lassen?«, fragte Herwig.

»Nein, nicht so direkt«, sagte ich und trank schnell von meinem Bier, damit mein Mund voll war und ich nicht noch mehr sagen konnte.

»Aha. Das dachte ich mir nämlich. Er ist und bleibt ein egoistisches Schwein. Prost, Singer. Auf die sogenannten besten Freunde vom Herrn Mandel«, sagte er.

17
FREIER TAG

// Tag 5, München, 10:56
Sitze auf der Wohnzimmercouch von Ökdals Wohnung in München-Freimann. Das Wohnzimmer ist gleichzeitig das Schlafzimmer. Ö. schläft. Es riecht immer noch verbrannt. Die Wohnung hat höchstens 30 m² und liegt im ersten Stock eines grauen Fünfzigerjahre-Baus. An der Wand hängen »ästhetische« Schwarz-Weiß-Bilder von Ö. im Ring. Ich schreibe auf, was gestern Abend passiert ist, soweit ich mich erinnern kann: Gestern gegen 18:00 Uhr in München angekommen, Ö. vom Hauptbahnhof aus angerufen. Eher widerwillig hat er sich mit mir in der Deutschen Eiche beim Gärtnerplatz getroffen. Die Eiche ist traditionelles Schwulen- und Lesben-Restaurant, Hotel und Badehaus in einem. Neben uns sitzt ein groß gewachsener Mensch im Unterhemd mit blondierten Haaren, den Ö. mit »Servus, Schnuffi« begrüßt und innig umarmt. Ö. hat eine Flasche Sekt auf dem Tisch, obwohl er angeblich nicht trinkt. Er erzählt mir von seiner Affäre mit Franz Schubert auf einem von dessen Lehrgängen in Graz. Auch mit Louis hat er schon etwas gehabt. Louis ist bi, sagt er. Ob sein Schwulsein wirklich ein Geheim-

nis ist? Ja, es darf nicht herauskommen; er ist schließlich nicht nur der bekannteste deutsche, sondern auch der bekannteste türkische Wrestler. Er nimmt zwei Valium. Nach der Eiche gehen wir in den »Bau« in der Müllerstraße. Ökdal stellt mir mehrere Freunde von ihm vor, die mich zum Koks einladen, darunter Schnuffi (aus der Eiche). Sie sagen, es geht Ökdal super, ich muss mir keine Sorgen machen. Ich lehne zwei sexuelle Anfragen ab. Kokain von Schnuffi ist zu scharf – Nasenbluten. Dann ist Ö. verschwunden und kommt erst gegen vier wieder, völlig aus der Fassung, während ich mit Schnuffi an der Bar sitze und Wasser trinke. Wir versuchen, ein Taxi zu bekommen. Bitte den Taxifahrer, uns kurz an einer Tankstelle rauszulassen. Gehe rein, um Zigaretten und eine Zeitung zu kaufen, Ö. wartet im Taxi. Beim Zahlen schreit der Mann an der Kasse: Es brennt! Ich laufe nach draußen. Taxi ist weg, Tankstutzen liegt auf dem Boden, Ökdal steht brennend neben der Zapfsäule, seine Sportjacke hat Feuer gefangen. Kann sie ihm gerade noch vom Körper reißen und das Feuer austreten. Mann von der Tankstelle will Polizei holen. Wir halten schnell ein Taxi an. Bringe Ökdal ins Bett.

// München, 11:29

Ökdal ist wach. Ich lag bis eben auf der Wohnzimmercouch, es riecht verschmort. Habe selbst eine leichte Brandwunde an der Hand, wo ich Ö. die brennende Jacke vom Leib gerissen habe. Zwischendurch hat es geklingelt: Der Postbote bringt eine Apotheken-Bestellung, für die ich unterschrieben habe. Als ich aus der Dusche steige, steht Ö. vor mir, und sein Arm blutet. Auf geht's,

Kurt, sagt er. Wir fahren nach Gießen. Du brauchst einen Arzt, sage ich. Kleinere Brandwunden sind kein Problem, kennt er von einem C4-Deathmatch* in Odessa, Texas. Was an der Tankstelle passiert ist? Keine Ahnung, sagt Ö. Valium und Alkohol vertragen sich nicht. Es kann auch sein, dass er im »Bau« Crystal genommen hat, das regt ihn immer unnötig auf. Während Ökdal in der Dusche ist, durchsuche ich die Wohnung. Es gibt Muskelentspanner wie Ortoton und Tetrazepam (kenne ich von meinem Bandscheiben-Vorfall), eine Vielfalt von verschreibungspflichtigen Schmerzmitteln und etliche Ampullen, die ich Ökdal zeige. Anabolika, sagt er. Wie so etwas funktioniert? Ö. nimmt eine Spritze, zieht die Flüssigkeit aus der Ampulle, spritzt sie sich in seinen linken Oberarm. Man kann einen Herzinfarkt davon bekommen, sagt er. Und Leberschäden. Anderen gehen die Haare aus. Außerdem macht das Zeug paranoid, sagt Ö. Er bandagiert sich den Arm und zieht sich an. Gehen in eine Bäckerei um die Ecke, bevor wir nach Gießen fahren.

* Notiz zum C4-Deathmatch: Jemand spannt einen Stacheldraht um den Ring und verbindet ihn mit kleinen Explosivkörpern aus Plastiksprengstoff. Wenn man in den Stacheldraht hineingeworfen wird, geht das C4 hoch, deshalb sollte man »nie mit dem Gesicht zum Stacheldraht landen«. (Quelle: Ökdal)

Nach dem Frühstück, für das Ilias beim Bäcker in Gießen Brötchen holen musste, weil der Bäcker im Ort ohne Namen am Sonntag zu hatte, ging ich mit Kassandra im angrenzenden Waldstück spazieren. Herwig war mit Klaus auf der Couch im Aufenthaltsraum vom Haus Waldfried sitzen geblieben, sie sahen sich *No Holds Barred* auf DVD an, einen der schlechtesten Filme aller Zeiten, nicht nur auf das Genre Wrestlingfilm beschränkt, falls es so ein Genre überhaupt gibt. Ich nutzte lieber die Gunst der Stunde, um mit Kassandra allein zu sein, ohne den irren Herwig und ohne den andauernd alles übelst findenden Klaus. Kassandra sah frisch aus an diesem Morgen. Ihre rot gefärbten Haare hatte sie hinten zusammengebunden, sie trug eine Jeansjacke und darunter ein dünnes, weißes T-Shirt, das ihren großen Busen ausstellte. Ihr Gesicht war auf eine herbe Art freundlich und gerade noch jugendlich, auch wenn sie sehr unreine Haut hatte, die sie mit dickem Make-up übertünchte.

»Bist du mit dem Herwig zusammen?«, fragte ich sie.

»Wie kommst du denn darauf?«, sagte sie.

»Weil ihr euch immer so umarmt«, sagte ich.

»Quatsch. Da war mal was auf Tour. Passiert ständig, wenn man mit lauter Typen reist. Bedeutet nichts.«

»Dann bist du auch nicht mit Chris Rage zusammen?«, fragte ich weiter und wollte eigentlich aufhören mit der Inquisition, konnte aber irgendwie nicht.

»Wer behauptet denn das?«, fragte Kassandra.

»Der Mandel«, sagte ich. »Er hat euch in Straubing zusammen gesehen.«

»Der soll keine Scheiße erzählen«, sagte sie.

»Wie heißt du mit richtigem Namen?«, fragte ich.

»Sandra«, sagte sie. »Und du?«

»Sigfried«, sagte ich.

»Ganz schön altmodischer Name«, sagte sie.

»Ist wieder im Kommen«, log ich. »Bist du wirklich Griechin?«

»Viertelte. Der Opa kommt von Korfu«, sagte Kassandra und nahm meine Hand.

Der Feldweg, auf dem wir gingen, entwickelte sich zusehends zu einer Ackerfurche, und fast wäre ich gestolpert, hätte Kassandra meine Hand nicht festgehalten. Es roch nach Alpenvorland, ich musste an einen Ausflug mit Maria an den Schliersee denken. Wir waren mit den Fahrrädern über eine überdachte Brücke gefahren, und nach der Brücke hatte Maria unvermittelt angehalten, weil sie nicht wusste, wie es weiterging. Ich war ihr hinten reingefahren, hatte danach eine Acht im Vorderreifen und Maria eine Abschürfung an der rechten Wade. Eine Stunde hat sie nicht mehr mit mir gesprochen.

An dem Feldweg gab es eine kleine Einbuchtung mit einem Jesuskreuz, das von einer niedrigen Hecke umgeben war. Wie eine kleine Freiluftkapelle. Unter dem Holzkreuz stand eine alte hölzerne Bank, auf die wir uns setzten. Irgendwie kam mir ein Buffalo-Tom-Song in den Sinn.

Lost my life in cheap wine
Now it's quiet time
Cappy Dick nor Jesus Christ
Could not help my fate

»Kennst du Buffalo Tom?«, fragte ich.

»In welcher Liga ist der?«, fragte Kassandra, und ich sah ein, wie überflüssig die Frage gewesen war.

Wir küssten ein wenig herum, und ich schob kurz meine Hand unter ihr weißes T-Shirt, bevor wir wieder ins Haus Waldfried zurückkehrten. Herwig saß mit Ilias und Klaus noch immer auf der Couch. Zu meiner großen Überraschung lief jetzt ein Belmondo, ich glaube, es war *Der Greifer*, einer der Lieblingsfilme von mir und meiner Mutter. Meine Mutter liebte Belmondo, weil ihn nichts aus der Ruhe bringen konnte und er immer den einen Witz zu viel machte, bevor er jemandem oder ihm jemand aufs Maul haute. Belmondo war der Beste. Nachdem er ein Auto gerammt hatte, stand er vor dem toten Fahrer und sagte zu seinem Begleiter: »So, der ist hin. Los, ab jetzt in die Wälder zum Pilze mähen.« Unglaublich, wie die deutsche Synchronisation aus Terence Hill, Belmondo, Gérard Depardieu und Celentano ein und denselben Sprücheklopfer machte.

Jetzt bemerkte uns Herwig, und sein Blick wanderte von mir zu Kassandra und wieder zurück. Dann sagte er zu mir: »Sauber, Singer. Du hast es drauf«.

Mein Telefon klingelte. Ich ging vor die Tür, bevor ich den Anruf beantwortete. Es war die Spinnenfrau.

»Hallo«, sagte ich. »Long time no Sigi.«

»Sigi?«, fragte sie unsicher.

»Ja, ja, ich bin's. Hab nur einen Witz gemacht. Freut mich, dass du anrufst«, sagte ich.

»Gut, okay. Ich bin's nämlich, die Conny. Kennst mich noch, gell?«

»Logisch, Conny«, sagte ich.

»Entschuldigung wollte ich nur sagen, dass …«, sagte die Spinnenfrau.

»Nein, mir tut's leid«, sagte ich, und dann sagten wir ein paar Sekunden gar nichts.

»Geht's dir gut?«, fragte sie irgendwann.

»Logisch. Und dir?«, fragte ich.

»Ja, geht schon«, sagte sie.

»Ist wirklich alles okay?«, fragte ich.

»Du, Sigi«, sagte die Spinnenfrau.

»Ja, was ist denn?«, fragte ich.

»Warum ich so lange nicht angerufen hab …«

»Ich hab mich komisch verhalten nach unserem Abend auf den Winzerer Höhen, ich weiß«, sagte ich. »Das hatte aber nichts mit dir zu tun.«

»Ach so, das. Das fand ich nicht schlimm«, sagte sie.

Wie bitte?, dachte ich. Worüber reden wir denn dann?

»Ich hab jemand kennengelernt. Also eigentlich schon vor dir«, sagte die Spinnenfrau leise, und man verstand sie jetzt ganz schlecht.

»Wie meinst du das – vor mir?«, fragte ich.

»Also bevor wir auf den Winzerer Höhen«, sagte sie, ganz ohne Verb.

»Wie bitte? Warum haben wir dann überhaupt?«, sagte ich, auch ohne Verb.

»Das war ja alles noch nicht so fest. Und es war doch auch ein wunderschöner Abend, oder?«, sagte die Spinnenfrau.

»Ja, war schon sehr schön. Und jetzt ist es fest?«, fragte ich.

»Ja«, sagte sie kaum hörbar.

»Toll«, sagte ich.

»Es tut mir leid. Jetzt sei nicht böse, Sigi«, sagte die Spinnenfrau.

»Bin ich nicht«, sagte ich und legte auf.

Eine Weile hielt ich das Telefon noch in der Hand und starrte auf das Display in der Hoffnung, dass es ihr noch mehr leidtat und sie zurückrief und am besten alles wieder revidierte. Aber natürlich rief sie nicht zurück. Irgendwoher kam ein warmer Wind, und meine Augen juckten plötzlich wie bei einem Heuschnupfen. Die nächste Stunde lag ich mit brennenden Augen und laufender Nase auf der Couch und schaute mir noch eine zweite Belmondo-DVD an, dieses Mal *Der Profi 2*. Die Belmondo-Filme hatte Louis mitgebracht. Mittlerweile war das Gros des Kaders in irgendwelchen Ausflugsrestaurants gestrandet oder in Gießen auf einer Outdoor-Kegelbahn. Auch Kassandra hatte keine Lust gehabt, im Haus Waldfried zu bleiben, und war mit Herwig und Klaus zu einer Burgruine im Biebertal gefahren, weil sie dort ein paar Videos für die SGCW-Website drehen wollten, ich wollte die Details gar nicht wissen. Sie hatte mich gefragt, ob ich mitkommen wolle, aber in Gegenwart der beiden Idioten würde sie sich eh nicht anfassen lassen, und ich würde das auch gar nicht wollen. Franzl war kurz in die Uniklinik gefahren, um sich an die Dialyse-Maschine anschließen zu lassen. Gegen Abend wurde der Heuschnupfen, so es denn einer gewesen war, wieder besser. Ich fand Walter in der obersten Ferienwohnung im Dachgeschoss vor, wie er Zahlen untereinanderschrieb und nebenbei Geldscheine sortierte.

»Was machst du da?«, fragte ich.

»Buchhaltung«, sagte er.

»Was von Ökdal gehört?«, fragte ich.

»Nein. Du vom Mandel?«, fragte er.

»Nein«, sagte ich.

Ich bat ihn, mir den Sprinter zu leihen. Ich parkte dieses Urvieh von einem Auto eine gefühlte halbe Stunde lang aus, weil die Autos der anderen ziemlich unkoordiniert im Innenhof vom Haus Waldfried herumstanden. Dann fuhr ich nach Gießen, so weit ich konnte, in die Innenstadt hinein. Ich stellte den Sprinter im eingeschränkten Halteverbot ab und ging in ein Lokal namens »Musikkeller«, weil es das nächstgelegene war. An der Treppe zum Eingang hingen Plakate von hauseigenen Veranstaltungen. Da war zum einen das Poster für die »FICKEN-Party«-Tour, aber die war schon am Freitag gewesen, mit solch illustren DJs wie Ficken Royal, Prickelfick, Wildfick, Ficken Pur und Fickfan, aber es gab auch ein Plakat für sonntags, auf dem eine Michael-Jackson-artige Silhouette abgebildet war und das Motto dazu lautete: »Mit Stil eskalieren – Die Musikkeller-Happy-Hour mit DJ Latschi – Jeder Shot 1 €«.

Unten sah es aus, als hätten sich hier die Überlebenden einer Atomkatastrophe aus den Achtzigerjahren eine Disko eingerichtet. Außer mir war niemand da, und trotzdem lief eine gemeingefährliche Musik. Erst kam mein Erzfeind von einem Song, »It's Raining Men«, und darauf folgte mit »Respect« von Aretha Franklin eine weitere seelenlose Soul-Grauslichkeit. Jetzt fehlte nur noch »Aquarius« oder »Nelly the Elephant«, und ich hätte mich gefühlt wie früher mittwochnachts im Roxy, bevor ich donnerstags in aller Herrgottsfrüh eine Doppelstunde Biologie beim Wuse hatte, der mich immer dann ausfragte, wenn ich besonders lang im Roxy gewesen war und der dünnen Birke beim Tanzen zugeschaut hatte. Das war ihr tatsächlicher Name – Birke. Ich setzte mich an die verwaiste Bar. Es sah aus, als wäre hier seit Jahrzehnten kein Mensch mehr gewesen, die Bierdeckel wiesen schon gelbe Ränder auf. Irgendwann erschien DJ Latschi, schritt hinauf zu seiner DJ-Empore und nickte mir zu. Er trug einen weißen Anzug und einen weißen Strohhut, und ich begriff, dass das seine Silhouette auf dem Plakat gewesen war, nicht die von Michael Jackson. Nach einer Weile stieg er wieder von seiner Empore herunter, kam zu mir an die verwaiste Bar und schrie mir durch einen Janis-Joplin-

Song hindurch ins Ohr: »Ich sag mal besser dem Personal Bescheid.«

»Das wäre nett«, sagte ich.

Ziemlich bald darauf erschien eine grellblonde Frau mit einem auftoupierten Pony und gab mir zur Begrüßung über den Tresen hinweg die Hand. Ich fand das freundlich und kaufte ihr zwei Sambuca mit Kaffeebohnen ab. Nach anderthalb Stunden der schlimmsten Musik, die ich seit dem Roxy gehört hatte, wurde der Musikkeller plötzlich auf einen Schlag voll. Es war interessant zu sehen, wen es am Sonntagabend Anfang Juni in so ein Loch verschlug. Da gab es Leute mit Anzügen, aber auch etliche Teenager mit weiten Kapuzenjacken und bedrohlich breiten Turnschuhen. Dazu etliche Schwarze mit Basketball-Shirts, ein paar ältere Frauen, drei Paare und jemand mit einem großen Rucksack. Warum nahm man einen Rucksack mit in eine Bar? Neben mir an der Bar saß ein Mann mit einer randlosen Brille, grauen, buschigen Haaren und einem Vollbart. Er sah ein wenig aus wie George Lucas. Irgendwann fragte er mich, wie ich heiße.

»Sigi«, sagte ich.

»Und wie noch?«, fragte er.

»Sigi Singer«, sagte ich.

»Mein Name ist Dennis Ranke-Hansch«, sagte er.

»Angenehm«, sagte ich.

»Was machen Sie hier?«, fragte er.

»Ich denke nach«, sagte ich. DJ Latschi spielte »Urgent« von Foreigner.

»Ach, wie schön. Ein Denker. Sie sind doch sicher nicht aus Gießen«, sagte George Lucas.

»Nein, ich bin beruflich hier«, sagte ich.

»Ich auch«, sagte George Lucas.

»Was machen Sie denn beruflich?«, fragte ich, nicht weil es mich interessierte, aber weil ich so ein bisschen die Zeit zertrödeln konnte, bis ich wieder in dieses Irrenhaus Waldfried musste.

»Ich bin beinahe Pulitzer-Preisträger«, sagte George Lucas.

»Ach, Quatsch«, sagte ich.

»Nein, ehrlich«, sagte er.

»Wie kann man denn beinahe Pulitzer-Preisträger sein?«, fragte ich.

»Haben Sie das nicht gehört? Dieses Jahr konnte sich die Jury im Segment Literatur nicht zwischen zwei Titeln entscheiden. Der eine war mein Roman *Die Zwischenräume*, der andere war *The Pale King*, kennen Sie sicher, von David Foster Wallace. Jetzt ist der aber schon tot – Selbstmord, wie Sie ja sicher wissen. Sonst hätten sie ihn sicher nicht nominiert. Da hat er Glück gehabt, dass er tot ist. Weil die Jury sich letztlich nicht zwischen mir und David Foster Wallace entscheiden konnte, haben sie den Preis in diesem Jahr überhaupt nicht vergeben. Das muss man sich mal vorstellen. Für mich eine Entscheidung über Leben und Tod, wenn man so will, für David Foster Wallace mittlerweile völlig belanglos«, sagte George Lucas.

»Jetzt seien Sie mir nicht böse, aber ich habe wirklich noch nie was von Ihnen oder Ihrem Roman gehört«, sagte ich und bestellte noch einen Sambuca.

»Das glaub ich gerne. Er war auch beileibe kein Bestseller. 1747 Stück, so viel wie Thomas Bernhards erster Roman. Aber er wurde in der *FAZ* und in der *Rundschau* hervorragend besprochen. Und es gab einen Fernsehbeitrag im

Hessischen Rundfunk. Cleo Schuwirth liebt das Buch«, sagte George Lucas.

»Und worum geht's?«, fragte ich und ertappte mich dabei, wie ich mit dem Barhocker schaukelte. Während eines Portugal-Urlaubs war ich mal in einer Strandbar samt Barhocker umgekippt, direkt in den Korbstuhl von einer Italienerin hinter mir, die mir schon seit ein paar Tagen gefiel. Wir verabredeten uns daraufhin, aber entweder waren wir zu spät dran, weil mein Kumpel Robert so lange an der Campingplatz-Dusche anstehen musste, oder die Italienerin und ihre Freundin waren überhaupt nicht am Treffpunkt erschienen, weil das In-ihren-Schoß-Fallen einfach nicht die richtige Variante war, um sie von mir zu überzeugen.

»In den *Zwischenräumen* geht's um zwei Männer, die sich an einem Punkt in ihrem Leben treffen, wo es nicht weitergeht, wo sie Zeit haben, sich miteinander zu beschäftigen. Der eine ist Kirchenorgel-Restaurator, der andere Galerist. Der Restaurator wurde gerade von seiner Frau verlassen und ist ein verklemmter, unsicherer und systemabhängiger Mensch, der sich jetzt durch die Arbeitslosigkeit endlich freischwimmen könnte, sich aber nichts zutraut, der andere ein zynischer Bohemien, dessen Galerie zwar vollkommen pleite ist, der aber weiter einen aufwendigen und dekadenten Lebensstil pflegt, als lebe er noch in den Achtzigern. Die beiden freunden sich an und fahren miteinander nach Palermo, wo sie ausgerechnet in dem alten Mausoleum ...«, sagte George Lucas, bis ich ihn unterbrach.

»Palermo ist schön, da war ich auch schon mal«, unterbrach ich, aber der Beinahe-Pulitzer-Preisträger ließ sich nicht aus der Ruhe bringen.

»... dass sich Menschen eben nur wirklich begegnen und

womöglich sogar verstehen, wenn man sie auf engstem Raum zusammen in eine gegenseitige Bedürftigkeit stellt, ihnen gemeinsam das leidvolle Paradigma des Alleinseins verschafft und synchron der Gefahr des Scheiterns aussetzt; das ist die Quintessenz allen Miteinanders. Dass der Mensch ein kommunales Wesen ist, aber eben im Sinne darwinistisch motivierter Symbiosen. Das Gemeinsame, der Gemeinsinn zum Zwecke des Überlebens. Nur deswegen gibt es ihn überhaupt. Der Gemeinsinn ist ein Erbe aus einer Zeit, in der wir noch aufeinander aufpassen mussten, damit uns die Säbelzahntiger nicht auffressen. Die Zweckgemeinschaft ist die einzige gesellschaftliche Maxime, Empathie und Freundschaft existieren nur in unserer Fantasie, und Liebe ist nichts als ein nicht zuletzt literarisches Konstrukt, um den Selbsterhaltungstrieb zu maskieren«, sagte der Beinahe-Pulitzer-Preisträger. Ich hatte wirklich noch nie von seinem Roman gehört.

»Hören Sie, Herr Lucas, ich muss jetzt leider zurück ins Hotel. Ich habe morgen einen anstrengenden Tag.«

»Ich heiße Ranke-Hansch«, sagte er.

»Klar. Entschuldigung, ich war in Gedanken. Sie haben mich da ziemlich angeregt mit Ihren Theorien. Ich muss jetzt leider trotzdem gehen«, sagte ich.

»Natürlich. Jetzt haben Sie mir aber gar nicht erzählt, was Sie beruflich machen. Ich schätze Sie als Geisteswissenschaftler ein. Germanist auf jeden Fall«, sagte er.

»Ja, das stimmt. Ich habe tatsächlich Germanistik studiert«, sagte ich. »Aber mittlerweile bin ich als Privatdetektiv tätig«

»Ach, Sie haben so etwas Lebensfrohes, Positives an sich. Schade, dass man nicht mehr von Ihrem Schlag trifft«, sagte

George Lucas und nahm seine Brille ab, um sich die Augen zu reiben. Ich hoffte, dass er nicht weinte.

»Ja, schade, dass wir nur so kurz Zeit hatten«, sagte ich und merkte, dass ich lallte. George Lucas umarmte mich, und mir fiel auf, dass er fünf leere Schnapsgläser vor sich stehen hatte. Da das Thekenpersonal ständig alle leeren Gläser einsammelte, konnten sie noch nicht allzu lange dastehen. DJ Latschi spielte »Mercedes Benz« von Janis Joplin.

In dem linken Scheibenwischer vom Sprinter war ein Strafzettel eingeklemmt, der in eine Plastikfolie eingeschweißt war. Es hatte offensichtlich in Strömen geregnet, während ich im Musikkeller gesessen hatte. Gegen halb zwei fuhr ich sehr langsam zum Haus Waldfried zurück, weil ich mich außerhalb der Ortschaft konzentrieren musste, um überhaupt den Mittelstreifen zu erkennen, so sehr spürte ich den Sambuca. Ich fuhr nicht in den Innenhof vom Haus Waldfried zurück, aus Angst, beim Einparken etwas kaputt zu machen, sondern hielt draußen auf der Straße am Fahrbahnrand. Die rechten beiden Reifen standen in einer hohen und nassen Wiese, und als ich ausstieg, bemerkte ich, dass der Sprinter in eine enorme Schieflage geraten war. Man konnte sogar sagen, dass er sich konsequent weiter in Richtung Wiese neigte, während ich dastand und ihm zuschaute. Fast in Zeitlupe sank der Sprinter sanft in das hohe Gras. Es gab noch nicht einmal einen großen Lärm, als er umkippte, drinnen fielen nur ein paar Kisten mit T-Shirts um. Ich ging zum Haus Waldfried – die Haustür war nur angelehnt – und wollte mich auf meine Turnmatte legen. Dort lag aber schon der Mandel in einer unbekümmerten Ruhe, als wäre er alleine auf der Welt.

18
Siegen

// Tag 6, Siegen, 9:51
Nur eins ist schlimmer als verlieren – Siegen, sagt Ökdal beim Frühstück. Sitzen in einem Fast-Food-Restaurant in Eiserfeld, Siegen, zwischen obi und aldi, in einem Industriegebiet unter einer kolossalen Autobahnbrücke. War früher schon mal für den *Rock'n'Roll-Express* in Siegen. Kurioser Anlass: Paul McCartney stellte seine Bilder aus, weil ein Siegener Kunstlehrer ihn darum gebeten hatte, weil seine neunjährige Tochter, ein manischer Beatles-Fan, in einem Interview mit dem Rolling Stone gelesen hatte, dass Paul McCartney doch in seiner Freizeit auch Maler ist. So kam McCartney tatsächlich samt seinen Bildern für eine Vernissage nach Siegen. Als »surreal und experimentierfreudig« waren die Bilder angekündigt, man befürchtete Schlimmes, aber ich war überrascht, wie gut sie waren. Erinnere mich sogar an eine tolle Stilblüte von dem Kunstlehrer in der Einladung damals (in etwa): »Im lustvoll besetzten Bereich zwischen gestischem Impetus und farbprozessualer Komposition bewegt sich Pauls bildnerische Arbeit.« Sonst kaum Erinnerung an Siegen. Nur dieser lang gezogene

Parkplatz über der Sieg. Ein Parkplatz mitten auf dem Fluss.

// Gestern am späten Abend noch mit Ökdal, Franz und Walter zum Abendessen in einer Pizzeria getroffen. Ö. wurde ausfallend, als er gehört hat, dass sein Titel in Gießen unter Herwig und CSK ausgekämpft worden war. Hat Walter Vertragsbruch vorgeworfen und ihn aufgefordert, ihm eine Entschädigung plus die Gage für Gießen zu zahlen. W. hat abgelehnt, ihm aber versichert, dass der Titelwechsel annulliert wird und die entsprechenden Websites umgehend über die Annullierung informiert werden. Ö. hat darauf bestanden, ein Hotelzimmer in Gießen auf Kosten der SGCW zu nehmen. Bin kurz darauf mit Walter / Franz zu ihrer Unterkunft, einem Ferienhaus in der Umgebung, gefahren und habe dort auf einer Turnmatte übernachtet.
Zum Frühstück hat mich Ökdal abgeholt. Er wirkt heute deutlich entspannter. Sein Arm nässt noch etwas von den Verbrennungen, aber er sagt, er kann kämpfen. Ob er immer noch so eine Wut auf CSK hat? Eine Scheißwut, sagt er. Ist es dann gut, wenn du heute Abend gegen ihn antrittst? So wird es authentischer, sagt er.
Es sind nur noch drei Tage bis zur Vergabe des Zeltplatzes, es gibt einen letzten Kandidaten für das Zelt: Georg Buxbaumer von Spargel Buxbaumer, der größte Spargellieferant aus der Region. Weil er bisher noch keine gastronomische Einrichtung besaß, hat er sich im Frühjahr das etwas heruntergekommene Hotel Römerhof in Straubing Ost gekauft und lässt es zu einem Wellness-Hotel umbauen. Buxbaumer werden nur Außenseiter-

Chancen eingeräumt, aber immerhin »frisst jeder seinen Spargel«, pflegt mein Bruder zu sagen.

Ich habe in meinem ganzen Leben noch nicht so etwas wie den Siegerländer Dialekt gehört. Für mich klingt es, als hätte sich ein Holländer beim Versuch, Deutsch zu lernen, die Zähne ausgeschlagen. Da man jedes einzelne »R« wie im Englischen mit verbogener Zunge spricht, klingt es die ganze Zeit so, als würde sich jemand einen Witz erlauben. Der erste *native speaker*, der uns begegnete, war der Parkplatzwärter vor dem kleinen Kulturzelt. Erst dachte ich, der Mann verarscht uns, aber die Ernsthaftigkeit, mit der er uns erklärte, wo der Sprinter parken durfte und wo nicht, belehrte mich eines Besseren. Der Sprinter war an der rechten Außenseite voller Schlamm. Sechs Mann waren nötig gewesen, um ihn wieder aus der sumpfigen Wiese zu ziehen.

»Warst du hier schon mal?«, fragte ich den Franzl anschließend.

»Ich war ja überall schon einmal«, sagte der Franzl.

»Das ist ja Wahnsinn mit dem *R*«, sagte ich und verbog die Zunge.

»Ja, das benutzen sie gerne, vor allem die Älteren. Statt links sagen die Siegener auch lieber rechts, rechts, rechts«, sagte der Franzl und lachte über seinen eigenen Witz.

Ich zählte kurz die Abbiegevorgänge nach und stellte mir die Situation bildlich vor. Dann lachte ich auch. Das kleine Kulturzelt war nur ein Teil einer regelrechten Zeltstadt hier draußen auf dem Giller. Dieses Mal waren wir noch nicht einmal in die Nähe der Innenstadt von Siegen gekommen, sondern über eine Serpentinenstraße direkt einen Berg hinaufgefahren.

»Das ist das Rothaargebirge«, klärte mich Walter auf, und ich hatte noch nie von einem Rothaargebirge gehört.

»Warum heißt das so?«, fragte ich.

»Vielleicht haben die Bergbewohner eh alle rote Haare«, sagte der Franzl.

»Das Zelt haben sie nicht extra wegen uns aufgestellt?«, fragte ich weiter.

»Nein, hier treten den ganzen Sommer Artisten und Musiker auf«, sagte Walter und nahm seine Sonnenbrille ab, eine randlose und schmale Ray-Ban, ein hässliches Stück.

»Bob Geldof war schon mal hier, falls dir der noch was sagt«, sagte Walter.

»Ich war mal Musikjournalist«, sagte ich.

»War nicht böse gemeint«, sagte Walter.

In dem leeren Zelt herrschte schon am späten Mittag eine unerträgliche Hitze, und es roch wie im Affenhaus. Unter einer Art Vorzelt, in dem auch die Bar untergebracht war, baute ich mit Martina den Merchandise-Stand auf.

»Mal schauen, was er heute wieder für einen Scheißdreck erzählt«, sagte der Herwig und stellte ein kleines, rotes Radio auf die Theke.

»Wer erzählt einen Scheißdreck?«, fragte ich.

»Das hörst du jetzt gleich«, sagte der Herwig.

Im Radio kündigte eine Moderatorin nach der Verkehrsdurchsage Attila, den bekanntesten deutschen Catcher, an, der heute im kleinen Kulturzelt ein Gastspiel gab. Vorher spielte sie noch »You Can't Hurry Love« von Phil Collins, ein gutes Stück. Danach war Ökdal live im Studio zu Gast, und er hatte den Mandel mitgebracht.

»Und wer sind Sie?«, fragte die Moderatorin den Mandel.

»Das ist der Große Kurt. Aber Sie können Kurt zu ihm sagen«, sagte Ökdal.

»Wie lange sind Sie schon Catcher, Kurt?«, fragte die Moderatorin.

»Seit einer Woche«, sagte der Mandel.

»Was waren Sie vorher von Beruf?«, fragte die Moderatorin.

»Journalist«, sagte der Mandel.

Bevor das Gespräch ins Absurde abkippte, mischte sich Ökdal ein.

»Kurt macht ein Praktikum bei uns. Und dann schreibt er einen großen Artikel über unsere Liga. Und über das deutsche Wrestling im Allgemeinen. Stimmt's, Kurt?«

»Stimmt«, sagte der Mandel.

Das schien die Moderatorin zu beruhigen, die vielleicht schon Angst gehabt hatte, dass die Krise in der Medienbranche bereits so ausgewachsen war, dass auch sie ihr Glück in Zukunft beim Wrestling suchen musste.

»Kurt ist ein krasser Typ. Ich habe seit Jahren kein solches Talent mehr im Ring gesehen. Wenn Kurt kommt, rasten die Leute aus«, sagte Ökdal.

»Und davon kann man sich heute Abend ein Bild am Giller im kleinen Kulturzelt im Rahmen von ›Kultur pur‹ machen«, leitete die Moderatorin in den nächsten Song über. Es war »Owner Of A Lonely Heart« von Yes.

Danach erzählte Ökdal etwas über seine Karriere und was das Tolle am Wrestling war. Für Jung und Alt sei es zugleich ein sportliches Spektakel und eine Seifenoper, ein Hort der talentiertesten Athleten der Welt und gleichzeitig noch der besten Schauspieler, die leider jedes Jahr vom Oscar-Komitee übersehen wurden. Gut, das mit dem Oscar-Komitee habe ich jetzt hinzugedichtet, aber es war die übliche panische Lobhudelei, weil jeder Wrestler im Grunde fürchtete, dass seine Sportart in den Augen der Öffentlichkeit nur Unterschichten-Unterhaltung war.

Dann fragte die Moderatorin den Mandel, wie er als Journalist das Catchen einschätze, jetzt, wo er so nah dran war.

»Ich finde es faszinierend. Es ist ein bisschen wie *Krieg der Sterne*, der ewige Kampf zwischen Gut und Böse, eine Metapher auf das Leben, komprimiert auf einen Ring und eine Handvoll Akteure. Eigentlich wie ein Theaterstück mit unglaublichen akrobatischen Einlagen. Hat was von Shakespeare«, sagte der Mandel.

»Sehr schön ausgedrückt, Großer Kurt«, sagte die Moderatorin.

»Der Große Kurt, ihn schau an, den Schmierlappen«, sagte Herwig. »Dein Spezi ist ja plötzlich ganz schön wichtig.«

»Das passiert immer früher oder später, wenn er in irgendeine Szene hineinkommt«, sagte ich.

»Weil er so ein gottverdammter Wichtigtuer ist«, sagte Herwig, und das konnte ich ihm vermutlich nicht begreiflich machen, dass der Mandel ja gerade das nicht war. Der Mandel war einfach nur da, und der Rest passierte von selbst, das war ja das Ungerechte. Kassandra Red lief hinter mir vorbei, und ich streckte meine Hand aus, damit sie wie zufällig in meinen Arm gleiten konnte. Sie wich der Hand aus.

»Hey, Sandra«, sagte ich.

»Hey, Sigfried«, sagte sie und ging weiter. Als im Prinzip schon alles aufgebaut war und der Ring mühsam und aus kleinsten Teilen in dem engen Zelt zusammengesetzt worden war, kam der Mandel mit Ökdal an und sah sich um, als wäre er der Agent von Ökdal und müsse für ihn die Rahmenbedingung der Veranstaltung überprüfen. Er nahm mich kurz zur Seite, und wir stellten uns an einen Wurststand, der noch zu hatte. Er war mit einem Gitter verschlossen.

»Wo warst du die ganze Zeit?«, fragte ich den Mandel, weil wir seit seinem Abgang aus Chemnitz noch keine Zeit gehabt hatten zu reden.

»Erst in Wasserburg und dann in München«, sagte der Mandel.

»In Wasserburg? Was hast du in Wasserburg gemacht?«, fragte ich.

»Nicht so wichtig. Der Ökdal hält nicht mehr lange durch. Heute Abend muss der Knoten platzen«, sagte der Mandel.

»Was meinst du mit Knoten platzen?«, fragte ich.

»Im Hauptkampf muss etwas so Kontroverses passieren, dass sich jemand eine Blöße gibt.«

»Meinst du mit jemand jemand Bestimmten?«, fragte ich.

»Kann schon sein«, sagte der Mandel.

»Und was soll Kontroverses passieren?«, fragte ich.

»Du bist der Experte – denk dir was aus. Du hast Zeit bis siebzehn Uhr, dann besprechen wir das mit Walter.«

»Aber sonst geht's dir gut, oder?«, sagte ich.

Bevor der Mandel antworten konnte, vorausgesetzt, das hatte er überhaupt vorgehabt, kam Walter dazwischen.

»Ich habe gerade einen Anruf bekommen. Die Polizei hat den Dieb unseres Meisterschaftsgürtels gefunden«, sagte er.

»Ich wusste gar nicht, dass du das der Polizei gemeldet hattest«, sagte ich.

»Und wer war's?«, fragte der Mandel.

»Irgendein Typ aus Hof. Er schwört, dass er den Titel dort regulär am Merchandise-Stand gekauft hat. Er hat sich schon gewundert, warum er so schwer war.«

Mir kam eine fürchterliche Gewissheit, aber ich behielt sie für mich.

»Und wie haben sie ihn gefunden?«, fragte ich stattdessen.

»Er wollte den Gürtel für zehn Euro auf Ebay verkaufen, weil er ihm zu schwer war. Er wollte ihn nur für seinen kleinen Neffen, sagt er«, sagte Walter.

Der Mandel sah mich auf eine Art und Weise an, die mich an den Pfarrer Gneissel aus dem Beichtunterricht früher erinnerte.

Gegen siebzehn Uhr trafen wir uns mit Walter und Franzl im sogenannten Templum Culinarium, dem Fresszelt. Neben uns im Junior-Zelt wurde gerade *Das Grüffelokind* aufgeführt. Der Mandel hatte sich einen Angus-Avocado-Burger und Bio-Pommes mit Ziegenkäse-Ketchup bestellt, während ich einen Flammkuchen mit Mandarinen und Lammfleisch aß. Man legte hier offenbar besonderen Wert auf die kulinarische Alleinstellung, oder hat schon einmal wer von Ziegenkäse-Ketchup gehört?

»Der Sigi hat sich ein paar Gedanken gemacht. Er hat eine Handlung für das Titelmatch heute Abend entwickelt«, sagte der Mandel.

»Ja, hab ich«, sagte ich, weil ich eine gute Idee hatte.

»Und ihr seid sicher, dass sich meine Leute danach nicht halb totschlagen und wir die Tour abbrechen müssen?«, fragte Walter.

»Alles wird gut«, sagte der Mandel.

»Seid mir nicht böse, Jungs, aber seit ihr dabei seid, ist noch mehr Unruhe als vorher im Kader«, sagte Walter.

»Das ist ja gerade unsere Spezialität«, unterbrach ich ihn, und der Mandel warf mir einen vorwurfsvollen Blick zu, während er in seinen biologischen Hamburger biss.

»Das versteh ich nicht. Was für eine Spezialität?«, fragte Walter.

»Was er meint, ist, dass wir die bestehenden sozialen Gefüge in Schwingung versetzen. Dadurch zeigen sich neue Verhaltensweisen und Paradigmen, die sonst so nicht zutage treten, und damit können wir einfacher unsere Schlüsse ziehen«, sagte der Mandel, und wischte mit einem Pommes durch das Ziegenkäse-Ketchup.

»Aha. Ich weiß zwar nicht, was ein Paradigmus ist, aber ich würde eh viel lieber erfahren, wie wir den Kampf eurer Meinung nach planen sollen«, fragte Walter.

»Es heißt Paradigma. Wichtig ist nur, dass du Herwig *und* Klaus jeweils im persönlichen Gespräch versicherst, dass sie den Titel holen. Allerdings dürfen sie sich nicht absprechen, weil ja beide denken sollen, dass sie gewinnen«, sagte ich.

»Aber wenn Herwig und Klaus gleichzeitig denken, sie gewinnen den Titel, wie sollen sie dann das Kampfende absprechen? Wie sollen sie zu einem gemeinsamen Finish kommen?«

»Ich habe da ein Szenario entwickelt, bei dem jeder glaubt, er wäre der Gewinner«, sagte ich zu Walter.

»Jetzt bin ich gespannt«, sagte der.

»Das ist das absurdeste Matchende, von dem ich je gehört habe. In Amerika nennt man so etwas *overbooked mess*«, sagte Walter, nachdem ich zu Ende erzählt hatte.

»Und genau damit werden wir die Fassaden zum Einsturz bringen«, sagte ich.

»Das befürchte ich auch«, sagte Walter.

Das Zelt war erstaunlich gut gefüllt, und eine hervorragende Stimmung zeichnete sich ab. Ich wollte heute nicht in den

Ring – mir reichte es noch von Gießen und Chemnitz. Das Eröffnungsmatch bestritten ausnahmsweise die Damen, und in einem erneut akrobatischen Match konnte Kassandra Red Whitney Spears mit einem »Suplex« vom dritten Ringseil besiegen, was eine spektakuläre und anspruchsvolle Aktion war.

Danach trat der Mandel wieder einmal gegen seinen Stammgegner Louis XIV an, aber dieses Mal hatte ich mir eine ganz besondere Stipulation ausgedacht. Der Gewinner des Kampfes bekam einen Gutschein für einen Titelkampf seiner Wahl. Wenn beispielsweise Louis gegen den Mandel wie bisher üblich gewann, durfte er jederzeit in jeder Stadt den amtierenden SGCW-Champion um den Titel herausfordern. Jan Kozlovič, der Mandel und Louis wurden von mir kurz vorher eingeweiht, wie der Kampf auszugehen hatte. Alle drei Beteiligten versicherten mir, den Ablauf und das Timing verstanden zu haben. Als Ringsprecher war am heutigen Abend der Franzl tätig, und im Zuge des sogenannten »Championship-Gutschein-Matches« kündigte er zunächst den Großen Kurt an.

Noch während Frank Zander den Auftakt zum Song sprach, brach ein geradezu frenetischer Jubel unter dem erneut sehr gemischten Siegener Publikum aus. Offenbar hatte sich das Alter Ego vom Mandel in den letzten Tagen durch das gesamte Internet herumgesprochen, und die Leute wussten genau, wen sie zu erwarten hatten, wenn vom Großen Kurt die Rede war. Im Ring angekommen, fuhr sich der Große Kurt durch sein graues Haar und machte wieder diese Geste, als ob er sich die Hände waschen würde. Dann ertönte die Marseillaise.

Der Kampf dauerte fast sieben Minuten, bis meine sorgfältig arrangierte Schlusssequenz begann. Zuerst wuchtete Louis den Mandel mit einem »Spear« um – das muss man sich wie einen Tackle im American Football vorstellen –, sodass der gegen den Ringrichter Kozlovič flog, der daraufhin bewusstlos zu Boden ging. Also war jetzt niemand da, der Louis' »Cover« am Mandel bis drei durchzählen hätte können. Louis war stocksauer und holte eine Wasserflasche, die er dem Ringrichter Kozlovič über den Kopf goss, damit der wieder wach wurde. Inzwischen hatte sich der Mandel wieder von dem Spear erholt und schlich sich an Louis an. Er griff ihm durch die Beine und rollte ihn auf seine Schultern. Der mittlerweile wieder aufgewachte Kozlovič sah das und zählte bis drei durch – zack, der Mandel hatte den Titelkampf-Gutschein. Mit einem wütenden Louis, der vom Ringrichter zurückgehalten werden musste, und einem erschöpft feiernden Mandel ging der Kampf zu Ende. Genau genommen feierte der Mandel auch nicht richtig, sondern tippte sich unter dem lauten Jubel immer wieder mit zwei Fingern an die Stirn, als wolle er sagen: »Mitdenken muss man können.«

Der Franzl überreichte ihm ein Blatt Papier, das sollte den Vertrag darstellen, mit dem der Mandel jederzeit und überall sein Titelmatch einlösen konnte.

Das Match zwischen Walter und dem Franzl war heute noch langweiliger als sonst; ich vermutete, dass beide angespannt wegen dem großen Finale waren. Das war wie angekündigt ein Kampf mit drei Kontrahenten um den Titel von Ökdal, der per Dekret von Präsident Walter Wylde immer noch Champion war, weil der Titelwechsel in Chemnitz aufgrund einer Fehlleistung des Ringrichters für ungültig erklärt worden war. In einer beinahe feierlichen Ansprache erklärte Walter den Zuschauern, dass der alte und neue Champion Attila hieß. Damit aber auch die in die Kontroverse involvierten Jonny Rebel und Crazy Sexy Klaus ihre faire Chance auf den Titel bekamen, habe er als Präsident das heutige Dreiermatch angesetzt. Das Publikum freute sich, und ich fragte mich, ob es sich auch nach dem Kampf noch freuen würden.

Die Ramones spielten A-Dur, D-Dur, E-Dur. Dann betrat Jonny Rebel das kleine Kulturzelt und wurde tendenziell ausgebuht. Man konnte sich bei Herwig nie ganz sicher sein, wie die Publikumsreaktionen ausfielen. Die Ramones sprachen natürlich für ihn, genauso wie das Punker-Gimmick, aber seine aggressive Gesamthaltung war nicht zu übersehen. Übrigens: Den »Blitzkrieg Bop« hätte er natürlich nie und nimmer bei einer TV-Übertragung abspielen können, da hätten die Verlagsrechte sofort die gesamten Tageseinnahmen der SGCW aufgefressen. Aber auch für seine Live-Events musste der Walter eine Pauschalabgabe an die GEMA zahlen, dafür konnte dann jeder seinen Lieblingssong als Einzugsmusik benutzen. Auf jeden Fall hat der Herwig das gut gemacht, trotz des beliebten Oldies einen furchtbar unsympathischen Eindruck beim Publikum zu hinterlassen, indem er einem Zwölfjährigen sein selbst gemaltes Attila-Plakat aus der Hand nahm und vor dessen Augen zerriss, weswegen ein Ordner vom Kulturzelt gerade noch den Vater des Kindes davon abhalten konnte, über die Absperrung zu klettern, um auf Herwig loszugehen. Dann kamen die Scorpions und Crazy Sexy Klaus, was das Publikum mit höflichem Beifall quittierte. Mit Damian MCs »Sie nennen ihn Maschine« folgte schließlich unter lautem Jubel Ökdal, der den Ersatzgürtel dabei hatte – das Original lag noch als Beweisstück auf der Hofer Polizeidienststelle.

Ökdal und Klaus arbeiteten zunächst gegen Herwig zusammen, bekamen sich aber schnell in die Haare. Nach ungefähr zwanzig Minuten begann der große Showdown, so wie ich ihn mir ausgedacht hatte: Während der Herwig von einem iSlam ausgeknockt auf dem Boden lag, landete Klaus eine Kobra bei Ökdal. Ökdal ging zu Boden, und während Klaus ihn mühsam umdrehte, stand Herwig auf, stieg aufs dritte Ringseil und sprang von da aus auf den gerade Ökdal pinnenden Klaus, sodass jetzt sowohl Herwig als auch Klaus übereinander auf Ökdal lagen. Kozlovič zählte bis drei, und gleichzeitig sprangen Klaus und Herwig hoch, um sich als Sieger feiern zu lassen. Abwechselnd spielte Franzl aus der Technik Scorpions und Ramones. Das Publikum, das bei dem Doppelpin von den Stühlen aufgesprungen war, schrie vor Verwirrung durcheinander. Niemand wusste, wer jetzt eigentlich den Titel gewonnen hatte. Präsident Walter Wylde kam zum Ring und ließ sich ein Mikrofon reichen. Jemand schaltete die Scorpions aus.

»Aufgrund eines Doppelpins wird der Titelkampf zum Unentschieden erklärt, und der amtierende Titelträger Attila bleibt SGCW-Heavyweight-Champion«, sagte Walter.

Ein Tsunami an Buhrufen ergoss sich über Walter, Plastikbecher flogen in den Ring, denn wenn es eins gab, was jedes Wrestling-Publikum auf der Welt hasste, dann war das ein sogenanntes Non-Finish in einem Titelkampf. Gleichzeitig stürmten auch Herwig und Klaus auf einen hilflos wirkenden Walter Wylde ein. Für ein paar Sekunden schien das Chaos überhandzunehmen, doch dann tönte eine altbekannte Weise aus den Lautsprechern:

Uno, dos, tres. Ihr kennt Elvis, ihr kennt Prince,
ihr kennt Helmut Kohl, ihr kennt Heino.
Stopp, aber es gibt einen, den kennt ihr noch nicht!
Seid ihr heiß drauf?

Und heraus kam der Mandel in seinem roten Trainingsanzug, als wäre nichts passiert. In der Hand hatte er den Vertrag für ein Titelmatch. Ökdal lag noch benommen auf dem Rücken, während der Mandel dem Ringrichter seinen Vertrag in die Hand drückte und ihn anwies, den Kampf zu beginnen. Währenddessen dirigierte Walter Herwig und Klaus, die völlig perplex wirkten, aus dem Ring. Fabio Immortale, der als Timekeeper eingeteilt war, läutete den Kampf an. Der Mandel hakte das Bein des immer noch regungslosen Ökdal ein, und Kozlovič zählte bis drei. Der Mandel riss die Arme in die Luft, und das Publikum auf dem Giller wusste jetzt endgültig nicht mehr, was es von der ganzen Sache zu halten hatte. Es entschied sich kurzfristig für Kurt-Kurt-Kurt-Rufe. Walter kletterte wieder in den Ring und hatte das Mikrofon und den Titelgürtel dabei:

»Weil der Große Kurt gerade seinen Championship-Gutschein absolut rechtmäßig eingelöst hat, ist er der neue Schwergewichtsweltmeister der SGCW!«

Der Mandel riss Walter Wylde den Gürtel aus der Hand und hetzte quer durchs Zelt zum Ausgang.

»Spinne die jetzt alle?«, fragte Martina neben mir am Merchandise-Stand, als der Mandel mit dem Titel an uns vorbeirannte.

»Ich muss auch weg«, sagte ich zu Martina und rannte dem Mandel hinterher. Mir folgten unmittelbar Herwig und Klaus. Ein paar Besucher versuchten inzwischen, den Ring zu stürmen, aber die von der Stadt Siegen bezahlte Zelt-Security hielt sie auf. Der Mandel ließ sich mit seinem Gürtel erschöpft auf den frisch gemähten Rasen vor dem Zelt fallen, denn er mochte zwar mittlerweile ein Catcher sein, ein Sprinter war er aber noch lange nicht. Es war ein Bild wie gemalt: Der Mandel mit dem vergoldeten Gürtel in dem roten Trainingsanzug auf der mattgrünen Wiese und um ihn herum dieser dunkelblaue Nachthimmel, der auf das Rothaargebirge herabhing.

»Was soll denn die Scheiße jetzt?«, fragte Herwig, der in seiner Ramones-Unterhose vor dem Mandel stand und ihn mit seinem rechten Stiefel in die Hüfte stieß.

»Ja, wo soll da der Witz sein?«, fragte Klaus.

»Da ist kein Witz. Ich bin der neue World Heavyweight Champion«, sagte der Mandel.

»Eine Null bist du, ein Nichts. Du bist kein Wrestler, du bist ein fetter, eingebildeter Arsch, der nichts gelernt hat und in seinem Leben noch nicht einmal wirklich gearbeitet hat«, sagte Herwig und stiefelte den Mandel erneut in die Hüfte, dieses Mal stärker. Der Mandel blieb liegen und lächelte den Herwig an. Offensichtlich war er lebensmüde.

»Es war nicht seine Idee«, sagte ich. »Das war die Idee von Ökdal.«

»Wie bitte?«, fragte Klaus.

»Das war seine Revanche für Chemnitz. Er sagt, von euch Idioten hat den Titel sowieso keiner verdient. Dann eher noch ein Amateur wie der Mandel«, sagte ich.

»Was mischst du dich eigentlich ein, Singer?« Herwig widmete seine volle Aufmerksamkeit jetzt ausnahmsweise mir.

»Ich misch mich nicht ein. Ich sag nur, wie's war«, sagte ich.

»Seit ihr beiden Armleuchter dahergeschissen seid, geht es bergab. Erst krepiert fast der Engländer, dann dreht der Türke durch, und jetzt gewinnt auch noch ein Arschkriecher wie er da den Gürtel. Und du schwingst hier schlaue Reden, Singer. Meinst, weil du der Sandra einmal deinen Schwanz in den Mund hast stecken dürfen, kannst du jetzt bei den Erwachsenen mitreden?«, sagte Herwig und schubste mich um, sodass ich neben dem Mandel im Gras landete.

»Ich hab meinen … Also, sie hat mir keinen … Also, wir haben nur …«, sagte ich.

Klaus packte den Herwig am Arm.

»Jetzt lass sie, das sind doch nur Klugscheißer. Mich würde interessieren, was sich Waldi dabei gedacht hat. Der hat das doch offensichtlich abgesegnet. Lass uns das mal klären.«

»Finger weg, Kosovo-Ossi!«, sagte Herwig und riss sich los.

»Alter, wie scheiße gehst du ab? Ich kläre jetzt mit Walter und dem Türken, was da los war. Du kannst dich ja weiter mit den Kunden hier anficken«, sagte Klaus und ging beleidigt ins Zelt zurück.

»Ich möchte euch Wichser hier nicht mehr sehen«, sagte Herwig zu uns. »Ihr gebt mir jetzt den Titel und verschwindet sofort von der Tour. Wenn einer von euch auch nur in die Nähe eines Rings kommt, dann brech ich ihm das Genick.«

Der Mandel lächelte den Herwig immer noch an und stand provozierend langsam auf. Er wischte sich ein paar Grashalme von seinem Trainingsanzug und schwang sich den Gürtel über die Schulter. Dann zog er eine Packung Zigaretten und ein Feuerzeug aus der roten Trainingshose. Ich konnte kaum glauben, dass er seine Zigaretten selbst im Ring dabeigehabt hatte.

»Weißt du was, Herwig«, sagte der Mandel und zündete sich eine Zigarette an.

»Ich bin damals auch deshalb nicht mit ans andere Ufer geschwommen, weil ich wusste, dass du sauer sein würdest. Das war eine Möglichkeit, sich von dir loszueisen. Deinem ewigen Chefgebelle, deiner Rüpelhaftigkeit. Weil du damals schon ein Angeber, ein Prolet und vor allem ein unglaublicher Ignorant warst und heute ein noch viel schlimmerer bist. Dich hätten sie im Knast behalten sollen, falls du da überhaupt warst und das nicht wieder eine deiner Aufschneider-Geschichten ist«, sagte der Mandel.

Ich wollte meinen Ohren nicht trauen. Warum spielte der Mandel mit seinem, mit unserem Leben und lächelte dabei träge wie nach einer Narkose?

Ohne Vorwarnung, aber aus nachvollziehbaren Gründen haute der Herwig den Mandel um. Danach lag der Mandel wieder im Gras und blutete aus dem Mund. Den Gürtel hielt er immer noch fest. Der Herwig wollte ihm den Gürtel aus der Hand nehmen, doch der Mandel zog jetzt leidenschaftlich daran: eine unwürdige Rangelei, als stritten sich zwei Kinder um ein Spielzeug. Selbst als der Herwig dem Mandel mit seinem rechten Ringerstiefel in den Magen trat, ließ der Mandel nicht los.

»Jetzt gib ihn halt zurück«, sagte ich zum Mandel.

»Nein«, sagte der Mandel, sprang auf und lief weg. Es sah merkwürdig aus, wie er in dem roten Trainingsanzug in die hohe Wiese hineinsprang und auf den Waldrand zuhumpelte. Wie eine nicht besonders schlanke und schwer verletzte Antilope, was ein merkwürdiger Vergleich ist, wenn ich es mir recht überlege. Es sah aber auch merkwürdig aus, so merkwürdig, dass Herwig nicht hinterherlief.

»Komm zurück, du feige Sau«, rief er.

Ich joggte ebenfalls davon, um mich vor Herwig in Sicherheit zu bringen.

»Haut doch ab, ihr Arschgeigen. Und wehe, ich sehe einen von euch noch mal in meiner Nähe, dann bring ich euch um«, schrie Herwig uns hinterher. Dann drehte er sich zum Zelt um, aus dem gerade Walter und Franzl traten.

Ich lief in Richtung der Baumgrenze. Der Mandel war selbst mit einem großen Vorsprung immer noch deutlich im Halbdunklen zu erkennen, wie er mit seinem Trainingsanzug über das hohe Gras hüpfte. Wie eine altersschwache, rote Antilope.

19
GILLER

Es war schon beinahe vollständig dunkel, als der Mandel und ich mitten in der Wiese vor dem Waldrand saßen und ich fürchterlich niesen musste. Zumindest bevor ich niesen musste, hatte es nach verbranntem Holz und der fauligen Süße von altem Obst gerochen. Der Himmel stand kerzengerade etliche Kilometer über uns in einem undurchdringlich schwarzen Blau, als wäre er ein nächtliches Meer und wir lägen verkehrt herum.

»Hast du Heuschnupfen?«, fragte der Mandel.

»Immer schon«, sagte ich.

»Wusste ich gar nicht«, sagte der Mandel

»Natürlich nicht«, sagte ich.

»Du niest sonst nicht so oft«, sagte der Mandel.

»Normalerweise sitze ich auch nicht mitten in der Nacht im Rothaargebirge fest«, sagte ich und dachte, dass Rothaargebirge allein schon nach Allergie klingt.

»Das hast du dir selbst zuzuschreiben mit deiner Idee, mich zum Champion zu machen«, sagte der Mandel.

»Ich glaub, mein Schwein pfeift. Wir sitzen nur deshalb hier, weil du unbedingt heute Nacht deinem Ex-Freund Herwig die Meinung sagen musstest«, sagte ich.

»Das war fällig«, sagte der Mandel.

»Aber nicht ausgerechnet jetzt. Ich war gerade dabei, den gesamten Zorn auf Ökdal zu lenken, und dann hätten wir zuschauen können, was passiert, wie sich der Fall eventuell von selbst löst. Leider sind wir jetzt auf der Flucht«, sagte ich.

»Wir sind nicht auf der Flucht. Dramatisier nicht wieder alles«, sagte der Mandel.

»Ich dramatisier gar nichts«, sagte ich.

»Hast du dein Telefon dabei?«, fragte der Mandel.

»Ja, hab ich.«

»Ruf Walter an, sag ihm, er soll unser Gepäck und mein Telefon in ein Schließfach am Bahnhof legen. Dort holen wir es dann ab. Und sag ihm auch, dass wir den Fall abgeben«, sagte der Mandel und wischte sich über den Mund.

»Und dann? Fahren wir dann nach Hause? Nachdem wir so viel Ärger mit diesen Neandertalern in Kauf genommen haben? Und jetzt keinen Cent sehen, weil du so eine krude Nur-im-Erfolgsfall-Gage ausgehandelt hast?«, wollte ich wissen.

»Ganz ruhig, Sigi. Wir fahren erst einmal zurück in den Süden und holen den Ford Focus. Du kannst ja die Zeit nutzen, um das mit Conny zu klären«, sagte der Mandel.

»Mit Conny gibt es nichts mehr zu klären«, sagte ich.

»Ach so?«, sagte der Mandel.

»Sie hat einen anderen kennengelernt«, sagte ich.

»Nicht dein Ernst«, sagte der Mandel, und wenn ich es im Dunkeln auch nicht sehen konnte, ich hätte schwören können, dass er schmunzelte. Ich konnte es förmlich hören. Es war wie ein sublimes Schmatzen.

Dann rief ich Walter an.

»Wo seid ihr?«, fragte er.

»In der Nähe«, sagte ich.

»Und seid ihr jetzt zufrieden?«, fragte Walter.

»Hat sich was herauskristallisiert?«, fragte ich zurück.

»Nein. Ökdal bestreitet plötzlich, etwas von dem Booking gewusst zu haben. Alle sind jetzt sauer auf euch.«

»So war das aber nicht verabredet. Er hätte sagen sollen, dass der Titelwechsel seine Idee war, und dann hätte sich garantiert was ergeben«, sagte ich.

»Hat es aber nicht«, sagte Walter. »Es wäre wohl besser, wenn ihr euch erst mal rarmacht.«

Viel mehr konnte ich nicht in Erfahrung bringen, denn Walter war kurz angebunden, der Abbau war in vollem Gange. Er willigte ein, unser Gepäck in ein Fach am Hauptbahnhof zu schließen und den Schlüssel bei der Bahnhofsverwaltung abzugeben, bei der wir ihn gegen Vorlage meines Ausweises würden abholen können. Gleichzeitig bat er uns, im Gegenzug den Titelgürtel im Schließfach zu lassen.

»Eure Ermittlungen haben letztlich rein gar nichts gebracht«, fasste Walter zusammen, ohne besonders enttäuscht zu klingen.

»Mag sein, aber wir wollen den Fall sowieso abgeben«, sagte ich.

»Und was ist mit der Geldübergabe?«, fragte Walter.

Ich sah den Mandel an.

»Was mit der Geldübergabe ist, will er wissen«, sagte ich.

»Ökdal soll bezahlen, mit den Erpressern ist nicht zu spaßen«, sagte der Mandel.

»Ökdal soll bezahlen, mit den Erpressern ist nicht zu spaßen«, sagte ich zu Walter.

»Okay, ich richte es ihm aus«, sagte Walter.

»Was ist mit den Zugtickets zurück, kannst du die wenigstens bezahlen?«, fügte ich noch an, aber Walter hatte schon aufgelegt.

»Was sagt er?«, fragte der Mandel.

»Alle hassen uns«, sagte ich.

»Gut«, sagte der Mandel.

»Was soll daran gut sein? Und wie kommen wir jetzt hier weg? Solange die da drüben abbauen, gehen wir lieber nicht zu den Bussen«, sagte ich, weil das kleine Kulturzelt direkt vor dem Parkplatz lag, von dem aus die Shuttlebusse zurück nach Siegen gingen.

»Wir haben es nicht eilig. Ich geh rüber in den Templum Culinarium und hol uns noch was zu trinken. Hast du Geld dabei?«, fragte der Mandel, und ich reichte ihm widerwillig meinen Geldbeutel, in dem noch ein bisschen Geld war, das ich mir vom Mandel geliehen hatte. Eine Weile saß ich unschlüssig herum und blickte auf die blinkenden roten Lichter der Windkrafträder hinter den Wäldern. Es konnte doch eigentlich überhaupt nicht wahr sein, dass wir schon wieder so knietief in Unpässlichkeiten wateten. Jetzt saßen wir allen Ernstes irgendwo auf einem Berg in Nordrhein-Westfalen fest, der Mandel blutete schon wieder aus dem Mund und war Wrestling-Weltmeister. Und das alles, weil er unbedingt dem Herwig nach all den Jahren die Meinung hatte sagen müssen. Ich wusste im Grunde nicht viel über die Beziehung zwischen Mandel und Herwig. Ich wusste, dass die beiden mal das Partyhäuschen von einem Medizinstudenten, oder war es ein Jurist, angezündet und dabei eine ganze Apfelplantage niedergebrannt haben. Und von der Sache mit dem Guggenberger Weiher natürlich.

Nachdem der Mandel nach dem Selbstmord seiner Mutter mit seinem Bruder und seinem Vater damals den Wohnort gewechselt und nach Matting gezogen war, hat er den Herwig am Albertus-Magnus-Gymnasium kennengelernt. Das müsste so in der zehnten Klasse gewesen sein. Ein Jahr später ist Herwig auf die Realschule gewechselt, weil er auf dem Gymnasium das zweite Mal durchgefallen war, aber der Mandel und er sind Freunde geblieben. Auf dem AMG genoss Herwig von Anfang an einen Ruf als Aufreißerkönig, Punkhörer, Langhaariger und Schulschläger. Ich habe ein Foto vom Mandel aus der frühen Zeit auf dem AMG gesehen: Er hat damals wie eine Null ausgeschaut. Er war im Gegensatz zu jetzt zwar noch ziemlich schlank, trug aber eine siebengescheit wirkende Nickelbrille und hatte dermaßen dichtes schwarzes Haar, dass es ihm nach allen Seiten abstand. Ich begreife bis heute nicht, wie ein Sonderling wie der Mandel nicht nur in die Clique vom Herwig gelangen, sondern sogar innerhalb kürzester Zeit zu seinem engsten Sozius aufsteigen konnte. Die Band von der Rosita Dauner mag eine kleine Rolle gespielt haben, doch sie war garantiert nicht die Lösung des Rätsels, zumal Keyboarder selbst in den Achtzigern einen noch schlechteren Ruf als Bassisten genossen, und das will etwas heißen. Irgendwie muss sich der Mandel dem Herwig angedient haben. Irgendetwas muss er Herwig zu bieten gehabt haben, sonst hätte der ihn nicht zu seinem besten Freund erkoren.

Als ich hier in der immer feuchter werdenden Wiese mitten auf dem Giller darüber nachdachte, wie der Mandel das mit der Busenfreundschaft zum Herwig hinbekommen hatte, fiel mir ein, dass ich mich selbst seit über fünfzehn Jahren nicht mehr bei meinem besten Freund vor dem Mandel gemeldet hatte. Robert Zitzl hatte er geheißen, und so hieß er wahrscheinlich jetzt noch, wenn er sich nicht umbenannt oder den Namen seiner Frau angenommen hatte, weil Zitzl war schon ein selten dummer Nachname, das muss man zugeben. Aber ob der Robert jemals geheiratet hat, ist natürlich auch so eine Frage. Ich kannte den Robert noch aus der Schule, wo er als einer von den Merkwürdigen galt, weil er ständig mit der Mathematik-Clique um den Konrad Renner herumlief. Dabei war das nur die pure Hilflosigkeit vom Robert, weil die Coolen nichts mit ihm unternehmen wollten. Er sah gar nicht so schlecht aus mit seinen herausgewachsenen dunkelnussbraunen Haaren und dem täglich nachwachsenden Dreitagebart, den auch nicht jeder Zehntklässler schon in der Intensität vorweisen konnte. Ich war zwar keiner von den Coolen, aber immerhin auch kein Merkwürdiger und deshalb ein gutes Bindeglied zwischen Robert und der echten Welt. Robert verbrachte den Großteil seiner Freizeit mit Malen und Drachenbasteln. Flugdrachen, Lenkdrachen, Winddrachen und so weiter. Und das in einer Phase der Jugend, in der man eigentlich anfing, Single-Malt- und Blended-Whiskey-Sorten auseinanderzuhalten und sonntagnachmittags von der Telefonzelle aus Mädchen anzurufen, in der Hoffnung, dass nicht ihr Vater ans Telefon ging. Ich konnte den Robert trotzdem leiden, weil er nicht so ein Bierdimpfl und Maulaffe wie die Coolen war, aber auch kein ausschließlicher Geistesmensch wie zum Beispiel der Jens Zankel, der mit seiner Brille, den fettigen Haaren und den Pickeln keine gute Gesellschaft war, um Mädchen kennenzulernen, auch wenn seine Stephen-King-Sammlung und sein Arsenal an Heavy-Metal-CDs eindrucksvoll waren und man mit ihm fiktive Radiosendungen aufnehmen konnte. Ich brauchte jemand, der zwar ein bisschen denken konnte, aber auch saufen wollte, auf Konzerte gehen und über Frauen reden. Wegen den Frauen hatte ich mir beim Robert zunächst ein bisschen Sorgen gemacht, weil ich ihn immer nur mit der Mathematikertruppe auf Klassenpartys hatte schafkopfen sehen, aber beim Sommerfest unserer Schule eröffnete er mir, dass er bereits mit der Anja Stöttner geschlafen hatte, die zwar nicht die Schönste war und aufdringlich gut in meinem Hassfach Chemie, aber immerhin eine sehr gute Figur besaß, oder wie man einen Verlegenheitssex halt im Allgemeinen rechtfertigt. Damit hatte mir der Robert sogar etwas voraus, denn ich war mit sechzehn freilich noch die unbefleckteste Jungfrau. Bald fingen der Robert und ich an, miteinander ins Outside zu trampen und später dann mit Roberts erstem Auto, einem alten Mazda 626 mit Stufenheck und Ledersitzen, in die Stadt zu fahren und Mädchen kennenzulernen. Wobei das mit dem Kennenlernen immer ich erledigen musste, während der Robert danebensaß und hoffte, dass sich eine Freundin von meiner Bekanntschaft für ihn interessierte und er dafür nicht viel reden musste, weil er sonst gleich wieder vom Zeichnen, von Lenkdrachen und skandinavischen Naturgöttern angefangen hätte, was dem Gesprächsverlauf oft ein abruptes Ende bescherte. Einmal hat der Robert gesagt, er sei sich im Prinzip sicher, dass er gar nicht das Kind seiner Eltern ist, sondern von Außerirdischen in einem Krankenhaus ausgesetzt worden ist, wo zufällig seine Mutter gerade ihr erstes Kind auf die Welt gebracht hat. Wo dann das eigentliche Kind sei, hab ich gefragt, und der Robert hat nur durch das offene Dachfenster vom Mazda nach oben in den Himmel über Aufhausen gedeutet. Das hat mir irgendwie imponiert. Der Robert hat zwar später Architektur studiert, und nicht wie ich Germanistik, aber die Freundschaft bestand weiter, und eine Zeitlang wollten wir sogar zusammenziehen. Bis ich den Mandel kennengelernt habe. Danach war ich zugegebenermaßen immer seltener mit dem Robert unterwegs, und als ich es bemerkte, war es schon zu spät, und der Robert hatte eine Freundin gefunden, die zehn Jahre älter war und Tierärztin. Wenn ich heute an den Robert zurückdenke, muss ich immer an Steely Dan denken. Oder umgekehrt. Der Robert und ich haben sehr oft auf der Fahrt in die Stadt »Do It Again« gehört und dabei seinen selbst gemachten Tequila Sunrise aus einem Einweckglas, in dem vorher Aprikosenmarmelade gewesen war, mit Strohhalmen getrunken. Und beim Durchforsten des Mandelschen Songkatalogs in unserem alten Büro bin ich erst kürzlich auf die *Can't Buy A Thrill* gestoßen, und trotz der Jazzeinflüsse hat sie mir hervorragend gefallen und mich an die Nächte mit dem Robert Zitzl erinnert.

Der Mandel unterbrach meine Gedanken mit einer Flasche Jubiläumsaquavit, seit letztem Jahr der einzige Schnaps neben Batida de Coco, den ich nie wieder im Leben trinken wollte.

»Das ist nicht dein Ernst?«, sagte ich.

»Doch«, sagte der Mandel.

»Wieso kaufst du eine ganze Flasche von dem Gift?«, fragte ich.

»Ich hab sie nicht gekauft. Der Templum Culinarium hat schon zu, aber die Flasche stand noch im Regal.«

»Kein Wunder. Ist die SGCW noch da?«, wollte ich wissen.

»Ja, sie bauen noch ab.«

»Sollen wir uns einfach vorbeischleichen und in eins der Shuttles setzen?«, fragte ich.

»Jetzt trinken wir erst einmal was«, sagte der Mandel und nahm einen großen Schluck von dem Aquavit, bevor er mir die Flasche reichte.

»Ich hasse Kümmel … Na dann, to good King John«, sagte ich und nahm dann doch einen Schluck.

»Wie bitte?«, fragte der Mandel.

»Steely-Dan-Zitat«, sagte ich.

»Das weiß ich selbst«, sagte der Mandel.

»Wieso fragst du dann?«, fragte ich.

»Wie kommst du auf Steely Dan?«, fragte der Mandel.

»Ich musste grade an früher denken. Als ich mit dem Robert Zitzl immer ›Do It Again‹ beim Autofahren gehört habe«, sagte ich.

»Wer ist das?«, fragte der Mandel.

»Ein alter Freund«, sagte ich.

»Nie gehört«, sagte der Mandel.

»Wie bist du eigentlich ein so guter Freund vom Herwig geworden?«, fragte ich.

»Wir haben dieselbe Musik gehört«, sagte der Mandel.

»Und zwar?«, fragte ich.

»Avengers, Black Flag, Circle Jerks, Clash, Meat Puppets, Stiff Little Fingers, The Damned, Hüsker Dü …«

»Ja, ist ja gut. Ihr wart die Punk-Elite – jetzt versteh ich es«, sagte ich.

»Du musst mal deinen kulturellen Minderwertigkeitskomplex in den Griff bekommen«, sagte der Mandel.

»Ich hab keinen Minderwertigkeitskomplex. Ich höre Musik, weil sie mir gefällt, nicht weil sie einen kleidet«, sagte ich.

»Mir tut alles weh, ich leg mich jetzt eine Weile hin«, sagte der Mandel und schlief eine Minute später im hohen Gras am Waldrand auf dem Gillerberg ein.

Eigentlich wollte ich nichts lieber als weg von dem Berg, aber dann war ich doch zu müde, um noch einmal aufzustehen.

Ich träume wieder vom Heiligensee. Ich sitze mit dem Schattennachbarn zusammen in einem Cabrio und fahre nach New York hinein. Es ist ein roter Ford Mustang 289, und er gleitet fast lautlos über die Landstraße in Richtung Stadt. Der Nachbar sitzt neben mir und lenkt, aber er ist immer noch nicht mehr als eine Silhouette. Es dämmert schon über den Feldern, ich sitze direkt neben ihm, ich könnte ihm seine Zigarette aus dem Mund nehmen, aber er bleibt ein Schatten, und ich will ihn nicht anfassen, ich habe Angst, dass er dann verschwindet. Die Landstraße führt an verbrannten Feldern vorbei, an kraterartigen Landschaften, an Erdhaufen und Gräben, es ist ein bisschen wie die Fahrt durch die verwüstete Natur von Verdun nach dem Ersten Weltkrieg. Bald sind wir da, sagt der Schattennachbar und drückt aufs Gas.

Am nächsten Morgen erwartete uns ein wolkenloser milchblauer Himmel über dem Giller. Plus eine Horde roter Ameisen.

»Wir hätten uns nicht so nah an den Waldrand legen dürfen«, sagte der Mandel.

»Das sagst du jetzt«, sagte ich und zog meine Hose aus, weil ich sehen wollte, wo die Ameisen sich überall hineingebissen hatten. Dabei fiel mir auf, dass ich darunter die grüne Zebrahose anhatte.

Der Mandel lachte.

»Was ist so lustig?«, fragte ich.

»Die Hose«, sagte der Mandel und zündete sich im Schneidersitz eine Zigarette an, während die Ameisen auf ihm herumliefen. Wahrscheinlich war eine Zigarette die beste Maßnahme, um sie zu vertreiben.

»Es gab nichts Besseres in der Kiste«, sagte ich. Ich hasste Wrestling. Wir machten uns auf den Weg.

Jetzt, bei Tag, zeigte sich, dass von der Zeltstadt ein pittoresker Fußweg bergab in das Dorf Lützel führte. Dort gab es eine Art Bahnhof, der eher einem ausgebombten Haus glich als einem Bahnhof, von dem aus man mit der sogenannten Rothaarbahn zurück nach Siegen fahren konnte. Schon von Weitem kündigte ein Signalhorn den einfahrenden Zug an, und als er dann da war, freute ich mich. Es handelte sich um zwei kleine, rostig rote Waggons, wie ich sie aus meiner Jugend kannte. Bei uns hatte man das einen Bockerlzug genannt, weil er sich so langsam und bockig voranbewegte; zumindest war das meine Herleitung. Für die fünfundzwanzig Kilometer nach Straubing hatte der Bockerlzug damals über eine Dreiviertelstunde gebraucht, man war im Grunde mit dem Fahrrad schneller. Später hat mir ein Bekannter, der aus dem Siegener Raum kommt, gesagt, dass man den Zug hier Roter Brummer nannte, was im siegerländischen Dialekt natürlich unglaublich klingen muss.

Es war schön, mit dem Mandel durchs morgendliche Rothaargebirge zu fahren, auf einem Sitz mit aufgerissenen Polstern, neben einem bis ins Bröslige angerosteten Aschenbecher zu dösen und die Dreiviertelstunde bis nach Siegen darüber nachzudenken, wie wohl alles gekommen wäre, wäre man nie von zu Hause weggezogen. Vielleicht hätte die Multioptionalität, in die man in der Großstadt fast zwangsweise hineinschlitterte, einem nie das Urvertrauen beschädigt, indem sie einem permanent vorgaukelte, was man alles sein konnte, weil alle anderen immer so viel waren und man selbst so wenig. Weil man nie sicher sein konnte, ob man auf dem richtigen Weg war, weil es einfach zu viele Wege gab. Hier in der Rothaarbahn musste man nur aus dem Fenster schauen, den Rest machte der Rote Brummer, und zu unserem Ziel gab es auch keine zwei Meinungen, denn das war der Hauptbahnhof von Siegen. Der Mandel hatte seinen Weltmeisterschaftsgürtel neben sich auf dem Sitz liegen, und ein paar Arbeiter in der Sitzgruppe gegenüber starrten ihn erwartungsvoll an. Am Siegener Hauptbahnhof holten wir unsere Taschen aus dem Schließfach, und nur schweren Herzens schien der Mandel sich von seinem Titel trennen zu können. Fast zärtlich strich er nochmals über die Textur der Adlerflügel aus falschem Gold, bevor er ihn, sorgfältig eingeklappt und eingewickelt in den Immobilienteil der *Siegener Zeitung*, in das Schließfach legte. Mit einem deutlich schnelleren Zug traten wir gegen neun die Rückreise in die alte Stadt an.

20

TRUMM VOM PARADIES

// Tag 7, im Zug, Höhe Aschaffenburg, 12:07
Auf der Fahrt zurück 2 x Ibuprofen à 800 mg genommen. Schmerzen im Unterkiefer, wo Rottmayr mich getroffen hat, dazu im unteren Rücken und an den Schulterblättern. Bin weiterhin um Ökdal besorgt. Er ist an einem Punkt im Leben, an dem nichts mehr sicher ist. Ich kenne diesen Punkt. Habe ihm dazu geraten, seine Beteiligung an dem Titelwechsel zu leugnen und alles auf S. und mich zu schieben, um den Rest der Tour zu überstehen. Heute ist der Tross in Darmstadt, morgen in Bamberg. Donnerstag ist große Abschlussvorstellung in der Donauhalle. Bis dahin sind wir schlauer. SMS von C.: Wie es mir geht – sie hätte mich neulich im Ginsberg gesehen.

// R., 15:07
Während S. unser Gepäck in die Wohnung meines Bruders in der Wassergasse bringt, setze ich mich in die Alte Linde und lese in der MZ den finalen Artikel vor der morgigen Entscheidung des Stadtrats. Es werden noch

einmal alle Bewerber in kurzen Interviews zur bevorstehenden Wahl befragt.

Hier kleben Teile eines Artikels.

Entscheidung im Zeltvergabe-Krimi
A Trumm vom Paradies, Teil 6

Babette Eisner, die, wie berichtet, trotz des Verlusts ihrer Ochsenbraterei erneut an dem Verfahren teilnimmt, hat am Sonntag einen neuen Geldgeber enthüllt. Wegen der Insolvenz wurde bezweifelt, dass Eisner fristgerecht eine Brauerei als Partner findet, nachdem ihr die Straubinger Großbrauerei Rohrmair die Liefergarantie entzogen hatte. Am Samstag bekundete der Münchner Fünf-Sterne-Koch und Träger des Bundesverdienstkreuzes, der Unternehmer Morbus Siegmüller, öffentlich seine Unterstützung. Die Empörung unter den Mitbewerbern war groß. Befürchtet wird in Straubing offensichtlich, man könne unter den Einfluss oder gar die Räder Münchner Gastro-Seilschaften geraten. Siegmüller ist überdies auch als großzügiger Unterstützer der CSU im Landtagswahlkampf bekannt. Siegmüller bringt neben einem großzügigen Darlehen in Höhe von 400 000 Euro auch eine Brauerei aus München mit, die renommierte Herzogsbrauerei.

»Das ist weder eine göttliche Fügung noch ein von langer Hand geplanter Coup und schon gar nicht eine Bemühung um die Gunst des Stadtrats, es ist vielmehr eine vertrauensbildende Maßnahme gegenüber der Münchner Traditionsbrauerei Herzog, um meinen durch diverse journalistische Schmutzkampagnen angeschlagenen Leumund als so einwandfrei darzustellen, wie er tatsächlich ist«, äußerte Eisner uns gegenüber. »Unser Konzept bedeutet zugleich Integration der Moderne und Bewahrung der Tradition. Die Kulturbrauerei Eisner erfüllt mit ihrer Mischung aus zeitgemäßem Event-Catering, traditioneller Brau- und Kochkunst und ihrem bunten Kulturprogramm von Jazz über Pop bis Volksmusik alle Anforderungen an ein selbstbewusst modernes und gleichzeitig geschichtsträchtiges und stolzes Bayern.«

Der Selterswasserfabrikant Hans Loher behauptet im Gespräch mit unserem Redakteur, sein Biozelt-Konzept ziele »mitten in den Zeitgeist, in eine Welt, in der Lebensmittelkontrollen und Loyalität zum heimischen Produkt gleichermaßen für ein kulinarisches Wohlfühlerlebnis erster Güteklasse stehen.« Zusätzlich zu seinem saisonalen und seit Jahrzehnten beliebten »Festwasser« (speziell gefiltertes Mineralwasser) ergänzt er die Getränkepalette um das »Aqua Bio«, ein Naturheilwasser modernster ökologischer Gewinnung aus seinem erst kürzlich erweiterten Wasserreservoir in Schierling.

»Der ›Vogeljakob‹ ist eine Straubinger Institution, die wie kein zweites Geschäft auf dem Gäubodenfest Tradition und Familienfreundlichkeit symbolisiert«, so Wimmer, der sein Zelt nach dem historischen Vogelpfeifenstand benannt hat. Das Gebuhle um Tradition in Zusammenhang mit dem Namen »Gäubodenfest« kann man durchaus als frivol bezeichnen; immerhin haben erst die Nazis 1938 diesen Namen installiert, und nach dem Krieg wurde er einfach beibehalten. Bis 1938 hieß es »Volksfest Straubing«.

Die Troika aus der Brauerei Fetzinger, dem Architekten Brunner und dem Toyota-Händler Kindermann hat sich für ihre Bewerbung die Zeltbezeichnung »Agnes-Bernauer-Fischbraterei« einfallen lassen, was nicht nur wegen der vielen Bindestriche unglücklich ist. Zum einen ist Agnes Bernauer die Schutzpatronin

Straubings (vgl. gleichnamige Festspiele), und dass ausgerechnet drei Nichtstraubinger ihren Namen für ihr Zelt adaptieren, wird dem Stadtrat schwer beizubringen sein. Zum anderen ist die historische Agnes Bernauer vom Vater ihres Ehemannes, Albrecht III., öffentlich in der Donau ertränkt worden, und die Assoziation zu einer Fischbraterei erscheint in dem Zusammenhang unpassend.

»Am besten wäre natürlich ›Spargelzelt‹ als Name gewesen, aber da die Spargelzeit am 24. Juni endet und das Volksfest im August stattfindet, geht das jetzt nicht. Und dann heißt das Zelt eben nur ›Buxbaumer‹, so wie ich und meine Firma. Wir haben übrigens extra für das Gäubodenfest einen Spargelschnaps aus Frucht und Wurzel gebrannt«, beschreibt Georg Buxbaumer sein Konzept.

Da der Mandel sich unbedingt nach der Zugfahrt noch in die Alte Linde hatte hocken müssen, um seinem unerklärlichen Spleen von der Zeltvergabe hinterherzulesen, war ich schon in die Wohnung in der Wassergasse gegangen, wo der Dieter auf mich wartete.

»Das ist schön, dass ihr wieder da seid. Wie war's denn beim Catchen?«

»Interessant«, sagte ich.

»Seid ihr beiden auch im Ring gestanden?«, fragte der Dieter.

»Das kann man wohl sagen«, sagte ich.

»Wie aufregend. Ich hätte ja auch immer gerne mal gecatcht. Ich hab mit dem Max als Kind schon immer auf der Couch mitgeboxt, wenn ein Kampf gekommen ist. Ich erinnere mich noch an Ali gegen Spinks 1978. Als Ali das dritte Mal Weltmeister geworden ist.«

»Klingt spannend«, sagte ich, der sich im Boxen überhaupt nicht auskannte.

»Es war ein unglaublich langweiliger Kampf«, sagte der Dieter. »Deshalb hab ich auch lieber Catchen geschaut, sobald wir das empfangen konnten. Ich schau's heute noch gerne. Du auch, oder?«

»Kaum noch«, sagte ich.

»Was ist denn jetzt bei dem Fall herausgekommen?«, fragte der Dieter.

»Nichts. Wir haben ihn abgegeben«, sagte ich.

»Echt? Das kann ich mir gar nicht vorstellen. Ihr löst doch sonst immer alle eure Fälle, ihr zwei«, sagte der Dieter, und in dem Moment erfasste mich eine merkwürdige Traurigkeit, obwohl die Donau mir ins Gesicht leuchtete und durch das weit geöffnete Fenster ein Geruch von italienischen Nadelbaumwäldern und Sonnenöl mit Nussaroma ins Apartment vom Dieter hereinbrach. Spontan umarmte ich den Dieter.

»Alles gut, Sigi?«, fragte er, hilflos in meiner Umarmung feststeckend. Ich spürte seinen weichen Vollbart auf meiner Wange.

»Es ist nichts, es war nur eine anstrengende Tour, und ich bin so froh, dass du uns noch mal in die Wohnung lässt und dich kümmerst«, sagte ich und ließ den armen Dieter los.

»Ist doch selbstverständlich; du bist der beste Freund meines Bruders und damit auch mein bester Freund«, sagte der Dieter.

Ich schaute lange durch das Fenster zum Donauufer hinaus.

»Wie lang bleibt ihr denn noch hier im Süden?«, fragte er in mein Schauen hinein.

»Morgen fahren wir heim«, sagte ich.

Ich wusste nicht, ob der Mandel an diesem Nachmittag nochmals in der Wohnung in der Wassergasse auftauchen würde und wie seine oder unsere weiteren Pläne lauteten, aber ich verließ die Wohnung gegen fünfzehn Uhr und ging zu Fuß bis zum Schloss nach Prüfening, in dem sich die Montessori-Grundschule befand, an der die Spinnenfrau unterrichtete. Ich wusste, dass sie dienstags immer Nachmittagsbetreuung hatte. Ihr schwarzer Golf United stand auf dem Parkplatz. Ich hatte ein T-Shirt mit gelben Streifen an und eine Flasche Bier dabei. Eine Viertelstunde schlich ich mit dem Bier auf dem Parkplatz herum, schaute in fremde Autos hinein, setzte mich in den Schatten und dachte über einen neuen Beruf nach. Vielleicht würde ich ja Psychologie studieren und dann wieder den Zyklus der ganzen Studentenfeiern mitmachen. Oder ich fragte den Mandel, ob bei seinem Download-Portal noch etwas frei war. Oder bei der Dating-Plattform vom Dieter.

Als die Spinnenfrau aus dem Schloss heraustrat, hatte ich natürlich Angst, dass sie mich nicht würde sehen wollen. Sie trug einen Jeansrock und weiße Segelschuhe dazu. Darüber ein T-Shirt und einen leichten grauen Cardigan. Ihre Haare hatte sie zu einem Pferdeschwanz zusammengebunden, sie war nicht ganz so kontrastreich geschminkt wie neulich, und selbst aus zehn Metern Entfernung erschmeckte ich ihren Honiggeruch. Sie kaute Kaugummi und ohne aufzusehen, entriegelte sie per Fernbedienung ihren Golf V United.

»Hallo«, sagte ich.

»Um Gottes willen, Sigi, hast du mich erschreckt«, sagte sie und hielt sich am Dach ihres Autos fest, nachdem sie erst einen Schritt zur Seite gesprungen war.

»Ich wollte dich nicht erschrecken, ich wollte nur noch mal kurz Tschüs sagen.«

»Wo gehst du denn hin? Ich wusste gar nicht, dass du überhaupt noch da bist«, sagte die Spinnenfrau.

»Ich war ja auch weg, aber jetzt bin ich wieder da. Und muss aber schon wieder weg.«

»Wo warst du denn?«, fragte sie.

»Überall. In den komischsten Städten«, sagte ich.

Die Spinnenfrau nahm mich jetzt hastig in den Arm, als wollte sie das schnell hinter sich bringen.

»Das war schön, dich getroffen zu haben, Sigi. Wir schreiben uns ja weiter übers Internet, oder? Wär ja schade, wenn der Kontakt jetzt wieder abreißen würde«, sagte sie.

»Und dann wollte ich auch noch was fragen«, sagte ich.

»Was denn? Ich muss die Marina abholen«, sagte die Spinnenfrau und öffnete schon mal die Fahrertür, als würde sie sofort losfahren, falls die Frage zu unangenehm war.

»Wen hast du denn kennengelernt? Du hast doch am Telefon gesagt, du hast jemand kennengelernt«, fragte ich.

»Ach, Sigi, das ist doch nicht wichtig. Außerdem kennst du ihn eh nicht«, sagte sie und setzte ihre Sonnenbrille auf.

»Komm schon, ich war wirklich ein bisschen verliebt in dich, da kannst du mir doch wenigstens sagen, wer es ist«, bettelte ich.

»Ach, Sigi. Das ist doch nicht wichtig. Konstantin Eisner heißt er. Sagt dir wahrscheinlich eh nichts«, sagte sie.

»Doch, sagt mir irgendwas«, log ich.

»Das ist der Sohn von Babette Eisner, das ist die Chefin vom Chez Babette in Straubing, dem Nobelrestaurant – kennst du ja vielleicht. Und sie hat auch ein Zelt auf dem Straubinger Volksfest.«

»Ja, irgendwas hat der Mandel erzählt«, sagte ich und erinnerte mich dunkel an die Geschichten über die Zeltvergabe, die der Mandel mir auf Tour erzählt hatte, obwohl es mich nicht im Geringsten interessiert hatte. Es war beinahe sein einziges Gesprächsthema in den letzten Tagen gewesen. Ich fragte mich, was für einer Manie er da wieder aufgesessen war.

»Okay, Sigi, ich muss los, die Marina von der Oma abholen«, sagte sie und saß jetzt schon im Auto.

»Und wo hast du diesen Eisner kennengelernt?«, fragte ich und beugte mich leicht in den Golf hinein.

»Das spielt doch jetzt überhaupt keine Rolle mehr«, sagte sie und spielte mit der Zündung herum.

»Ich will's aber wissen«, sagte ich.

»Ich hab ihn beim Schäfflertanz kennengelernt, und wir sind draufgekommen, dass wir beide sehr gerne Motorrad fahren. Er hat eine echte alte Harley. Noch von seinem Papa«, sagte sie und ließ den Motor an.

»Ich hab auch jemand kennengelernt auf Tour«, sagte ich.

»Ciao, Sigi. Bussi«, sagte sie und machte die Fahrertür zu.

»Sandra. Sie heißt Sandra«, sagte ich, während die Spinnenfrau davonfuhr.

Ich versuchte mir vorzustellen, wie die Spinnenfrau in einer Motorradkluft aussah und wie sie auf der Harley mit einem Schnösel mit Designerhelm über den gewachsten Haaren durch das Oberpfälzer Juragebirge fuhr. Dann fiel mir plötzlich wieder das Motorradpärchen neulich an der Tankstelle, auf dem Rastplatz, ein. Und auch wieder, warum mir die Motorradlederjacke mit den gelben Streifen vom Herwig so bekannt vorkam. Ich rief die Spinnenfrau an, aber sie ging nicht ans Telefon. Vielleicht war es ja eine Auszeichnung, als einziger Mensch in der Oberpfalz noch nicht mit der Spinnenfrau geschlafen zu haben.

Ich brauchte eine gute halbe Stunde zurück in die Stadt, wo ich mich mit dem Dieter und dem Mandel am Brunnen vor der Polizeidirektion traf und wir ein Weißbier tranken. Der Dieter hatte eine Frau dabei, die er mir als Jutta vorstellte. Sie trug eine Nickelbrille, hatte weinrote Haare und war trotz des guten Wetters in einen langärmeligen, schwarzen Rollkragenpullover und eine lange, schwarze Stoffhose gehüllt.

»Die Jutta ist Bloggerin«, sagte der Dieter stolz.

»Worüber schreibst du?«, fragte ich.

»Übers Hören. Ich schreibe Hörbilder«, sagte Jutta.

»Was sind Hörbilder, und wie kann man sie aufschreiben?«, fragte ich.

»Ach, das ist ganz einfach. Ich beschreibe Höreindrücke. Ich könnte jetzt zum Beispiel aufschreiben, was ich höre, während ich hier sitze. Da sind zum Beispiel die Türkentauben auf dem Vordach vom Eingang zur Polizeidirektion, und normalerweise auch ein Sperberweibchen auf dem Baum neben der Kirche am Ölberg – hörst du sie? Dazu kommt das Geräusch von den Getränken und dem Besteck, wie es leicht auf den überladenen Tabletts hin und her rutscht, wenn die Bedienungen das Essen aus dem Alten Sax raus auf den Freisitz tragen«, sagte Jutta.

»Eindrucksvoll. Wie kommt man auf so was?«, fragte ich.

»Jutta ist Hörgerätetechnikerin«, sagte der Dieter.

Er umarmte sie von hinten, und sie schien sich darüber zu freuen.

»Unternehmen wir noch was?«, fragte ich in die Runde.

»Ich geh auf ein Konzert im Leeren Beutel«, sagte der Mandel und holte seinen Flachmann aus der Innentasche.

»Was für ein Konzert?«, fragte ich.

»Manfred-Kühnert-Trio. Das ist Neo-Bop, sicher nichts für dich«, sagte der Mandel und nahm einen Schluck.

»Bist du jetzt vollkommen verrückt geworden?«, fragte ich, den Kopf schüttelnd.

»Wieso?«, fragte der Mandel.

»Als Nächstes fängst du mit Nordic Walking an und trägst dabei Funktionskleidung. In Urlaub fährst du dann mit der Anni in die Toskana zum Radfahren, aber nicht in die touristisch erschlossene, vielleicht eher so in ein kleines Bergdorf wie Sassetta, weil man da seine Ruhe hat und eine gute Steigung. Und auch zum Fahrradfahren trägst du natürlich Funktionskleidung ...«, sagte ich.

»Du kennst dich ja gut im Livorno aus«, sagte der Mandel.

»Ich war mal mit meiner Mutter da«, sagte ich.

»Und warum bist du eigentlich so biestig? Hab ich dir was getan?«, fragte der Mandel, der mich das noch nie in dieser Deutlichkeit gefragt hatte, obwohl ich hin und wieder, aber nie zu Unrecht biestig war.

»Stimmt schon«, sagte der Dieter. »Du bist heute ein bisschen angriffslustig, Sigi.«

»Ich höre da auch viel Unzufriedenheit heraus«, sagte Jutta, die Hörgerätetechnikerin.

»Ich mach doch nur ein bisschen Spaß«, sagte ich.

»Mit der Anni, das ist kein Spaß«, sagte der Dieter, und eigentlich hatte ich noch nie erlebt, dass der Dieter bei einem unserer Scharmützel Partei für seinen Bruder ergriff.

»Was soll denn an der Anni kein Spaß sein?«, fragte ich.

»Der Max und die Anni sind seit vier Wochen nicht mehr zusammen«, sagte der Dieter.

Ich sah den Mandel an und versuchte, nicht zu vorwurfsvoll auszusehen.

»Oh. Wieso weiß ich das nicht?«, fragte ich.

»Weil du nie etwas zum Thema Anni hören willst«, sagte der Mandel und zündete sich eine Zigarette an.

»Es tut mir leid«, sagte ich, obwohl das im Grunde nicht stimmte, und legte ihm meinen Arm um die Schulter.

»Hör auf mit dem Schwachsinn«, sagte der Mandel und nahm meinen Arm von seiner Schulter

»Dann halt nicht, dann mach doch deinen Liebeskummer mit dir selbst aus. So wie du alles immer mit dir selbst ausmachst«, sagte ich.

»Ich hab keinen Liebeskummer. Ich hab mich von der Anni getrennt. Sie hatte einen Nervenzusammenbruch und war eine Woche in der Klinik«, sagte der Mandel.

Das war das erste Mal, dass mir die Anni wirklich sympathisch war.

21
WALHALLA

// Tag 8, R., 7:54
Auf Dieters Couch übernachtet, massive Rückenschmerzen. S. schläft noch, er sieht selbst im Schlaf unzufrieden aus. Das sonst so verlässliche Trio Manfred Kühnert gestern war eine Enttäuschung. Kühnert technisch virtuos am Flügel, aber blutleer. Dietmar Schlott am Saxofon hat gespielt, als müsste er danach noch seine Steuererklärung machen. Synkopen bei »Die Jein-Sagerin«, die das Stück auf der Liveplatte interessant machen, waren fahrig. Danach im Ginsberg auf ihren Wunsch mit Rosita Dauner auf einen Wein verabredet. Es stellt sich heraus: Rositas Freund Novak hat eine Apotheke in der Altstadt, ist Medikamenten-Haus- und Hoflieferant von Ökdal. Frage sie, ob bei Ökdal alles auf Rezept geht. Sie sagt, der Michi kann nicht mehr, als die korrekte Dosierung empfehlen. Was die Kunden draus machen, kann er schlecht überprüfen. Ob ich mir vorstellen kann, dauerhaft bei Down Under einzusteigen, fragt Rosita.

»Kannst du mal aufhören, Zeitung zu lesen?«, fragte ich den Mandel am nächsten Morgen.

»Gleich«, sagte der Mandel.

»Ich möchte aber mit dir reden«, sagte ich.

»Moment noch«, sagte der Mandel und schob mir den Immobilienteil über den kleinen Tisch am Fenster zu.

»Nein, jetzt«, sagte ich und nahm ihm die Zeitung weg.

»Worüber willst du denn reden?«, fragte der Mandel und seufzte, wofür ich ihm am liebsten sofort eine reingehauen hätte. Diese herablassende Art, und das, nachdem ich Frühstück und Zeitung besorgt hatte.

»Ich will wissen, warum wir überhaupt noch hier sind. Der Fall geht uns nichts mehr an, und du tust immer noch so mysteriös herum. Du willst einfach nicht hier weg, scheint mir.«

»Sei nicht so ungeduldig. Das ist überhaupt deine größte Schwäche, deine Ungeduld«, sagte der Mandel.

»Was weißt du denn von meinen Schwächen? Du kennst doch noch nicht einmal meine Lieblingsbands«, sagte ich.

»Weil sich das dauernd ändert. Vorletztes Jahr war es Slayer, dann kurz mal Wu-Tang-Clan, dann wieder Slayer, danach Black Sabbath und momentan Led Zeppelin«, sagte der Mandel.

»Das ist doch Quatsch«, sagte ich, obwohl er recht hatte. Ich hätte mich geschmeichelt fühlen können, weil er sich vielleicht doch für meinen Musikgeschmack interessierte, aber jetzt kam ich mir nur ausgerechnet und durchschaut vor. Ich mit meinem in den Augen vom Mandel so gewöhnlichen Musikgeschmack. In den Augen von Sir Maximilian Mandel, der zum Manfred-Kühnert-Trio ging und sich zum Einschlafen über Kopfhörer noch ein bisschen Duke Ellington einpfiff. Dieser grässliche, grässliche Snob.

Der Mandel lächelte sanft, und auch das konnte man nur noch als Provokation werten.

»Wir frühstücken jetzt in aller Ruhe zu Ende, und dann kommst du einfach mit«, sagte er.

»Wohin?«, fragte ich.

»Das siehst du dann ja. Wie ich sagte, Geduld, Sigi, Geduld.«

»Du bist ein gönnerhaftes Arschloch«, sagte ich.

»Sigi«, sagte der Mandel und machte ein ernstes Gesicht, wie ein Konrektor.

»Was?«, fragte ich.

»Reiß dich bitte zusammen«, sagte der Mandel und faltete die Zeitung zusammen.

Der Mandel hatte den Ford Focus im Halteverbot geparkt und einen Strafzettel über 35 Euro wegen irgendeiner Feuerwehranfahrtszone kassiert, was ihn nicht weiter aufzuregen schien. Er steckte ihn in die Innentasche seines grauen Jacketts. Es war Mittwochmittag, und vor der Eisdiele am Kopf der Steinernen Brücke drängelten sich die Leute bis auf die Straße hinaus. Es war mittlerweile so heiß, dass mir trotz meines ärmellosen T-Shirts der Schweiß an den Seiten entlanglief. Ich konnte nicht verstehen, wieso der Mandel ein Jackett und drunter ein langärmeliges Hemd tragen konnte. Allerdings hatte er recht, wenn er sagte, dass ein vernünftiger Mann keine kurzärmeligen Hemden trug, egal wie heiß es war.

Wir fuhren eigentlich nicht weit, nur runter von der Insel, via Donau-Einkaufszentrum rüber nach Reinhausen. Zu unserer Studienzeit war das hier das Glasscherbenviertel der Stadt gewesen, und in den Plattenbau-Hochhäusern wohnten vielleicht sogar heute noch ein paar Ausländer, aber überwiegend hatte man hier Studenten zu maßlos übertriebenen Preisen in die 28-Quadratmeter-Apartments gepfercht, nicht selten zu zweit. Ich selbst hatte die ersten zwei Monate meiner Studienzeit in so einer Wohnschublade zugebracht, nicht weit weg vom Stage Aktuell, wo ich mir bis Ladenschluss die Zeit mit dem Ausprobieren von unerschwinglichen Gitarrenmodellen wie einer weißen Fender Mustang von 1974 vertrieb, weil mir der erste Winter ohne meine Mutter im achten Stock in einem Schubladenapartment zu deprimierend war.

Im Alex-Center befanden sich eine Pizzeria, eine Apotheke, ein großer Kaufland, ein Optiker, ein Zoofachgeschäft und die Stadtbücherei, weiß Gott, wie die da hingeraten war. Es sah ein wenig aus wie der schwedische Pavillon der Expo in Hannover, in dem ich mich mal unter dem Einfluss eines Roten Libanesen so dermaßen verirrt hatte, dass der Mandel mich abholen musste, obwohl er schon längst im Hotel gewesen war. Anders gesagt: Das Alex-Center war ein grobschlächtiger Funktionalbunker mit viel Glas, der in Architekturzeitschriften vermutlich das Prädikat »kühle Sachlichkeit« erhielt.

Der Mandel sah auf die Uhr.

»Eine Viertelstunde noch«, sagte er.

»Du bist doch jetzt nicht wirklich wegen der Geldübergabe hierhergekommen, oder?«, fragte ich.

»Doch«, sagte der Mandel.

»Ich dachte, wir hätten den Fall abgegeben«, sagte ich.

»Das sollen ja auch alle glauben«, sagte der Mandel.

»Und ich bin auch alle?«, fragte ich.

»Ich dachte, du wüsstest, was ich vorhabe. War das nicht offensichtlich? Warum sollte ich sonst freiwillig in der Stadt bleiben?«

»Weiß Walter, was du vorhast?«, fragte ich und beschloss,

meinen Ärger hinunterzuschlucken, bis klar war, wohin das hier führte.

»Nein. Nur Ökdal. Ich hab ihn gestern Abend angerufen und ihm explizit geraten, das Geld zu bezahlen«, sagte der Mandel.

»Aber er ist doch heute in Darmstadt, oder?«

»In Bamberg«, sagte der Mandel.

»Genau, Bamberg. Und Geld hat er doch angeblich auch keins«, sagte ich.

»Er wird jemand mit dem Geld schicken«, sagte der Mandel und holte seine blaue Zigarettenschachtel aus der Innentasche seines grauen Jacketts.

»Du rauchst wieder mehr in letzter Zeit«, sagte ich.

Der Mandel zuckte mit den Schultern.

»Das mit der Anni tut mir leid«, sagte ich.

»Das hat nichts mit dem Rauchen zu tun«, sagte der Mandel.

»Natürlich nicht«, sagte ich und sah mir den Mandel genauer an. Selbst mit seinem zerschundenen Gesicht sah er noch so aus, als hätte er die Dinge unter Kontrolle, als wäre er nur ein Schauspieler auf einem Filmset und die Verletzungen nur aufgeschminkt. Auch sein Schokoriegelbauch fügte sich so organisch in das Gebilde aus grauem Jackett, weißem Hemd und eleganter Jeans ein, dass er aussah wie lediglich für eine Rolle angefressen.

Der Mandel ging zu dem oben offenen Mülleimer nahe dem Eingang vom Kaufland. Er war silbergrau und hatte ein Lochmuster.

»Warum ist die Geldübergabe mitten am helllichten Tag?«, fragte ich.

»Warum nicht?«, fragte der Mandel zurück.

»Weil vielleicht jemand anders in den Papierkorb hineingreift und das deponierte Geld findet«, sagte ich.

»Unsinn. Tagsüber ist immer besser. Die Normalität und das Tageslicht sind die schönsten Tarnmäntel. Wir setzen uns jetzt wieder ins Auto«, sagte der Mandel und zog mich von dem Mülleimer weg.

»Aber das steht doch auf der anderen Straßenseite, da sehen wir doch nichts«, sagte ich.

»Fernglas«, sagte der Mandel.

»Woher hast du ein Fernglas?«, fragte ich, obwohl ich wusste, dass das jetzt nichts zur Sache tat. Ich weiß, dass ich nicht aufhören kann, Dinge zu fragen, wenn ich nervös bin.

»Vom ADAC, ein Werbegeschenk«, sagte der Mandel.

»Seit wann bist du beim ADAC?«, fragte ich.

»Hör auf mit der Fragerei und komm jetzt«, sagte der Mandel und schob mich über die Straße zu unserem Wagen.

Wir saßen im Auto, und der Mandel beobachtete den Eingang vom Alex-Center mit seinem kleinen, schwarzen Fernglas vom ADAC. Ich hätte jetzt gerne etwas zu essen gehabt. Das stimmte schon, was man im Fernsehen immer sieht, dass man vom Observieren Hunger bekommt.

»Ich habe Hunger«, sagte ich.

»Sie ist da«, sagte der Mandel zehn Minuten später.

»Wer ist da?«, fragte ich.

»Cemile«, sagte der Mandel.

»Wer ist das?«, fragte ich.

»Die Schwester von Ökdal«, sagte der Mandel.

»Woher weißt du, wie sie aussieht?«, fragte ich.

»Ich kenne sie persönlich, und jetzt hör auf mit diesen ständigen Fragen«, sagte der Mandel.

»Was macht sie jetzt?«, fragte ich.

»Sie sucht den Mülleimer. Sie hat eine Baseballmütze auf. Oakland Athletics«, sagte der Mandel, der sich offenbar auch mit Baseball auskannte.

»Jetzt sehe ich sie auch. Kann ich das Fernglas mal haben?«, fragte ich.

»Nein«, sagte der Mandel.

»Dann beschreib, was du siehst«, sagte ich.

»Sie stopft eine mittelgroße Pizzaschachtel in den Mülleimer. Wie verabredet«, sagte der Mandel.

»Und jetzt?«, fragte ich.

»Jetzt geht sie wieder weg. Wie verabredet«, sagte der Mandel.

»Was machen wir, wenn jemand das Geld abholt«, fragte ich.

»Wir folgen ihm oder ihr«, sagte der Mandel.

»Warum folgen, warum nageln wir ihn oder sie nicht auf der Stelle fest?«, fragte ich.

»Weil das vielleicht auch nur ein Bote ist, und wir womöglich schlauer sind, wenn wir den Boten zu seinem Auftraggeber verfolgen«, sagte der Mandel.

Ich war mir nicht sicher, ob er sich mit dieser Idee nicht vergaloppierte. Immerhin war das hier kein Kriminalroman, wo immer eins zum andern führte und man Spuren bis zu ihrem Ursprung und Boten bis zu ihrem Auftraggeber verfolgen konnte. Andererseits gefiel mir die Idee, jemand zu verfolgen.

Es dauerte eine ganze Weile, bis etwas passierte. In einer Tour wanderten Leute an dem Mülleimer vorbei, die aus dem Alex-Center kamen.

»Es wirft hoffentlich keiner was Ekliges in den Abfalleimer«, sagte ich.

»Es ist so weit«, sagte der Mandel, und ich kniff die Augen zusammen, weil ich so das Gefühl hatte, mehr sehen zu können.

»Ein Mann mit einer schwarzen Armeekappe und einer Sonnenbrille nimmt die Pizzaschachtel aus dem Mülleimer. Er öffnet sie und macht sie schnell wieder zu. Er hat wahrscheinlich das Geld genommen, ich seh ihn nur noch von hinten. Die Schachtel steckt er wieder in den Mülleimer. Er geht jetzt.«

»Und wo geht er hin?«, fragte ich, obwohl ich ihn eigentlich auch ohne Fernglas sehen konnte.

»Zu seinem Auto. Das steht drüben an der Bushaltestelle«, sagte der Mandel.

»Willst du ihn mit dem Auto verfolgen?«, fragte ich und war jetzt positiv gestimmt wegen der Vorfreude auf die Autoverfolgungsjagd.

»Unbedingt«, sagte der Mandel.

»Sehr gut«, sagte ich und schnallte mich an.

Die nächsten zehn Minuten quälten wir uns mit maximal vierzig Stundenkilometer durch den östlichen Stadtverkehr, bis wir endlich aus der Stadt draußen waren. Bei dem Auto des Geldabholers handelte es sich um einen silbernen Peugeot 208 mit einem Hamburger Kennzeichen, vermutlich ein Mietwagen. Ein kleines, aber schneidiges Auto für noch nicht einmal 10 000 Euro, behauptete der Mandel. Es herrschte gerade noch so viel Verkehr, dass es nicht sonderlich auffiel, dass wir hinter dem Peugeot herfuhren.

»Wo will er wohl hin?«, fragte ich, während wir auf der Donaustaufer Straße fuhren und der Verkehr immer weniger wurde, bis fast nur noch der Peugeot und wir auf unserer Seite der Straße waren.

»Ich glaube, er testet, ob er verfolgt wird«, sagte der Mandel.

»Ja, meinst du? Und zu welchem Ergebnis kommt er?«, fragte ich.

»Schätze, er weiß, dass er verfolgt wird«, sagte der Mandel.

»Das wäre ungünstig«, sagte ich, und in dem Moment gab der Peugeot Gas.

Jetzt musste man sich als Verfolger folgende Gewissensfrage stellen: Gebe ich auch Gas und verliere den Verfolgten nicht aus den Augen, oute mich aber definitiv als Verfolger, oder bleibe ich zurück und hoffe, dass der Verfolgte sich wieder von selbst beruhigt und nicht mehr an sein Verfolgtwerden glaubt? Ganz in meinem Sinne entschied sich der Mandel für erstere Variante und beschleunigte den Ford Focus. Es war nicht leicht, mit dem Peugeot mitzuhalten, er konnte zwar nicht besonders viel PS haben, aber diese modernen Kleinwagen wogen ja weniger als die Kinderwagen, mit denen sich die überforderten Mütter immer über die Schlaglöcher im Bürgersteig vor unserem Büro am Nordufer mühten. Bei Tempo zweihundert wurde es dem Peugeot offensichtlich zu riskant, und er bremste auf hundertzwanzig herunter. Wir fuhren jetzt ganz dicht hinter ihm.

»Er wird uns nie irgendwo hinführen, weil er ja jetzt weiß, dass wir ihm folgen«, sagte ich.

»Irgendwann wird er anhalten müssen«, sagte der Mandel.

»Das kann ein langer Tag werden«, sagte ich.

Man konnte sehen, dass der Mann im Auto vor uns sich jetzt immer öfter nervös nach uns umdrehte, nur um dann wieder ein bisschen aufs Gaspedal zu gehen.

»Und wer ist das? Hast du eine Idee?«, fragte ich den Mandel.

»Eine vage«, sagte der Mandel.

»Sag es«, sagte ich.

»Ich bin mir noch nicht sicher«, sagte der Mandel.

»Und wenn er eine Waffe hat?«, fragte ich.

»Hat er nicht«, sagte der Mandel.

»Woher willst du das wissen?«, fragte ich.

»Sonst wäre er nicht nervös und würde so einen Stiefel zusammenfahren. Und wenn ich recht behalte, ist das auch kein Typ für eine Waffe«, sagte der Mandel, und ich hoffte, dass er recht behielt.

Die Walhalla war eigentlich eine architektonische Unverfrorenheit. Der Architekt und Künstler Leo von Klenze hatte sich mit seinem Spezi, Ludwig I., unbedingt eingebildet, eine Ruhmeshalle in Form eines dorischen Säulentempels auf den Bräuberg hoch über der Donau zu errichten, und jetzt stand da mitten in der Oberpfalz ein prachtvoller bayerischer Parthenon, auf den der Athener ob der Baufälligkeit seines eigenen ganz neidisch sein konnte. Ich war das erste Mal in einer eisigen Winternacht mit dem Robert Zitzl hier gewesen. Ohne Licht und ohne Leute. Wir hatten ganz oben über der dunklen und zugefrorenen Donauschleife gesessen und laut darüber nachgedacht, ob Gott, wenn es ihn gab, ein schadenfroher Typ war oder nicht. Weil von wegen Ebenbild des Menschen, da war es doch nur logisch, dass die Schadenfreude auch eine göttliche Ureigenschaft war. Der allseits beliebte Witz auf Kosten Dritter, eine göttliche Errungenschaft, das war unsere Theorie. Der Robert Zitzl war in den Folgemonaten ganz besessen von der Walhalla geworden und hatte angefangen, an vorlesungsfreien Nachmittagen allein hinaufzufahren und den Tempel abzuzeichnen oder auch einen seiner Lenkdrachen dort steigen zu lassen.

Mit dem Mandel war ich selbstverständlich auch ein paarmal auf der Walhalla gewesen, allerdings ausschließlich im Sommer, wenn bis zu hundert Leute auf den Steinstufen bis hinunter in die Donauauen sitzen, Wandergitarre spielen und helles Bier aus diesen bauchigen Halbliterflaschen trinken. Einmal war Ende Juni ein Jahrhundertgewitter über der Walhalla aufgezogen, und die ersten Donnerschläge hatten alle in die Flucht geschlagen. Nur der Mandel wollte unbedingt den Anfang des Gewitters dort oben miterleben, und erst als die gesamten Regenvorräte von Odin und Kollegium anfingen, sich über uns auszuleeren, sind wir mit dem Steve Seidel in seinem beige-orangefarbenen VW-Bus zurück in die Stadt gefahren. Es regnete so stark, dass wir die Straße nicht mehr sehen konnten und anhalten mussten, weil auch der Scheibenwischer der Endzeitfluten nicht mehr Herr wurde. Als wir mitten im Weltuntergang an einer Tankstelle hielten, um uns noch ein Bier zu holen, standen da zwei Mädchen, die sich bis auf den Bikini ausgezogen hatten, und fragten, ob wir sie in die Stadt mitnehmen konnten. Leider hatten wir keinen Platz mehr, weil der Steve Seidel sein Schlagzeug in dem VW-Bus durch die Gegend fuhr. Der Idiot.

Als der silberne Peugeot 208 die enge Straße rauf auf den Bräuberg, auf die oberpfälzische Akropolis fuhr, hatte ich schon kein gutes Gefühl. Wen immer wir da verfolgten, er musste ja wissen, dass die Straße oben auf dem Busparkplatz endete und damit höchstwahrscheinlich auch die Verfolgungsjagd. Oben auf dem Parkplatz blieb der Peugeot dann auch tatsächlich stehen, und der Mann mit der schwarzen Armeekappe stieg aus und lief weiter den Berg hinauf über die hölzernen Stufen in Richtung des großen Tempels. Er trug eine schwarze Jogginghose und ein schwarzes Polohemd. Es waren nur drei Autos auf dem Parkplatz und kein einziger Reisebus; wahrscheinlich kamen die Touristen erst im Laufe des Nachmittags auf die Walhalla. Ich rannte voraus, der Mandel kam kaum hinterher. Man musste den ausgetretenen Weg mit den schmalen Holzplanken erst ganz zu Ende laufen, bevor sich der Wald lichtete und der Parthenon in seiner ganzen Ungeheuerlichkeit vor einem auftauchte. Der Flüchtende war deutlich schneller als ich, in Windeseile war er die Stufen zur Walhalla hinaufgeklettert – er war sicher nicht das erste Mal hier. Wir liefen jetzt wie kleine Kinder beim Spielen einmal komplett um das riesige Gebäude herum, was sich bei der Geschwindigkeit als gar nicht so ungefährlich herausstellte, denn der Weg auf der obersten Stufe war schmal und der Marmorboden spiegelglatt. Die dorischen Säulen rund um die Walhalla waren zudem so dick, dass man sich ohne Probleme mit dem kompletten Körper dahinter hätte verstecken können, also musste ich auch sie im Auge behalten. Als ich vorne beim Eingang ankam, wo sich der Panoramablick auf das Tal und die Donauschleife öffnete, stand der Mandel schon am Eingang. Er hatte sich das Herumlaufen einfach gespart. Neben ihm stand ein älteres Ehepaar.

»Wo ist er? Ist er reingegangen?«, fragte ich den Mandel, doch der deutete nur nach unten auf das Geländer, das die Treppe zum Portal begrenzte. Unterhalb des Geländers war eine künstliche Steilwand, und rechts und links davon führten zwei seitliche Treppen hinunter ins Tal. An dem Geländer lehnte, sichtbar außer Atem – der Franzl. Er hatte seine Sonnenbrille und seine Kappe abgenommen.

»Ach, ihr seid's des«, rief er uns zu, aber erleichtert klang er nicht.

»Ach, du bist das«, rief ich zurück.

Der Mandel ging langsam auf ihn zu und streckte die Hand aus. Der Franzl winkte ab.

»Du, es ist eh alles okay, Max. Ich hab nur Angst gehabt, es ist die Gendarmerie«, sagte der Franzl.

»Was machst du mit dem Geld von Ökdal?«, fragte ich und war nun auch bis auf fünf Meter an ihn und das Geländer herangekommen.

»Ich wollte es ihm eh wiedergeben, bevor's der Erpresser nimmt«, sagte der Franzl und legte die Armeekappe auf den Boden. Seine eh schon rote Stirn zierte ein blutroter Streifen, dort, wo die Naht eingeschnitten hatte.

»Ihr wollt's wahrscheinlich den Erpresser erwischen, das ist natürlich jetzt arg blöd, dass ich euch da so reingepfuscht habe. Tut mir eh leid. Ich wollt einfach nur das Geld sicherstellen. Hätt's halt was sagen müssen, dass ihr vor Ort seid's«, sagte der Franzl.

»Es ist gut, Franz«, sagte der Mandel. »Gib mir das Geld.«

»Ich geb's dem Arslan, ich fahr eh gleich wieder nach Bamberg zurück«, sagte der Franzl und hielt sich am Geländer fest.

»Mach jetzt nicht alles unnötig kompliziert«, sagte der Mandel und setzte seinen Interview-Blick auf, der schon Generationen von Musikern rund um den Erdball Dinge entlockt hatte, die sie eigentlich nicht hatten erzählen wollen, zum Beispiel, dass Tori Amos fünfmal in der Woche in die Sauna geht, um ihr überflüssiges Gewicht hinauszuschwitzen, und sich danach noch an eine Rudermaschine setzt, was ja so gar nicht zu ihrem elfenhaften Image passt, in dem nur die hohe Kunst und nie so irdische Probleme wie fette Oberschenkel eine Rolle spielen.

»Ich kann dir das Geld nicht geben«, sagte der Franzl.

»Doch, klar kannst du das«, sagte der Mandel und streckte erneut die Hand aus.

»Nein, es gehört ja nicht mir«, sagte der Franzl.

»Du hast Ökdal erpresst. Du bist der Erpresser«, sprach ich endlich das Offensichtliche aus.

»Nein, bin ich nicht«, sagte der Franzl.

»Nein, ist er wirklich nicht«, sagte der Mandel.

»Wie jetzt?«, sagte ich.

»Zumindest nicht hauptverantwortlich«, sagte der Mandel. »Es ist Walter. Der braucht das Geld. Die Tour ist eine Katastrophe. SGCW macht ausschließlich Verluste, und Ökdal verschlingt am meisten Gehalt von allen. Zudem hat die Eröffnung der Wrestlingschule viel zu viel gekostet, als dass Walter sich jetzt mit der Tour so eine Pleite erlauben könnte«, sagte der Mandel und holte die blaue Zigarettenschachtel aus seinem Jackett, das er gleich danach auszog und über seinen Unterarm hängte. Er zündete sich eine Zigarette an. Es ging ein rauer, aber warmer Wind oben auf der Akropolis. Der warme griechische Wind zerzauste dem Mandel die Frisur und blies die Glut seiner Zigarette aus.

»Du, da steckt ja eine Gesamtexistenz drin. Das ist nicht nur so eine Schnapsidee mit der Schule. Das ist das Leben vom Walter. Und meins auch«, sagte der Franzl und hielt sich immer noch am Geländer fest.

»Ihr habt euch für die Schule eine Menge Geld bei jemand geliehen«, sagte der Mandel.

»Die Bank gibt einem doch nix für eine Wrestlingschule mitten in der Provinz. Die kann doch mit dem Begriff schon nichts anfangen«, sagte der Franzl.

»Und von wem habt ihr das Geld dann, wenn nicht von einer Bank?«, fragte ich, da mich das schon interessierte, weil wenn ich jetzt eine Firma gründe, dann gibt mir die Bank als bislang erfolgloser freiberuflicher Ermittler auch einen feuchten Husten. Da war es schon wichtig, sich über Alternativen zu informieren.

»Das ist doch nicht so wichtig, oder?«, sagte der Franzl.

»Wilfried Wimmer hat euch das Geld geliehen, und jetzt könnt ihr es nicht fristgerecht zurückzahlen«, sagte der Mandel.

»Wer ist Wilfried Wimmer?«, fragte ich den Mandel.

»Wilfried Wimmer ist der Inhaber der bayernweiten Bäckereikette Brotzeit Wimmer. Außerdem bewirbt er sich für das freie Festzelt auf dem Straubinger Volksfest«, sagte der Mandel.

»O nein, dein Volksfest schon wieder. Und wie kommst du auf den?«, fragte ich.

»Sein Enkel Jörg ist mit uns in dem Wrestlingkurs gewesen. Ich habe mir eine Liste der Teilnehmer geben lassen und bin so auf den Namen gestoßen«, sagte der Mandel.

»Deshalb hat Walter ihn so protegiert im Kurs«, sagte ich.

»Jetzt hört's mir mal zu, liebe Leute«, sagte der Franzl. »Was ist denn schon passiert? Wir haben uns ein bisschen Geld geliehen, und jetzt müssen wir einen Teil zurückzahlen, weil sonst ein gnadenloser Zinseszins beim Wimmer fällig wird.«

»Du bist ja lustig, Franzl. Schikanierst den Ökdal bis aufs Blut, erleichterst ihn um 10 000 Euro und willst dann noch Mitleid, weil ihr nicht mit Geld umgehen könnt?«, sagte ich.

»Ich hab ihn eh nicht schikaniert. Ich war's nicht. Der Louis war's, der verrückte Louis.«

»Louis?«, fragte der Mandel ungläubig. Das hatte er wohl nicht vorausgeahnt, dass ausgerechnet sein lustiger Sparringspartner mit dem falschen französischen Akzent und der Perücke der Saboteur war.

»Warum Louis?«, fragte ich an der Stelle vom Mandel.

»Der ist doch immer für einen Schmäh zu haben. Wir haben ihm dafür auch die Gage erhöht. Der Ökdal hat ihm außerdem letztes Jahr einen Typen ausgespannt, da war er motiviert. Und so schlimm ist es ja nicht. Das waren doch harmlose Spassetterl«, sagte der Franzl.

»Und du als Ex von Ökdal hattest da keine Skrupel?«, fragte ich.

»Ex kann man nicht sagen. Und eh hab ich Skrupel g'habt. Ich hab dem Walter doch gesagt, dass wir das diplomatischer lösen müssen. Man hätte vielleicht mit dem Ökdal reden können und erklären, dass wir ihn uns nicht mehr leisten können. Der Vertrag war leider schon seit einiger Zeit unter Dach und Fach, der Walter hat ihn als Zugpferd, als letzte Chance für die Tour gebucht. Als das mit der Schikanierung losging, war ich schon mittendrin, unfreiwillig praktisch. Mitgehangen, mitgefangen, versteht's ihr mich?«, fragte der Franzl und hangelte sich am Geländer entlang, bis er an der steilen Treppe, die seitwärts nach unten ins Tal führte, angelangt war.

»Bist du an der Firma von Walter beteiligt?«, fragte ich den Franzl.

»Mit siebenundzwanzig Prozent«, antwortete der Mandel stattdessen.

»Und warum engagiert ihr zwei Privatdetektive, wenn ihr selbst die Erpresser seid? Das war mit Abstand die blödeste Idee in eurer Reihe von blöden Ideen, oder?«, sagte ich.

»Na ja, erstens war das die Idee vom Ökdal, er hat da drauf bestanden, und zweitens haben wir ja jetzt extra auch keine professionellen Ermittler engagiert«, sagte der Franzl.

»Was soll das denn heißen?«, fragte ich.

»Ja, nix heißt das. Wir haben euch eh ein bisserl unterschätzt«, sagte der Franzl und setzte seine Mütze wieder auf.

»Das glaub ich auch«, sagte ich, obwohl ich mir nicht so sicher war.

»Seid's mir nicht bös, Burschen, aber ich würde jetzt gerne abhauen. Ich muss heut noch in Bamberg in den Ring«, sagte der Franzl.

»Dein Auto steht auf dem Parkplatz – was machst du überhaupt hier oben?«, sagte ich.

»Ich wollte mit euch reden«, sagte der Franzl.

»Das hast du ja jetzt«, sagte der Mandel.

»Das heißt, ihr lasst's mich vorbei?«, fragte der Franzl.

»Nicht mit dem Geld«, sagte der Mandel.

»Und warum nicht? Es kann euch doch wurscht sein. Der Walter bezahlt euch sicher aus, wenn ich ihm sage, dass ihr Bescheid wisst's«, sagte der Franzl.

»Es ist uns aber nicht wurscht«, sagte der Mandel.

»Und wenn ich euch das Geld geben würde?«, fragte der Franzl.

»Dann würden wir es Ökdal zurückgeben. Und ihr bekommt trotzdem eine gesalzene Rechnung von uns«, sagte der Mandel, der jetzt trotz der Hitze sein Jackett wieder anzog.

»Seid's mir eh nicht bös, Jungs, aber dann lauf ich jetzt da runter. Mit dem Geld. Und ohne euch. Ich will keinen Ärger. Außerdem muss ich zur Dialyse«, sagte der Franzl mit seinem hochroten Kopf.

»Kommt überhaupt nicht in die Tüte«, sagte ich.

Der Mandel lachte.

»Was lachst du?«, fragte ich.

»Kommt überhaupt nicht in die Tüte, das sagen doch nur kleine Kinder«, sagte er.

»Was würdest du denn sagen?«, fragte ich.

»Infrage. Kommt überhaupt nicht infrage«, sagte der Mandel.

»Halt! Dableiben!«, rief ich dem Franzl nach, der sich auf den Weg die Freitreppe hinunter machte. Ich eilte ihm hinterher, ohne zu überlegen, was passieren würde, wenn ich ihn stellte. Er war immerhin der Austrian Eagle und ich nur Sigi Slayer. Trotzdem konnte man sich beim Franzl einfach nicht vorstellen, dass er außerhalb des Rings körperliche Gewalt gegen jemand einsetzte.

Auf der relativ steilen Treppe schnell zu laufen war eine Herausforderung. Eine Herausforderung, die der Mandel offenbar nicht annehmen wollte, er blieb einfach an dem Geländer stehen und sah sich das Ganze von oben an. Der Franzl war schon fast unten an der Treppe angekommen, und es sah nicht so aus, als könnte ich ihn einholen. Bevor die nächste Treppe anfing, war da nochmals ein Plateau, das der Franzl in Sprungschritten überquerte, bevor er die nächste Treppe in Angriff nahm. Er war wirklich deutlich schneller als ich, doch ich hatte noch eine Idee.

»Dich kennt keine Sau, dich kennt keine Sau«, sang ich ihm hinterher. Mit der Melodie von »Chirpy Chirpy Cheep Cheep«.

»Was singst du da?«, schrie der Franzl zurück, drehte kurz den Kopf zur Seite, übersah so eine Stufe, stolperte und tauchte nach unten ab. Ich schaute zu, wie er kopfüber die Treppe hinabstürzte, sich überschlug, mit dem Kopf auf der Kante einer der unteren Stufen aufkam, noch ein bisschen weiterrollte, sich irgendwie die Beine verdrehte und dann endlich zum Liegen kam. Derartig unnatürlich in sich zusammengefaltet, lag er still da, und man musste bereits von der Mitte der Treppe aus befürchten, dass dem Franzl da unten knapp über der Donauschleife ein Malheur passiert war. Ich stand wie festgewachsen auf der Treppe, während der Mandel an mir vorbeieilte. Von oben von der Walhalla schrie jemand Hilfe, aber ich schaute nur wie eingefroren zu, wie der Mandel sich über den asymmetrisch angeordneten Franzl beugte und vier Bündel Geldscheine aus seinen beiden Hosentaschen entnahm. Der Franzl lag auf dem Rücken, und unter seinem Kopf machte sich eine dunkelrote Lache breit, in der sich die hohe Sonne dieses Juninachmittags spiegelte. Sobald sich die Lähmungserscheinungen verflüchtigt hatten, tastete ich mich vorsichtig die restlichen Stufen hinab und trat neben den Mandel, der schon wieder aufgestanden war und jetzt das Geld zählte. Um den Kopf vom Franzl herum waberte die Blutlache, seine Augen waren offen und schauten jenseitig in den grellen Himmel über dem Bräuberg. Die schwarze Armeekappe lag neben ihm.

»Bist du bescheuert – was willst du mit dem Geld?«, fragte ich den Mandel.

»Ich gebe es Ökdal zurück«, sagte der Mandel und verteilte das Geld auf die Taschen seines grauen Jacketts. Sein weißes Hemd war nass geschwitzt, sein Bauch war aus der Hose gefallen, und an der Hand hatte er Blut, wahrscheinlich hatte er sich in der Blutlache vom Franzl aufgestützt, als er ihm das Geld aus der Hosentasche genommen hatte.

»Das macht doch die Polizei«, sagte ich.

»Die Polizei beschlagnahmt es nur. Ökdal braucht das Geld dringend zurück«, sagte der Mandel.

»Und was erzählen wir der Polizei?«, fragte ich.

»Gar nichts«, sagte der Mandel. »Weil wir jetzt nämlich gehen.«

»Aber da oben hat uns sicher jemand gesehen«, sagte ich.

»Aber nur aus der Entfernung. Und außerdem hat man ja gesehen, dass er gestolpert ist. Wir haben nichts gemacht. Ich zumindest nicht«, sagte der Mandel.

»Aber ich, oder was?«, fragte ich.

»Du hast doch irgendwas gesungen«, sagte der Mandel und wischte sich die blutige linke Hand an seiner Hose ab.

»Es ist noch keiner verhaftet worden, weil er etwas gesungen hat«, sagte ich.

»Ich bin mir ziemlich sicher, dass das nicht stimmt«, sagte der Mandel.

»Können wir denn wenigstens einen Krankenwagen holen?«, fragte ich.

»Könnten wir theoretisch machen«, sagte der Mandel.

»Andererseits ist er ja eh schon tot. Ist er doch, oder?«, fragte ich, traute mich aber nicht erneut, dem Franzl in sein jenseitiges Gesicht zu schauen.

»Wahrscheinlich«, sagte der Mandel.

»Wenn wir jetzt abhauen, ist das dann nicht Fahrerflucht oder so was Ähnliches?«, fragte ich, und der Mandel lachte kurz und hart auf, so als hätte ich einen Witz gemacht.

22
ADLERSBERG

»Jetzt nicht«, sagte der Mandel, als ich auf der Rückfahrt in die Stadt versuchte, ein Gespräch anzufangen über den Abgrund, an dem wir gerade standen. Wir hatten bestenfalls gesehen, wie jemand zu Tode gestürzt war, und im schlimmsten Fall jemand in den Tod gestürzt und ihn dann auch noch ausgeraubt. Ich wollte darüber reden, aber der Mandel wollte Radio Donauspatz hören.

»Jetzt nicht, ich muss das Abstimmungsergebnis hören«, sagte der Mandel mit einer Bestimmtheit, die einem Richterspruch gleichkam. Er umklammerte das Lenkrad des Ford Focus beinahe mit Gewalt, was ich so nicht von ihm kannte. Während mich Autofahren zutiefst anstrengte, fuhr der Mandel in der Regel Auto wie andere Leute S-Bahn. Beiläufig, selbstverständlich und ohne Druck, als könnte man die zeitlichen Parameter ohnehin nicht beeinflussen. Autos waren unter dem Mandel futuristische Transportkugeln, in denen man sich um alles andere, nur nicht die Fortbewegung selbst kümmerte. Unter dem Fingernagel seines linken Zeigefingers befand sich noch getrocknetes Blut vom Franzl. Der Mandel entnahm dem Handschuhfach seinen Flachmann und trank. Dann hielt er ihn mir hin. Ich schüttelte den Kopf.

»In der Abstimmung haben sich sieben Ausschussmitglieder für und vier gegen Babette Eisner ausgesprochen; es gab eine Enthaltung«, sagte das Radio. »Nach Informationen des *Straubinger Wochenblatts* haben alle sechs CSU-Mitglieder des Ausschusses für Eisner votiert und so die Entscheidung herbeigeführt. Damit steht fest: Babette Eisner wird zusammen mit der Münchner Traditionsbrauerei Herzog das Festzelt ›Kulturbrauerei Eisner‹ beliefern und somit Nachfolgerin ihres eigenen Zeltes ›Ochsenbraterei‹ werden. Der CSU-Stadtrat Gerhard Schmidl nennt das Ergebnis ein wichtiges Zeichen in Richtung Emanzipation in Bayern. Bevor der heute gefasste Beschluss allerdings rechtssicher ausformuliert werden kann, muss noch eine Klageschrift gegen das Verfahren ausgewertet werden, die der Kandidat Wilfried Wimmer vor wenigen Minuten eingereicht hat. Wimmer war mit seinem Konzept ›Zum Vogeljakob‹ angetreten, aber ihm wurden von vorneherein nur Außenseiterchancen eingeräumt. Im Vorfeld hatte es zudem Korruptionsvorwürfe gegen Wimmer gegeben, die man noch nicht ausreichend untersucht hätte, so Schmidl.«

»Der Wimmer kann machen, was er will, dem geben sie nichts«, lachte der Mandel.

»Sonst hast du keine Sorgen«, sagte ich und fürchtete mich vor dem Mandel.

»Pssst«, sagte der Mandel.

»Auf keine einzige Stimme kam der Vorschlag des Dreierverbunds Fetzinger-Brunner-Kindermann für ihre ›Agnes-Bernauer-Fischbraterei‹. Der Name könne zu leicht als sardonischer Scherz missverstanden werden, lautete unter anderem die Begründung des Stadtrats.«

»Ha!«, machte der Mandel.

»Woher weißt du eigentlich, dass Walter Schulden bei einer Bäckerei hat? Oder vermutest du das nur, weil dieser Jörg bei uns im Kurs war?«, fragte ich.

»Es ist nicht unbekannt, dass der alte Wimmer und seine Leute private Darlehen anbieten und sie relativ unsanft wieder eintreiben. Der Dieter hat sich damals was für die Fahrschule geliehen«, sagte der Mandel.

»Und hast du schon länger vermutet, dass Walter das alles selbst angezettelt hat? Ich dachte, du dachtest, es wäre Klaus«, sagte ich.

»In Siegen ist es mir endgültig klargeworden«, sagte der Mandel.

»Wieso in Siegen?«

»Als du in unserer Besprechung deinen vollkommen überdrehten Ablauf für das Match präsentiert hast und Walter nichts dagegen einzuwenden hatte, obwohl danach wahrscheinlich seine zwei streitlustigsten Angestellten Ökdal an der Kehle hängen würden, da wurde ich endgültig stutzig. Einerseits stellt er uns an, um Ökdal zu helfen, aber dann wirft er ihn den Wölfen Herwig und Klaus zum Fraß vor. Walter hat wahrscheinlich gehofft, dass Ökdal freiwillig die Tour verlässt und so vertragsbrüchig wird. Dann hätte er ihm seine horrende Gage nicht zu bezahlen brauchen. Ich hab mir den Vertrag mal angesehen. Im Kleingedruckten steht, dass Ökdal alle Auftritte absolvieren muss, damit er sein Gehalt bekommt«, sagte der Mandel und stierte ausdruckslos über das Lenkrad auf die Straße.

»Du glaubst ja nicht ernsthaft, dass Walter Ökdal jetzt noch bezahlt, nachdem was da grade passiert ist?«

»Das wird er wohl müssen, wenn er nicht will, dass wir die ganze Sauerei publik machen«, sagte der Mandel.

»Du musst Ökdal wirklich sehr gerne mögen, dass du noch mehr Kalamitäten riskierst«, sagte ich.

»Mir geht es um die Gerechtigkeit«, sagte der Mandel.

»Und wann willst du Walter das alles sagen? Bevor oder nachdem er erfährt, dass der Franzl einen Unfall hatte?«

»Wir treffen uns morgen mit ihm, wenn die SGCW aus Bamberg zurückkommt«, sagte der Mandel.

»Ach, du bist doch nicht mehr ganz sauber! Gib dem Ökdal einfach sein Geld wieder, und lass es gut sein. Ich bitte dich, Mandel, lass das hinter dir. Hinter uns. Das gibt nur noch mehr Ärger«, sagte ich.

»Nein, wir machen das so«, sagte der Mandel und klammerte sich ans Lenkrad.

Den Rest des Nachmittags wollte der Mandel ausgerechnet auf dem Adlersberg verbringen, einer Ausflugsstätte in der Nähe der alten Stadt. Dort wollte er sitzen und sich ausruhen; er sagte, er fühle eine leichte Sommergrippe aufziehen. Weil ich nicht wusste, was ich sonst allein in der Stadt tun sollte, begleitete ich ihn.

Auf dem Adlersberg steht eine kleine, rustikale Klosteranlage samt Ausflugslokal und Biergarten. In der sogenannten Starkbierzeit jedes Jahr im März wird dort außerdem ein Zelt aufgestellt, zu dem der gesamte Landkreis pilgert, um sich mit dem frisch gezapften und öligen Schwarzbier hinzurichten, das speziell zu diesem Anlass von der uralten Brauerei Prössl gebraut wurde. In der Regel liegt dann Anfang April immer der ausführliche Polizeibericht der Polizeiinspektion Nittendorf vor, und die Lokalblätter titeln: »Auch dieses Jahr flogen wieder mehrfach die Fäuste auf dem Adlersberg.«

Irgendwann in den Neunzigern sind mehr als nur Fäuste geflogen, dachte ich, aber anscheinend hatte ich es auch laut gesagt.

»Wie bitte, was ist geflogen?«, fragte der Mandel, nachdem er einen Schluck von seinem Radler genommen hatte. Zum Radler aß er einen Apfelstrudel.

»Wie bitte?«, fragte ich, weil ich selbst gerade nicht mehr wusste, wo und wer ich war.

»Du sagtest doch grade was von fliegenden Fäusten«, sagte der Mandel.

»Ach so, ich dachte, ich hätte das nur gedacht. Was ich meinte ist, dass sich hier auf dem Adlersberg mal jemand selbst erschossen hat. In meiner Anwesenheit. Das habe ich dir doch sicher schon mal erzählt«, sagte ich.

»Kann sein. Erzähl's noch mal«, sagte der Mandel.

»Ich war damals mit dem Robert Zitzl da – kennst du den noch? Meinen besten Freund von früher?«

»Nie gehört«, sagte der Mandel.

»Das war beim Palmator, du weißt schon, beim Starkbieranstich. Der Robert und ich sind extra mit einem Sonderbus vom Donau-Einkaufszentrum auf den Adlersberg gefahren. Wir waren im ersten Semester, da kannte ich dich noch nicht. An der Uni hatte man uns schon gewarnt, dass sich die Leute hier oben jedes Jahr gegenseitig im Suff zusammenschlagen, aber wir hatten auch gehört, dass man außer an Silvester nicht mehr so leicht knutschen können würde wie beim Palmator, also beim Starkbieranstich. Weil das Bier so stark ist und die Leute davon völlig wirr im Kopf werden. Das wollten wir ausnutzen«, sagte ich.

»Typisch. Es geht immer nur um die Weiber bei dir«, sagte der Mandel.

»Ist ja gut, du Bergheiliger. Also auf jeden Fall sitzen wir in dem Bierzelt, und auf einmal tut es einen mittleren Knall, wie wenn jemand einen großen Luftballon zersticht, und am Nebentisch springen alle Leute auf. Es bildet sich sofort eine Riesentraube um den Tisch. Eine Frau schreit aus vollen Lungen …«

»Es heißt: aus voller Lunge. Oder: aus vollem Hals«, sagte der Mandel.

»Mir scheißegal, wie es heißt. Auf jeden Fall hört die Blasmusik auf zu spielen, und die Sanitäter treiben die Leute auseinander. Der Robert und ich sehen, wie jemand abtransportiert wird und überall Blut klebt. Es geht ganz schnell.«

Der Mandel runzelte die Stirn und lehnte sich zurück, weg von seinem Apfelstrudel.

»Es stellt sich heraus, dass ein Typ am Nachbartisch einen tiefen Schluck von seinem Starkbier genommen hat, sich dann eine Pistole in den Mund gehalten und abgedrückt hat. Der Kopf muss förmlich zerplatzt sein«, sagte ich und riss die Hände auseinander, um dem Zerplatzen irgendwie Ausdruck zu verleihen.

»Jetzt übertreibst du«, sagte der Mandel.

»Doch, das war so. Das hat irgendwie mit dem Unterdruck zu tun, wenn man Flüssigkeit, in dem Fall das Starkbier, im Mund hat. Da hebt es dir die ganze Schädeldecke weg. Wenn man nichts zum Selbstmord trinkt, kann das schlimme Folgen haben. Es gibt Leute, die sich ohne Getränk in den Mund geschossen und das Hirn verfehlt haben. Da ist die Kugel wieder ausgetreten, und die haben danach weitergelebt, aber frage nicht, wie. Das war so ein Typ in Südafrika, der war erst sechsundvierzig und hat sich …«, ging es jetzt ein bisschen mit mir durch.

»Ist ja gut, Sigi. Beruhig dich wieder«, sagte der Mandel.

»Auf jeden Fall hatte der einfach diese Pistole beim Starkbieranstich dabei und hat sich vor allen Leuten und vor allem seiner Freundin, die mit am Tisch saß, umgebracht. Und in der Zeitung ist nie etwas gestanden, weil es der Heimatpresse zu unangenehm war. Und weil es natürlich keine Werbung für den Adlersberg und die gesamte Region war. Und auch nicht für das Starkbier von der Brauerei Prössl. Und weißt du, was das Beste ist?«, fragte ich.

»Nein«, sagte der Mandel.

»Nachdem sie die Leiche hinausgetragen hatten, kam eine Putzfrau und hat vor allen Leuten auf dem Zeltboden herumgeschrubbt. Die Leute haben ihr Starkbier weitergetrunken und der Frau beim Putzen zugeschaut. Und nach zwanzig Minuten hat die Blasmusikkapelle einfach weitergespielt. Ich glaube, es war der Toni Bachhofer und die Aufhausener Wuiderer.«

»Die schon wieder«, sagte der Mandel, und ich war mir nicht sicher, ob er wirklich schon einmal von Toni Bachhofer und den Aufhausener Wuiderern gehört hatte oder ob er nur sarkastisch war.

»Entschuldige mich kurz«, sagte der Mandel und stand auf.

Nach einer Weile kam er wieder und aß wortlos seinen Apfelstrudel zu Ende.

»Also ich brauch jetzt einen Schnaps. Und du?«, sagte er dann.

Am Abend saßen der Mandel, der Dieter und ich zu dritt auf dem Bett in der Wassergasse und sahen fern, obwohl draußen die wärmste und wohligste Dunkelheit herrschte. Auf dem Regionalsender lief ein Bericht über den Ausschuss zur Zeltvergabe. Babette Eisner wurde interviewt.

»Am Ende hat nicht nur das schlüssigere und wirtschaftlich ausgewogenere Konzept gewonnen, sondern auch der Volksfestbesucher. Es war eine Wahl zugunsten unserer Bürger, zugunsten der Straubinger, zugunsten der Region.«

Die Eisner sah eigentlich gar nicht schlecht aus mit ihren dunklen Augen und der für ihr Alter noch recht zarten, blassen Haut. Da war nichts Hartes in ihrem Gesicht, nichts, das verraten hätte, was für eine brutale Geschäftsfrau sie doch war. Nur die Sahra-Wagenknecht-artige Hochsteckfrisur ängstigte mich ein bisschen. Ansonsten war sie eine »recht fesche Erscheinung«, wie der Toyota-Händler Kindermann in einem früheren Interview bemerkt hatte. Dann folgte ein Gespräch mit Wilfried Wimmer. Wimmer war ein hagerer, großgebauter Mann mit kleinen Augen und schmalen Lippen und einem sehr gepflegten dünnen Schnauzbart, der im Gegensatz zu seinen halb ausgefallenen grauen Haaren noch rot war.

»Wir sind nach wie vor überzeugt, dass unser Konzept das beste ist. Das Abstimmungsverhalten im Festausschuss ist der größte und ausgeschämteste Betrug in der Geschichte des Gäubodenfestes. Dass alle CSU-Mitglieder für die Eisner abgestimmt haben, zeigt doch, dass qualitative Kriterien überhaupt nicht ausschlaggebend waren. Das war eine rein politische Entscheidung. Aus gut unterrichteten Quellen weiß ich, dass es sich bis zuletzt um ein Kopf-an-Kopf-Rennen zwischen unserer Bewerbung und dem Biozelt vom Loher gehandelt hat. Bis wie ein Deus ex machina der feine Herr Morbus Siegmüller aus dem schicken München in die Provinz herabgestiegen kam. Jetzt haben wir die Münchner

Mafia mitten ins Herz der Straubinger Bürgerkultur hineingelassen. Jetzt hat die Eisner erreicht, was sie immer schon wollte – die vollkommene Vermünchnerung unserer Stadt«, sagte Wilfried Wimmer, ohne auch nur ein einziges Mal in die Kamera zu schauen.

Dann zeigte der Regionalsender wieder die feiernde und winkende Eisner, die auf dem Straubinger Stadtplatz mit Gefolgsleuten, Sektgläsern und Reportern herumstand. Ihren Arm hatte sie um einen jungen, blonden Mann gelegt, der ihr zu ähnlich sah, um als ihr Lebensgefährte durchzugehen. Ich nahm an, dass das ihr Sohn, der Harleyfahrer und neue Freund der Spinnenfrau war. Was für eine blöde Kuh. Maria hätte sich nie von der Schickeria oder einer Harley beeindrucken lassen. Maria war überhaupt die Unbestechlichste.

»Ich geh noch mal raus«, sagte der Mandel und stand auf.

»Wohin?«, fragte ich.

»Eine rauchen«, sagte der Mandel.

»Sollen wir mitkommen?«, fragte der Dieter.

»Nein«, sagte der Mandel. »Ich bin gleich wieder da.«

Als der Mandel weg war, schaltete ich sofort von dem Regionalsender weg, obwohl der Dieter die Lokalnachrichten sehen wollte. Stattdessen sahen wir uns eine Castingshow an. Ein junges Mädchen mit einem Augenbrauen-Piercing und einem tätowierten Segelschiff auf dem Unterarm sang »Whole Lotta Love«.

»Was für eine geile Bluesröhre«, sagte der Dieter. »Gänsehaut pur«, fügte er hinzu.

»Totaler Scheißdreck«, sagte ich, und ich gebe zu, ich hätte das in meinem Gemütszustand zu allem gesagt, was jemand mit »Gänsehaut pur« etikettierte.

»Warum sagst du das? Warum drückst du das so hart aus? Die hat doch eine klasse Stimme«, sagte der Dieter.

»Darum geht's doch gar nicht. Das ist doch völlig seelenlos. Die gibt doch nur mit ihrer Stimme an. Das hat überhaupt nichts damit zu tun, wofür der Song steht. Verdammte Scheiße«, sagte ich.

Der Dieter war merklich von mir weggerutscht, während ich das aus mir herausgeschimpft hatte.

»Wofür steht denn der Song? Die Led Zeppelin wollten doch auch nur ein paar Platten verkaufen, genau wie das Mädel da im Fernsehen. Das Lied hat damals nicht mehr bedeutet als heute. Und es ist doch auch schön, wenn es durch so eine Show nicht in Vergessenheit gerät. Es ist nämlich auch in dieser Version ein schönes Lied, und das musst du jetzt nicht kaputtreden«, sagte der Dieter.

»Vergiss es«, sagte ich und krallte meine Hände in das Bettlaken.

»Was bist du denn so verbissen in letzter Zeit, Sigi? Geht's dir nicht gut?«, wollte der Dieter wissen. »Es ist auch der Jutta aufgefallen.«

»Mir geht's gut. Ich bin nur müde«, sagte ich, obwohl ich es ja selbst hasste, wenn Leute mit ganz offensichtlichen Problemen sich auf die Müdigkeit herausredeten.

»Ich fahr jetzt in mein Haus. Ich hab dir frische Handtücher hingelegt«, sagte der Dieter tonlos und stand auf, um sich seine Fransen-Mokassins anzuziehen.

»Alles klar«, sagte ich, und er ging.

Der Mandel ließ sich die ganze Nacht nicht mehr blicken. Eigentlich war ich mir sicher, dass ich die ganze Nacht nicht würde schlafen können, aber die Panik hatte mich glücklicherweise vollkommen ausgelaugt. Ich schlief um zehn ein.

Ich bin mit dem Nachbarn vom Heiligensee, der immer noch nur eine schwarze Silhouette ist, in seinem roten Ford Mustang 289 nach Manhattan hineingefahren und dort in einem fünfzigstöckigen Hotel abgestiegen. In der Hotelsuite ganz oben stehen schon etliche Leute mit Sektgläsern herum, die der Schattenmann ignoriert. Er geht direkt zum Fenster und schaut melancholisch, soweit man das bei seinem Schattengesicht sagen kann, auf die Fifth Avenue hinunter. Es regnet, und von den meisten Leuten sieht man nur die schwarzen und gleichförmigen Regenschirme. Die Gäste, in der Überzahl Frauen, scharen sich um den Schattenmann, bilden einen Kreis, reden aufgeregt durcheinander, doch er blickt nur auf die Straße hinunter auf das Meer aus schwarzen Regenschirmen. Unter den Gästen befinden sich auch Maria und die Spinnenfrau, und sie sind beide gekleidet wie in den wilden Zwanzigern, so damenhaft und leichtsinnig zugleich. Sie nehmen keine Notiz von mir. Die Malleck, die deutsche Schauspielerin, mit der ich mal ein Techtelmechtel gehabt habe, ist auch da, sie trägt einen breitkrempigen Hut und zwinkert mir zu. Sie stützt ihre Hand auf einen kleinen Tisch mit Whiskeygläsern, auf dem eine handliche Axt, eine Art Damenaxt, liegt. Ich bin mir nicht ganz sicher, aber vielleicht steht da vorne Babette Eisner, Hand in Hand mit ihrem Sohn, der einen antiquierten Motorradhelm unter dem Arm trägt, der irgendwie aussieht wie der Helm eines Soldaten. Die Malleck greift nach der Damenaxt. Dann sitzen wir wieder im Auto und fahren an den Aschegräben vorbei, weg von der Stadt. Es regnet, und der Scheibenwischer schiebt nur noch nasse Asche hin und her. Mein Kopf ist ebenfalls nass, und als ich nach meinen Haaren taste, sind meine Hände voller schwarzer Schlacke. Es tut einen harten

Schlag, und über die Windschutzscheibe fliegt der Franzl in unser Cabrio hinein, weil wir ihn gerade überfahren haben. Jetzt liegt er tot auf dem Rücksitz, und es wehen ihm Dollarnoten aus den Taschen, nach hinten hinaus auf die schwarze, schlackige Straße. Wir müssen anhalten, sage ich zu dem Schattennachbarn, aber er fährt jetzt natürlich erst recht schneller.

Der Mandel kam am nächsten Morgen in die Wohnung in der Wassergasse, als wäre nichts gewesen.

»Wo warst du die ganze Nacht?«, fragte ich ihn.

»In Wasserburg«, sagte der Mandel.

»Wieso warst du in Wasserburg?«, fragte ich.

»Ich habe Ökdal am Telefon gefragt, was ich mit dem Geld machen soll, und er hat mich gebeten, es so schnell wie möglich Cemile zu bringen«, sagte der Mandel.

»Wer war noch mal Cemile?«, fragte ich.

»Seine Schwester. Die gestern das Geld gebracht hat.«

»Und dann hast du da gleich übernachtet?«, fragte ich.

»Ja«, sagte der Mandel. »Es war ja auch schon spät.«

»Hast du was mit dieser Cemile?«, fragte ich.

»Ah, Kaffee«, sagte der Mandel und trank aus einem Kaffee, den ich mir gerade mit der neumodischen Espressomaschine vom Dieter gemacht hatte, eine, in die man nur noch so eine Patrone einsetzt, und schon schießt sie einen Espresso mit Nussaroma heraus. Zumindest wenn man so wie der Dieter Patronen mit Nussaroma kauft. Die Jutta stünde drauf, hat der Dieter gesagt.

»Du hast also mit Ökdal telefoniert?«, fragte ich.

»Ja, gestern Abend noch«, sagte der Mandel.

»Was sagt er zu der Sache mit Franzl?«, fragte ich.

»Davon habe ich ihm nichts erzählt«, sagte der Mandel. »Ich habe ihm erzählt, wer ihn erpresst hat. Dass der Walter der Drahtzieher ist, habe ich ihm gesagt.«

»Und wie hat er reagiert?«, fragte ich.

»Am Telefon musste er ruhig bleiben, weil er mit dem Kader in Bamberg war. Ich habe ihm empfohlen, sich vorerst nichts anmerken zu lassen. Ich will zuerst mit Walter reden, habe ich ihm gesagt.«

»Und wann genau willst du mit Walter reden?«, fragte ich.

»Jetzt dann gleich«, sagte der Mandel und schüttete den Kaffee in die Spüle.

»Was ist eigentlich in dem Kaffee drin?«, sagte er dann und schaute abfällig auf die neue Maschine vom Dieter.

»Ein Nussaroma«, sagte ich.

»Das ist doch krank«, sagte der Mandel. »Wer trinkt so was?«

»Die Jutta«, sagte ich.

»Welche Jutta?«, fragte der Mandel, aber auch ich konnte eine Frage ignorieren.

»Wo treffen wir Walter?«, fragte ich stattdessen.

»Bei ihm in der Schule«, sagte der Mandel.

»Weiß er schon, was mit dem Franzl passiert ist?«, fragte ich.

»Das werden wir ihm jetzt gleich sagen«, sagte der Mandel.

»Von wir kann überhaupt keine Rede sein. Das nimmt garantiert kein gutes Ende«, sagte ich.

23
FIN DE SIÈCLE

Als wir die Turnhalle der Bavarian School Of Wrestling betraten, roch es noch genauso schweißverhangen wie bei unserem Abschlusstraining. Aber es war vermutlich auch umständlich, durch die schmalen Kippfenster an der Hallendecke gründlich zu lüften, weil man sie nur mit einer langen Stange, an deren Ende ein kleiner Haken befestigt war, öffnen konnte. Walter lehnte in einem schwarzen Unterhemd in der Ringecke, so als erwarte er einen Sparringspartner.

Der Mandel stieg, ohne zu zögern, zu Walter in den Ring, und nachdem ich kurz abgewartet hatte, ob der Mandel sofort in einen »Tombstone Piledriver« genommen werden würde, was aber dann nicht der Fall war, tat ich es ihm gleich.

»Was habt ihr nur angerichtet?«, fragte Walter.

»Was meinst du mit angerichtet?«, fragte der Mandel.

»Was hast du Ökdal erzählt?«, fragte Walter zurück.

»Die Wahrheit«, sagte der Mandel.

»Und die wäre?«, fragte Walter.

»Ihr habt ihn erpresst. Du und Franz. Unterstützt von Louis«, sagte der Mandel.

»Wo habt ihr den Blödsinn her?«, fragte Walter, ohne laut zu werden.

»Wir haben den Franz bei der Geldübergabe abgefangen«, sagte der Mandel.

»Ach du Scheiße«, sagte Walter.

»Was ist denn jetzt mit Ökdal?«, fragte ich Walter.

»Er hat Louis angezündet«, sagte Walter.

»Wie bitte?«, fragte ich, in der Hoffnung, mich verhört zu haben.

»Er hat im Hotel in Bamberg Benzin auf seinen Pyjama gegossen. Im Schlaf. Louis ist Gott sei Dank sofort aufgewacht und konnte das Feuer mit einem Handtuch löschen. Er hat mittelschwere Verbrennungen an Oberschenkeln und Umgebung«, sagte Walter und öffnete seinen Pferdeschwanz. Dann schwang er seinen Kopf hin und her, damit sich seine schmutzgraue Langhaarfrisur entfalten konnte. Hoffentlich nahm der Mandel sich die nicht zum Vorbild. Wenn er so weitermachte, hatte er in ein paar Monaten so lange Haare wie Walter. Heute trug er wieder seinen Beckham-Knoten, dazu ein weißes Fischerhemd, das er immer nur im Sommer anzog, und eine lilafarbene Jeans; weiß der Himmel, wer ihm die eingeredet hatte – vermutlich Anni, als sie noch da war.

»Und dir hat er nichts getan?«, fragte ich Walter.

»Mich erpresst er um eine Zusatzgage von 5000 Euro, wenn er heute noch hier in der Stadt antreten soll, sonst wird er uns in der Szene anschwärzen. Heute Abend will er gegen mich um den Titel kämpfen, und er hat gesagt, er wird mich im Ring so lange demütigen, bis ich ihm die Füße küsse«, sagte Walter.

»Ist nicht immer noch der Mandel Champion?«, fragte ich.

»Ich habe das Match annulliert«, sagte Walter.

»Mal was ganz Neues«, sagte ich.

»Und? Bezahlst du ihn?«, fragte der Mandel.

»Ich weiß es noch nicht. Das ist ein Desaster. Ich muss mit dem Franz darüber reden«, sagte Walter.

Ich schaute zum Mandel hinüber, der auf den Boden starrte.

»Was wollt ihr eigentlich von mir? Ich kann euch die verabredete Gage maximal in Raten bezahlen, wenn ihr darauf besteht. Ich habe kein Geld mehr«, sagte Walter.

»Wir wollten eigentlich zur Polizei gehen«, sagte ich.

»Moment, das wäre aber nicht im Interesse von eurem guten Freund Ökdal. Erstens kommt so raus, dass er schwul ist, zweitens zeig ich ihn dann an wegen Brandstiftung, ich meine Körperverletzung, wegen Louis«, sagte Walter.

»Er hat recht«, sagte der Mandel. »Wenn er Ökdal seinen geforderten Bonus bezahlt und ihm vielleicht noch die Genugtuung gibt, ihn im Ring nach Strich und Faden zu verprügeln, dann reicht das.«

Warum endeten eigentlich alle unsere Fälle damit, dass man dem Kriminellen zwar auf den Kopf zusagen konnte, dass er der Kriminelle war, dass man aber im Prinzip dann doch strafrechtlich nichts gegen ihn unternahm? Es war ein enttäuschender Aspekt am Detektivberuf.

»Wo ist das Geld von Ökdal jetzt? Habt ihr das genommen?«, fragte Walter.

Der Mandel nickte. »Wir haben es seiner Schwester zurückgegeben. Sie hat es ihm geliehen.«

Walter schüttelte den Kopf, als könne er nicht fassen, dass sein idiotischer Plan nicht aufgegangen war.

»Aber ihr wisst nicht zufällig, wo der Franz hinwollte, nachdem ihr ihm das Geld abgenommen habt? Ich erreiche ihn einfach nicht«, sagte Walter.

Der Mandel schaute auf den Boden und rieb sich dabei die Stirn.

»Hat dich also noch keiner angerufen?«, fragte ich.

»Natürlich hat ihn keiner angerufen«, sagte der Mandel, ohne seinen Blick vom Boden abzuwenden.

»Weshalb angerufen?«, fragte Walter und ging einen Schritt auf den Mandel zu. Der Mandel rührte sich nicht von der Stelle, aber ich wich stattdessen zurück, obwohl ich hinter dem Mandel stand.

»Franz hatte einen Unfall«, sagte der Mandel und schaute Walter jetzt doch an.

»Was ist passiert?«, fragte Walter.

»Er ist vor uns weggelaufen, und dann ist er saublöd hingefallen«, sagte ich.

»Was heißt saublöd hingefallen?«, fragte Walter.

»Er ist eine steile Treppe hinuntergestürzt und hat sich wahrscheinlich den Schädel gebrochen«, sagte der Mandel, der einfach keine Lust auf Fingerspitzengefühl zu haben schien.

»Was für eine Treppe?«, fragte Walter und band sich die Haare zusammen, als würde das die Dinge wieder zurechtrücken.

»Die auf der Walhalla«, sagte der Mandel.

»Welche Walhalla? Ihr wollt mich verarschen, oder?«, fragte Walter, ohne die Stimme zu erheben. Äußerlich wirkte er immer noch gefasst, aber vielleicht schmiss er mich und den Mandel innerlich längst von der Sinzinger Autobahnbrücke.

»Nicht die aus der Mythologie. Die in Donaustauf«, sagte ich.

»Was hat er denn da oben gemacht?«, fragte Walter.

»Dort haben wir ihn hingejagt«, sagte ich und bereute es sofort, »hingejagt« gesagt zu haben.

»Ihr habt ihn umgebracht«, sagte Walter und ging jetzt am Mandel vorbei, um mich am Kragen zu packen. Was er auch tat.

»Lass ihn in Ruhe«, sagte der Mandel. »Er kann nichts dafür. Franz ist einfach dumm gefallen.«

Trotzdem ließ mich Walter nicht los, sondern hob mich an den Schultern in die Höhe. Dann schmiss er mich so vehement auf den Boden, dass ich mit dem Kopf zuerst aufgekommen wäre, hätte ich mich nicht an die Basislektion aus dem Fallunterricht erinnert: Immer mit dem flachen Rücken und ausgestreckten Armen zu landen, sofern möglich. Und nie verkrampfen.

»Es tut uns wirklich leid«, sagte der Mandel zu Walter, der seinen Kopf jetzt erschöpft übers dritte Ringseil hängen ließ.

»Beschissener kann's wirklich nicht mehr laufen«, sagte Walter.

»War ja auch eine beschissene Idee, Ökdal zu erpressen«, sagte ich vom Boden aus.

»Halt du bloß dein Maul, Singer«, sagte Walter.

»Macht ihr trotzdem heute Abend eure Veranstaltung?«, fragte der Mandel.

»Uns bleibt ja nichts anderes übrig. Eine Absage würde uns noch mehr Geld kosten«, sagte Walter.

Eine Zeitlang standen der Mandel und Walter im Ring herum, und keiner sagte etwas. Diese grässliche Stille ertrug ich lieber weiterhin im Liegen.

Erst nach einer Weile räusperte sich Walter, aber selbst nach dem Räuspern verging noch eine halbe Minute, bis er wieder etwas sagte.

»Wollt ihr eigentlich noch ein letztes Mal antreten? Als Tribut für den Franz? Die Leute wollen doch den Großen Kurt sehen. Das hat sich herumgesprochen«, sagte Walter. »Ihr würdet mir sehr helfen.«

»Klar, warum nicht«, sagte der Mandel, der offensichtlich verrückt geworden war. Ich stand auf und verließ kopfschüttelnd die Halle.

Als der Mandel endlich wieder ins Auto einstieg, fragte ich ihn, ob ihn jetzt auch der letzte Funke Verstand verlassen hatte. Ob er jetzt alle Hoffnung aufgegeben hatte, jemals wieder ein Leben ohne permanente Störungen des Bewegungsapparates führen zu können. Als ob wir nicht wieder einmal tief genug drinsteckten, musste der Mandel jetzt zur Krönung noch einmal in den Ring steigen. »Statt diesen scheinheiligen Tribut-Schwachsinn zu boykottieren und dem Walter zu sagen, was er für ein Abschaum ist, solidarisierst du dich jetzt auch noch mit ihm.«

»Ich bin lieber dabei, wenn Ökdal seinen letzten Kampf für SGCW bestreitet. Nicht, dass noch mehr passiert«, sagte der Mandel und lenkte den Ford Focus wieder in Richtung Altstadt.

»Nein, das ist Schwachsinn. Mir ist das zu gefährlich. Was ist denn, wenn sich Walter an uns rächen will?«, sagte ich.

»Der ist froh, wenn wir ihn nicht anzeigen«, sagte der Mandel und hielt an einer Ampel an.

»Woher willst du das wissen? Ich verstehe nicht, wie du mit so einem Urvertrauen durch die Welt wandeln kannst. Ich verstehe dich nicht. Ich hab dich eigentlich noch nie verstanden«, sagte ich und spürte eine Art Hysterie in mir aufsteigen.

»Was ist denn dein Problem, Sigi?«, fragte der Mandel. Er

sah mich dämmrig an, als würde er jeden Moment einschlafen.

»Ich weiß es gar nicht mehr so genau. Ich weiß gar nicht mehr, was mein Problem ist. Irgendwie alles«, sagte ich und schaute aus dem Fenster auf den Kopf der Nibelungenbrücke, die früher Adolf-Hitler-Brücke geheißen hatte. Anfang dieses Jahrtausends hatten sie den alten Brückenadler wegen Umbauarbeiten entfernt, seitdem fehlte von dem Nazi-Vieh jede Spur.

»Es war bisher kein so erfreuliches Jahr«, sagte ich nach einer Weile.

»Warum denn nicht?«, fragte der Mandel väterlich.

»Trennung von Maria. Ende unserer Bürogemeinschaft. Jetzt das mit der Spinnenfrau. Ich habe keine Wohnung. Ich habe kein Geld. Und keinen Beruf. Es kommt eben einiges zusammen«, sagte ich.

»Aber jetzt bekommen wir ja erst einmal Geld von Walter«, sagte der Mandel, der offenbar keine meiner Miseren außer der monetären durchgehen ließ.

»Wenn du dich da mal nicht täuschst«, sagte ich.

»Weiß du, was dein Problem ist?«, fragte der Mandel.

»Nein, weißt du's?«, fragte ich zurück.

»Du siehst die Dinge zu negativ«, sagte der Mandel.

Etwas Liebloseres, Pauschaleres und Humorloseres kann man seinem besten Freund nicht mit auf den Weg geben, oder?

»Sehr originell. Und wie siehst du sie, die Dinge?«, fragte ich.

»Ich seh sie gar nicht«, sagte der Mandel.

»Was soll das heißen, du siehst sie gar nicht?«, fragte ich.

»Ich sehe sie weder positiv noch negativ. Ich sehe sie gar

nicht, ich denke nicht ständig darüber nach, wie die Dinge sind. Sie sind nun einmal so, wie sie sind. Es ist mir auch egal, wie sie gestern waren oder morgen sein werden. Wir haben ja jetzt. Und nicht gestern oder morgen«, sagte der Mandel.

»Bist du über Nacht von buddhistischen Aliens entführt worden?«, fragte ich ihn.

»Das sagt einem doch die Logik, dass in der ständigen Beurteilung von Dingen die Wurzel allen Übels liegt. Indem du ständig beobachtest, was mit dir und um dich herum vorgeht, stellst du automatisch Vergleiche an. Und sobald du Vergleiche anstellst, wirst du immer auf jemand stoßen, der es besser hat als du oder der mehr hat als du«, sagte der Mandel.

»Und du willst mir ernsthaft erzählen, dass du nicht vergleichst, dass du nicht über dein Leben und deine Ziele nachdenkst. Dass du ergo auch keine Angst hast vor dem, was kommt? Überhaupt keine Angst?«, fragte ich.

»Ich bin ja kein Übermensch. Es kommt schon hin und wieder vor«, sagte der Mandel, der Übermensch.

»Das ist das Großkotzigste, was ich je gehört habe«, sagte ich zum Mandel. »Ich möchte sofort aussteigen.«

»Wir holen jetzt unser Zeug, trinken noch ein Radler und fahren dann zur Donauhalle zu unserem letzten Kampf«, sagte der Mandel und hielt mich an der Schulter fest, obwohl ich eh nicht aus dem fahrenden Auto gesprungen wäre.

»Ich werde ganz sicher keinen Kampf mehr bestreiten. Mir geht's nicht gut«, sagte ich matt. »Und das ist auch deine Schuld.«

»Nein, Sigi, das siehst du falsch. Das ist überwiegend deine Schuld mit deiner Fin-de-Siècle-Haltung«, sagte der Mandel.

»Was ist denn eine Fin-de-Siècle-Haltung?«, fragte ich.

»Du wartest ständig darauf, dass etwas Altes endet und etwas Neues beginnt. Zack, auf einen Schlag, mit einem bestimmten Datum soll sich immer alles vollkommen ändern. Am besten zum Positiven, aber auch einer reinigenden Katastrophe bist du nicht abgeneigt. Aber wenn dann was passiert, dann passt dir das auch wieder nicht, dann hast du Angst, dass dir dein bequemes Leben abhanden kommt. Auf gut Deutsch gesagt: Dir kann man's niemals recht machen. Meine Schuld ist das am wenigsten, wenn es dir nicht gut geht«, sagte der Mandel.

In dem Sermon vom Mandel steckte freilich ein gewisser Wahrheitsgehalt drin, mit dem ich mich erst ein paar Wochen später beschäftigen würde, aber auch so viel Überheblichkeit, dass ich am liebsten seinen Kopf genommen und so lange gegen die Armaturen gehauen hätte, bis der Airbag aufging. Stattdessen saß ich nur wie eingefroren da und sagte nichts. Während wir uns durch die lange Prüfeningerstraße von Ampel zu Ampel quälten, klopfte der Mandel zu einem imaginären Song den Rhythmus mit den Fingern auf dem Lenkrad. Wir fuhren an der Donau entlang, und bei offenem Fenster war mir, als könnte ich das Meer riechen, das Fischige, das Salzige, die Endlosigkeit, obwohl da nur die träge und selbstgefällige Donau neben uns dahinfloss.

Als wir in Matting in dem Biergarten am Ufer, gegenüber von dem großen, weißen Felsen saßen, dachte ich, dass der Mandel und ich uns trennen mussten. Mit seiner Ansprache im Auto hatte er sich so weit über mich erhoben, dass von einer gleichberechtigten Freundschaft nicht mehr die Rede sein konnte. Er war jetzt wie mein Vater, und ich wollte von zu Hause ausziehen.

»Wie ist es, wieder hier zu sein?«, fragte ich.

»Wo?«, fragte der Mandel, während er etwas in sein Notizbuch schrieb

»Hier halt. In Matting. Zu Hause«, sagte ich, weil der Mandel eben hier in dem kleinen Ort an der Donau mit seinem Vater und seinem Bruder gewohnt hatte.

»Das ist nicht zu Hause. Ich war mal hier, und jetzt bin ich woanders«, sagte der Mandel und nahm eine Gabel von seinem Wurstsalat.

»Besuchst du eigentlich noch deinen Vater?«, fragte ich, wobei der Vater längst nicht mehr in Matting wohnte, sondern im Nachbarort vom Dieter.

»Ich besuche doch niemanden aus Nostalgie«, sagte der Mandel.

»Natürlich nicht. Noch nicht einmal deinen eigenen Vater. Prost«, sagte ich, und unsere mattgrauen Bierkrüge knallten aneinander, und ich stellte mir vor, wie ich einfach daneben zielte und dem Mandel seinen Schädel in zwei Hälften prostete.

Auf dem Rückweg war das Armaturenbrett von der Sonne so aufgeheizt, dass man sich daran die Finger verbrennen konnte. Gegen vier holten wir unsere Sachen aus der Wassergasse und packten sie in den Ford Focus.

»Du, wegen dem Zurückfahren«, sagte ich zum Mandel. »Ich glaube, ich komme nicht mit zurück. Könntest du mich bei meiner Mutter absetzen?«

»Kein Problem. Aber erst fahren wir zur Donauhalle«, sagte der Mandel. Eine kurze Nachfrage hätte ihm das schon wert sein können, dass ich nicht mehr mit ihm zurückfahren wollte.

Der Mandel parkte routiniert am Lieferanteneingang der Donauhalle, die eigentlich Donauworld-Arena hieß, als wäre er schon Hunderte Mal hier gewesen. Walter erwartete uns. Er trug eine schwarze Kapuzenjacke und eine schwarze enge Hose. Er sah müde aus.

»Kommt mit, wir treffen die anderen. Es gibt eh gerade Essen«, sagte Walter und reichte dem Mandel die tote Hand.

»Die Halle ist ja riesig«, sagte ich. »Kriegt ihr die voll?«

»Wir haben hier im Großraum sehr viele Fans«, sagte Walter, ohne mich anzusehen.

Wir folgten ihm in eine Art Speisesaal, in dem ein Buffet aufgebaut war.

»Das ist ja edel«, sagte der Mandel. »Also für eure Verhältnisse«, sagte der Mandel, der in seiner Zeit als Musikjournalist einer der gefürchtetsten Buffeträuber gewesen war.

»Ja, ich kenne den Marketing-Chef von der Donauhalle. Er ist ein großer Wrestlingfan. Leider hat heute kurzfristig jemand aus dem Stadtrat beschlossen, Jugendkontrollen einzuführen, sodass wir alle Kinder unter vierzehn nach Hause schicken müssen«, sagte Walter.

»Das ist ja schade«, sagte ich.

»Was interessiert es dich«, sagte Walter.

»Ich meine ja nur. Ich als Kind hätte mich geärgert, weil ich mich schon so lange auf den Abend gefreut hätte«, sagte ich, aber natürlich hörte mir niemand mehr zu.

Die meisten Wrestler standen schon am Buffet. Der Mandel ging als Erstes auf Louis zu und begrüßte ihn mit einer herzlichen Umarmung. Nach außen hin war von seinen Unterleibsverbrennungen nichts zu sehen.

»Kurt, du alter Filou, schön, disch wieder ’ier zu ’aben«, sagte Louis.

»Wie geht’s deinen Verletzungen?«, fragte der Mandel.

»Es sticht *quelque peu*, aber Hauptsache *le petit prince* funktioniert noch«, sagte Louis.

»Servus, Männer, scheiße, das mit dem Franzl, oder? Aber heute Abend reißen wir uns noch mal den Arsch auf für ihn«, sagte Chris Rage und gab mir so kurz und gleitend die Hand, dass er sie beim Geben schon wieder aus meiner hinauszog.

»Logisch«, sagte der Mandel. »Arsch aufreißen.«

Ghostdog, dessen echten Namen ich mir einfach nicht merken konnte, hatte einen Spazierstock in der Hand.

»Ist da Schnaps drin?«, fragte ich.

»Nein, ein Regenschirm«, sagte er.

»Oft haben die Leute auch Schnaps im Spazierstock«, sagte ich und wusste nicht, warum ich das sagte.

»Aha«, sagte Ghostdog.

»Die Schweine sind da«, hörte ich Herwig hinter mir sagen, dann schnippte er mit Daumen und Zeigefinger hart an mein rechtes Ohr. Ich drehte mich um, und er trug die Lederjacke mit den gelben Streifen.

»Du kennst nicht zufällig die Conny Schmidl?«, fragte ich ihn.

»Geht dich einen Scheißdreck an«, sagte Herwig.

Kassandra Red huschte mit einem Teller Salat an mir vorbei.

»Hallo, Sandra«, sagte ich, sie erwiderte aber nichts und setzte sich drei Kilometer weit weg von uns an einen Tisch mit Whitney Spears und Boris Moscow. Der Mandel und ich stellten uns am Buffet an. So fürstlich, wie es zunächst von Weitem ausgesehen hatte, war es natürlich nicht. Es gab Fleischbällchen und Kochschinken, Lachsersatz und das grässlichste Vitello tonnato, das ich je gegessen hatte. Dazu Cocktailtomaten und Salatblätter mit einer merkwürdig säurehaltigen Kräuter-Sahne-Sauce. Als Hauptgericht wurde ein Gulasch angeboten, so zäh, dass selbst die Leute bei der Armenspeisung der Notstandsküche vom Schloss Thurn und Taxis es hätten zurückgehen lassen. Nur das Weißbrot entsprach in seinem Geschmack der gängigen EU-Norm. Wir saßen mit Lachsersatz, Fleischbällchen, Vitello tonnato, Louis, Fabio, Diego Latino und Tony Trinkgeld an einem Tisch. Am Nebentisch lauerten Crazy Sexy Klaus, Herwig und ein ausdrucksloser Ilias. Sie flüsterten, sahen dann zu uns herüber und lachten laut. An unserem Tisch herrschte überwiegend betretenes Schweigen. Fabio sah noch blasser aus als sonst, und Diego Latino tippte nervös auf seinem Telefon herum. Irgendwann sagte Tony Trinkgeld zu uns:

»Das hätte ich an eurer Stelle nicht gemacht.«

»Bitte, was?«, fragte ich.

»Den Franzl die Treppe hinunterschmeißen«, sagte Trinkgeld und löste seine Serviette vom Hals, die er sich vor dem Essen ungebunden hatte, faltete sie sorgfältig zusammen und legte sie neben sich auf den Tisch. Unter der Serviette trug er ein weißes Hemd und einen schwarzen Frack, er sah aus wie ein Kellner.

»Mon dieu, Tony! Was redest du für eine Scheiße«, sagte Louis, und Fabio Immortale sah aus, als müsste er sich gleich übergeben. Diego Latino blickte fragend zu Louis hinüber, und man sah ihm an, dass er nicht wusste, worum es überhaupt ging.

»*Tout est bien qui finit bien*«, sagte Louis und wuschelte dem Mandel durch die Frisur, der sie sich danach sofort wieder richtete.

Kurz darauf kam Walter an den Tisch, um mit uns das Match zu besprechen.

»Ich hab mir für euren letzten Abend etwas Besonderes ausgedacht«, sagte er und die Formulierung »etwas Besonderes« gefiel mir schon nicht.

»Ein Last-Man-Standing-Lumberjack-Match«, sagte Walter und lächelte sanft.

»Ein was?«, fragte der Mandel.

»Das sind eigentlich zwei verschiedene Matcharten«, erklärte ich. »In einem Last Man Standing gewinnt derjenige, der den anderen so auf die Bretter schickt, dass er bis zehn nicht aufsteht. Wie bei einem Boxkampf mit K. o.«

»Und das Holzfäller-Ding?«, fragte der Mandel.

»Das bedeutet, dass der Ring von anderen Wrestlern umgeben ist, die dich sofort angreifen, wenn du aus dem Ring gehst. Das sind dann die sogenannten Lumberjacks, die Holzfäller, und sie verhindern, dass man abhaut wenn's brenzlig wird«, sagte ich und begriff mit einem Schlag, worauf das alles hinauslief.

»Wer von uns tritt denn an? Und gegen wen?«, fragte der Mandel.

»Ihr beide gegeneinander«, sagte Walter.

»Das ist keine gute Idee – wir sind doch beides Neulinge in dem Geschäft«, sagte der Mandel. »Und der Sigi hat ja auch noch keine Erfahrung mit längeren Kämpfen.«

Bei genauerer Betrachtung fand ich die Idee, den Mandel k. o. schlagen zu müssen, aber gar nicht so verkehrt.

»In dem Kampf geht's nicht um Technik, sondern um Emotion. Und von unserer Seite, also von Seite der Lumberjacks, kann ich euch versichern, dass wir euch nicht eher aus dem Ring lassen, bevor ihr euch nicht ganz echt und ohne Rücksicht gegenseitig die Scheiße aus dem Leib herausgeprügelt habt. Bis einer von euch nicht mehr aufstehen kann. Ganz ohne Schauspielerei. Das ist eure große Show. Für den Franz«, sagte Walter und lächelte elysisch.

»Das ist nicht dein Ernst«, sagte der Mandel.

»Und wenn wir nicht mitmachen?«, fragte ich.

»Dann fangen wir gleich hier an. Ihr gegen die SGCW«, sagte Walter laut, und am Nebentisch wurde geklatscht.

»Scheibenhonig«, sagte der Mandel.

»Ich hab dir ja gesagt, dass das eine Scheißidee war, hierherzukommen«, sagte ich.

»Halt doch wenigstens einmal die Klappe, Sigi«, sagte der Mandel.

»*Mille regrets, mes amis*«, sagte Louis. »*Mille regrets.*«

24
HAUPTKAMPF

Selbst ein Blinder hätte das kommen sehen. Und ein Blinder, der eine Woche mit diesen Unmenschen auf Tour war, erst recht. Es konnte keine Überraschung mehr sein, dass man uns nach dem Buffet in die Umkleidekabine sperrte, uns die Telefone abnahm und uns mit Industrieklebeband die Hände und Füße zusammenband. Herwig und Klaus setzten uns so an die Wand, dass wir uns gegenseitig die zwei Stunden bis zum Kampf die ganze Zeit hätten anstarren müssen, hätte sich der Mandel nicht schon nach zwanzig Minuten zur Seite fallen lassen und auf den mattroten Terrakottafliesen ein Nickerchen gemacht. Vorher hatte ich ihm noch an den Kopf geworfen, dass er uns mit seiner Alles-oder-nichts-Einstellung erneut in unglaubliche Schwierigkeiten gebracht hatte, und klargestellt, dass ich unter keinen Umständen mehr einen Fall mit ihm zusammen bearbeiten würde. Der Mandel hatte daraufhin die Kommunikation gänzlich eingestellt und sich einfach umfallen lassen. So schlief er also in aller Herrgottsruhe vor sich hin, während ich panisch tatenlos herumsaß. Ich hatte das schon früher im Büro bewundert, dass der Mandel, die italienischen Lederstiefeletten auf der Tastatur, tief in seinen drehbaren Lederstuhl hineingepflanzt, einfach so nach Gusto einschlafen konnte. Mitten in einer Gefahrensituation, in die größte Unbequemlichkeit hineingefesselt, einfach so wegzuratzen, das war schon eine überragende Leistung, das musste ich bei aller Unbill zugeben. Ich versuchte eine Zeitlang, ihn mit Zischlauten zu wecken, aber er reagierte nicht. Als er nach über einer Stunde aufwachte, war die eine Seite seiner Frisur zu meiner Belustigung völlig eingedellt. Außerdem schien er von allein nicht mehr hochzukommen.

»Ich kann dir leider nicht hochhelfen, ich hab's im Kreuz«, sagte ich.

»Macht nichts«, sagte der Mandel, und das war eine seiner Spezialitäten: einen Witz oder eine sarkastische Bemerkung dadurch vollkommen zu vernichten, indem er sie ernst nahm.

»Wir verprügeln uns jetzt aber nicht wirklich im Ring, oder?«, fragte ich.

»Es wird uns nichts anderes übrig bleiben«, sagte der Mandel im Liegen.

»Und wenn wir während der Einmarschmusik schnell durchs Publikum abhauen?«

»Wir kommen ja nicht zu zweit in die Halle. Und außerdem werden wir sicher von den Catchern eskortiert«, sagte der Mandel.

»Niemand sagt heutzutage mehr Catcher. Es heißt Wrestler«, sagte ich.

»Das ist mir wurscht, Sigi«, sagte der Mandel.

»Am besten tun wir nur so, als würden wir kämpfen, und einer muss sich am Ende bewusstlos stellen«, sagte ich.

»Vermutlich«, sagte der Mandel.

»Du klingst nicht überzeugt«, sagte ich.

»Walter und seine Jungs werden sich schon was einfallen lassen, damit wir uns da nicht so einfach rauswinden«, sagte der Mandel.

Im Grunde war ich ja durchaus bereit und willens, ein wenig auf den Mandel einzuschlagen. Ich wollte nur selbst nicht von ihm getroffen werden. Das war zudem die Gelegenheit zu zeigen, dass ich mir nicht auf meinem Spezialgebiet vom Mandel das Wasser abgraben ließ. Wrestling war meine Disziplin. Es war nur ein Missverständnis, es war nur dieses Frank-Zander-Lied, das die Hackordnung so in Unordnung gebracht hatte.

Als Herwig und Klaus uns von dem Klebeband befreiten, brachten sie uns auch unsere Ringkleidung mit. Aus der Sporttasche vom Mandel entnahmen sie den roten Trainingsanzug und seine Turnschuhe, und ich bekam noch einmal die grüne Zebrahose und saß jetzt in sommerlich leichten Ledersandalen in der Umkleidekabine.

»Leiht mir jemand Stiefel?«, fragte ich.

Herwig schaute auf meine Sandalen und lachte.

Es war auch Herwig, der mich packte und durch einen Gang um ein paar Kurven schleifte, bis wir in einer Art Geräteraum vor einem Vorhang standen. Ich hörte, wie Walter uns im Ring ankündigte:

»Und jetzt kommen wir zum ersten Höhepunkt des Abends. Unsere nächsten beiden Kontrahenten sind nicht nur hier aus der Gegend, sondern die ersten Absolventen der Bavarian School Of Wrestling. Lange Zeit waren die beiden als Musikjournalisten auf Du und Du mit den Stars, bis sie sich als Privatdetektive selbstständig gemacht haben. Mittlerweile sind sie aber erbitterte Gegner, und deshalb erleben Sie jetzt und hier einen einmaligen Rachekampf, bei dem es um nicht weniger als die Ehre geht. Der Kampf ist ein Last-Man-Standing-Lumberjack-Match und endet erst, wenn einer der Kämpfer auf dem Boden liegt und bis zehn angezählt wird. Der Ring wird umgeben von allen Stars aus der SGCW, die aufpassen, dass keiner von beiden die Flucht ergreift. Aber jetzt will ich keine weiteren Worte mehr verlieren. Hier kommt der erste Teilnehmer. Mit einem Kampfgewicht von fünfundsiebzig Kilogramm – hier ist der Mann in den sportlichen Sandalen, die Nahkampf-Nervensäge Sigi Slayer!«

So viel Wortwitz hatte ich Walter nicht zugetraut. Zu meiner großen Überraschung bekam ich sogar eine Einzugsmusik spendiert. Eine dramatische Keyboardmelodie mit einem Gitarrensolo ertönte, doch dann der Schock: Es war Matthias Reims »Verdammt, ich lieb dich«. Zahlreiche Leute lachten. Mit den Sommersandalen und der grünen Zebrahose schlich ich zum Ring – unter erstaunlich vielen Zuschauern –, während Matthias Reim »Ich will dich nicht verlieren« sang. Als ich endlich im Ring stand und die gotterbärmliche Musik aufhörte, fing ein »Dich kennt keine Sau«-Chor an.

Dann aber hörte man die Stimme von Frank Zander über die Hallenanlage, und kurz darauf erschien der Mandel unter tosendem Applaus in der Donauworld-Arena.

»Und im roten Trainingsanzug, mit einem Kampfgewicht von neunzig Kilogramm, hier ist die Killerwalz aus der Oberpfalz, der einzigartige, der Große Kurt«. Walters Stimme kippte vor Euphorie in die hohen Lagen, und ich fragte mich, ob er vielleicht in Wirklichkeit nur auf mich sauer war und nicht auf den Mandel, oder die beiden am Ende sogar unter einer Decke steckten, weil der Mandel mich verraten und gepetzt hatte, dass ich den Franzl in den Tod getrieben hatte. Der Mandel verzog wie üblich beim Einmarsch keine Miene, aber er genoss den Jubel, er atmete ihn förmlich ein, das konnte ich sehen.

»Kurt! Kurt! Kurt!«, riefen die Leute, während ich unschlüssig im Ring stand und die Ankunft des Großen Mandel erwartete. Als der Mandel sich durch die Seile in den Ring mühte, erkannte ich seinen Bruder im Publikum, sah ihn vor Begeisterung mit der Menge auf und ab wogen, hörte ihn »Wir wollen Kurt« schreien. Ich versuchte, seinen Blick zu erhaschen, um ihm anzudeuten, dass wir in Schwierigkeiten steckten, aber er schaute mich nicht an.

Sobald der Mandel im Ring war, bildeten die Holzfäller ihren Sperrgürtel. Es waren: Herwig Rottmayr alias Jonny Rebel in seiner Motorradjacke über dem nackten Oberkörper, Louis XIV in einer Pumphose, Crazy Sexy Klaus mit einem roten Stirnband, der kreidebleiche Fabio Immortale, Ghostdog in Harlekin-Schminke auf seiner Faltenvisage, Boris Moscow mit seinem stählernen Oberkörper und dem platinfarbenen Irokesenkamm, Chris Rage, frisch geduscht in weißem Hemd und Jeans, Ilias in seiner Flammenhose aus Latex, und Big Walter Wylde in einem schwarzen T-Shirt mit der Aufschrift: »SGCW – Where Legends Are Born«. Der Langweiler Jan Kozlovič war wie üblich als Ringrichter eingeteilt und gab dem Timekeeper das Zeichen, die Glocke zu läuten. Timekeeper war der rote Jörg.

»Und jetzt?«, fragte ich den Mandel.

»Ich kann die Frage nicht mehr hören«, sagte der Mandel.

»Warum?«, fragte ich.

»Weil du das ständig fragst. Seit Jahren fragst du, wie es weitergeht«, sagte der Mandel. »Lass dir was einfallen, du bist doch das Wrestling-Genie.«

Das Publikum fing an zu buhen, weil nichts passierte.

Der Mandel streckte mir seine Hand hin.

»Auf einen guten Kampf«, sagte er.

Ich gab ihm meine Hand und bekam einen Tritt in die Hoden.

»Du Wichser«, sagte ich und ging in die Knie.

»Bringen wir's hinter uns«, sagte der Mandel und stand gequält lächelnd über mir.

Er hatte mich nicht voll getroffen, aber der Tritt war ohnehin nicht das, was mich verletzte. Es war die Tatsache, dass er den alten Bauerntrick verwendet hatte, um mich lächerlich zu machen, und ich Idiot darauf hereingefallen war. Der Mandel fing an, so zu tun, als stiefle er mich. Dummerweise trat er beim Danebentreten daneben und mir auf den Fuß. Da ich nur die Sandale anhatte, erwischte er meinen rechten großen Zeh und brach ihn mir vermutlich.

»Du Grobian!«, sagte ich.

»Entschuldigung«, sagte der Mandel und zog mich an den Haaren hoch. Dann führte er an mir einen tadellosen Bodyslam aus, den ich mit einer sanften Landung konterte.

»Härtere Gangart, bitte«, rief Walter von unten.

Ich stand auf, und der Mandel schlug mir mit der flachen Hand auf die Brust, sodass das zugehörige Klatschgeräusch durch die gesamte Arena hallte. Zurück blieb der rote Abdruck seiner Hand auf meiner Brust. Vor Wut schleuderte ich die Sandalen von den Füßen, einer davon flog aus dem Ring. Die Leute hetzten den Mandel mit perfiden Anfeuerungen wie »Kurt is gonna kill you« gegen mich auf. Ich konnte dem Mandel die Brustschelle noch nicht einmal adäquat zurückgeben, weil er seine rote Trainingsjacke anbehalten hatte. Deshalb schlug ich ihm einfach mit der flachen Hand ins Gesicht. Ein empörtes Raunen ging durchs Publikum. Der Mandel nahm meine Hand, drehte meinen Arm um und trat mir mit dem Fuß in den Magen. Anschließend schloss er seine Arme um meinen Kopf und drückte die Ellenbogen an meinem Hals zusammen; das sollte wohl eine Art Aufgabegriff sein. Der Mandel drückte so fest zu, dass ich nach ein paar Sekunden schon keine Luft mehr bekam.

»Ich erstick gleich, du Arschloch«, sagte ich, aber der Mandel hörte nicht auf, gegen meinen Hals zu drücken, gleichzeitig hatte ich seine Hand fast in meinem Mund. Ich beschloss, ihn in die Hand zu beißen. Ich spürte die Fingerknochen unter meinen Schneidezähnen und verspürte eine sofortige Genugtuung.

»Spinnst du«, sagte er und löste seinen Griff. »Du kannst mich doch nicht einfach in die Hand beißen.«

»Macht mal ein bisschen mehr Action, ihr Lallies«, schrie Herwig von draußen in den Ring und warf einen schwarzen Stuhl in den Ring. Ich saß auf dem Boden und erholte mich von dem Würgegriff, während der Mandel den Stuhl vom Boden aufhob. Es war einer dieser billigen Klappstühle wie man sie bei Ikea kaufen konnte. Der Mandel schwang den Stuhl über seinem Kopf und kam langsam auf mich zu. Ich stand auf und hielt schützend die Hände vors Gesicht. Wir hatten in unserem Kurs nicht gelernt, wie man sich vor Stuhlschlägen schützte, aber es konnte ja nur so gehen. In Amerika hatte man kürzlich nicht allzu überraschend herausgefunden, dass ungeschützte Stuhlschläge auf den Kopf, die es bis Ende der Neunziger in großer Zahl beim Wrestling gegeben hatte, langwierige Hirnschäden hervorriefen. Ganze Stiftungen für Stuhlschlagopfer gab es mittlerweile.

»Hau ihn weg, hau ihn weg«, skandierten die Kurt-Fans, und ich glaubte, auch die Stimme vom Dieter aus dem Pulk herauszuhören.

»Wird er nicht disqualifiziert, wenn er mit dem Stuhl zuhaut?«, fragte ich, hoffnungsvoll an Jan Kozlovič gewandt.

»Nein, in einem Last-Man-Standing-Match gibt es keine Disqualifikation«, sagte der.

»Das hatte ich befürchtet«, sagte ich und bekam gerade noch die rechte Hand hoch, bevor der Mandel zuschlagen konnte. Vom Schmerz her würde ich auch heute noch behaupten, der Mandel hat mir mit diesem Stuhlschlag die ganze rechte Hand gebrochen, aber tatsächlich war es nur ein Kapselriss im Ringfinger, wie sich später herausstellte. Nach dem Schock mit der Hand ließ ich beim nächsten Schlag beide Hände unten, und der zweite Stuhlschwinger landete auf meinem Vorderkopf, wo er eine Platzwunde verursachte. Es tat noch nicht einmal weh, aber das Blut war in null Komma nichts über mein ganzes Gesicht verteilt, wo es sich mit meinem Schweiß vermischte und eine klebrige rote Maske bildete.

»Alles gut, Sigi?«, fragte mich der Mandel, als ich in der Blutmaske vor ihm kniete. Er warf jetzt den Stuhl weg.

»Alles super«, sagte ich, wischte mir das Blut aus dem Gesicht und rollte mich aus dem Ring, auf der Seite, wo gerade nur Louis stand. Die Absperrung zum Publikum war knappe zwei Meter von mir entfernt, ich musste mich also lediglich, an Louis vorbei, darüberschwingen und durchs Publikum abhauen. Zwischen all den Leuten, würde man mir nicht so schnell folgen können. Wie der Mandel aus der Halle kam, war mir scheißegal, er hätte mir ja nicht den Zeh und die halbe Hand brechen müssen, geschweige denn mir ein Loch in den Kopf schlagen. Als Louis auf mich zukam, schlug ich ihm mit der Faust in den Schritt. Er schrie schrill auf und schubste mich mit vollem Schwung in die Absperrung, an der ich mir zwei Rippen brach, wie der Arzt später festgestellt hat. »*Imbécile*, gehst du sofort wieder in den Ring zurück!«, sagte Louis.

Weil ich eh schon an der Absperrung hing, versuchte ich, mich darüberfallen zu lassen, aber ein Zuschauer mit Ziegenbart, der mich stark an den Barkeeper aus dem Ginsberg erinnerte, schubste mich zurück. Ich bekam nur noch schwer Luft, und inzwischen war Herwig da und hob mich hoch, um mich dann mit dem Kinn auf die Absperrung fallen zu lassen, wobei ich mir einen Zahn ausschlug. Danach rollte Herwig mich zurück in den Ring, wo der Mandel die ganze Zeit neugierig gestanden und zugesehen hatte, wie man mich draußen in meine Einzelteile zerlegt hatte. Für mich war der Fall klar: Ich würde einfach liegen bleiben und mich bis zehn anzählen lassen. Ich ließ mich doch hier nicht hinrichten. Dem Mandel würde ich bei Gelegenheit privat eine zimmern für seine Grobschlächtigkeit.

Zögerlich und mit großen Abständen zwischen den Zahlen begann Kozlovič zu zählen. Als er bei sechs ankam und ich gerade dabei war, in eine erlösende Ohnmacht zu gleiten, kletterte Walter Wylde in den Ring und half mir ungefragt auf. Er lehnte mich gegen die Ringecke und schüttete mir eine Wasserflasche über den Kopf. Dann nahm er ein Mikrofon und sagte: »Ihr wollt doch nicht, dass der Kampf schon aus ist, oder?«

Das Publikum schrie »No! No! No!«, und Walter flüsterte mir ins Ohr: »Und du willst doch nicht, dass der Mandel hier völlig ungeschoren davon kommt.«

Ich schüttelte benommen den Kopf und schaute hinüber zum Mandel. Ich sah ihn leicht verschwommen auf mich zukommen, aber ich sah auch eine meiner Ledersandalen vor mir am Boden liegen. Ich hob sie auf und stieß mich mit dem rechten Bein aus der Ringecke ab. Ich flog mit erhobener Sommersandale auf den Mandel zu und traf ihn im linken Auge. Der Mandel fiel auf die Knie und hielt sich das Auge. Ich trat ihm mit der nackten Ferse gegen den Kopf, und er kippte zur Seite. Dann setzte ich mich auf ihn und haute ihm mit den Fäusten abwechselnd links und rechts auf die Schläfen. Ich kann nicht mehr genau sagen, ob ich mit voller Wucht auf ihn einschlug oder ob noch ein Hauch Show dabei war; ich befürchte aber eher Ersteres. Es kann gut sein, dass die Schmerzen eine Art Rage in mir ausgelöst hatten.

Während ich so vor mich hinschlug, bemerkte ich, dass der Mandel aus dem rechten Ohr blutete. Ich ließ von ihm ab. Der Mandel stand auf und sah mich irgendwie gleichgültig an mit seinem blutenden Ohr. Ich verpasste ihm sicherheitshalber doch noch einen Dropkick, bei dem ich tatsächlich auf Höhe seines Gesichts kam und ihm wahrscheinlich endgültig die Nase brach. Das Publikum grölte etwas, das ich längst nicht mehr verstand.

Ich kippte den Mandel an den Beinen über das dritte Ringseil, sodass er draußen zu Füßen von Herwig und Klaus aufkam, die ihn sofort mit Stiefeln bearbeiteten, ihn in den Bauch, auf den Kopf und zwischen die Beine traten. Dann rollten sie ihn wieder in den Ring zurück, wo der Mandel bewegungslos liegenblieb.

»Jetzt bleibst du besser liegen und lässt mich gewinnen«, sagte ich zu ihm. »Also in deinem eigenen Interesse«, fügte ich hinzu, aber der Mandel rührte sich ohnehin nicht mehr, starrte nur ausdruckslos an die Hallendecke, während ihm Blut aus der schiefen Nase lief. Der Ringrichter Kozlovič war bereits bei fünf angekommen, und ich war beruhigt, dass der Mandel offensichtlich eingesehen hatte, dass Widerstand zwecklos war und dass wir uns damit weitere Knochenbrüche und potenzielle Blutgerinnsel im Kopf ersparten. Vielleicht war er auch nur bewusstlos. In einer Triumphgeste, die ich mir nach dieser Schweinerei von einem Kampf nicht nehmen lassen wollte, stellte ich meinen linken Fuß auf die Brust vom Mandel, spannte meine Muskeln an und hob die Fäuste in die Luft. Kozlovič war schon bei sieben. Acht. Der Mandel bewegte sich immer noch nicht, sondern starrte ausdruckslos an die Hallendecke. Neun. Kozlovič ließ sich Zeit mit der Zehn, gerade Zeit genug, damit der Mandel mir den linken Fuß umdrehen und mich abwerfen konnte. Ein Aufschrei ging durch die Donauhalle, die Leute sprangen von ihren Sitzen auf. Kozlovič bedeutete dem roten Jörg an der Ringglocke, dass der Kampf noch nicht zu Ende war.

»Brenn ihm eine, Kurtl«, hörte ich jemand schreien.

Ich merkte, wie der vom Mandel verdrehte Fuß bereits anschwoll. Garantiert ist das Außenband durch, dachte ich – in Wahrheit war es nur angerissen.

»Guter Kampf, oder?«, sagte der Mandel und hielt sich sein Ohr. Ich zeigte ihm den Mittelfinger.

Der Mandel warf mich in die Seile, und den Schmerz im linken Sprunggelenk ignorierend, lief ich mit der Faust voran auf ihn zu. Er senkte seinen Oberkörper genau im richtigen Moment, sodass ich auf ihn auflief. Dann ging sein Oberkörper wieder nach oben, er warf mich über sich, und ich flog in die Luft und mit dem Hinterkopf zuerst auf den Ringboden. Auf Deutsch gesagt: Back Bodydrop.

Ich war sofort weg und muss mich in der Nacherzählung der nun folgenden Szenen auf Augenzeugenberichte verlassen. Nachdem ich bewusstlos wurde, hat der Mandel den Kozlovič erneut zählen lassen. Bereits bei vier muss sich ein schmächtiger Mensch mit schütterem blondem Haar und einer randlosen Brille aus der Menge gelöst haben, über die Barriere gesprungen und an den verblüfften Holzfällern vorbei in den Ring durch das unterste Ringseil geschlüpft sein. Dann ist der kleine Mann auf den Ringpfosten gestiegen, während der Mandel ihm den Rücken zugedreht hat. Das alles kam wohl so schnell und unerwartet, dass der Mandel nicht bemerkt hat, was da hinter seinem Rücken vor sich ging. Natürlich haben die Leute geschrien, aber das taten sie ja schließlich schon die ganze Zeit. Jan Kozlovič hat weitergezählt und war schon bei acht angekommen, als der schmächtige Mann mit dem Ellenbogen voran auf dem Hinterkopf vom Mandel auftraf und der Mandel zu Boden ging wie von Thors Hammer höchstpersönlich niedergestreckt.

Als ich wieder zu mir kam, leuchtete über mir geradezu engelsgleich das Gesicht vom Heiner Federling, wenn mir auch in diesem Moment sein Name nicht mehr einfiel. Aber das Gesicht hatte sich seit der Uni nicht besonders verändert, und sein mittlerweile ziemlich schütteres blondes Haar war überstrahlt von den Deckenscheinwerfern, sodass ihn tatsächlich eine Art überirdischer Flaum zierte.

»Komm, steh auf«, sagte er und reichte mir die Hand. Ich riss mich zusammen und stand auf, kurz bevor Kozlovič die Zehn zählen konnte. Der Mandel rührte sich nicht mehr, und ich hoffte, dass er dieses Mal nicht nur so tat, sondern nach dem Ellenbogen vom Federling auf den Hinterkopf wirklich bewusstlos war.

»Los, zähl ihn an, du Narr«, sagte ich zu Kozlovič.

Kozlovič schaute hinunter zu Walter, der zustimmend nickte.

Eins.

»Dank dir, das war nett, leider habe ich deinen Namen vergessen«, sagte ich und umarmte den Federling.

»Heiner Federling«, sagte er.

»Merci, Heiner. Ich geb dir mal ein Bier aus.«

Ich bedeutete ihm, den Ring auf der Seite zu verlassen, wo gerade keine Holzfäller standen.

Zwei.

Ich fasste mir in die Haare und merkte, wie verklebt mit Blut sie waren. Auch der Ringboden war voll damit. Mein linkes Fußgelenk war taub, der Geschmack von Rost saß in meinem Mund, und wenn ich mit der Zunge herumwühlte, konnte ich spüren, dass links ein Schneidezahn fehlte.

Drei.

Ich war zu müde, um zu stehen, und hockte mich in die Ringecke, während ich den Mandel beobachtete, wie er auf dem Bauch lag und nur noch schwach atmete. Bleib um Himmels willen liegen, dachte ich.

Vier.

Die Leute brüllten jetzt jede Zahl mit wie an Silvester. Ich fragte mich, was Maria zu meinem Sieg über den Mandel sagen würde. Sie war es ja immer, die mir geraten hatte, mich von ihm zu lösen. Ich konnte sehen, wie der Federling die Halle verließ. Die Leute machten ihm ehrfurchtsvoll Platz.

Fünf.

Ich bekam kaum Luft wegen der Rippen, die ich mir vermutlich an der Absperrung gebrochen hatte, mein kaputter Zeh tat weh und der demolierte Ringfinger hing achtlos an meiner Hand herunter. Von draußen lächelte mich der Herwig aufmunternd an.

»Sauber, Singer«, sagte er. »Gut beschissen.«

Sechs.

Der Dieter Mandel wollte über die Absperrung klettern, um seinem Bruder zu helfen, aber Herwig hielt ihn zurück. Der Dieter schmierte ihm eine, aber Herwig schubste ihn zurück in die Menge, wo er mit hörbar viel Getöse in den Stühlen niederging.

Sieben.

Im Kopf hörte ich »Free Man In Paris« von Joni Mitchell. Ich weiß nicht, warum.

I was a free man in Paris
I felt unfettered and alive
There was nobody calling me up for favors
And no one's future to decide

Acht.

Ich beschloss, Klavierunterricht zu nehmen. Ein bisschen klassisches Klavier lernen. Wegen der Allgemeinbildung. Sobald der Ringfinger wieder in Ordnung war. Und einen Festvertrag würde ich mir auch suchen wegen dem monatlichen Geld auf dem Konto. Wegen der Sicherheit.

Neun.

Ich wischte mir das Blut aus dem Gesicht und blickte ins Publikum. Ich weiß nicht, warum ich sie vorher nicht gesehen hatte, aber in der fünften Reihe saß die Spinnenfrau mit ein paar Freundinnen und winkte mir zu. Ich winkte mit blutverschmierten Händen zurück.

Zehn.

Kozlovič gab dem roten Jörg ein Zeichen, und der läutete die Ringglocke. Ich ertrank in einer Flut aus Buhrufen. Ich stand aus meiner Ecke auf und hob die Arme. Kozlovič versuchte, dem Mandel aufzuhelfen, doch der bewegte sich nicht. Kozlovič signalisierte Walter ein X, indem er seine Arme über dem Kopf kreuzte. Das war das Zeichen für eine echte Verletzung, außer natürlich man missbrauchte es zu Showzwecken. Kurz darauf eilten zwei Sanitäter in die Halle. Ich suchte meine Ledersandalen zusammen, eine davon lag außerhalb des Rings, und machte mich unter dem Buhhagel auf den Weg hinter den Vorhang. Die Spinnenfrau war jetzt aufgestanden und schaute mir hinterher.

»Meld dich, Sigi«, rief sie mir nach.

Ökdal kam mir entgegengelaufen, hielt mich auf.

»Was ist denn hier passiert? Was ist mit dem Max?«, fragte er und sah besorgt aus.

»Ich habe gewonnen«, sagte ich und ging weiter.

Niemand hielt mich auf, als ich durch den Vorhang den Schachtelgang zur Umkleidekabine zurückhinkte. Mein Gepäck samt Portemonnaie und Telefon lagen auf der Holzbank, gleich neben der Sporttasche vom Mandel. War das Walters Idee von Fairplay? Ich öffnete die Tasche vom Mandel. Ganz oben befand sich sein graues Jackett und darunter sein kleines, schwarzes Notizbuch. Ich steckte es kurzerhand in das Seitenfach meiner Umhängetasche. Dann duschte ich mich kurz und zog ein graues T-Shirt und eine blaue Jeans an. Die Sandalen ließ ich an und setzte mir noch eine Baseballmütze auf – mit Papierhandtüchern darunter, weil der Kopf immer noch blutete. Ich ging am Buffet vorbei und schnappte mir noch ein paar Fleischbällchen, bevor ich mir draußen ein Taxi rief, von denen zwei oder drei vor der Halle standen und auf Kundschaft warteten. Ich musste noch eine Stunde am Hauptbahnhof verbringen, aber dann konnte ich für beinahe mein letztes Geld auf der EC-Karte den Nachtzug nehmen und war am nächsten Morgen zu Hause. Während der Zugfahrt las ich zum allerersten Mal in dem Notizbuch vom Mandel. Ich fing ganz hinten an.

// Tag 9, Matting, 15:32
In Absprache mit Walter darf S. heute Abend gegen mich antreten. So kann ich ihn gewinnen lassen. Ein Sieg gegen mich ist genau das, was er jetzt braucht. Es war bisher nicht sein Jahr.